Karl Olsberg

GLANZ

atb aufbau taschenbuch

Karl Olsberg, geb. 1960, promovierte über Künstliche Intelligenz, war Unternehmensberater, erfolgreicher Gründer zweier Unternehmen der New Economy und Preisträger »Start up des Jahres 2000« der »Wirtschaftswoche«. Heute lebt er mit seiner Familie in Hamburg. Bislang erschienen seine Thriller *Das System* (2007), *Der Duft* (2008) und *Schwarzer Regen* (2009) sowie das Sachbuch *Schöpfung außer Kontrolle. Wie die Technik uns benutzt* (2010). Mehr vom und zum Autor unter:
www.karlolsberg.de und karlolsberg.twoday.net

Anna Demmet ist verzweifelt: Nach einer Überdosis »Glanz« liegt ihr Sohn Eric im Koma. Woher hat er überhaupt die mysteriöse Droge, die ein besonders intensives Computerspiel-Erlebnis bewirken soll? Ist er gar das Opfer eines perfiden Experiments? Mit Hilfe einer geheimnisvollen Frau gelingt es Anna, in die Traumwelt im Kopf ihres Sohnes vorzudringen. Auf einer phantastischen Reise bis an die Grenzen der Wirklichkeit versucht sie, seinen Geist aus seinem selbstgebauten Gefängnis zu befreien. Doch nicht jeder hat ein Interesse daran, dass Eric den Weg zurück zum Licht findet, und manchmal folgt auf einen bösen Traum ein noch viel böseres Erwachen …

Weltneuheit: »Glanz« ist das erste Buch, das zeitgleich auch als interaktives E-Book erscheint. Sie finden Ihre kostenlose Version unter: www.aufbau-verlag.de/glanz

Karl Olsberg

# GLANZ

Thriller

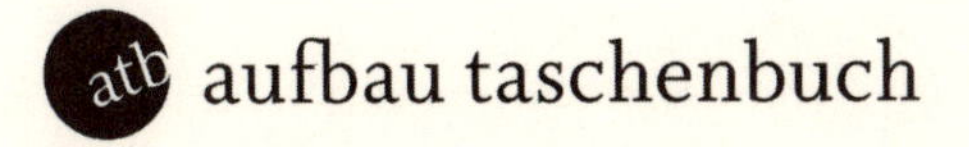

ISBN 978-3-7466-2689-5

Aufbau Taschenbuch ist eine Marke
der Aufbau Verlag GmbH & Co. KG

1. Auflage 2011

Umschlaggestaltung Mediabureau Di Stefano, Berlin
unter Verwendung eines Motivs von
© iStockphoto/David Marchal
Druck und Binden C. H. Beck, Nördlingen
Printed in Germany

www.aufbau-verlag.de

Für meine Mutter

»Is this the way out from this endless scene,
or just an entrance to another dream?«

*Genesis, The Light Dies Down On Broadway*

# 1.

Die Liebe einer Mutter zu ihrem Kind ist die stärkste Kraft im Universum. Ich weiß nicht mehr, wo ich diesen Spruch gelesen habe, aber er stimmt. Doch wie jede Kraft kann auch diese heilen – oder zerstören.

Ich bin New Yorkerin, geboren und aufgewachsen in Brooklyn. Ich habe meine Lektionen im Leben gelernt und bin nicht gerade zart besaitet. Von esoterischem Hokuspokus habe ich nie etwas gehalten, und gebetet habe ich das letzte Mal mit fünfzehn. Doch wenn deinem eigenen Kind etwas zustößt, dann kann es passieren, dass dein ganzes Weltbild einstürzt wie ein Wolkenkratzer nach einem Terrorangriff.

Das ändert alles.

Es war ein Dienstag. Ich hatte um neun einen Termin bei einer Werbeagentur in der Madison Avenue und war spät dran. Ich klopfte laut gegen seine Tür. »Eric? Eric, du kannst nicht schon wieder zu spät zur Schule kommen!«

Ich wartete ein paar Sekunden, bevor ich sein Zimmer betrat – pubertierende Jungs sind ein bisschen empfindlich, was ihre Intimsphäre angeht. In der Tür blieb ich stehen.

Sein Kopf mit den nicht zu bändigenden blonden Locken lag auf der Tischplatte. Ein Arm hing schlaff herab, die Hand des anderen umfasste noch die Maus. Nur das trübe Licht des Bildschirms erhellte den Raum.

Ich seufzte. Diese verdammten Onlinespiele! Wenn Eric so weitermachte, würde er den Highschool-Abschluss niemals schaffen. Ich hatte schon alles versucht –

reden, schimpfen, drohen, locken. Vergeblich. Jede freie Sekunde hockte er vor dem Computer und jagte irgendwelchen Monstern nach.

Ich hatte nie verstanden, was ihn daran so faszinierte. Es musste etwas typisch Männliches sein – der Urinstinkt, auf die Jagd zu gehen, sich als Mann zu beweisen vielleicht. Dabei war es doch so armselig: Die Gefahren bestanden nur aus bunten Pixeln, und um ihrer Herr zu werden, brauchte man nicht mehr als ein paar Mausklicks.

Ich hatte irgendwo gelesen, dass mindestens fünf Prozent der männlichen Jugendlichen computerspielsüchtig waren – im Schnitt einer in jeder Highschool-Klasse. Trotzdem hatte ich immer gehofft, Eric würde die Lust daran von selbst verlieren. Irgendwann, so redete ich mir ein, würde er ein Mädchen kennenlernen, das ihn auf andere Gedanken brachte. Immerhin war er jetzt fast fünfzehn. Doch wie sollte er sich je verlieben, wenn er nur vor seinem Laptop saß und außerhalb der Schulzeit nie einen Fuß vor die Tür setzte? Es war wohl höchste Zeit, einen Psychologen zu konsultieren.

»Eric!« Ich rüttelte an seiner Schulter. »Eric, wach auf! Es ist gleich halb acht!«

Er reagierte nicht.

Das war der Moment, als die Angst aus den tiefen Höhlen meines Bauches bis in meine Kehle aufstieg. Ich spürte meinen Herzschlag im Mund.

»Eric!« Ich rüttelte ihn erneut, ohne jede Reaktion. Ich fasste ihn an den Schultern und zog ihn zurück. Sein Kopf fiel in den Nacken, der Mund klappte auf. Seine Augen waren weit geöffnet. Das Licht der virtuellen Welt spiegelte sich auf ihrer glasigen Oberfläche.

Mir blieb das Herz stehen. »Eric! O Gott, Eric!«

Ich hatte gehört, dass bereits Computerspieler an Erschöpfung gestorben waren. Doch er konnte nicht tot sein! Nicht Eric! Nicht mein Sohn!

Meine Fingerspitzen berührten seine Halsschlagader. Fühlte ich dort tatsächlich einen schwachen Puls? Ich legte mein Ohr an seinen Mund und spürte einen leichten, regelmäßigen Hauch. Er lebte!

Erleichterung durchflutete mich und wurde gleich darauf von tiefer Sorge verdrängt. Ich rüttelte ihn erneut, gab ihm sogar Ohrfeigen, spritzte Wasser in sein Gesicht, bewirkte jedoch nicht die geringste Reaktion.

Schließlich rannte ich in die Küche, nahm das Telefon von der Station, lief zurück in sein Zimmer und wählte 911. Während ich Name und Adresse nannte und die Situation zu beschreiben versuchte, fiel mein Blick auf den Bildschirm des Laptops. Er zeigte eine von dornigen Sträuchern bewachsene Wildnis aus der Vogelperspektive. In der Mitte lag ein lebloser Körper in der glänzenden Bronzerüstung eines antiken Helden. Schwarze Vögel saßen auf der Leiche und pickten daran. Darunter hatte sich ein Eingabefenster mit drei Schaltflächen geöffnet: »Spielstand laden«, »Neustart« und »Beenden«.

Ekel erfüllte mich. Die Designer des Spiels, das Eric seit Monaten in seinen Bann zog – »Realm of Hades« hieß es, soweit ich mich erinnerte –, hatten es mit dem Realismus eindeutig übertrieben. Angewidert klappte ich den Laptop zu, griff den schlaffen Körper meines Sohnes unter den Achseln und zerrte ihn auf sein Bett. Er war überraschend schwer. Dabei schien es doch noch so nah, dass ich ihn das erste Mal in den Armen gehalten und seinen kleinen Mund an meiner Brust gespürt hatte. Auch so ein Effekt von Kindern: Sie rauben uns jedes realistische Gefühl für den Fluss der Zeit.

Ich rief mir den Erste-Hilfe-Kurs in Erinnerung und

brachte Eric in die stabile Seitenlage, so gut ich konnte. Nun blieb mir nichts weiter übrig, als auf die Rettungskräfte zu warten.

Draußen erstrahlten die Glastürme der Stadt im Glanz der frühen Sonne. Ein Schwarm Vögel zeichnete sich dunkel gegen den klaren, kupferfarbenen Himmel ab, als hätten sie sich soeben von der Leiche des Computerspielhelden erhoben und wären irgendwie aus dem Laptop geflüchtet.

Es dauerte eine Ewigkeit, bis es endlich an der Wohnungstür klingelte. Der Notarzt untersuchte Eric kurz, überprüfte Atmung und Puls, während ich ihm erklärte, wie ich meinen Sohn gefunden hatte.

»Was ist mit ihm, Doktor? Glauben Sie, es ist bloß Erschöpfung?«

»Das können wir erst sagen, wenn wir ihn genauer untersucht haben. Reagiert Ihr Sohn auf irgendwas allergisch?«

»Nein, eigentlich nicht. Ganz selten hat er Heuschnupfen. Birkenpollen, glaube ich.«

»Nimmt er Medikamente oder Drogen?«

Ich stockte. Bis zu diesem Moment war ich nie auf die Idee gekommen, dass Eric etwas mit Drogen zu tun haben könnte. Aber wenn es so war, hätte ich es wirklich gewusst? Ich hatte selbst ein paar Mal Gras geraucht, wie man das eben so tat zu meiner Zeit am College, aber das härtere Zeug nie angerührt. Andererseits waren heutzutage an den Schulen alle möglichen Pillen im Umlauf. Doch Eric trank nicht mal Alkohol und ging kaum aus dem Haus. Außerdem, woher hätte er das Geld für Drogen nehmen sollen?

»Nein«, antwortete ich. »Jedenfalls nicht, dass ich wüsste.«

»Ist er Diabetiker? Hat er irgendeine andere chronische Krankheit? Oder hat er in letzter Zeit irgendwelche ungewöhnlichen Symptome gezeigt? Hatte er Kopfschmerzen, war er oft müde, oder war ihm übel?«

»Nein. Er ist eigentlich gesund. Bis auf ...«

»Ja?«

»Na ja, er spielt sehr viel am Computer. Zu viel. Ich glaube, man kann da von einer Sucht sprechen.«

Der Notarzt nickte. Gemeinsam mit einem Rettungssanitäter hievte er meinen Jungen auf eine Trage und schnallte ihn fest. Für einen Moment hatte ich das Gefühl, zwei Diebe zu beobachten, die mir das Wertvollste raubten, das ich besaß.

»Möchten Sie mitkommen?«

Ich nickte und folgte den beiden zum Krankenwagen. Es waren nur etwa ein Dutzend Blocks von unserer Wohnung am Rande des Tompkins Square Park im Südosten Manhattans bis zum Faith Jordan Medical Center. Ich erledigte die Formalitäten am Empfang, während man Eric auf die Intensivstation brachte.

Ich blieb den ganzen Tag im Krankenhaus, ohne dass ich mehr über seinen Zustand erfuhr. Verschiedene Ärzte untersuchten ihn und stellten mir alle dieselben Fragen – ob es ähnliche Fälle in der Familie gäbe, ob Eric bereits einmal in Ohnmacht gefallen sei oder epileptische Anfälle gehabt habe, ob er jemals allergisch auf Nahrungsmittel reagiert habe. Ich konnte nur verneinen. Auf meine Nachfragen aber antworteten sie ausweichend. Er leide an einem Apallischen Syndrom, auch Wachkoma genannt, möglicherweise ausgelöst durch einen toxischen Schock. Genaueres könne man noch nicht sagen. Sein Zustand sei immerhin stabil; man könne nicht viel mehr tun als abwarten. Es sei hilfreich, wenn ich bei ihm bliebe und mit ihm redete.

Ich saß an seinem Bett und hielt seine Hand, während die Maschine, die ihn überwachte, gleichmäßig piepte. Er hatte jetzt die Augen geschlossen und schien friedlich zu schlafen. Doch vor meinem inneren Auge stand das unbarmherzige Bild des gefallenen Helden aus dem Computerspiel, von Aasvögeln bedeckt. Sosehr ich es auch versuchte, ich konnte es nicht verdrängen.

Das Schlimmste in so einer Situation ist die eigene Hilflosigkeit. Der Körper spürt die Gefahr und pumpt Adrenalin durch die Blutbahn. Die Muskeln sind angespannt, je nach Bedarf flucht- oder kampfbereit. Doch in einem mit Elektronik vollgestopften Krankenhaus sind diese archaischen Impulse so nutzlos wie eine elektrische Heizdecke am Nordpol.

Mein Kind war in Gefahr. Jemand – etwas – hatte es verletzt. Doch ich konnte nichts tun.

Ich war nie besonders geduldig. Deshalb arbeite ich normalerweise allein oder nur mit wenigen Leuten, auf die ich mich verlassen kann. Ich bin Fotografin in der Modebranche. Mein Job ist es, das Schöne zu zeigen, und zwar so, wie es in der Realität so gut wie nie vorkommt – makellos, perfekt. Als ich jetzt Eric so liegen sah, seine Gesichtszüge völlig entspannt, hatte ich das Gefühl, zum ersten Mal diese Perfektion zu sehen, ohne dass ich mit Schminke, Kunstlicht und Objektivfiltern nachhelfen musste.

Ich strich sanft über seine Wange. »Wo bist du?«, fragte ich ihn. »Komm bitte zu mir zurück!«

»Möchten Sie vielleicht einen Kaffee?«

Ein Mädchen in der Kleidung einer Pflegerin war eingetreten. Sie schien höchstens zwei oder drei Jahre älter als Eric zu sein, und ich ertappte mich dabei, dass ich mich fragte, ob sie ihrer Aufgabe gewachsen war. Doch in ihren ungewöhnlich großen, dunkelbraunen Augen glaubte ich etwas zu erkennen, das mich anrührte: einen Schmerz, der meinen eigenen zu spiegeln schien, so als verstünde sie wirklich, wie ich mich fühlte. Ich schüttelte den Kopf.

»Mein Name ist Maria. Ich arbeite in der neurologischen Abteilung. Ihr Sohn wird auf unsere Station verlegt, sobald … klar ist, dass sein Zustand stabil bleibt.«

Ich rang mir ein Lächeln ab. »Vielen Dank, Maria.«

Sie war gerade gegangen, als ein grauhaariger Arzt das Zimmer betrat. Er ging leicht vornübergebeugt, als könne er die Last des Leids seiner Patienten kaum noch ertragen. Er stellte sich als Dr. Kaufman vor, Leiter der neurologischen Abteilung. »Leiden Sie gelegentlich unter Depressionen?«, fragte er. »Haben Sie jemals Medikamente gegen Stimmungsschwankungen verschrieben bekommen?«

»Ich? Nein, wie kommen Sie darauf?«

»Wir haben das Blut Ihres Sohnes untersucht und Spuren einer Substanz gefunden: Glanotrizyklin.«

Ich sah ihn verständnislos an.

»Glanotrizyklin ist ein starkes Antidepressivum. In der Szene wird es auch ›Glanz‹ genannt.«

»Szene? Was für eine Szene?«

»Drogen. Medikamentenmissbrauch. Glanotrizyklin wird eine bewusstseinsverändernde Wirkung zugeschrieben. Es hebt die Stimmung und verstärkt die Wahrnehmung. In letzter Zeit ist von einigen Fällen berichtet worden, bei denen Computerspieler versucht haben, die Intensität des Spielerlebnisses damit zu erhöhen. Sieht so aus, als hätte Ihr Sohn eine Überdosis davon eingenommen.«

Schwer zu beschreiben, was ich in diesem Moment fühlte. An der Oberfläche Entsetzen – etwas, das zu erwarten gewesen wäre: der Schock der Erkenntnis, als

Mutter versagt zu haben. Doch darunter lauerte etwas viel Tieferes, Bedrohlicheres, eine Dunkelheit der Seele, eine Verzweiflung, wie ich sie noch nie gespürt hatte. Eigentlich hätte die Tatsache, dass die Ärzte endlich den Grund für Erics Zustand kannten, meine Hoffnung schüren sollen. Doch tatsächlich hatte ich in diesem Moment das übermächtige Gefühl, meinen Sohn für immer verloren zu haben.

Der Arzt versuchte, mich zu beruhigen. »Ich will Ihnen keine falschen Hoffnungen machen, Frau Demmet. Aber es gibt eine realistische Chance, dass Ihr Sohn in ein paar Tagen von selbst wieder aus seinem Zustand erwacht. Jung und kräftig, wie er ist, kann es gut sein, dass er keine bleibenden Schäden davonträgt.«

Es war eine barmherzige Lüge.

## 2.

Ich musste nicht lange suchen: Eric hatte sich nicht die Mühe gemacht, die Drogen raffiniert zu verstecken. In der obersten Schublade seines Schreibtischs fand ich unter ein paar zerknitterten Zetteln mit Notizen aus der Schule einen kleinen Plastikbeutel mit etwa zwanzig länglichen, hellblauen Kapseln. Sie sahen aus wie ein ganz normales, industriell hergestelltes Medikament, ein Vitaminpräparat vielleicht. Der Beutel war nicht beschriftet.

Mein erster Gedanke war, noch einmal in die Klinik zu fahren und den Ärzten das Zeug zu geben. Doch wozu? Sie wussten ja bereits, was passiert war, und irgendwie hatte ich das Gefühl, meinen Sohn zu verpetzen, wenn ich ihnen die Drogen zeigte. Also legte ich das Tütchen einfach zurück an seinen Platz.

Ich zwang zwei Käsetoasts in mich hinein und legte mich ins Bett, doch sobald ich die Augen schloss, sah ich Eric in blutbefleckter Rüstung auf dem Boden liegen, von schwarzen Vögeln bedeckt.

Nach einer schlaflosen Nacht sagte ich einen Auftrag ab, für den ich mehrere Monate gekämpft hatte, und fuhr in die Klinik. An Erics Zustand hatte sich nichts geändert. Ich saß an seinem Bett und hielt seine Hand. Er starrte mit leerem Blick an die Decke. Wenn man ihm leichte Schmerzen zufügte, zeigte er normale Reflexe, doch er schien unfähig, irgendetwas von seiner Umgebung wahrzunehmen, so als sei sein Geist in eine fremde Dimension gereist.

Ich konnte nicht mal weinen, fühlte mich innerlich hohl

und ausgetrocknet wie eine Mumie, die nur noch von ihren Bandagen zusammengehalten wird.

Irgendwann spürte ich eine Hand auf meiner Schulter. Als ich hochschrak, merkte ich, dass ich mit dem Kopf neben Erics Brust eingeschlafen war. Dunkle Träume verschwanden hinter einem Schleier des Vergessens, verbargen sich vor meinem Wachbewusstsein und lauerten darauf, mich im nächsten Schlaf erneut zu überfallen.

Die junge Pflegerin namens Maria sah mich sorgenvoll an. »Sie sollten nach Hause fahren und sich ausruhen. Wir rufen Sie sofort an, sobald sich etwas tut.«

»Aber er braucht mich«, protestierte ich.

Maria schüttelte leicht den Kopf, sagte jedoch nichts. Wieder sah ich diese anrührende Trauer in ihrem Gesicht. Sie hatte sich noch nicht die professionelle Distanz angeeignet, die das übrige medizinische Personal auszeichnete: die Fähigkeit, das Leid anderer Menschen von sich fernzuhalten, es mit neutralem, professionellem Blick zu betrachten wie ein unbekanntes Tier. Für einen Moment glaubte ich sogar, Tränen in ihren Augenwinkeln glitzern zu sehen, doch sie wandte sich ab, bevor ich mir sicher sein konnte, und ließ mich allein.

Am späten Nachmittag kam Dr. Kaufman in Begleitung eines zweiten Arztes in den Raum. Er stellte seinen Kollegen als Dr. Joseph Ignacius vor, einen Neurologen und Spezialisten für Wachkomafälle, der extra aus Boston angereist sei.

Dr. Ignacius hatte ein schmales, eingefallen wirkendes Gesicht, das von wässrigen Augen dominiert wurde. Er wirkte irgendwie nicht ganz gesund, so als habe er Fieber und gehöre eigentlich selbst ins Bett. Sein fester Händedruck überraschte mich.

»Ich würde gern noch ein paar spezielle Untersuchungen an Ihrem Sohn durchführen«, sagte der Neurologe. Seine Stimme klang ein wenig heiser. Vielleicht war er wirklich erkältet.

»Natürlich«, stimmte ich zu, ohne allzu viel Hoffnung, dass dieser kränkliche Arzt aus Boston mehr für Eric tun konnte als Dr. Kaufman.

Mein Junge wurde von der Intensivstation in die Radiologie gebracht, wo man ein Positronen-Emissions-Tomogramm von ihm erstellte. Dr. Ignacius erklärte mir, man könne damit die Gehirnaktivitäten sehr genau untersuchen. Ich wartete auf dem Flur.

Nach etwa zwei Stunden kam Dr. Ignacius zu mir. Seine Mundwinkel waren herabgezogen und seine Stirn war zerfurcht, aber ich wusste nicht, ob das bei ihm etwas zu bedeuten hatte oder ob es sich um einen permanenten Zustand seiner Gesichtsmuskeln handelte. »Ich kann Ihnen leider nicht mehr sagen, als dass der Zustand Ihres Sohnes stabil ist«, sagte er. »Wir haben keine Hirnschädigungen festgestellt. Die Durchblutung scheint normal zu sein.«

»Können Sie ihn denn nicht irgendwie aufwecken?«

»Nein, leider nicht. Aber machen Sie sich keine Sorgen, er wird sicher von selbst zu sich kommen.«

»Aber wann? Wie lange kann denn so ein Koma dauern?«

»Wenn wir Glück haben, ein paar Tage. Aber es gibt auch Fälle von Patienten, die monatelang oder sogar mehrere Jahre in diesem Zustand waren. Reden Sie mit ihm, geben Sie ihm Zuwendung und Liebe. Gut möglich, dass er mehr von seiner Umwelt wahrnimmt, als wir erkennen können.«

Hin und her gerissen zwischen Hoffnung und Verzweiflung fuhr ich nach Hause. Dr. Ignacius' Worte hatten mir Mut gemacht, doch gleichzeitig war da diese bleierne Gewissheit in meinem Magen, dass Eric nie wieder zu mir zurückkehren würde.

Zu Hause ging ich noch einmal in sein Zimmer und sah mich um. Ich weiß nicht mehr, was ich zu finden hoffte – vielleicht Hinweise darauf, woher er die Drogen hatte, oder irgendeine Erklärung dafür, wie er in diese Abhängigkeit gerutscht war, warum er schließlich eine Überdosis genommen hatte.

Der Raum war ein Zeugnis des stummen Ringens zwischen dem verspielten Kind, das immer noch irgendwo tief in Eric steckte, und seinem Streben, erwachsen zu werden. Zerknitterte Kleidung lag herum, die ich mühevoll gewaschen und gebügelt hatte und die nach nur einmal Tragen achtlos auf den Boden geworfen worden war. An den Wänden hingen Poster von Rockbands, und die E-Gitarre in einer Ecke kündete von Erics naivem Traum von Ruhm und Reichtum. Doch auf den bunten Regalen standen immer noch Kinderbücher von Dr. Seuss, Roald Dahl und Astrid Lindgren. Action-Figuren, die noch vor nicht allzu langer Zeit verbissen miteinander gerungen hatten, setzten allmählich Staub an. Eine vergessene Kiste mit Bauklötzen kündete von der Zeit, als Eric, versunken in seine eigene Phantasiewelt, stundenlang still dagesessen und erstaunliche Türme und Gebäude errichtet hatte. Das schien Ewigkeiten her und doch erst gestern gewesen zu sein.

Ich setzte mich auf das Bett, dessen Wäsche mit Manga-Figuren bedruckt war. Halb unter der Decke verborgen lag ein Kuschelhase, als schäme er sich ein wenig dafür, hier zu sein. Eric hatte ihn von meiner Mutter zur Geburt geschenkt bekommen; es war immer sein wertvollster Besitz gewesen, und er hatte ihn überallhin mitgeschleppt. Der Plüsch war an einigen Stellen ausgefallen, und das linke Ohr hing nur noch an einem dünnen Faden. Ich drückte den Hasen an mich und sank aufs Kopfkissen. Erics Duft stieg mir in die Nase, und die Sehnsucht nach ihm überwältigte mich.

Endlich flossen die Tränen.

Ich weiß nicht, wie ich die folgenden Wochen durchstand. Ich schlief wenig, aß fast nichts, verbrachte jede Minute im Krankenhaus. Man hatte Eric nach ein paar Tagen aus der Intensivstation in die neurologische Abteilung verlegt. Er teilte jetzt das Zimmer mit zwei alten Männern, die im Sterben lagen. Ein Schlauch führte durch seine Nase bis in seinen Magen. Mehrmals pro Tag wurden ihm auf diese Weise breiförmige Nahrung und Flüssigkeit zugeführt.

Jeden Montag kam Dr. Ignacius in die Klinik und untersuchte ihn, doch seine Erklärungen blieben stets genauso vage und unverbindlich wie beim ersten Mal.

Wachkomapatienten haben einen normalen Schlafrhythmus, wie mir Dr. Kaufman schon am ersten Tag erklärt hatte. Jeden Morgen, wenn er die Augen öffnete, hatte ich die Hoffnung, Eric könne mich erkennen oder wenigstens irgendetwas wahrnehmen, doch sein Blick blieb leer. Eines Morgens gab ich ihm in meiner Verzweiflung sogar eine Ohrfeige und brüllte ihn an. Natürlich bewirkte es nichts, und ich hatte danach tagelang ein schlechtes Gewissen.

Dr. Kaufman empfahl mir, viel mit Eric zu sprechen. Neuere Studien hätten gezeigt, dass Wachkomapatienten mehr von ihrer Umwelt wahrnähmen, als man früher geglaubt habe, auch wenn sie nicht darauf reagieren könnten. Obwohl er damit bestätigte, was Dr. Ignacius gesagt hatte, befürchtete ich, dass er mich nur beruhigen wollte. Aber natürlich befolgte ich seinen Rat.

Manchmal hatte ich den Eindruck, dass sich das regelmäßige Signal des Herzschlags auf dem kleinen Monitor leicht veränderte, wenn ich mit ihm sprach. Doch es gelang mir nie, mich selbst davon zu überzeugen, dass dies ein Beweis für eine Reaktion Erics auf meine Worte war.

Da ich bald nicht mehr wusste, was ich erzählen sollte, las ich ihm vor. Zuerst die Kinderbücher, die er früher geliebt hatte, dann Jugendbücher für seine Altersgruppe, die ich zu diesem Zweck kaufte. Manchmal, wenn die Geschichten spannend waren, vergaß ich für einen Moment, dass er mich nicht hören konnte. Doch all meine Bemühungen änderten nicht das Geringste an seinem Zustand.

Meine Hoffnung schwand mit jedem Tag, und ich konnte an Dr. Kaufmans Gesicht ablesen, dass auch er immer weniger an seine eigenen Beschwichtigungsformeln glaubte. Irgendwann kam er zu seiner täglichen Visite. Anstatt meinen Sohn zu untersuchen, nahm er sich einen Hocker und setzte sich mir gegenüber. Seine blaugrauen Augen fixierten mich. »Mrs. Demmet, so geht das nicht weiter. Sie können nicht immer nur hier sitzen. Wir machen uns ernsthaft Sorgen um Ihren Gesundheitszustand. Wenn Ihr Sohn wieder zu sich kommt, wird er Sie bei vollen Kräften brauchen. Sie müssen sich schonen!«

»Mir geht es gut«, log ich.

Anstatt zu antworten, holte er einen kleinen Spiegel hervor und hielt ihn mir vors Gesicht. Ich erschrak. Die Frau, die mir entgegenblickte, schien zwanzig Jahre zu alt. Mein Gesicht war eingefallen, meine Augen waren gerötet, die Lider schlaff, die Tränensäcke groß und dunkel. »Aber er braucht mich doch!«, sagte ich trotzig.

Dr. Kaufman schüttelte den Kopf. »Sie können ihm nicht helfen, indem Sie sich selbst zugrunde richten. Ich sage Ihnen eins: Wenn Sie so weitermachen, werden Sie in ein paar Tagen selbst in diesem Krankenhaus liegen. Aber glauben Sie bloß nicht, wir bringen Sie dann im selben Raum unter wie Ihren Sohn!«

Die Drohung wirkte. Die Vorstellung, dass ich von ihm getrennt würde, war unerträglich. Ich nickte und erhob mich, um nach Hause zu gehen.

Auf dem Flur, dessen Linoleum im kalten Neonlicht glänzte, traf ich Maria. Sie senkte den Blick, als sie mich sah. Ich spürte, dass sie etwas wusste – etwas, das mir Dr. Kaufman mit Rücksicht auf meinen Zustand nicht gesagt hatte. Ich ergriff ihren Arm. »Schwester Maria.«

Sie blieb stehen, ohne mich anzusehen. »Ja?«

»Wird er wieder aufwachen?«

Sie antwortete nicht.

»Bitte, Schwester. Sagen Sie mir die Wahrheit!«

Endlich blickte sie auf, und ihre Augen glänzten von Tränen. »Er hat sich verloren«, sagte sie.

Es waren weniger ihre Worte als diese seltsame, ehrliche Trauer, die mich traf wie ein Faustschlag. »Verloren? Was meinen Sie damit?«

»Er findet den Weg zum Licht nicht.«

Ich starrte sie verständnislos an.

»Bitte … Sie tun mir weh!«

Erst jetzt merkte ich, dass ich ihren Arm die ganze Zeit fest umklammert hielt. Ich ließ sie los. »Was … was soll das heißen?«

»Ich kann Ihnen nicht mehr sagen.« Sie setzte ihren Weg fort.

Ich folgte ihr. »Was denn für ein Licht? Was haben Sie damit gemeint?«

»Bitte, nicht so laut! Wenn der Chef mitbekommt, dass ich schon wieder …« Sie stockte, als ein Arzt aus einem der Patientenzimmer kam und in unsere Richtung blickte.

Ich begriff, dass ich sie angeschrien hatte. »Entschuldigung«, sagte ich leise. »Ich will Ihnen keine Schwierigkeiten machen, aber …«

Sie sah auf die Uhr. »In anderthalb Stunden habe ich Feierabend. Gegenüber dem Krankenhaus ist ein Starbucks. Warten Sie dort auf mich.« Ohne eine Antwort abzuwarten, drehte sie sich um. Ich blickte ihr nach, bis sie im Schwesternzimmer verschwunden war.

Es lohnte sich nicht, zwischendurch nach Hause zu fahren. Doch die Worte der Krankenschwester hatten mich so aufgewühlt, dass ich es auch nicht an Erics Bett aushielt.

Ich beschloss, einen Spaziergang zu machen. Ein milder Aprilwind blies den schalen Benzingeruch der Großstadt fort und ersetzte ihn durch das frische, salzige Aroma des Atlantiks. Ich folgte diesem Duft, bis ich am Ufer des East River stand. Das Wasser der Meerenge schob sich träge dahin wie seit Jahrtausenden, unberührt von den Schicksalen der Menschen an ihren Flanken. Die ewige Kraft der Gezeiten, die die Strömung hier antrieb, hatte etwas Vertrauenerweckendes. Einen Moment lang durchzuckte mich der Impuls, ins Wasser zu springen und mich hinaus in den Atlantik treiben zu lassen, vorbei an der fackeltragenden Statue, die unbegrenzte Freiheit versprach, und mich schließlich in den Weiten des Ozeans zu verlieren. Der Moment verging.

Ich setzte mich auf eine Bank und starrte hinaus auf das Wasser. Nach ein paar Minuten kam ein Pärchen in Erics Alter vorbei. Das Mädchen wickelte einen Kaugummi aus, steckte ihn in den Mund und ließ das Silberpapier achtlos fallen. Dann blieb sie genau vor mir stehen, ohne mich oder ihre Umgebung wahrzunehmen. Sie umfasste den

Nacken des Jungen und drückte ihren zu stark geschminkten Mund auf seinen. Ich konnte sehen, wie der Junge die Augen aufriss. Das Mädchen löste sich von ihm, grinste und ging weiter. Der Junge blieb noch einen Moment stehen und kaute auf dem fremden Objekt in seinem Mund herum. Dann folgte er ihr mit einem Gesichtsausdruck, auf dem sich Überraschung und Glück spiegelten.

Ich betrachtete das Silberpapier auf dem Gehweg und konnte den Anblick kaum ertragen. Eine irrationale Wut durchströmte mich. Wieso konnte dieses Pärchen so glücklich sein, während mein Sohn, dem Tode nahe, in einem Krankenhausbett lag? Ich bedauerte es beinahe, dass ich als Teenager aufgehört hatte, an Gott zu glauben. Jetzt hatte ich niemanden mehr, den ich für mein Unglück verantwortlich machen konnte.

Plötzlich hatte ich das Gefühl, beobachtet zu werden. Ich wandte mich langsam um. Auf dem Rand der Mülltonne saß eine Krähe. Ihre leeren schwarzen Augen musterten mich, ohne zu blinzeln.

Die Krähe legte den Kopf schief, als versuche sie, meine Gedanken zu ergründen. Dann stieß sie sich ab, schlug kräftig mit den Flügeln und erhob sich in die Luft. Im selben Moment stob aus den umliegenden Büschen ein Dutzend schwarzer Vögel auf. Sie bildeten einen Schwarm, der einen Kreis über mir zog, bevor er sich in Richtung des fernen Ufers aufmachte, zu den Docks und Lagerhallen von Brooklyn. Ich blickte ihnen nach. Die Tiere erschienen mir einen Moment lang wie Vorboten düsterer Zeiten. Ich schüttelte den Kopf. Ich war nie abergläubisch gewesen, und jetzt war nicht der richtige Moment, um es zu werden.

Ich stand auf und ging zurück in Richtung der Klinik.

Ich wusste nicht genau, warum, aber das bevorstehende Treffen mit Maria gab mir neuen Mut. Zum ersten Mal seit Wochen hatte ich wieder Appetit. Vor der Auslage des Cafés überkam mich regelrechter Heißhunger. Ich bestellte mir einen Milchkaffee und ein großes Stück Käsekuchen und dann noch eins.

Maria kam eine halbe Stunde zu spät. Sie entschuldigte sich nicht dafür. Ich bot ihr an, einen Kaffee und ein Stück Kuchen für sie zu bestellen, doch sie wollte nur ein Glas stilles Wasser. »Ich sollte eigentlich nicht hier sein«, sagte sie. »Dr. Kaufman hat mir ausdrücklich verboten, Privatgespräche mit den Angehörigen von Patienten zu führen.«

»Ich bin Ihnen sehr dankbar, dass Sie gekommen sind, Maria. Bitte erzählen Sie mir, wie Sie das vorhin gemeint haben.«

Maria senkte den Blick. »Es ist meine Tante. Sie holt mich manchmal abends ab. Und dann … dann besuchen wir die Patienten. Diejenigen, die nicht bei Bewusstsein sind.« Sie zögerte. Ihr fiel es sichtlich schwer, sich mir zu öffnen; so als sei sie im Begriff, mir ein Verbrechen zu gestehen.

Ich wartete einfach ab.

»Sie ist eine Seelensprecherin«, sagte Maria nach einer Weile.

»Eine Seelensprecherin? Was soll das sein?«

Marias Blick hing an ihrem Wasserglas. »Sie kann mit den Seelen der Toten reden.«

»Sie meinen, Séancen und so?«

Maria nickte. »Aber sie kann auch in die Seelen der Lebenden sehen.«

Ich kam mir plötzlich albern vor. Während mein Sohn wegen einer Überdosis Drogen im Wachkoma lag, saß ich hier in einem Café und unterhielt mich mit einer unerfahrenen Krankenschwester, die mir irgendwelchen esoterischen Humbug auftischte. Als Fotografin hatte ich mir einen kritischen, distanzierten Blick auf die Welt angewöhnt. Der schöne Schein war mein Lebensinhalt. Ich wusste nur allzu genau, wie viele Blender es gab. Wahrsager, Astrologen, Wunderheiler, Wanderprediger – eine ganze Branche lebte davon, Menschen etwas vorzugaukeln, ihnen in ihrem Leid und ihrer Verzweiflung falschen Trost zu verkaufen.

Zorn stieg in mir auf. »Sind Sie gekommen, um mir diesen Mist zu erzählen? Arbeiten Sie im Krankenhaus, um Kunden für Ihre Tante zu gewinnen, denen sie dann für viel Geld ihr Schmierentheater vorspielt?«

Maria blickte auf. In ihren sanften Augen lag wieder diese seltsame Trauer. Es war kaum denkbar, dass sie nur gespielt war. »Es … es tut mir leid. Ich gehe jetzt besser.« Sie stand auf.

»Nein, warten Sie!« Ich wusste, dass es vernünftig gewesen wäre, sie nicht aufzuhalten. Dass es sinnlos war, sich an einen solchen Strohhalm zu klammern. Doch es war mir plötzlich egal, ob es eine falsche Hoffnung war, die sie mir gab, solange ich nur irgendetwas hatte, an das ich mich klammern konnte. Ich betrachtete den leeren Kuchenteller vor mir und erkannte, dass Hoffnung, so klein und unbegründet sie auch sein mochte, das Einzige war, das mich am Leben hielt. »Es tut mir leid, ich hab es nicht so gemeint. Ich bin einfach etwas … erschöpft.«

Maria setzte sich wieder. »Schon gut. Ich hätte vielleicht gar nichts sagen sollen. Meine Tante hat mich davor gewarnt, darüber zu sprechen.«

»Worüber?«

»Was sie sieht.«

»Erzählen Sie es mir!«

»Wie gesagt, sie holt mich manchmal vom Dienst ab. Es ist schon ein paar Wochen her, Ihr Sohn war gerade von der Intensivstation zu uns verlegt worden. Sie war zuerst bei Mr. Lafferty, das war der alte Mann in dem Bett links, dort, wo jetzt Mr. Sanders liegt. Sie hat ihm die Hand auf die Stirn gelegt und einen Moment die Augen geschlossen. Dann hat sie gelächelt und gesagt, er sei bereit, endlich loszulassen, und dass es nicht mehr lange dauere. Am nächsten Tag war er tot.«

Eine tolle Geschichte. Einem sterbenskranken Menschen seinen Tod zu prophezeien, war wohl keine große Leistung. Aber ich verkniff mir meine skeptische Bemerkung.

»Dann gingen wir zu Eric«, fuhr Maria fort. »Ich erzählte ihr, dass er wegen einer Überdosis Drogen im Wachkoma liegt. Sie setzte sich zu ihm und nahm seine Hand. Sie saß ziemlich lange da, länger als bei den anderen Patienten, und ich dachte, vielleicht ist es schwieriger für sie, weil er so jung ist. Doch als sie die Augen wieder öffnete, waren sie glasig, und sie wirkte ganz verwirrt. Sie sagte etwas, das ich nicht verstand. Ich fragte nach, was mit Eric los sei, und erst in diesem Moment schien sie zu realisieren, wo sie war. Sie antwortete, er habe sich selbst verloren. ›Verloren?‹, fragte ich. ›Er findet den Weg zum Licht nicht‹, antwortete sie. Ich habe nicht genau verstanden, was sie damit meinte, aber sie wollte nicht darüber sprechen. Erst später hat sie es mir erklärt.«

Maria trank etwas Wasser, bevor sie fortfuhr. »Sie sagte, die Seelen der Sterbenden müssen ihren Weg zum Licht finden. Das ist manchmal ein langer, verschlungener Weg, doch jede Seele hat so etwas wie einen Kompass, der sie zuverlässig leitet. Die Seele Ihres Sohnes jedoch weiß nicht, wohin sie gehen soll.«

# 3.

»Hören Sie doch auf mit diesem Unsinn!«, rief ich so laut, dass sich die Köpfe an den Nachbartischen zu uns umwandten. »Ich will davon nichts mehr hören! Mein Sohn stirbt nicht!« Plötzlich begann ich zu zittern. Ein würgendes Geräusch entrang sich meiner Kehle, dann schüttelte mich ein Weinkrampf. Als Erwachsene habe ich nicht oft geweint, schon gar nicht in der Öffentlichkeit. Aber es war einfach zu viel.

Maria starrte schweigend in ihr Glas.

Nach einer Weile beruhigte ich mich. »Entschuldigen Sie. Es tut mir leid, dass ich die Fassung verloren habe. Ich glaube Ihnen, dass Sie für wahr halten, was Sie mir gerade erzählt haben. Aber wenn Ihre Tante tatsächlich mit Seelen sprechen kann, dann irrt sie sich! Mein Sohn sucht nicht den Weg ins Licht des Jenseits. Er sucht ...«

Ich stockte, als mir ein Gedanke kam. »Vielleicht ... vielleicht haben Sie ja Ihre Tante falsch verstanden. Sie meinte möglicherweise nicht dieses Licht, das die Sterbenden anlockt. Oder vielleicht hat sie es selbst missverstanden. Sie hat vielleicht wirklich die Seele meines Sohnes gesehen, die in seinem Kopf herumirrte. Aber er suchte nicht das Licht der Nachwelt. Er sucht den Weg zurück in die Wirklichkeit!«

Während ich redete, ließ Hoffnung mein Herz schneller schlagen, und sosehr ich mich auch bemühte, meine eigenen Erwartungen zu dämpfen, konnte ich meine Erregung doch nicht unterdrücken. Was, wenn es wirklich so war? Was, wenn Marias Tante keine Betrügerin war, sondern tatsächlich Kontakt zu Erics Seele gehabt hatte? »Ich muss unbedingt mit ihr sprechen!«

Maria wurde blass. »Ich ... ich glaube nicht, dass das möglich ist. Ich habe Ihnen schon zu viel erzählt. Sie hat mir verboten, mit anderen darüber zu sprechen.«

»Maria, bitte! Verstehen Sie denn nicht? Wenn es wirklich stimmt, was Ihre Tante sagt, wenn sie Erics Seele tatsächlich sieht, dann ist sie vielleicht die Einzige, die ihn aus dem Koma zurückholen kann! Bitte, Sie müssen mir helfen, Maria!«

Die junge Pflegerin sah mich einen Moment lang zweifelnd an. Dann gab sie sich einen Ruck. »Also gut. Sie kommt übermorgen Abend. Aber ich kann Ihnen nicht versprechen, dass sie bereit sein wird, mit Ihnen zu reden.«

»Danke, Maria! Vielen Dank!«

In dieser Nacht hatte ich zum ersten Mal seit langem einen tiefen, erholsamen Schlaf. Doch als ich am nächsten Morgen ins Krankenhaus fuhr, kam ich mir albern und naiv vor. Hatte ich wirklich auch nur eine Sekunde lang geglaubt, Marias Tante könne mir mit ihrem esoterischen Hokuspokus helfen? Ein paar Mal war ich drauf und dran, zu Maria zu gehen und das Treffen abzusagen, aber jedes Mal war da diese kleine Stimme in meinem Hinterkopf, die mir zuflüsterte, ein Versuch könne ja schließlich nicht schaden.

Als ich Emily Morrison am folgenden Abend zum ersten Mal sah, wusste ich sofort, dass sie keine Betrügerin war und auch keine durchgeknallte Spinnerin. Sie war Anfang vierzig wie ich selbst, hochgewachsen, mit einer geraden Nase, schwarzem, streng zurückgebundenem Haar und einem ernsten Gesicht.

Ich erhob mich vom Stuhl, den ich neben Erics Bett gezogen hatte, und streckte ihr meine Hand entgegen. »Mein Name ist Anna Demmet.«

»Emily Morrison.« Sie lächelte nicht. »Ich bin mir nicht sicher, ob mein Besuch hier von irgendeinem Nutzen sein kann.« Sie sah auf meine Hand, als fürchte sie, ich könnte eine ansteckende Krankheit haben. Erst nach kurzem Zögern griff sie zu.

Etwas Merkwürdiges geschah, als unsere Hände sich berührten. Mir war, als verändere sich der Raum für einen kurzen Moment, als sei das Licht plötzlich anders. Ein seltsames Gefühl der Desorientierung überkam mich, wie man es manchmal hat, wenn man etwas in Gedanken tut und dann plötzlich nicht mehr genau weiß, was man eigentlich gerade macht und warum.

Emily Morrisons Augen weiteten sich im selben Moment, so als bekäme sie einen Schreck. Doch sie sagte nichts.

Der Augenblick verging. »Was genau kann ich für Sie tun, Mrs. Demmet?«

»Nennen Sie mich Anna, bitte.«

Ein dünnes Lächeln erschien auf ihren Lippen. »Einverstanden, wenn Sie Emily sagen.«

»Ihre Nichte hat mir erzählt, dass Sie irgendwie … Kontakt zu den Seelen der Menschen herstellen können, Emily. Sie meinte, mein Sohn sei auf der Suche nach dem Licht, könne es aber nicht finden. Ich habe mir überlegt, dass er vielleicht nicht das Licht des Jenseits sucht, sondern das Licht der Wirklichkeit! Vielleicht können wir ihn mit Ihrer Hilfe aus dem Gefängnis seines Wachkomas befreien!«

Emily musterte mich schweigend. Ihre braunen Augen konnten vermutlich genauso sanft sein wie Marias, doch jetzt hatten sie eine durchdringende Schärfe, die mich frösteln ließ. »*Sie* haben sich überlegt, was *Ihr Sohn* sucht?«, fragte sie. Ihre Stimme war ruhig, doch der Tadel darin unüberhörbar: Ich hatte mich zu weit vorgewagt, hatte voreilige Schlüsse gezogen, mir ein Urteil über Dinge erlaubt, die ich nicht verstand.

Ich erwiderte ihren Blick. »Könnte es denn nicht so sein?«

Ihr Gesichtsausdruck wurde milde. »Sie lieben Ihren Sohn so sehr, dass sie ihn um jeden Preis wiederhaben wollen, nicht wahr?«

»Allerdings. Egal, was passiert, ich werde ihn nicht aufgeben. Niemals!«

»Anna, ich weiß nicht, ob ich Ihnen helfen kann. Die Seele Ihres Sohnes lässt sich nicht herumkommandieren oder führen wie ein Ochse am Nasenring. Wenn er nicht zu Ihnen zurückwill, dann kann weder ich noch sonst irgendjemand ihn dazu zwingen!«

»Aber er will zu mir zurück«, protestierte ich. »Das weiß ich einfach! Wenn … wenn sich sein Geist irgendwie verirrt hat, dann müssen wir ihm helfen. Bitte, lassen Sie es uns wenigstens versuchen!«

»Also schön. Ich will versuchen, Kontakt mit ihm aufzunehmen.« Sie setzte sich auf Erics Bett, strich sanft über seine Wangen und seine Stirn. Dann nahm sie seine kraftlose linke Hand, legte ihre schlanken Finger darum und schloss die Augen.

Lange geschah nichts. Es gab nicht das geringste Anzeichen dafür, was hinter Emilys krauser Stirn vorging. Auch Eric lag schlaff und teilnahmslos da wie immer.

Nach ein paar Minuten überkamen mich Zweifel, ob mir Emily nicht doch nur Theater vorspielte. Wie lange sollten wir denn noch hier sitzen und tatenlos zusehen? Maria erwiderte meinen fragenden Blick mit einem Schulterzucken.

Ich streckte meine Hand aus und legte sie sanft auf Emilys.

Es war, als öffne sich ein Abgrund unter mir. Der Raum drehte sich um mich, dann umgab mich Schwärze. Für einen Moment hatte ich das Gefühl, nicht mehr in dem Krankenzimmer zu sein, sondern auf einer weiten, leeren Ebene, bedeckt mit Steinen und grauem Sand, unter einem blassen, konturlosen Himmel.

Ich schrie auf vor Schreck.

Ich öffnete die Augen und begriff erst in diesem Moment, dass ich sie geschlossen hatte. Emily blickte mich an. Ihre Augen waren geweitet, ihr Gesicht totenbleich. »Tun Sie das nie wieder!«, sagte sie mit bebender Stimme.

»Was ... was war das?«, fragte ich.

Emilys Augen verengten sich. »Was haben Sie gesehen?«

»Da ... da war so eine Art Wüste ... Steine, Sand ... alles war grau und leer ...«

Emily stand auf. »Ich muss jetzt gehen«, sagte sie.

»Nein, warten Sie! Emily, bitte!« Ich hatte keine Ahnung, was da gerade geschehen war, aber ich wusste, es war etwas Außergewöhnliches. Etwas, das mein nüchternes Weltbild zertrümmerte und meinen New Yorker Realismus, auf den ich so stolz war, im Handumdrehen wie Engstirnigkeit und Borniertheit erscheinen ließ.

Ich war mir sicher: Ich hatte für einen kurzen Moment gesehen, was Erics verirrter Verstand sah.

Ich hatte seine Seele berührt.

# 4.

Ich fühlte mich plötzlich klein und bedeutungslos, war gleichzeitig überwältigt von dem, was ich soeben erlebt hatte. Es war, als sei alles, was ich bisher für die Realität gehalten hatte, nur eine Fassade, die etwas viel Größeres, viel Bedeutenderes verbarg. »Bitte, Emily, hilf mir!«, sagte ich mit tränenerstickter Stimme. »Bitte, bring mich noch einmal zu ihm!«

Sie schüttelte langsam den Kopf. »Das geht nicht! Sie haben offenbar ebenso wie ich die Gabe, Seelen zu berühren. Aber Sie haben keinerlei Erfahrung damit, und er ist Ihr Sohn. Niemand kann sagen, was geschieht, wenn Ihre Seelen sich so nahe kommen. Dafür kann ich die Verantwortung nicht übernehmen!«

Ich fasste Eric an beiden Händen, schloss die Augen und versuchte, das Bild heraufzubeschwören, das ich so deutlich gesehen hatte. Doch da war nichts. Ohne Emilys Hilfe konnte ich den Kontakt nicht herstellen.

Ich spürte ihre Hand auf meiner Schulter. »Anna, Ihr Sohn wird seinen Weg auch ohne uns finden, da bin ich sicher.«

Ich blickte auf, direkt in ihre sanften Augen, und sah, dass es eine Lüge war. Ich kämpfte die Tränen nieder. »Was haben Sie gesehen?«

»Dasselbe wie Sie: eine leere Ebene.«

»Was hat das zu bedeuten, Emily?«

»Ich weiß es nicht. Aber …«

»Was, aber?«

»Normalerweise ist es anders. Normalerweise sehe ich

Gesichter, manchmal diffuse Farben oder Formen, gelegentlich auch Erinnerungsfetzen, meist von schlimmen Ereignissen. Aber ich habe noch nie etwas so klar gesehen. Und niemals zuvor eine solche Landschaft. So … leer.«

Ich spürte, dass sie noch nicht alles gesagt hatte, also wartete ich.

»Er war nicht dort«, sagte sie nach einem Moment. »Ich habe überall gesucht, doch ich konnte Erics Seele nicht finden.«

»Aber ich kann es!« Ich hatte keine Ahnung, woher die plötzliche Gewissheit kam, aber sie war da. »Maria hat von einer Art Kompass gesprochen, mit dem die Seelen den Weg zum Licht finden, nicht wahr?«

Emily nickte langsam.

»Ich bin sicher, ich habe auch so einen Kompass. Ich glaube, jede Mutter hat ihn in Bezug auf ihre Kinder. Ich kann ihn bestimmt aufspüren. Sie müssen mich nur noch einmal an diesen Ort bringen!«

»So einfach ist das nicht«, sagte Emily. »Es ist schon sehr anstrengend, wenn man es allein macht. Zu zweit hab ich es noch nie probiert. Und wie ich schon sagte, es ist gefährlich.«

»Es ist mir egal, ob es gefährlich ist!«, rief ich. »Mein Sohn wird nie wieder aufwachen, wenn wir ihm nicht helfen!«

»Anna, es liegt nicht in unserer Hand, ob er …«

»Doch, das liegt es, verdammt noch mal!« Zorn durchströmte mich. Ich war Erics Rettung so nah, und nun kam mir diese merkwürdige Frau mit irgendwelchen esoterischen Bedenken.

Emily seufzte. »Also schön. Ich brauche jetzt etwas Ruhe, aber ich komme morgen wieder. Dann versuchen wir es noch einmal.«

Durch den Schleier meiner Tränen erschien ihr Gesicht auf einmal strahlend schön. »Danke!«, sagte ich nur.

In dieser Nacht schlief ich unruhig. Ich träumte davon, auf einer leeren Ebene herumzuirren, die ich nie mehr verlassen konnte.

Als Eric fünf Jahre alt war, hatten wir einen kurzen Urlaub in Las Vegas gemacht. Das war, bevor Ralph mich verließ. Er hatte dort beruflich zu tun – er war Anwalt – und meinte, es sei eine gute Idee, das Angenehme mit dem Nützlichen zu verbinden. Mich erschreckte die Stadt eher: all der falsche Glanz der Casinos und Showpaläste, die vielen einsamen Menschen, die verzweifelt versuchten, den Maschinen ein wenig Glück zu entreißen.

Ralph hatte viel zu tun und kaum Zeit für uns, und so waren Eric und ich meistens allein. Eric wollte unbedingt mal eine richtige Wüste sehen, also unternahmen wir einen Ausflug ins Death Valley. Die Landschaft sah aus, als habe jemand ein riesiges schmutziges Handtuch zerknüllt. Es war eindrucksvoll, aber ich hatte die ganze Zeit eine fast übermächtige Angst, der Wagen könne liegenbleiben und wir beide würden hier mitten in der Wüste verdursten. Trotz der Klimaanlage unseres Mietautos stand mir die ganze Zeit der Schweiß auf der Stirn. Als wir abends endlich zurück im Hotel waren, weinte ich beinahe vor Erleichterung. Ich mag Wüsten nicht besonders.

Am nächsten Morgen fuhr ich ins Krankenhaus und ging die meiste Zeit unruhig in Erics Zimmer umher. Ich war so nervös, dass ich ernsthaft überlegte, wieder mit dem Rauchen anzufangen, nur um irgendwas zu tun, bis Emily kam. Maria sah ich den ganzen Tag nicht.

Am Abend überkam mich die Angst, Emily werde ihr

Versprechen nicht halten. Ich ging ins Schwesternzimmer und fragte nach Maria. Ich erfuhr, dass sie sich krankgemeldet hatte, und war mir plötzlich sicher, dass auch Emily einen Vorwand finden würde, um nicht zu kommen. Ich setzte mich wieder an Erics Bett und war auf einmal sicher, dass sich sein entspanntes, leeres Gesicht nie wieder zu einem Lächeln verziehen würde. Mein Hals schnürte sich zusammen.

»Hallo, Anna.«

Ich fuhr herum. Ich hatte Emily nicht hereinkommen hören. »Du … du bist gekommen!«

Sie sah mich ernst an. »Ich hatte es doch versprochen.« Sie zog sich einen zweiten Stuhl heran.

Meine Hände zitterten vor Aufregung. »Was muss ich tun?«

»Bleib einfach ganz ruhig sitzen. Wir nehmen jeder eine seiner Hände und fassen uns an, so dass wir einen Kreis bilden. Und jetzt schließ die Augen.«

Ich gehorchte und konzentrierte mich auf das Bild der Ebene.

Nichts geschah.

Enttäuscht öffnete ich die Augen wieder. »Nicht so ungeduldig«, sagte sie mit mildem Tadel in der Stimme.

Wieder schloss ich die Lider und versuchte, die Vision vom Vortag heraufzubeschwören. Ich wusste noch genau, wie die Ebene ausgesehen hatte – selbst die Form der einzelnen Steine in meiner Nähe hatte ich klar vor Augen. Doch so sehr ich mich bemühte, das Bild wollte sich einfach nicht einstellen.

»Lass das«, sagte Emily leise. »Versuch nicht, es zu erzwingen. Denk einfach an gar nichts.«

Ich fragte mich, woher sie wusste, was ich dachte. Konnte sie tatsächlich meine Gedanken lesen? *Kannst du das, Emily?*, dachte ich. Aber es gab keine Reaktion. Vermutlich hatte sie nur meine Anspannung gespürt.

Ich versuchte an gar nichts zu denken, wie Emily gesagt hatte. Aber das ist nicht so einfach. Ich behalf mir damit, dass ich mir einfach nur eine schwarze Wand vorstellte. Oder nein, eher einen schwarzen Vorhang. Einen Vorhang aus dünnem Stoff, schwarze Seide vielleicht. Ich konnte hindurchsehen – auf eine graue, steinige Ebene.

Ich streckte eine Hand aus, um den Vorhang zur Seite zu schieben, und saß wieder auf meinem Stuhl neben Erics Krankenbett. Ich begriff, dass ich den Kreis unterbrochen hatte.

Emily tadelte mich nicht. Sie ergriff einfach wieder meine Hand und schloss die Augen. Ich folgte ihrem Beispiel.

Es dauerte einen Moment, bis ich das Bild wieder sah. Doch durch den schwarzen Schleier war es verschwommen und undeutlich. Ich wartete, sorgsam darauf bedacht, nicht wieder denselben Fehler zu machen, es herbeizwingen zu wollen.

Doch die Ebene wurde nicht deutlicher.

Ich wurde ungeduldig. Es war zum Verzweifeln: Da war ich hier, in Erics Gedankenwelt, und dieser dämliche Schleier hielt mich davon ab, ihn zu finden! Doch was ich auch versuchte, ich konnte den transparenten Stoff nicht zum Verschwinden bringen.

»So hat es keinen Sinn«, sagte Emily nach einer Weile. »Lass es mich noch mal allein versuchen.«

Ich öffnete die Augen und ließ sie los. Wie gestern umklammerte sie Erics Hand und blieb reglos sitzen. Lange saßen wir so da, während langsam Verzweiflung in mir hochstieg. Schließlich hielt ich es nicht mehr aus und legte meine Hand auf ihre. Doch diesmal gab es kein schockartiges Erlebnis, kein verwirrendes Gefühl, an einen anderen Ort versetzt zu werden. Alles, was ich erreichte, war, dass Emily seufzte und die Augen öffnete.

Ich erschrak. Ihre Augen waren blutunterlaufen.

»Es … es tut mir leid, Anna«, sagte sie. »Es geht nicht. Ich kann ihn einfach nicht finden!«

# 5.

Nichts ist grausamer als aufkeimende Hoffnung, die jäh zerstört wird.

An diesem Abend fiel ich in eine tiefe Depression. Ich legte mich aufs Bett, ohne mich vorher auszuziehen, und starrte einfach ins Leere. Ich hatte nicht einmal genug Energie, um zu weinen.

Irgendwann schlief ich ein. Als ich erwachte, war es heller Tag. Der Wecker zeigte 11.24 Uhr. Normalerweise war ich um diese Zeit schon längst bei Eric, doch ihn dort liegen zu sehen, unerreichbar trotz Emilys erstaunlicher Fähigkeiten, war mehr, als ich heute verkraften konnte.

Ich hatte bohrende Kopfschmerzen. Es war keiner der Migräneanfälle, die mich gelegentlich überfielen. Stattdessen schien mein Schädel mit kleinen stachligen Kugeln gefüllt zu sein, die sich unablässig um sich selbst drehten und dabei ein hässliches knirschendes Geräusch machten. Vermutlich war es so etwas wie geistiger Muskelkater, eine Nachwirkung der Anstrengungen meines gestrigen Kontaktversuchs mit Erics Seele. Ich mochte mir nicht vorstellen, wie sich Emily jetzt fühlen musste.

Ich stand auf, wankte in die Küche und kramte in der Schublade, bis ich eine halbleere Packung Aspirin fand. Ich drückte eine Tablette aus der Plastikhülle und betrachtete sie nachdenklich in meiner offenen Hand.

Ein Gedanke durchzuckte mich, und ich vergaß meine Schmerzen. Ich ging in Erics Zimmer und öffnete die oberste Schublade seines Schreibtischs. Der Plastikbeutel lag immer noch dort. Ich zählte neunzehn blaue Kapseln.

Ich nahm eine heraus und drehte sie zwischen den Fingern. Sie fühlte sich weich und glatt an, irgendwie freundlich. Die hellblaue Ummantelung wirkte harmlos wie Kinderspielzeug.

Ich legte den Beutel zurück in die Schublade, ging in die Küche, füllte ein Glas mit Leitungswasser und schluckte die Kapsel. Dann setzte ich mich ins Wohnzimmer und sah hinaus auf den kleinen Park. Auf dem Basketballfeld auf der anderen Straßenseite spielten Schulkinder in Erics Alter. Ein paar Krähen kreisten über den Bäumen. In der Ferne sah ich die Spitzen der Wolkenkratzer des Finanzdistrikts aufragen, dort, wo früher die Zwillingstürme des World Trade Center gestanden hatten.

Ich merkte, wie allmählich wieder Hoffnung in mir aufkeimte. Ich war in dieser Stadt geboren und aufgewachsen. New York war ein globales Symbol, eine Stadt, die Schreckliches erlebt hatte, die sich jedoch nicht unterkriegen ließ. Eine New Yorkerin gibt niemals auf!

Neue Kraft begann in meinen Adern zu pulsieren, eine Energie, wie ich sie seit langem nicht mehr gespürt hatte. Ich fühlte mich gut. Nein, »großartig« war das passendere Wort.

Ich stand auf, um einen kleinen Fleck an der Wand über dem Fernseher näher zu betrachten. Er war mir noch nie zuvor aufgefallen.

Aus dem Augenwinkel nahm ich etwas wahr – ein seltsames Licht. Ich drehte mich um und sah, dass das ganze Zimmer zu leuchten schien. Es war keine externe Lichtquelle, die diesen Effekt verursachte. Es waren die Möbel selbst, die Bilder, selbst der abgenutzte Holzfußboden, die von innen heraus erglühten. Ich sah an mir herab und erkannte, dass auch ich selbst in diesem merkwürdigen Licht erstrahlte, als sei ich eine Figur in einer Leuchtreklame bei Nacht.

Alles sah auf einmal viel kräftiger, strahlender aus, viel bunter und lebendiger. Viel wirklicher.

Ein breites Grinsen stahl sich auf mein Gesicht. Es funktionierte! Die Kapseln trugen den Namen »Glanz« zu Recht.

Ich duschte, zog mir frische Kleidung an und stellte mich zum ersten Mal seit Wochen vor den Spiegel, um mich zu schminken. Mein Gesicht zeigte deutliche Spuren der Strapazen, doch es erschien mir trotzdem kraftvoll und schön. Ein fröhlicher Glanz lag in meinen Augen, den ich dort wohl seit meiner Kindheit nicht mehr gesehen hatte.

Für einen Moment spielte ich mit dem Gedanken, den Anrufbeantworter abzuhören, dessen Nachrichtenspeicher längst voll war, vielleicht Jerry anzurufen und ihm zu erklären, warum ich mich in den letzten Wochen nicht gemeldet hatte. Doch ich verwarf die Idee – es gab jetzt Wichtigeres zu tun.

Ich fuhr ins Krankenhaus. Maria war immer noch krankgemeldet. Ich setzte meine ganze Überredungskunst ein, um von einer der anderen Schwestern ihre private Telefonnummer zu bekommen. Nach dem siebten Klingeln nahm jemand ab, eine junge Frau, deren Namen ich nicht genau verstand. Ich fragte nach Maria Morrison.

»Augenblick, ich hole sie …« Dann eine kurze Pause.

»Hallo?«

»Maria? Hier ist Anna Demmet.«

»Was ist los? Sie klingen so fröhlich. Ist Eric aufgewacht?«

»Nein. Ich brauche die Telefonnummer von Emily.«

»Die kann ich Ihnen nicht geben.«

»Maria, bitte! Sie war gestern hier. Wir haben gemeinsam versucht, Erics Seele zu erreichen, es jedoch nicht geschafft. Aber ich habe vielleicht eine Möglichkeit gefunden, wie wir zu ihm vordringen können. Das glaube ich zumindest.«

»Meiner Tante geht es nicht gut«, erwiderte Maria.

Das vertrieb meine Euphorie für einen Moment. Ich dachte an ihre blutunterlaufenen Augen, und zum ersten Mal, seit ich die Kapsel genommen hatte, befielen mich wieder Zweifel. »Darf ich bitte mit ihr sprechen?«

»Es tut mir leid, aber sie braucht Ruhe.«

Ich spürte, wie Wut in mir aufkeimte. Mein Sohn lag im Koma, und Maria erzählte mir, dass ihre Tante Ruhe brauche! Ich schluckte meinen Zorn herunter. »Bitte, Maria, ich möchte nur kurz mit ihr sprechen.«

»Also schön. Aber bitte, Mrs. Demmet, schonen Sie sie!«

Ich verließ das Krankenhaus und wählte die Nummer, die Maria mir genannt hatte, erreichte aber nur den Anrufbeantworter. Ich sprach Emily eine Nachricht auf. Da Mobiltelefone im Krankenhaus ausgeschaltet bleiben mussten, ging ich in der Hoffnung auf einen Rückruf spazieren.

Bald darauf stand ich am Ufer des East River, an derselben Stelle, an der ich vor wenigen Tagen das junge Liebespärchen mit dem geteilten Kaugummi gesehen hatte. Der Fluss, die Bäume, die Menschen erstrahlten in jenem intensiven, von innen kommenden Licht, das die ganze Welt verzauberte. Selbst die grauen Anleger und Lagerhallen auf der anderen Flussseite wirkten auf einmal einladend. Ich hätte laut singen können vor Glück, doch meine anerzogene Zurückhaltung verbot es mir.

Eigentlich hatte ich nicht damit gerechnet, dass sich Emily tatsächlich melden würde, doch nachdem ich ein Stück am Ufer entlang Richtung Süden gewandert war, klingelte mein Handy.

»Danke, dass du zurückrufst, Emily«, sagte ich. »Wie geht es dir?«

Sie schwieg einen Moment. »Was ist los?«

»Ich möchte es noch einmal probieren. Ein letztes Mal.«

»Nein.« Es klang endgültig. Ich begriff, dass sie mich nur zurückgerufen hatte, um mir das zu sagen: Ich konnte mit ihrer Hilfe nicht mehr rechnen. Sie hatte alles getan, was sie konnte. Ich sollte sie in Ruhe lassen.

»Emily, bitte! Ich weiß, dass wir ihn gemeinsam zurückholen können.«

»Wir beide haben nicht die Macht, über Leben und Tod zu entscheiden, Anna. Manchmal muss man die Wahrheit akzeptieren. Manchmal muss man das, was man liebt, loslassen.«

Tränen schossen mir in die Augen. Die von der Kapsel ausgelöste Euphorie war wie weggeblasen. Die Vorstellung, Eric könnte sterben, presste die Luft aus meinen Lungen. »Verlangst du wirklich von mir, ihn aufzugeben? Er ist mein Sohn!«, schluchzte ich. »Wenn ich ihn verliere, dann … dann will ich auch sterben.«

»So etwas darfst du nicht sagen«, mahnte Emily, doch ihre Stimme war sanfter geworden. »Das Leben ist heilig. Man darf es nicht einfach wegwerfen!«

»Dann hilf mir, sein Leben zu retten!«

Emily schwieg einen Moment. »Also gut«, sagte sie schließlich. »Ein letztes Mal. Ich bin gegen achtzehn Uhr im Krankenhaus.«

»Danke, Emily. Vielen Dank.«

Sie legte kommentarlos auf.

Pünktlich um sechs erschien sie. Ihr Gesicht wirkte grau und eingefallen. Ihre Augen waren nicht mehr blutunterlaufen, hatten jedoch eine kränklich gelbe Farbe. Sie musterte mich mit ausdruckslosem Blick. Ohne ein Wort zu sagen, setzte sie sich neben Erics Bett, ergriff seine rechte Hand und hielt mir die andere hin.

Ich nahm sie, und in der nächsten Sekunde stand ich dort.

# 6.

Ich sah mich um. Die Ebene erstreckte sich, so weit das Auge reichte. Immer noch nahm ich die Welt nur durch jenen schwarzen Schleier wahr, doch das Gefühl, wirklich hier zu sein, war überwältigend.

Ich sah an mir herab. Statt Jeans und T-Shirt trug ich ein schwarzes, wallendes Gewand aus dünnem Stoff. Er streichelte sanft meine Haut, kitzelte an der Nase. Ich spürte groben Sand unter meinen nackten Füßen.

Ich hob eine Hand und hielt sie vor mein Gesicht. Dann griff ich unter das Kinn, hob eine Art Schleier an und schob ihn über den Kopf zurück. Ein leichter Wind wehte durch mein Haar und bewegte den dünnen Stoff des Gewands.

Die Welt sah so real aus, fühlte sich so *wirklich* an, dass ich nicht das Gefühl hatte, mich in einem Traum zu befinden, sondern zum ersten Mal in meinem Leben richtig wach zu sein.

Ein überwältigendes Gefühl durchdrang mich, eine Euphorie, die ich noch nie erlebt hatte. Ich war wirklich hier, in Erics Gedankenwelt! Ich würde seine Seele finden, und wenn ich bis ans Ende dieser traurigen, leeren Welt gehen musste!

Ich musste mich selbst loben für meine Idee, die Droge zu nehmen. Offensichtlich war sie der Schlüssel, der die Tür zur Gedankenwelt anderer Menschen aufschloss. Was für eine ungeheure Entdeckung! Psychologen wären mit Hilfe von »Glanz« und eines Mediums wie Emily in der Lage, die Gefühls- und Gedankenwelt von Geisteskranken zu erforschen, oder die von Genies. Man würde die Geheimnisse des Verstandes auf ganz neue Art erkunden können. Für einen albernen Moment sah ich mich in einem festlich beleuchteten Saal in Stockholm, während der schwedische König mir die Nobelpreisurkunde überreichte.

Dann endlich setzte mein kritischer Verstand wieder ein und machte mir klar, dass es Dringenderes zu tun gab, als hier herumzustehen und sich lächerlichen Tagträumen hinzugeben. Ich mochte in Erics Geisteswelt eingedrungen sein, aber ich hatte ihn noch lange nicht aus dem Gefängnis seines Komas befreit. Die merkwürdige gute Laune und diese verdammte Überheblichkeit waren Nebenwirkungen der Glanz-Kapsel. Ich musste vorsichtiger sein.

Mir fiel auf, dass Emily nicht da war. Zumindest war sie nirgendwo zu sehen. Ich stand völlig allein auf der leeren Ebene. Kein Laut war zu hören.

»Emily?«, sagte ich. Und dann etwas lauter: »Emily!«

Die Euphorie, die ich eben noch gespürt hatte, fiel von mir ab und wurde durch eine unbestimmte Furcht ersetzt. Emilys Worte hallten durch meinen Geist: Anna, das hier ist gefährlich. Niemals sollte man versuchen, die Seele von jemandem zu berühren, der einem sehr nahe steht …

Ich wollte plötzlich hier weg. Ich schloss die Augen, versuchte, Emilys und Erics Hand zu spüren, den Stuhl, auf dem ich saß, doch da waren nur das Kitzeln des Gewands auf meiner nackten Haut und der Wind, der sanft durch mein Haar strich. Mein Herz schlug mir bis zum Hals. Was, wenn ich nie wieder in die wirkliche Welt zurückfand? Wenn ich ebenso ziellos in dieser endlosen Ödnis herumirrte wie Eric, ohne ihm jemals zu begegnen?

Ich atmete ein paar Mal tief ein und aus – die Luft war

warm und trocken – und beruhigte mich. Emily würde mich schon irgendwie zurückholen. Die Wirkung der Kapsel würde irgendwann nachlassen, dann könnte ich diesen seltsamen Traum verlassen. Es war das Beste, die Zeit zu nutzen, solange ich hier war. Doch wohin sollte ich mich wenden? Die Ebene sah in allen Richtungen gleich aus.

Nein, nicht ganz. In der Ferne glaubte ich etwas zu erkennen, einen dunklen Umriss, so winzig, dass ich ihn beinahe übersehen hätte. Ich kniff die Augen zusammen. War das eine menschliche Gestalt? Nein, die Proportionen stimmten nicht.

Neugierig ging ich darauf zu. Der warme, grobkörnige Sand kitzelte unter meinen Füßen. Bald erkannte ich, dass das ferne Gebilde ein Baum war. Obwohl es die konturlose Landschaft schwermachte, Entfernungen abzuschätzen, kam er mir nicht sehr groß vor. Seine schwarzen Blätter bewegten sich im Wind.

Als ich mich auf etwa fünfzig Schritte genähert hatte, stoben die Blätter plötzlich auf, als habe eine Sturmbö sie erfasst. Sie wirbelten umeinander und kreisten über dem jetzt nackten Stamm: Hunderte schwarzer Vögel.

Erschrocken blieb ich stehen.

Die Vögel flogen in einem dichten Pulk auf mich zu. Ich wollte weglaufen, doch bevor ich auch nur einen Fuß vor den anderen setzen konnte, hatte mich der Schwarm erreicht. Ich sank auf die Knie und schützte meinen Kopf mit den Armen. Das Krächzen war ohrenbetäubend. Ich spürte den Luftzug der Schwingen in meinem Haar. Hin und wieder berührte mich eine Flügelspitze. Doch der befürchtete Angriff scharfer Krallen und Schnäbel blieb aus.

Während ich zitternd im Sand kauerte, stieg der Schwarm

allmählich höher. Als das Krächzen leiser wurde, wagte ich es, den Kopf zu heben. Die Vögel wanden sich in einer Spirale immer höher in den blassen Himmel und trieben schließlich davon wie eine Wolke dünnen Rauchs. Ich sah ihnen eine Weile nach, während sich mein Puls allmählich beruhigte.

Die nackten, schwarzen Zweige des Baums ragten in den Himmel, als flehten sie um Hilfe. Meine Finger strichen über die harte, spröde Rinde. Nicht die kleinste Spur von Leben schien in ihm zu sein.

Ich sah mich um. Doch ich entdeckte keine weiteren Landschaftsmerkmale. Da mir nichts Besseres einfiel, folgte ich der Richtung, in die die schwarzen Vögel geflogen waren.

Ich weiß nicht, wie lange ich wanderte; in dieser Welt konnte ich mich nicht auf mein Zeitempfinden verlassen. Der tote Baum war jedenfalls nicht mehr zu erkennen. Nur meine Fußabdrücke im Sand gaben mir einen Hinweis darauf, woher ich kam. Ich bemühte mich, mit meiner Spur eine möglichst gerade Linie zu ziehen.

Irgendwann entdeckte ich in der Ferne vor mir ein schmales dunkelgraues Band. Als ich mich ihm näherte, löste sich die diffuse Kontur in einzelne Felsen auf, die wie unregelmäßige gezackte Säulen in den Himmel ragten. Zunächst reichten sie mir nur bis zu den Knien, doch sie wurden immer höher und überragten mich bald um das Mehrfache meiner Körpergröße wie die Stämme gigantischer versteinerter Bäume – ein zerklüftetes Labyrinth. Der Wind machte ein leise pfeifendes Geräusch, wenn er die Kanten der Steintürme schliff. Der Boden war hart und uneben geworden, und wenn ich nicht aufpasste, stieß ich mir meine nackten Füße an herumliegendem Geröll oder schnitt mich an scharfen Kanten. Nach kurzer Zeit schmerzten meine Füße so sehr, dass ich mehr humpelte als lief.

Ich blickte zu einer der Säulen empor, hoch wie ein sechsstöckiges Haus. Wahrscheinlich hätte ich von dort oben einen guten Blick gehabt, doch es gab keine Möglichkeit für mich, ohne Hilfsmittel an dem Felsen emporzuklettern.

Als ich weiterging, hörte ich hinter mir ein rasselndes Geräusch. Ich fuhr herum. Der Laut verstummte. Es war nichts zu sehen außer den Steinsäulen.

Meine Nackenhaare stellten sich auf. »Hallo?«, rief ich, erhielt jedoch keine Antwort.

Nach einem Augenblick setzte ich meinen Weg fort, bemüht, meine ursprüngliche Richtung beizubehalten. Doch die Säulen erschwerten die Orientierung. Einige waren umgestürzt und blockierten den Weg, so dass ich zu Umwegen gezwungen war. Bald wusste ich nicht mehr, wohin ich stolperte.

Nach einer Weile hörte ich wieder das seltsame Rasseln. Trotz der blutigen Füße beschleunigte ich meine Schritte.

Das Rasseln erklang erneut, näher diesmal, und dann ein zweites Mal aus einer anderen Richtung rechts von mir. Das Gefühl der Bedrohung war jetzt so stark, dass mein Herz raste und ich zu keuchen begann.

Während ich weiterhastete, vernahm ich schräg vor mir ein leises Rauschen. Es war zu gleichmäßig, um vom Wind herzurühren. Es klang eher wie Meeresrauschen. Im selben Moment hörte ich wieder das Rasseln, diesmal ganz nah hinter mir.

Ich fuhr herum. Immer noch konnte ich nichts erkennen außer den Steinsäulen und einem flachen, einen halben Meter durchmessenden Felsbrocken, der drei oder vier Schritte entfernt lag. Ich entdeckte eine Reihe dunkler Flecken in regelmäßigen Abständen auf dem Boden – Blut von meinen wunden Füßen. Der Felsbrocken lag genau auf dieser Spur. Doch ich konnte mich nicht erinnern, über ihn hinweggestiegen zu sein. Merkwürdig.

Ich machte einen Schritt auf den Brocken zu, um ihn genauer anzusehen. Im selben Moment erhob sich der Felsen und bewegte sich auf dünnen, spinnenartigen Beinen auf mich zu. Jetzt erkannte ich zwei dunkle Löcher an seiner Vorderseite und etwas, das wie die Mundwerkzeuge eines Insekts aussah. Das fremdartige Wesen ließ diese Auswüchse aneinanderklappern und erzeugte damit jenes rasselnde Geräusch.

Eine halbe Sekunde war ich gelähmt vor Entsetzen. Dann setzte mein Überlebensinstinkt ein und mobilisierte meine Kraftreserven. Ich spürte den Schmerz in meinen Füßen nicht mehr, als ich zwischen den Säulen hindurchrannte. Ich konnte das Klackern der Beine des Wesens auf dem Untergrund hören. Es rasselte jetzt fast ununterbrochen mit seinen Mundwerkzeugen.

Das Rasseln wurde aus unterschiedlichen Richtungen beantwortet. Rings um mich nahm ich Bewegungen wahr. Als sei die Steinwüste lebendig geworden, krochen von überall her Felsen auf mich zu. Jetzt, wo ich eines der Wesen entdeckt hatte, gaben sich die anderen offenbar keine Mühe mehr, sich verborgen zu halten.

Sie machten Jagd auf mich.

Die plumpen Tiere konnten sich offenbar nicht sehr schnell bewegen. Wären es nur wenige gewesen, hätte ich ihnen wohl entkommen können. Doch das Rasseln wurde immer lauter und kam jetzt von überall her – auch von vorn. Die Tiere hatten mich umzingelt.

Ich vergaß völlig, dass ich mich in einer Traumwelt befand. Ich rannte um mein Leben. Vor mir tauchte plötzlich eines der spinnenartigen Wesen auf und blockierte den Weg zwischen zwei Säulen. Ich machte einen Satz und sprang darüber hinweg. Es schnappte mit zwei seiner dünnen Beine nach mir. Ich spürte Krallen an meinem Fuß, doch es konnte mich nicht festhalten.

Ich wusste, dass ich kaum eine Chance hatte. Dennoch hetzte ich weiter. Im Laufen riskierte ich einen Blick über die Schulter und sah mindestens drei Dutzend der lebendigen Felsen hinter mir.

Ich umrundete eine Steinsäule, und meine letzte Hoffnung zerstob. Ein paar Schritte vor mir endete der Boden an einer unregelmäßigen Abbruchkante. Das Rauschen drang aus der Tiefe herauf. Vor mir erstreckte sich bis zum Horizont ein Ozean.

Ich wandte mich um und blickte in die leeren Augenhöhlen der Felsentiere, die mich im Halbkreis umringten und langsam mit rasselnden Mundwerkzeugen näher krochen. Sie schienen zu wissen, dass ich keine Fluchtmöglichkeit mehr hatte und sie sich nicht beeilen mussten.

Erst jetzt wurde mir wieder bewusst, wo ich mich befand. Dies war nur ein Alptraum meines Sohnes. Doch ich hatte keine Ahnung, ob mir nicht tatsächlich etwas geschehen konnte, wenn mich die Tiere angriffen. Wenn ich hier starb, würde ich dann einfach aufwachen oder in der Realität einen Hirntod erleiden? Ich wollte es auf keinen Fall herausfinden.

Ich schloss die Augen und versuchte, mich in Erics Krankenzimmer zurückzuversetzen, doch das Rasseln verschwand nicht. »Emily!«, schrie ich verzweifelt. »Emily, hol mich hier raus!« Doch wenn sie mich hörte, konnte sie mir offenbar nicht helfen.

Eines der Felsentiere schoss vor und schnappte mit seinen Vorderbeinen nach meinen nackten Beinen. Unwillkürlich machte ich einen Schritt zurück – und trat ins Leere. Ich überschlug mich in der Luft und sah für einen Moment die Brandung mit erschreckender Klarheit auf mich zurasen. Dann prallte ich mit der Schulter auf dem Wasser auf. Es fühlte sich an wie Beton. Die Wellen schlugen über mir zusammen, und eine Strömung zog mich in die Tiefe. Bald wusste ich nicht mehr, wo oben und unten war. Meine Lungen brannten wie Feuer. Ich ruderte mit Armen und Beinen, doch anstatt mich der Wasseroberfläche zu nähern, sank ich immer tiefer in die Dunkelheit.

# 7.

Jemand rüttelte an meiner Schulter. »Anna! Anna, wach auf!«

Es gelang mir nur mit Mühe, die Augen zu öffnen. Ich nahm die Umgebung wie durch einen milchigen Schleier wahr. Ich lag halb auf Erics Bett, mein Kopf auf seinem Bauch. Meine Lungen schmerzten, und ein salziger Geschmack erfüllte meinen Mund. Ich hustete und würgte, sog gierig die kostbare Luft ein.

»Anna, Gott sei Dank!«

Allmählich klärte sich mein Blick. Emilys Gesicht war grau von Sorge und Anstrengung. »Was ist passiert? Ich hatte dich verloren. Ich habe dich überall gesucht, aber du warst weg. Ich dachte schon, du wärst für immer in der Dunkelheit gefangen wie dein Sohn!«

Es dauerte einen Moment, bis ich sprechen konnte. »Es ... es war unglaublich, Emily. Ich war da! Ich war wirklich da!«

»Da? Was meinst du mit ›da‹?«

»Ich war in seinem Kopf. In seiner Welt. Es war so real ... Hast du mich nicht gesehen?«

»Nein. Ich sah die Ebene, doch plötzlich wurde alles schwarz. Ich hatte keinen Kontakt mehr zu dir. Ich bekam schreckliche Angst. Ich habe versucht, dich zu finden, doch es war, als hättest du plötzlich keine Seele mehr! O Anna, ich habe mir solche Vorwürfe gemacht! Ich hätte nie zulassen dürfen, dass du ...«

»Nein, Emily. Du hast nichts falsch gemacht. Im Gegenteil, es war genau richtig!« Ich erzählte ihr in knappen Worten, was ich erlebt hatte. »Du hast recht gehabt, es ist gefährlich. Aber Eric ist irgendwo dort, und ich kann ihn finden. Ich muss!«

»Du ... du willst doch nicht etwa noch einmal dorthin?«

»Doch, Emily. Es ist meine einzige Chance, meinen Sohn zurückzuholen! Ich weiß, es ist ein großes Risiko, aber ich würde es mir nie verzeihen, wenn ich nicht alles versucht hätte. Bitte, Emily, ich muss noch mal dorthin zurück!«

Emily sah mich mit ihren sanften, braunen Augen lange an. »Ich habe keine Ahnung, was passiert, wenn dir in jener Welt etwas zustößt! Es ... es könnte deine Seele beschädigen, oder deinen Geist.«

»Ich weiß. Aber es ist die einzige Möglichkeit.«

Zu meiner Überraschung protestierte sie nicht. »Also gut. Aber nicht jetzt. Es war sehr anstrengend für mich und für dich sicher auch. Wir sollten nach Hause gehen und uns ausruhen. Morgen treffen wir uns wieder um dieselbe Zeit.« Sie erhob sich.

Ich stand ebenfalls auf. Meine Füße schmerzten, so als sei ich tatsächlich über harten, scharfkantigen Boden gerannt. Ich legte die Arme um Emily und drückte sie an mich. »Danke!«

Sie erwiderte die Umarmung, dann löste sie sich von mir. »Bis morgen.« Sie schwankte leicht, als sie den Raum verließ. Offenbar konnte sie sich kaum noch auf den Beinen halten. Ich blickte ihr einen Moment nach, dann sah ich auf die Uhr. Es war erst kurz vor sieben. Ich konnte nicht länger als dreißig Minuten bewusstlos gewesen sein, doch in Erics Traumwelt war es mir vorgekommen, als seien viele Stunden vergangen.

Ich wusste nicht, was ich denken sollte. Ich war ermutigt und doch voller Sorge. Verwirrt nahm ich ein Taxi nach Hause.

Mein ganzer Körper fühlte sich bleischwer an. Die Füße taten schrecklich weh. Als ich die Schuhe auszog, erwartete ich beinahe, Blut zu sehen, doch äußerlich waren sie unversehrt. Ich aß eine Kleinigkeit, legte mich ins Bett und schlief augenblicklich ein.

Mitten in der Nacht schreckte ich hoch. Finsternis umgab mich, und für einen schrecklichen Moment hatte ich das Gefühl, im Meer zu versinken. Ich wandte den Kopf. Die rote Digitalanzeige meines Weckers strahlte in der Dunkelheit wie ein rettender Leuchtturm. Dennoch beruhigte sich mein Puls nur langsam.

Ich lag in der Dunkelheit und versuchte zu ergründen, weshalb ich aufgewacht war. Ich konnte mich nicht daran erinnern, was ich geträumt hatte, aber ich war sicher, dass es düstere Bilder gewesen waren. Aus den stechenden Schmerzen in meinen Füßen war ein dumpfes Pulsieren geworden. Ich seufzte, drehte mich auf die Seite und versuchte wieder einzuschlafen.

Ein leises Geräusch ließ mich hochfahren. Es hörte sich an wie das Flattern schwarzer Flügel.

So etwas wie ein Stromstoß durchfuhr mich. Starr vor Angst lauschte ich in die Dunkelheit, hörte aber nur das sanfte, beruhigende Konzert der Großstadt, das durch das halbgeöffnete Fenster hereindrang: das niemals nachlassende Rauschen des Verkehrs, gelegentlich unterbrochen von dem fernen Heulen einer Polizeisirene oder eines Krankenwagens.

Gerade als ich sicher war, mich getäuscht zu haben, hörte ich es erneut: ein leises Rascheln, verbunden mit einem kaum wahrnehmbaren Kratzgeräusch wie von scharfen Krallen auf Teppich. Ein Laut entfuhr meiner

Kehle, der wie das Wimmern eines Kätzchens klang. Ich streckte meine Hand nach dem Lichtschalter aus, zögerte einen Moment voller Angst vor dem, was mir die Nachttischlampe offenbaren würde, hielt den Atem an und schaltete sie ein.

Da waren keine schwarzen Vögel, die mich mit ihren kalten Augen anstarrten. Mein Schlafzimmer war so, wie es sein sollte: leer.

Erneut hörte ich das Rascheln. Die Ursache war der Vorhang am Fenster, der sich im lauen Nachtwind an einer Topfpflanze rieb.

Erleichterung durchflutete mich. Gleichzeitig wurde mir bewusst, wie stark die Erlebnisse in Erics Traumwelt mich berührten, wie sie mich durchdrangen und veränderten. Ich musste aufpassen, dass ich dabei keinen dauerhaften Schaden nahm.

Ich stand auf und schloss das Fenster. Es dauerte lange, bis ich wieder einschlafen konnte.

Gegen Mittag wurde ich vom Klingeln des Telefons geweckt. Ich nahm nicht ab, und mein Anrufbeantworter war nicht mehr in der Lage, noch mehr Nachrichten aufzuzeichnen. Umso besser.

Ich fühlte mich ausgeruht. Der Schmerz in meinen Füßen war kaum noch spürbar. Offensichtlich heilten psychosomatische Verletzungen schneller als physische.

Ich stand auf, streckte mich und zog die Vorhänge zur Seite. Der Himmel über New York war grau und konturlos wie der über der sandigen Ebene.

Ich duschte, machte mir einen Tee und aß zwei Toasts mit Erdnussbutter und Marmelade. Danach ging es mir besser. Ich steckte eine Glanz-Pille ein und fuhr ins Krankenhaus.

Eric lag genauso still da wie in den letzten Wochen. Ich

küsste ihn und strich sanft über seine Stirn, hinter der sich so viel mehr verbarg, als man äußerlich erkennen konnte. Trotz meiner beängstigenden Erlebnisse vom Vortag spürte ich so etwas wie Vorfreude bei dem Gedanken, in seine geheime Welt zurückzukehren.

Um halb sechs ging ich auf die Toilette, schob die Kapsel in den Mund und spülte sie mit etwas Wasser herunter.

Emily erschien pünktlich. Sie lächelte schwach. Im Gegensatz zu mir schien sie die Strapazen des vergangenen Tages weniger gut überwunden zu haben. Ihr Gesicht wirkte immer noch sehr blass, und sie erschien mir älter als ich sie in Erinnerung hatte. Gleichzeitig zauberte die Droge einen sanften, goldenen Schein um ihren Kopf, so dass sie etwas von einer Heiligen auf einem mittelalterlichen Bild ausstrahlte.

Ich umarmte sie. Dann setzten wir uns wieder neben Erics Bett.

Gerade als wir den Kreis unserer Hände schließen wollten, betrat Dr. Kaufman den Raum. »Sie?«, sagte er scharf. »Was machen Sie schon wieder hier?«

Emily erhob sich. Sie wirkte noch blasser, und ihre Unterlippe zitterte leicht. »Ich ... es tut mir leid, aber ...«

»Ich habe Ihnen doch gesagt, ich will Sie nie wieder auf meiner Station sehen!«, fuhr der Chefarzt sie an.

Ich sprang auf. »Augenblick mal! Was fällt Ihnen ein? Mrs. Morrison ist auf meinen ausdrücklichen Wunsch hier!«

Dr. Kaufmans Gesicht war rot angelaufen. Er zeigte mit dem Finger auf Emily. »Die Frau ist eine Betrügerin! Ein Aasgeier! Sie lungert hier herum und erzählt den Angehörigen meiner Patienten irgendwelche Märchen. Hat sie Ihnen auch gesagt, sie könne die Seele Ihres Sohnes sehen, sogar mit ihr sprechen?«

Ich wusste, dass es keinen Sinn hatte, dem Arzt die Wahrheit zu erklären. »Nein. Sie leistet mir einfach nur Beistand.« Mir kam eine Idee. »Wir sind beide ›Hüterinnen des Heiligen Sakraments vom Dritten Tage‹. Sie wollen uns doch nicht etwa an der Ausübung unseres Glaubens hindern?«

Das wirkte. Der Arzt durfte die verfassungsmäßig garantierte Religionsfreiheit nicht einschränken. »Tun Sie von mir aus, was Sie wollen. Aber ich sage Ihnen, diese Frau will Sie nur über den Tisch ziehen! Was immer Sie tun, geben Sie ihr kein Geld!« Damit wandte er sich um und verließ mit steifen Schritten das Zimmer.

Emily und ich sahen uns an. Sie wirkte immer noch sehr blass, doch in ihren Augen lag ein amüsiertes Glimmen. »Hüterinnen des Heiligen Sakraments vom dritten Tage. Das klingt gut. Gibt es die wirklich?«

Ich grinste. »Keine Ahnung. Dieser aufgeblasene Schnösel! Wenn der wüsste ...«

Emily riss die Augen auf. »Du darfst auf keinen Fall jemandem erzählen, was wir hier tun! Niemand darf das wissen!«

Ich erschrak ein wenig über die Heftigkeit ihrer Reaktion. Aber wahrscheinlich hatte sie recht. Man würde vermutlich glauben, ich hätte den Verstand verloren. Wenn mich die Ärzte untersuchten und Spuren der Droge fanden, die meinen Sohn ins Koma versetzt hatte, steckten sie mich vermutlich in eine Entzugsklinik, und Eric wäre verloren.

Emily betrachtete mein Gesicht genauer. »Du ... du siehst merkwürdig aus.«

»Merkwürdig? Was meinst du?«

»Irgendwie ... fröhlich.«

Ich versuchte, meine Verlegenheit mit einem Lächeln

zu überspielen. Wenn Emily herausfand, dass ich Erics Droge nahm, würde sie mir nicht mehr helfen, da war ich sicher. »Ich … ich weiß auch nicht. Ich freue mich irgendwie auf die … andere Welt.«

Emily runzelte die Stirn, schien aber meine Erklärung zu akzeptieren. »Du solltest das nicht auf die leichte Schulter nehmen. Das ist kein Spiel, Anna!«

»Ich weiß.« Ich griff nach Erics und ihrer Hand. Sie schloss den Kreis.

# 8.

Ich lag auf hartem, felsigem Grund. Meine Kleidung war nass, und ich zitterte vor Kälte. Zu meiner Linken rauschte das Meer. Rechts knisterte etwas. Von dort drang wohlige Wärme zu mir.

Ich wagte kaum, die Augen zu öffnen. Doch als ich es tat, wurde ich mit einem Anblick belohnt, der mich mit unendlicher Freude erfüllte.

Etwa drei Meter entfernt brannte ein kleines Feuer. Ein junger Mann saß daneben und starrte gedankenverloren in die Glut. Ihr warmer Widerschein spiegelte sich auf seiner Rüstung, als stünde diese ebenfalls in Flammen. Er hatte ein ebenmäßiges Gesicht mit einer geraden, aristokratisch gewölbten Nase und buschigen Augenbrauen. Sein schwarzes lockiges Haar wurde größtenteils von einem golden schimmernden Helm verdeckt, der den typischen gebogenen Kamm trug, den ich von antiken griechischen Malereien kannte. Licht und Schatten des Feuers spielten auf den ausgeprägten Muskeln seiner nackten Oberarme.

Eric.

Der Mann sah nicht aus wie mein Sohn, aber er musste es sein – oder besser, das Bild, das sich Eric von sich selbst gemacht hatte, von seinem Wunschselbst. Ein antiker Held. Was hätte besser zu dieser merkwürdigen Geschichte gepasst?

Mir fiel ein, dass die meisten griechischen Heldenepen tragisch endeten. Ein Schauer überfiel mich bei dem Gedanken, doch ich verdrängte ihn rasch. Dies war keine antike Sage. Dies war Erics selbstgeschaffene Welt, offensichtlich gestaltet nach dem Vorbild des Computerspiels, das er vor seinem Zusammenbruch gespielt hatte. Denn dass der junge Mann vor mir identisch war mit dem gefallenen Krieger, den ich auf Erics Monitor gesehen hatte, daran bestand kein Zweifel.

Ich wollte aufspringen und ihm um den Hals fallen, doch als ich mich aufrichtete, überkam mich ein heftiges Schwindelgefühl. »Eric!«, rief ich.

Er fuhr herum. Seine Augen weiteten sich. Er sprang auf, kniete vor mir nieder und beugte seinen Kopf tief herab, bis der Kamm seines Helms den Boden berührte.

Einen Moment betrachtete ich ihn verwirrt. »Was … was machst du da?«

Er richtete den Oberkörper auf, blieb jedoch auf den Knien. »Verzeih mir, Göttin. Ich bin nur ein einfacher Krieger und nie darin unterwiesen worden, wie ich mich gegenüber den Unsterblichen verhalten muss.«

Ich lächelte. »Ich bin keine Göttin und auch nicht unsterblich, Eric. Mein Name ist Anna. Ich bin deine Mutter!«

»Verzeih mir … göttliche Anna … aber mein Name ist Iason. Ich weiß, es schickt sich nicht, den Worten einer Unsterblichen zu widersprechen. Aber du wurdest hier angespült, obwohl kein Segel am Horizont zu erkennen war, so als seist du vom Himmel gefallen. Und jung und schön, wie du bist, wie könntest du gleichzeitig eine gewöhnliche Sterbliche und meine Mutter sein? Du müsstest ein Säugling gewesen sein, als du mich gebarst.«

Ich war auf nichts von dem vorbereitet gewesen, was ich bisher in dieser surrealen Welt erlebt hatte. Aber am allermeisten überraschte mich dieses unbeholfene und anrührende Kompliment. Ich sah echte Bewunderung in seinen Augen, und mir wurde klar, dass die Sache nicht so einfach war, wie ich geglaubt hatte. Ich hatte Erics Seele entdeckt, aber ich musste noch einen Weg finden, ihn aus seinem selbstgebauten Gefängnis zu befreien, und ihn zu seinem wahren Selbst führen. Doch erst einmal galt es, ein ganz banales Bedürfnis zu befriedigen: Ich hatte Hunger. Sehnsüchtig betrachtete ich das Stück Fleisch, das an einem Stock über dem Feuer briet und einen köstlichen Duft verströmte.

Eric deutete meinen Blick richtig. Wortlos sprang er auf, nahm den Stock aus dem Feuer und hielt ihn mir hin. »Es ist nicht viel, Göttin, aber mehr kann ich dir nicht anbieten.«

Ich griff nach dem Stock und schlug meine Zähne in das Fleisch. Es war etwas zäh, schmeckte aber köstlich, ein wenig wie gebratener Hummer. Seit Wochen hatte ich nicht mit solchem Appetit gegessen. Erst als ich den gröbsten Hunger gestillt hatte und mehr als die Hälfte des Fleisches vertilgt war, fragte ich mich, was ich da eigentlich aß.

Ich hielt inne, etwas beschämt, dass ich den größten Teil von Erics Mahlzeit aufgegessen hatte, und reichte ihm den Stock.

Er lächelte. »Ich beginne zu glauben, dass du eine Sterbliche bist«, sagte er. »Ich jedenfalls kann mir kaum vorstellen, dass eine Göttin mit solchem Appetit über eine gebratene Felsenspinne herfallen würde. Man sagt doch, dass ihr euch auf dem heiligen Berg von Nektar und Ambrosia ernährt.«

Ich starrte das Stück Fleisch an. Aß ich tatsächlich eines der Monster, die mich verfolgt hatten? »Felsenspinne« schien mir jedenfalls ein treffender Name für die rasselnden Biester. Sie hatten ein wenig Ähnlichkeit mit an Land lebenden, perfekt getarnten Krebsen gehabt. Warum sie also nicht essen? Das war allemal besser, als in ihren Mägen zu landen. Der Gedanke erfüllte mich mit grimmiger Befriedigung.

Die Mahlzeit hatte mich durstig gemacht. Wortlos reichte mir Eric einen Wasserschlauch, der aus Ziegenhaut hergestellt war. »Trink in kleinen Schlucken. Ich habe leider nicht mehr viel Wasser, und bis zur nächsten Quelle könnte es noch weit sein.«

Beschämt gab ich ihm den Schlauch zurück. »Ich denke, ich komme erst einmal ohne aus.«

»Wie du meinst.«

»Wo sind wir hier?«, fragte ich. »Wie bist du hierhergekommen?«

»Wie soll ich wissen, wo wir hier sind, wenn selbst eine Göttin es nicht weiß? Ich bin nur ein einfacher Seefahrer, der hier gestrandet ist. Ich wurde ausgeschickt, um das Tor des Lichts zu finden.«

Mein Puls beschleunigte sich. Das Tor des Lichts! Ich hatte keinen Zweifel daran, was das bedeutete: Eric suchte den Weg zurück in die Realität.

»Ausgeschickt?«, fragte ich. »Von wem?«

»In meiner Heimat Magnesia herrscht seit Jahren eine schreckliche Dürre. Die Menschen darben, und Trübsal und Not bestimmen ihr Leben. Viele sind schon gestorben. Niemand weiß, was die Götter so erzürnt hat. Mein Vater, König Aison von Iolkos, trug mir auf, den Grund herauszufinden. Ich ging zum Großen Orakel nach Delphi. Es sagte mir, ich müsse das Tor des Lichts finden, um das Land wieder erblühen zu lassen. Es befahl mir, über das Meer gen Osten bis zur Küste der Traurigkeit zu segeln. Also brach ich gemeinsam mit den tapfersten Kriegern von Magnesia auf. Wir segelten nach Thrakien und

Phrygien und sogar bis ins ferne Kolchis. Doch niemand hatte je von einer Küste der Traurigkeit gehört. So beschloss ich, in meine Heimat zurückzukehren und das Orakel erneut zu befragen. Doch Poseidon sandte uns einen schrecklichen Sturm. Mein Schiff, die Argo, versank mit all meinen Gefährten in den Fluten. Ich selbst wurde an dieses unbekannte Gestade gespült.« Seine Miene war ernst. Einen Augenblick schwieg er, als denke er an seine ertrunkenen Kameraden. Doch dann hellte sich sein Gesicht wieder auf. »Unser Volk muss doch noch Freunde unter den Göttern haben, denn ich fand dich.« Er runzelte die Stirn. »Du bist doch hier, um mir zu helfen, das Tor des Lichts zu finden, oder?«

Nachdenklich betrachtete ich den jungen Mann, der sich Iason nannte. Eric hatte sich in seinem Kopf sein eigenes Computerspiel geschaffen, komplett mit Monstern und einer mystischen Suche, an deren Ende die Rückkehr in die Realität stehen würde. Doch es war ein Spiel auf Leben und Tod. Ich konnte nur spekulieren, was passierte, wenn er in seiner Traumgestalt getötet wurde. Ich bezweifelte, dass es in dieser Phantasiewelt so etwas wie einen Neustart gab.

Aber es musste einen einfacheren Weg hier heraus geben. Schließlich konnte man Computerspiele auch einfach abschalten.

Ich machte einen Schritt auf meinen Sohn zu und legte meine Hände auf seine Schultern. Er zuckte zusammen.

Meine Augen fixierten seine. »Hör mir genau zu«, sagte ich. »Du bist nicht Iason. Dein Name ist Eric. Du bist mein Sohn. Du hast in der wirklichen Welt ein Computerspiel gespielt. Du standest unter dem Einfluss einer Droge namens Glanz, von der du eine Überdosis genommen hast. Deshalb bist du ins Koma gefallen und hast dir hier deine eigene Welt geschaffen. Doch du kannst dich daraus befreien. Du musst dir nur bewusst werden, dass all das hier – diese Küste, das Meer, deine Rüstung, das Feuer, selbst ich –, dass das alles nur ein Traum ist. Es ist nicht real! In Wirklichkeit liegst du in einem Krankenhausbett in New York, der Stadt, in der du geboren und aufgewachsen bist. Ich bin bei dir und halte deine Hand. Kannst du sie spüren? Wach auf, Eric. Bitte, wach auf!«

Der junge Krieger sah mich mit großen Augen an. Verwirrung lag darin, aber auch so etwas wie Bewunderung. Er sagte nichts.

»Bitte, Eric! Du musst dich erinnern!« Ich rüttelte seine Schultern. »Wach auf! Wach auf!«

Immer noch starrte er mich verständnislos an.

Auf einmal durchströmte mich Zorn – Zorn auf die Mistkerle, die Eric die Droge verkauft hatten, auf die Hersteller dieses idiotischen Computerspiels, das wie eine Endlosschleife in seinem Hirn lief, ein bisschen auch auf Eric, der mir das angetan hatte. Am meisten jedoch war ich wütend auf mich selbst, die ich mich nicht genug um ihn gekümmert und zugelassen hatte, dass er ahnungslos in den Abgrund stürzte. »Du bist mein Sohn! Du bist Eric. Du wirst dich nie mehr Iason nennen, verstanden?«

Er erhob sich, behielt jedoch den Blick auf den Boden zu meinen Füßen gerichtet. »Ja, Göttin.«

»Ich bin deine Mutter, verdammt noch mal!«, schrie ich.

»Ja … Mutter.«

Meine Wut verrauchte, als ich ihn so dastehen sah wie einen Schüler, der sich eine Moralpredigt anhören muss, ohne genau zu wissen, was er falsch gemacht hat. »Sieh mich an.«

Er hob zögernd den Kopf. Sein Gesicht spiegelte Angst.

Mir wurde plötzlich klar, dass er mich tatsächlich für eine zürnende griechische Göttin hielt, die ihn jederzeit mit einem Blitzstrahl niederstrecken konnte.

Ich seufzte. »Es tut mir leid. Ich weiß, du kannst nichts dafür. Wir werden also gemeinsam dieses dämliche Spiel zu Ende spielen. Ich werde dir helfen, das Tor des Lichts zu finden!«

Ein zaghaftes Lächeln erschien auf seinen Lippen. »Mit deiner Hilfe werde ich die Aufgabe erfüllen, göttliche Mutter!«

In der Nähe erklang ein verräterisches Rasseln und erinnerte mich daran, dass wir in dieser unbekannten Welt nicht allein waren. Ich zuckte zusammen.

Eric grinste. »Keine Angst, göttliche Mutter. Sollte es eine dieser Kreaturen wagen, sich dir zu nähern, wird sie mein Schwert schmecken!« Er zog die Waffe aus der Scheide und hielt sie hoch. Das Metall glänzte im Licht des Feuers.

Ich war kaum beruhigt. Es mochte hier Schlimmeres geben als Felsenspinnen. »Hast du eine Idee, wie wir das Tor des Lichts finden können?«

»Nein, göttliche Mutter. Ehrlich gesagt hatte ich gehofft, du könntest mir sagen, wo es steht.« Er wies den Strand entlang. »Ich wandere schon seit Tagen an dieser Küste entlang und suche nach einem Weg, die Felsen zu erklimmen, doch ohne Hilfsmittel …«

»Die Mühe können wir uns sparen. Ich war dort oben. Da gibt es nur endlose Wüste.«

»Dann bleibt uns wohl nur, der Küste zu folgen.«

Er löschte das Feuer mit grauem Sand und hob seinen großen, runden Schild auf, der an einem Felsen gelehnt hatte. Dann brachen wir auf.

# 9.

Wir wanderten den schmalen Küstenstreifen entlang, der mit Sand und flachen Steinen bedeckt war. Meine Füße begannen bald wieder zu schmerzen. Als Eric meinen ungeschickten, hinkenden Gang bemerkte, löste er die Schnüre seiner Sandalen und bestand darauf, dass ich sie tragen solle. Er sei es von Kind an gewohnt, barfuß zu laufen, behauptete er.

Ich musste lachen. »Du? Du hast immer ein Riesentheater gemacht, wenn du barfuß laufen solltest! Weißt du nicht mehr, wie du gejammert hast, der Sand sei dir zu heiß, wenn wir auf Long Island am Strand waren? ›Aua Fuß‹, hast du immer gerufen und bist von einem Bein auf das andere gehüpft, und als Dad und ich Tränen gelacht haben, warst du wütend auf uns. Dad sagte, du solltest ins Wasser gehen, doch du mochtest das Gefühl des Seetangs an deinen Füßen nicht und hattest Angst, ein Hummer könnte dir in die Zehen zwicken!«

Eric schwieg. Er konnte sich offensichtlich nicht erinnern. Aber die Idee war vielleicht nicht schlecht, ihm Geschichten aus seinem wirklichen Leben zu erzählen. Möglicherweise würde seine Erinnerung irgendwann doch noch wiederkehren. Dann konnten wir die Abkürzung zum Tor des Lichts nehmen – indem er einfach die Augen aufschlug.

Während wir durch die bizarre Landschaft liefen, erzählte ich ihm von dem verkohlten Thanksgiving-Truthahn, der beinahe einen Feuerwehrgroßeinsatz ausgelöst hatte. Ich schilderte das Weihnachtsfest, als Eric von seinen beiden Großeltern und von Tante Paula drei Mal das gleiche Geschenk bekommen hatte: einen kleinen Dinosaurier, der sich bewegen und sprechen konnte und der gerade der Hit war bei den Grundschulkindern. Ich sprach sogar von Ralph, von dem Tag, an dem er ausgezogen war; als Eric stumm und mit glasigen Augen an der Tür gestanden und ihm nachgesehen hatte und wie er drei Tage lang kein einziges Wort geredet hatte.

Während ich redete, rannen mir die Tränen über die Wangen. Eric hörte mir schweigend zu.

»Du musst ihn sehr lieben, deinen Sohn«, sagte er irgendwann.

Ich blieb stehen. Zorn stieg in mir auf. Ich konnte mich nur mühsam beherrschen, ihn nicht anzubrüllen. »Aber … aber du bist dieser Sohn«, sagte ich. »Du bist Eric!«

Er sah mich an, und in seinen Augen lag echtes Bedauern. »Ich will deine Weisheit nicht anzweifeln, göttliche Mutter. Ich weiß nicht, welche Zauberei vielleicht über meinem Leben liegt. Aber ich erinnere mich an nichts von dem, was du erzählt hast. Ich weiß nichts von der Stadt Nujork mit Häusern, die bis in die Wolken reichen, von Zauberern und Spielzeugen, die sprechen können.« Er senkte den Blick. »Es … es tut mir leid, wenn ich nicht deinem Wunsch entspreche, göttliche Mutter.«

Ich sah ihn an, und zum ersten Mal kamen mir Zweifel, ob der junge Mann hier tatsächlich Erics selbstgewählte Verkörperung war. Was, wenn ich mich irrte? Er war das einzige menschliche Wesen, dem ich bisher begegnet war. Aber diese Welt schien so groß und so real. War es nicht denkbar, dass sie von vielen Menschen bevölkert wurde? Wahrscheinlich gab es auch in dem Computerspiel, das die Vorlage für Erics Traumwelt war, eine Menge simulierter

Menschen; Statisten, die nur herumliefen, um den Eindruck einer bewohnten Welt zu vermitteln. Was, wenn dieser Iason neben mir nur ein solcher Statist war?

Andererseits hatte Eric diese Welt geschaffen, also war Iason ein Produkt seiner Vorstellungskraft. Folglich waren sein Geist und Erics Geist identisch. So oder so hörte mein Sohn mir also zu.

Dennoch war mir die Lust am Erzählen vergangen. Eine Weile wanderten wir schweigend weiter. Links von uns rauschte das Meer, rechts ragte die zerklüftete Steilküste auf. Außer dem gelegentlichen Rasseln einer Felsenspinne gab es keine Hinweise auf Leben.

Während wir weitergingen, veränderte sich die Landschaft allmählich. Die Steilküste wurde flacher und zog sich vom Meer zurück, so dass der sandige Uferstreifen immer breiter wurde. Wir folgten ihrer Linie landeinwärts.

Bald sahen wir in der Ferne eine Kette von flachen Hügeln. Sie waren von dünnem, hartem Gras bewachsen, den ersten Anzeichen von Vegetation. Das hätte mich mit Zuversicht erfüllen können, wenn nicht dieser unangenehme Geruch von Fäulnis gewesen wäre, der uns entgegenwehte. Auch mein griechischer Held schien ihn wahrzunehmen, denn er runzelte die Stirn und rümpfte die Nase, sagte jedoch nichts.

Als wir die Kuppe eines Hügels erreichten, sahen wir eine Ebene, die sich bis zum Horizont erstreckte. Es schien sich um eine Art Sumpflandschaft zu handeln, denn zwischen flachen Büschen und den Skeletten niedriger Bäume glänzten schwarze Tümpel wie die tausend Augen eines in die Erde eingegrabenen Ungeheuers. Dazwischen erhoben sich hin und wieder merkwürdige blasse Gebilde, die aus Ketten von Gasblasen zu bestehen schienen und sich leicht im Wind hin und her bewegten. Dünne Nebelfetzen wehten über das Land wie Gespenster. Ein entsetzlicher Gestank stieg von dort auf.

Ich mochte diese Landschaft, die von einer schrecklichen Krankheit befallen zu sein schien, noch weniger als die leere Ebene.

Wir folgten der Hügelkette. Auf diese Weise konnten wir uns trockenen Fußes landeinwärts bewegen. Doch nach einer Weile wurden die bleichen Hügel niedriger, als versänken sie immer tiefer im Morast. Bald sahen wir vor uns das Ende der Kette. Dahinter erstreckte sich Sumpf, so weit das Auge reichte.

Wir blieben stehen. »Welch schreckliche Eingebung mag die Götter bewogen haben, dieses Land zu schaffen«, murmelte Eric. »Entschuldige, göttliche Mutter«, schob er rasch nach. »Ich wollte nicht respektlos sein …«

»Ich habe dir schon gesagt, ich bin keine Göttin«, erwiderte ich. »Wenn ich eine wäre, würde ich dafür sorgen, dass dieser Sumpf ausgetrocknet wird!«

»Mir scheint, wir sollten umkehren und versuchen, den Morast zu umgehen. Diese Gegend ist nicht für Sterbliche bestimmt.«

Ich war geneigt, ihm recht zu geben. Ich hatte genauso wenig Lust, durch diese stinkende Brühe zu waten, auch wenn mir die Vorstellung, die lange Hügelkette zurückzuwandern, kaum verlockender erschien. Warum, zum Kuckuck, konnte sich Erics Geist nicht auf einer hübschen Blumenwiese verirrt haben, oder wenigstens in der kargen, aber malerischen Landschaft des Mittelmeerraums?

Gerade als ich mich umdrehen wollte, entdeckte ich in der Ferne etwas, das mich frösteln ließ. Zuerst hielt ich es für Rauch, doch die Art, wie die schwarze Wolke sich bewegte, sich ausdehnte und wieder zusammenzog, machte mir klar, um was es sich handelte: Tausende Vögel.

Ich dachte an den Schwarm, dem ich auf der Ebene gefolgt war. Vielleicht war dies der Ort, an dem die Vögel nisteten. Irgendwie erschien mir das passend.

Ich kniff die Augen zusammen und versuchte, Einzelheiten zu erkennen. Nach einem Moment glaubte ich hinter dem Schwarm einige bleiche Felstürme zu sehen, die aus dem Moor aufragten wie die Zähne eines Riesenungeheuers.

Ich wusste plötzlich, dass wir dorthin mussten, ohne den Grund für meine Gewissheit zu kennen.

Ich wies in die Richtung. »Siehst du diese seltsamen Gebilde dort hinten am Horizont?«

»Nein, göttliche Mutter.«

»Es sind bleiche Türme. Sie sind wegen des Nebels kaum zu erkennen.«

»Doch, warte … ja, jetzt sehe ich sie auch. Bei den Göttern, sie müssen so hoch sein wie Berge!« Er sah mich sorgenvoll an. »Du willst doch nicht dorthin, göttliche Mutter, oder?« Er schüttelte leicht den Kopf. »Natürlich willst du dorthin! Warum nur müsst ihr Götter uns Sterblichen immer den schwierigsten aller denkbaren Wege weisen?«

Wir folgten der Hügelkette, bis der letzte bleiche Felsen in einem schwarzen Tümpel versank. Blasen stiegen aus seinem Grund auf, und rötliche Schlieren waren auf der stinkenden, öligen Oberfläche zu sehen.

Am Rand des Tümpels wuchsen einige der seltsamen bleichen Blasenketten. Mit umsichtigen Schritten tastete ich mich vor und zog eine davon zu mir heran. Wie ich erwartet hatte, war sie biegsam wie ein Grashalm. Die Blasen schienen mit einem Gas gefüllt zu sein, das leichter als Luft war, Wasserstoff vielleicht. Es gab der Pflanze

Auftrieb, so dass sie senkrecht in die Höhe ragte, ohne ein Stützskelett zu benötigen.

Ich zog an dem Blasenhalm. Er ließ sich mit einem schmatzenden Geräusch aus dem Untergrund ziehen. An seinem Ende befanden sich rötliche Wurzeln, die sich jedoch wie Würmer bewegten und panisch nach etwas suchten, an das sie sich klammern konnten. Erschrocken und voller Ekel ließ ich das Gebilde los. Es schwebte rasch in den Himmel und war bald in den Wolken verschwunden. Vielleicht, wenn man mehrere dieser Gebilde aneinander befestigte …

Eric schien zu ahnen, was ich dachte. Er machte ebenfalls ein paar Schritte in den Sumpf, wobei er mit dem Schwert immer die Festigkeit des Bodens vor sich prüfte. So konnte er sich weiter vorwagen als ich. Er schnitt einige der Blasenhalme dicht über der Wurzel ab, umfasste sie und brachte sie mir wie einen grotesken Strauß Blumen. Er hatte offensichtlich Mühe, sie festzuhalten, so stark zogen sie nach oben.

Er bog die Halme in der Mitte, so dass sie ein U formten.

Er machte mir vor, was er plante, indem er ein Bein über das U streckte und die Blasenhalme zwischen seine Beine klemmte, als säße er auf einem Schaukelpferd. Dann zog er das Bein zurück und hielt mir die Halme hin.

Es fühlte sich seltsam an, und die scharfen Kanten der Halme schnitten in meine Oberschenkel, aber es funktionierte. Die Gasblasen zogen mich hoch, so dass ich kaum noch den Boden berührte. Auf diese Art würde ich zwar nicht fliegen können, aber auch nicht so schnell Gefahr laufen, im Morast zu versinken.

Ich stieß mich vom Boden ab und machte einen Zeitlupenhüpfer, der mich mindestens drei Meter weit trug und mich an Bilder von Astronauten auf dem Mond denken ließ. Es war ein bemerkenswertes, beinahe heiteres Gefühl. Übermütig stieß ich mich ein weiteres Mal ab, kräftiger diesmal. Doch ich hatte den Schwung unterschätzt. Ich segelte in hohem Bogen über einen schmalen Streifen halbwegs festen Untergrunds hinweg mitten in einen der ekelhaften Tümpel. Meine Füße sanken in die stinkende Brühe ein. Sie war warm wie Badewasser. Ich trieb hilflos auf der Oberfläche wie auf einem aufblasbaren Gummitier und wusste nicht, ob ich über meine eigene Ungeschicklichkeit lachen oder weinen sollte.

Ich strampelte mit den Beinen und versuchte, mit den Händen vorwärtszupaddeln, doch in der öligen Flüssigkeit kam ich nur langsam voran. Der Gestank betäubte mich fast. Eric sah mir mit sorgenvollem Gesicht zu. Schließlich erreichte ich den Rand des Tümpels und kletterte heraus. Ich nahm mir vor, in Zukunft besser aufzupassen – ein weiteres Bad in der stinkenden Brühe wollte ich auf keinen Fall nehmen.

Mit vorsichtigen Hüpfern setzten wir unseren Weg fort. Wir hatten etwa die Hälfte der Strecke zwischen der Hügelkette und der Stelle zurückgelegt, an der ich vorher den Vogelschwarm entdeckt hatte, als ich drei große Blasen bemerkte, die schräg vor uns aus dem Sumpf ragten. Sie waren bleich wie die Blasenhalme und wurden von dünnen weißen Fäden gehalten, so dass ich sie zunächst für eine Variante der seltsamen Pflanzen hielt. Doch die Haltefäden bewegten sich auf merkwürdige Weise, und bald bemerkten wir, dass sich uns die Gebilde näherten. Die Art, wie sie mit ihren tentakelartigen Fäden über den Boden tasteten, als suchten sie etwas, gefiel mir überhaupt nicht.

Je näher sie kamen, desto mehr wirkten die Wesen wie

riesige Quallen, jede mit einem Durchmesser von drei Metern und doppelt so langen Fäden.

»Lass uns denen lieber aus dem Weg gehen«, rief ich Eric zu. Er nickte.

Wir beschleunigten unsere Hüpfer, mussten jedoch aufpassen, dass wir nicht in einem der stinkenden Tümpel landeten, die zuletzt immer häufiger und größer geworden waren. Ein falsch platzierter Sprung, und wir wären bewegungsunfähig. Dann konnten sich die Gasquallen mit den Ungeheuern, die am Grunde des Tümpels lauerten, um die Beute streiten.

Während wir uns einen verschlungenen Weg zwischen dem öligen Wasser suchen mussten, schwebten die Quallen einfach darüber hinweg. Und sie wurden schneller. Es gab keinen Zweifel mehr, dass sie uns jagten.

Bald war klar, dass wir ihnen nicht entkommen würden. Sie konnten sich in diesem Terrain wesentlich schneller bewegen als wir. Also hielten wir an, um uns auf die Konfrontation vorzubereiten.

»Flieh weiter, göttliche Mutter«, sagte Eric. »Ich versuche, sie aufzuhalten!«

»Kommt nicht in Frage! Ich bleibe bei dir!«

Bald hatte die erste der Gasquallen Eric erreicht, der zwei Schritte vor mir stand. Sie tastete mit Dutzenden Fäden nach ihm. Er wehrte die Tentakel mit dem Schild ab und durchtrennte einige mit dem Schwert. Das führte zu heftigen peitschenartigen Bewegungen der übrigen Fäden.

Einen Moment sah es so aus, als könne mein tapferer Held das Ungetüm abwehren. Doch dann waren die beiden anderen herangekommen. Eine der Quallen näherte sich Eric von hinten, während die andere auf mich zukam.

Eric schrie auf, als ihn einer der Fangarme am nackten Oberarm berührte. Offenbar enthielten ihre Spitzen Gift.

Bald war er fast vollständig von den Tentakeln zweier Quallen eingehüllt. Er wehrte sich verzweifelt, doch ich sah, dass er keine Chance hatte, die unzähligen Fäden fernzuhalten.

Ich überlegte, wie ich ihm zu Hilfe kommen konnte, doch in diesem Moment erreichte mich die dritte Qualle. Ihre Fäden tasteten nach mir. Ich versuchte auszuweichen und schlug mit den Händen nach ihnen.

Einer der Fäden berührte mich am linken Handrücken, und ein stechender Schmerz durchfuhr mich. Gleichzeitig merkte ich eine sich rasch ausbreitende Taubheit. Das Gift hatte offensichtlich eine lähmende Wirkung.

Die Qualle war jetzt beinahe über mir. Voller Panik warf ich mich zur Seite.

Einer der Tentakel berührte mich am Hals. Es war, als flösse kochendes Wasser über meine Schulter.

Ich verlor den Halt und kippte um. Die Blasenhalme lösten sich aus meiner Umklammerung und schossen empor. Sie drückten von unten gegen den schirmartigen Körper der Qualle und rissen sie mit sich nach oben. Das Wesen versuchte, sich mit seinen Tentakeln festzuklammern, fand jedoch keinen Halt. Es wurde emporgetragen, dem konturlosen Himmel entgegen.

Ich lag auf dem Rücken, halb eingesunken im Schlamm. Ich versuchte, Eric zuzurufen, dass er die Halme gegen die Quallen einsetzen sollte, doch mein Mund ließ sich nicht mehr bewegen. Schwärze erschien am Rand meines Blickfeldes, verengte meinen Blickwinkel immer mehr, bis ich nur noch winzige Lichtpunkte sah. Ich spürte, wie ich mich von der Welt, von Eric entfernte.

Ich versuchte zu schreien, doch kein Laut entkam meiner Kehle.

# 10.

»Anna! Anna, hörst du mich?«

Es kostete mich enorme Kraft, die Augen zu öffnen. Mein Gesicht fühlte sich taub an.

Emily rüttelte mich an der Schulter. »Anna! Gott sei Dank!«

Ich brauchte einen Moment, um zu begreifen, dass ich wieder in Erics Krankenzimmer war. Als ich Emily sah, erschrak ich. Ihr Gesicht war eingefallen und aschgrau, ihre Augen waren blutrot. Sie sah ernsthaft krank aus.

Ich setzte mich mühsam auf. »Ich muss zurück!«, rief ich, oder besser, ich versuchte, es zu rufen, aber es kam nur ein unverständliches Krächzen aus meinem Mund, so als hätten die Nesseln der Qualle meine Gesichtsmuskeln tatsächlich betäubt.

Die Lähmung ließ allmählich nach. Ich dachte an Eric, der jetzt in seiner Traumwelt lag und mit dem Tode rang. »Ich … ich muss zurück!«, wiederholte ich. Diesmal klang es verständlich, doch Emily schüttelte nur langsam den Kopf.

»Ich kann nicht mehr«, sagte sie und versuchte aufzustehen, sackte jedoch vor dem Bett auf die Knie.

Ich begriff, dass wir beide an die absoluten Grenzen unserer Leistungsfähigkeit gegangen waren.

Ich half ihr auf. »Wie spät ist es?«

»Halb zehn«, sagte Emily. »Du warst mehr als drei Stunden weg.«

»Drei Stunden. Mir kam es vor wie zwei Tage.« Ich erzählte ihr, was geschehen war.

»Ich brauche Ruhe. Ich kann nicht mehr«, sagte Emily.

»Gib mir ein paar Tage. Dann können wir es von mir aus noch mal versuchen.«

»Ein paar Tage? Aber das sind in Erics Welt Wochen! Er wird sterben!«

»Vielleicht wartet er auf dich«, sagte sie. »Die Zeit in seiner Welt scheint anders zu verlaufen als in unserer. Vielleicht kann er sie so lange anhalten, bis du zurückkommst.«

Der Gedanke tröstete mich etwas. Vielleicht hatte Emily recht. Als ich am Ufer aufgewacht war, war meine Kleidung noch feucht vom Wasser des schwarzen Meeres gewesen. Ich konnte also noch nicht lange dort gelegen haben, während nach meinem Absturz von der Klippe in der Realität fast vierundzwanzig Stunden vergangen waren. Dennoch ahnte ich, dass Eric nicht beliebig lange auf mich warten konnte. Ich musste zurück, so schnell es ging. »Bitte, Emily, komm morgen wieder, ja? Eric ist in großer Gefahr! Er wird sterben, wenn ich ihm nicht irgendwie helfe!«

Sie sah mich mit ihren blutunterlaufenen Augen lange an. »Ist es das wirklich wert, Anna?«, fragte sie.

Ich verstand zuerst gar nicht, was sie meinte. Dann begriff ich: Sie hatte Angst, dass wir beide bei dem Versuch, Eric zu retten, selbst Schaden nehmen könnten. »Natürlich ist es das!«, rief ich. »Er ist mein Sohn, verdammt noch mal! Ich werde ihn niemals aufgeben, hörst du? Niemals!«

Emily drehte sich wortlos um und verließ mit unsicheren Schritten das Krankenzimmer.

Ich umarmte Eric zum Abschied, wohl wissend, dass er meine Berührung nicht spüren konnte. Auch ich war ziemlich wacklig auf den Beinen. Die körperlichen Strapazen in Erics Traumwelt gingen auch an meinem realen Körper nicht spurlos vorüber. Ich nahm mir ein Taxi nach Hause, fiel auf das Bett und schlief innerhalb weniger Minuten ein.

Als ich erwachte, war es bereits Nachmittag. Ich erinnerte mich nur undeutlich an meine Träume. Maria war darin vorgekommen. Sie hatte sehr traurig ausgesehen und etwas zu mir gesagt. Im Traum hatte ich das Gefühl gehabt, dass es sehr wichtig sei. Doch jetzt konnte ich mich nicht mehr an ihre Worte erinnern.

Es war kurz vor zwei. Ich hatte großen Hunger. Ich streckte mich und machte Anstalten aufzustehen, als ich plötzlich durch die angelehnte Schlafzimmertür eine Bewegung wahrnahm.

Ich erstarrte. Jemand war in der Wohnung! Ich meinte, die schlanke Figur und die dunklen Haare einer jungen Frau gesehen zu haben, die vor der Tür vorbeiging. Ich bekam eine Gänsehaut.

»Maria?«, fragte ich unsicher, wissend, dass sie es eigentlich nicht sein konnte – wie hätte sie ohne Schlüssel in meine Wohnung kommen sollen? Oder hatte sie geklingelt, und ich hatte ihr im Halbschlaf geöffnet, ohne mich jetzt daran zu erinnern? Aber was tat sie überhaupt hier?

»Maria?«, rief ich erneut. Ich stand auf und ging mit immer noch wackligen Schritten in die Küche. Dort war niemand. Auch das Wohnzimmer, Erics Zimmer und das Bad waren leer. Ich ging auf die Toilette. Als ich danach den kleinen Flur betrat, hatte ich plötzlich das Gefühl, eine Tür übersehen zu haben – so als gebe es noch einen weiteren Raum in meinem engen Apartment, den ich bisher einfach nicht wahrgenommen hatte. Aber das war natürlich Unfug.

Allmählich beruhigte ich mich wieder. Offensichtlich hatte mein Gehirn Schwierigkeiten, mit dem Wechsel zwischen Erics Traumwelt und der Realität klarzukommen.

Ich machte mir einen starken Kaffee, während mein

Puls sich normalisierte. Da der Kühlschrank praktisch leer war, ging ich einkaufen und machte mir ein paar Sandwiches und einen Salat. Danach fühlte ich mich besser.

Ich nahm eine der bläulichen Kapseln aus der Tüte in Erics Zimmer und legte den Rest zurück. Dann überlegte ich es mir anders und steckte noch eine zweite ein. Vielleicht konnte eine höhere Dosis des Medikaments die Aufenthaltsdauer in der Traumwelt verlängern. Immerhin konnte mein heutiger Ausflug mein letzter sein, denn ich spürte, dass Emilys Bereitschaft, mir zu helfen, rapide abnahm. Ich konnte es ihr nicht einmal übelnehmen – die Belastung für sie musste enorm sein, und schließlich war Eric nicht ihr Kind.

Ich dachte an ihr eingefallenes Gesicht und ihre blutunterlaufenen Augen. Ich musste einen Weg finden, die Odyssee in Erics Geist zu beenden, und zwar schnell.

Mein Blick fiel auf seinen Laptop. Eine blinkende Leuchtdiode zeigte an, dass er sich im Standby-Modus befand. Ich erinnerte mich, dass ich den Computer nicht heruntergefahren, sondern nur zugeklappt hatte.

Ich hob den Bildschirm an. Nach kurzer Zeit erschien wieder dasselbe Bild wie an jenem unheilvollen Morgen: der Leichnam eines Kriegers, von schwarzen Vögeln bedeckt, darunter das Eingabefeld mit den drei Schaltknöpfen.

Ich überwand meine Abscheu und betrachtete den Krieger genauer. Er sah tatsächlich so aus wie der junge Mann, den ich in Erics Traumwelt getroffen hatte: dieselbe Rüstung, derselbe Helm, dieselben muskulösen Oberarme. Das Gesicht war von den ekelhaften Vögeln verdeckt.

Eines der Tiere wandte zufällig den Kopf und schien genau in meine Richtung zu starren. Seine schwarzen Augen hatten nur Pixelgröße, doch ich hatte den Eindruck, dass etwas Böses darin lag. Der Vogel drehte sich wieder um und fuhr damit fort, an Erics – nein, am Arm des Computerspiel-Kriegers zu picken.

Ich griff nach der Maus, überlegte einen Moment und klickte dann auf »Spielstand laden«. Ein Auswahlbildschirm erschien, auf dem mehrere Spielstände zur Verfügung standen.

Ich klickte auf den obersten. Ein Fortschrittsbalken erschien, der sich langsam füllte. Dann wurde eine Landschaft aus der Vogelperspektive gezeigt. Eine Landschaft mit Tümpeln öligen schwarzen Wassers, zwischen denen bleiche Pflanzen mit blasenartigen Auswüchsen aufragten. Der griechische Held stand in der Bildmitte am Rand eines Tümpels, das Schwert in der Rechten.

Meine Hand zuckte von der Maus zurück, als hätte die mich gebissen, und ein Schwindelgefühl überkam mich. Dies war der Sumpf, durch den ich gestern selbst geirrt war! Für einen Moment war ich fassungslos. Dann begriff ich, was das bedeutete: Erics Traumwelt war eine exakte Abbildung des Computerspiels. Ich konnte sie erkunden, indem ich an seinem Laptop spielte! Vielleicht fand ich so einen Hinweis darauf, wo dieses Tor des Lichts sein mochte.

Computerspiele hatten mich nie interessiert, und Erics Faszination dafür war mir immer unverständlich geblieben. Ich wusste natürlich, dass sehr viele Jugendliche einen großen Teil ihrer Zeit am Computer verbrachten. Die Medien waren voll von Berichten über die Suchtgefahr von Onlinespielen.

Ich erinnerte mich an einen Artikel im *Time Magazine*, der sich mit der Evolution von Produkten beschäftigte. Die Dinge, die wir schaffen, manipulieren uns, damit wir sie vervielfältigen, hatte es dort geheißen. In einem Darwin'schen Selektionsprozess sind nicht immer die Produkte erfolgreich, die uns nützen, sondern vor allem solche, die uns dazu bringen können, mehr davon herzustellen. Als Beispiele wurden Schokolade, Zigaretten, Alkohol und auch Computerspiele genannt. Sie hätten sich in einem Prozess kontinuierlicher Mutation und Selektion immer besser an die Bedürfnisse und Neigungen Jugendlicher angepasst, argumentierte der Autor. Inzwischen seien sie so faszinierend geworden, dass sich viele ihrem Reiz nicht mehr entziehen könnten. So seien sie zu einer modernen Droge mutiert und gefährdeten ernsthaft die Zukunft einer ganzen Generation.

Ich hatte die Thesen für übertrieben gehalten. Zweifellos verbrachte mein eigener Sohn mehr Zeit am Computer, als gut für ihn war. Aber hatte nicht auch ich in seinem Alter Dinge getan, die meine Eltern nicht verstanden hatten und die in ihren Augen falsch und gefährlich gewesen waren? Ich dachte an ausschweifende Partys, ungeschützten Sex und die zahllosen Joints, die ich geraucht hatte. All das war auch nicht ohne Risiko gewesen, aber ich hatte es schließlich überlebt, war vernünftig geworden und zu einer verantwortungsbewussten Frau gereift.

Nun, vielleicht war ich am Ende doch nicht so verantwortungsbewusst, wie ich glaubte.

Ich hatte mich immer bemüht, Verständnis zu zeigen und Eric genügend Freiraum für die Entwicklung seiner Persönlichkeit zu lassen. Erst als ich merkte, dass seine schulischen Leistungen immer schwächer wurden, hatte ich versucht einzugreifen.

Hätte ich nur geahnt, dass mehr dahintersteckte! Aber nichts an Erics Verhalten hatte darauf hingedeutet, dass er Drogen nahm. Ich hatte auch keine Ahnung, woher er das Geld dafür genommen hatte. Er musste es mir gestohlen haben, doch ich hatte nie etwas bemerkt. Vielleicht war er auch auf irgendeine Art kriminell geworden – ein schrecklicher, kaum vorstellbarer Gedanke. Eric war immer ein ruhiger, freundlicher Junge gewesen, und soweit ich wusste, hatte er mich nie zuvor belogen.

Hätte ich doch nur genauer hingesehen, besser zugehört! Wir Eltern sehen in unseren Kindern immer noch die kleinen schutzbedürftigen Wesen, die sie noch vor zwei oder drei Jahren gewesen sind, und merken gar nicht, wie weit sie sich schon von uns entfernt haben. Doch nun war es für Reue zu spät. Ich wusste nicht, ob ich noch eine Chance hatte, meinen Fehler wiedergutzumachen. Auf jeden Fall halfen Herumsitzen und Jammern nicht.

Ich ergriff die Maus und versuchte herauszufinden, wie das Spiel funktionierte. Es war eigentlich sehr einfach. Wenn ich irgendwo auf den Bildschirm klickte, dann marschierte der Held dorthin. Klickte ich auf einen Blasenhalm, dann schlug er mit dem Schwert danach, durchtrennte ihn, und ich konnte sehen, wie der Halm emporschwebte und aus dem Bild entschwand.

Es war eine eigentümliche Erfahrung, den gefahrvollen Weg durch den Sumpf aus dieser distanzierten Schräg-oben-Perspektive zu erleben. Der Held stapfte einfach durch den Morast, wobei jeder Schritt von einem realistischen schmatzenden Geräusch begleitet wurde. Das Vorwärtskommen war wesentlich leichter, als es in Erics Traumwelt gewesen war. Außerdem war ich dankbar, dass der technische Fortschritt noch nicht so weit gediehen war, dass ein Laptop Gerüche absondern konnte.

Von den quallenartigen Gebilden war in dem Spiel nichts zu sehen. Dafür bekam es mein griechischer Held bald mit riesigen Schildkröten, Krokodilen und Giftschlangen zu tun. Ich klickte wie wild auf die Gegner, und die Spielfigur drosch mit dem Schwert auf sie ein. Ein roter Balken am linken Bildschirmrand zeigte ihren Gesundheitszustand an. Wenn ein Gegner meine Figur verletzte, wurde der Balken kürzer. Einmal, als sich der Held mit mehreren Riesenechsen schlug, sank er auf null, und die Spielfigur brach zusammen. Die Echsen verschwanden, dafür flatterte ein Pulk von schwarzen Vögeln herbei und ließ sich auf dem Leichnam nieder. Das Eingabefeld mit den drei Buttons erschien.

Ich fluchte und schlug mit der flachen Hand auf Erics Schreibtisch. Jetzt würde ich noch mal von vorn anfangen müssen! Dann sah ich auf die Uhr und erschrak. Es war fast sechs. Ich hatte gar nicht gemerkt, dass ich mehr als zwei Stunden gespielt hatte.

Rasch rief ich mir ein Taxi und fuhr ins Krankenhaus. Es war schon halb sieben, als ich atemlos Erics Zimmer betrat. Er lag reglos wie immer auf seinem Bett. Wenn Emily zum verabredeten Zeitpunkt hier gewesen war, dann war sie bereits wieder gegangen. Eine Nachricht hatte sie nicht hinterlassen. Ich fragte eine der Schwestern nach Maria, doch die war immer noch krankgemeldet. Ich beschrieb ihr Emily, aber sie konnte sich nicht erinnern, sie heute gesehen zu haben.

Verzweifelt überlegte ich, was ich tun sollte. Vielleicht hatte ich Glück, und sie verspätete sich ebenfalls. Doch als sie um sieben Uhr immer noch nicht erschienen war, wusste ich, dass sie nicht mehr kommen würde. Sie hatte mir ja auch nichts dergleichen versprochen.

Ich blieb eine weitere Stunde bei Eric und hielt seine Hand. Irgendwann wurde mir klar, dass ich Sinnvolleres tun konnte, als hier herumzusitzen.

Ich fuhr wieder nach Hause und startete das Computerspiel. So lernte ich bald, geschickter mit der Maus umzugehen, und merkte, dass es auf das richtige Timing ankam: Man konnte beispielsweise die Riesenschildkröten nur dann ernsthaft verletzen, wenn sie ihren langen Hals aus dem Panzer streckten, um zuzubeißen. Ein Rechtsklick brachte den Helden in Verteidigungsposition mit erhobenem Schild – damit konnte ich die heftigen Schwanzschläge einer gefährlichen Riesenechsenart ebenso abwehren wie die blitzschnellen Angriffe der Giftschlangen.

Besonders viel Mühe hatte ich mit einem krakenartigen Monster, das in einem der schwarzen Tümpel hauste und mit seinen acht saugnapfbewehrten Tentakeln nach meinem Helden griff. Mehrmals riss das Ungeheuer den Helden in den Tod. Dann kreisten die schwarzen Vögel über dem Tümpel, in dem das Ungeheuer mit seiner Beute verschwunden war, und krächzten frustriert. Doch ich hatte inzwischen gelernt, nach jedem erfolgreichen Kampf den Spielstand abzuspeichern. Ich brauchte eine halbe Stunde, bis ich es im vierten Versuch schaffte, alle acht Arme des Kraken abzutrennen und das Vieh zu töten.

Ich sah auf die Uhr und erschrak. Es war bereits nach Mitternacht. Langsam begriff ich, wie dieses Spiel Eric in seinen Bann gezogen hatte. Ich speicherte, klappte den Laptop zu und ging ins Bett, doch das Adrenalin, das immer noch in meinem Blut war, ließ mich lange wach liegen.

Am nächsten Morgen frühstückte ich kurz und setzte das Spiel fort. Der Krake war eine Art Hauptgegner in dieser trüben Gegend gewesen, und mein Held erreichte kurz darauf den Rand der Sumpflandschaft. Doch was sich daran anschloss, war nicht viel besser: eine steinige Wüste, die mich an die graue Ebene erinnerte, durch die ich selbst geirrt war. Statt auf Felsenspinnen traf ich hier auf geflügelte Wesen mit Löwenkörpern und Adlerköpfen, auf gehörnte Minotauren, die riesige Streitäxte schwangen, und schließlich auf einen einäugigen Riesen, der mich, wie zuvor der Krake, ein paar Mal tötete, bevor ich ihn schließlich bezwang.

Als ich den Zyklopen besiegte, war es bereits Nachmittag. Ich legte eine Pause ein, um mir eine Pizza in den Ofen zu schieben. Das Kämpfen in der virtuellen Welt hatte mich hungrig gemacht.

Überrascht stellte ich fest, dass mich das Spiel immer mehr in seinen Bann zog. Es war geschickt konstruiert: Jeder Sieg über ein Monster brachte »Erfahrungspunkte«. Hatte man eine bestimmte Menge davon gesammelt, stieg man in die nächste »Stufe« auf und konnte einige Eigenschaften der Spielfigur, wie Körperkraft, Geschicklichkeit, Kampfstärke oder Lebensenergie, verbessern. Auf diese Weise war ich ständig motiviert, auch den nächsten Gegner noch zu besiegen.

Nach dem Essen ging ich voller Neugier zurück an den Laptop. Der Zyklop hatte einen schmalen Pfad bewacht, der sich durch eine felsige Schlucht wand. Ich wollte unbedingt wissen, was sich am Ende des Pfades befand.

Ich griff nach der Maus – und hielt inne. Ich öffnete die Schreibtischschublade und nahm den Beutel heraus. Nachdenklich betrachtete ich die blauen Kapseln. Wäre es nicht interessant, zu erfahren, wie sie die Wahrnehmung des Spiels veränderten? Ich würde Eric viel besser verstehen, wenn ich seine Erfahrung teilte.

Andererseits brauchte ich die Kapseln, um in seine Traumwelt zu gelangen.

Ich sah auf die Uhr. Es war halb vier. Wenn ich jetzt eine Kapsel nahm, würde die Wirkung sicher noch anhalten, bis Emily kam – wenn sie kam. Außerdem waren noch fünfzehn Kapseln in der Tüte. Auf eine mehr oder weniger kam es da kaum an.

Ich nahm eine heraus, drehte sie einen Moment zwischen den Fingern, ging in die Küche und spülte sie mit einem Glas Milch herunter.

Zunächst spürte ich nichts. Ich setzte mich wieder an den Laptop und steuerte meinen Helden die Schlucht entlang. Hier schien es keine Gegner zu geben. Dafür musste ich, wie mir schien, endlos lange einen düsteren Pfad entlangwandern.

Während ich den Helden mit der Maus vorwärtsbewegte, hatte ich das Gefühl, dass der Laptop-Monitor allmählich heller und größer wurde. Er schien bald mein ganzes Blickfeld auszufüllen. Gleichzeitig verlor ich das Gefühl, nur eine Maus in Händen zu halten, mit der ich den Helden steuerte. Stattdessen bekam ich immer stärker den Eindruck, selbst dieser Held zu sein. Es war, als sähe ich mich von schräg oben wie in einem dieser seltsamen Träume, in denen man seinen Körper verlässt. Ich konnte beinahe den harten Fels unter meinen Füßen spüren, das vertraute Gewicht der Rüstung auf meinen Schultern, die kühle Luft am Grund der Schlucht. Ich hörte jetzt deutlich das leise Knarzen der ledernen Scheide an meinem Schwertgurt – ein Geräusch, das ich bisher nicht wahrgenommen hatte.

Ich erreichte das Ende der Schlucht. Zwei riesige Statuen standen dort. Gewaltige Krieger, ausgerüstet mit Schwert, Schild, Rüstung und Helm wie ich selbst, blickten mit ausdruckslosen Mienen auf mich herab. Zwischen ihnen führte eine lange, schmale Treppe empor.

Am Ende der Treppe befand sich ein kleiner Tempel. Schalen mit brennendem Öl erhellten den mit Marmor ausgekleideten Innenraum. Ich glaubte, den Geruch exotischer Gewürze wahrzunehmen.

In der Mitte des Raumes saß auf einem erhöhten Thron

eine schwarzhaarige Frau. Sie trug ein langes weißes Gewand. Obwohl das Bild auf dem Laptopmonitor zu klein war, um ihre Gesichtszüge im Detail zu erkennen, *spürte* ich ihren Blick. Er ging mir durch Mark und Bein.

»Willkommen, junger Krieger«, sagte die Frau.

Ich erstarrte. Es war Emily.

Nein, das konnte nicht sein. Die Stimme, die aus dem Laptop gekommen war, ähnelte ein wenig der von Emily, mehr nicht. Es war ein dunkles, ein wenig rauchiges Timbre, wie man es von einer mystischen Figur in einem Computerspiel erwarten durfte. Wahrscheinlich verzerrte die Droge meine Wahrnehmung, so dass ich sie unbewusst mit realen Personen in Beziehung setzte.

»Ich weiß, warum du hier bist«, fuhr die Frau fort. »Du suchst das Tor des Lichts.«

»Ja«, sagte ich unwillkürlich.

»Ja, Orakel«, sagte gleichzeitig meine Spielfigur. Ihre Stimme war dunkel und kräftig wie die von Eric in seiner Traumwelt. »Kannst du mir sagen, wo ich es finde?«

»Gehe zum Tempel der Wahrheit und sprich mit der Ersten Mutter. Sie wird dir den Weg weisen. Doch es ist weit bis dorthin. Viele Gefahren liegen vor dir.«

»Wo liegt dieser Tempel?«

»Folge den schwarzen Vögeln. Aber hüte dich vor dem brennenden Mann!«

Etwas wie ein kalter Lufthauch schien bei ihren Worten durch Erics Zimmer zu wehen, so als hätte jemand ein Fenster geöffnet. Ich blickte vom Monitor auf und sah mich um, aber natürlich war es nur Einbildung.

Ich speicherte, klappte den Laptop zu und fuhr ins Krankenhaus.

# 11.

Auch an diesem Tag wartete ich vergeblich auf Emily.

Maria war ebenfalls noch nicht wieder zum Dienst erschienen. Ich ging vor die Tür des Krankenhauses und rief Emilys Nummer an. Wie gestern sprach ich ihr eine Nachricht aufs Band, wusste jedoch, dass sie sich nicht zurückmelden würde.

Wut stieg in mir auf. Sie ließ mich im Stich! Sie verhinderte, dass ich Eric retten konnte. Das konnte ich nicht akzeptieren!

Ich fuhr nach Hause. Google kannte mehrere Personen mit Namen Emily Morrison in New York, doch keine davon schien mit Marias Tante identisch zu sein. Emily stand auch in keinem Telefonverzeichnis, so dass ich nicht herausbekam, wo sie wohnte. Dafür fand ich aber die Adresse, die zu Marias Telefonnummer gehörte. Sie anzurufen, hätte wohl wenig Sinn gehabt, also beschloss ich, direkt zu ihr zu fahren und sie um Emilys Adresse zu bitten.

Maria wohnte zusammen mit zwei Studentinnen in einer kleinen Wohnung in Brooklyn auf der anderen Seite des East River. Als ich dort eintraf, war es bereits neun Uhr. Eine junge Frau mit runder Brille und krausem, blondgefärbtem Haar öffnete mir. Maria sei nicht zu Hause, sagte sie. Ich gab mich als Verwandte aus, in New York zu Besuch. Ich müsse dringend mit Maria oder ihrer Tante Emily Morrison sprechen.

Ich wusste nicht, ob Marias Mitbewohnerin die Lüge durchschaute. Auf jeden Fall sagte sie, sie könne mir nicht helfen, ich solle morgen wiederkommen.

So viel Zeit hatte ich nicht. »Ich würde gern hier auf sie warten, wenn das geht«, sagte ich.

Die blonde Frau sah mich zweifelnd an. »Ich fürchte, das ist nicht möglich. Ich kenne Sie ja nicht einmal. Ich muss Sie wirklich bitten …«

»Aber es ist wirklich wichtig! Bitte!«

»Also schön. Kommen Sie.« Sie führte mich in ein kleines Zimmer. Poster von Musik- und Filmstars hingen an der Wand. In einem Regal standen ein paar Liebesromane neben einem Stapel Mangas. Das Bett war voller kitschiger herzförmiger Kissen in Rosa, Rot und Orange. Eine große, schon arg mitgenommene Stoffpuppe lag dazwischen. Das Zimmer wirkte ein bisschen juvenil für eine Krankenschwester.

Ich setzte mich aufs Bett. »Ich warte hier, bis sie zurückkommt.«

»Okay. Möchten Sie einen Kaffee?«

»Ja, gern, danke.«

Das Getränk war dünn und schmeckte nach Geschirrspülmittel. Die Müdigkeit, die mich plötzlich überfiel, konnte es nicht verdrängen. So dauerte es nicht lange, bis ich mich auf Marias Bett einrollte und einschlief.

»Sie! Was tun Sie hier?«

Ich schreckte hoch und sah auf die Uhr: halb zwei morgens. »Entschuldigen Sie, Maria. Ich … ich muss dringend mit Ihrer Tante sprechen!«

»Das geht nicht!« Ihre Stimme, die herabgezogenen Augenbrauen und die zu einem Strich gepressten Lippen signalisierten Entschlossenheit. Doch ihr junges Gesicht wirkte müde, und in ihren sanften Augen lag etwas, das Trauer sein konnte oder tiefe Sorge.

Ich stand auf. »Bitte, Maria! Sagen Sie mir, wo sie wohnt. Es geht um Leben und Tod!«

Marias Gesicht verhärtete sich noch mehr. »Allerdings!« Zu meiner Überraschung drehte sie sich um und sah mich über die Schulter an. »Kommen Sie mit!«

Ich folgte ihr durch die nächtlichen Straßen. Auf einem der Masten, deren Leuchtstoffröhren den Asphalt in blasses Licht tauchten, saß eine Krähe. Ich konnte im Gegenlicht nur ihre Umrisse erkennen, doch ich spürte, wie ihre kalten schwarzen Augen mich anstarrten.

Es waren nur wenige Blocks bis zu Emilys Wohnung. Ein Mann mit kurzen grauen Haaren und Bauchansatz öffnete uns. Er trug nur ein T-Shirt und Shorts. »Da bist du ja noch mal, Schatz. Wen hast du denn mitgebracht? Ist sie Ärztin?«

»Nein«, antwortete Maria, und ihre Stimme klang eisig. »Sie ist das Problem!«

Der Mann warf mir einen Blick zu, der mich frösteln ließ. »Ich bin Paul Morrison, Emilys Mann«, sagte er mit kühler Stimme. »Kommen Sie herein!«

Die Wohnung strahlte jene altmodische Gemütlichkeit aus, die von einem langen harmonischen Leben herrührt. Doch statt Harmonie spürte ich deutlich die Anspannung, die hier herrschte. Emilys Mann führte uns in ein kleines Schlafzimmer. In dem Doppelbett lag Emily.

Ihr Anblick schockierte mich. Sie sah um Jahrzehnte gealtert aus, das Gesicht grau und eingefallen. Ihr Rücken war durch mehrere große Kissen gestützt, so dass sie halb aufgerichtet war. Sie starrte mit leeren, immer noch blutroten Augen vor sich hin, offenbar ohne uns wahrzunehmen. Ihr Mund war halb geöffnet, und ein dünner Speichelfaden rann daraus herab.

»Sehen Sie, was Sie angerichtet haben!«, sagte Paul Morrison.

»O Gott!«, entfuhr es mir. »Das ... das tut mir leid! Aber ... wieso ... als ich sie vorgestern im Krankenhaus sah, da war sie doch noch ...«

»Sie ist kaum ansprechbar«, sagte Maria. Und wie um es mir zu demonstrieren, trat sie neben das Bett. »Tante Emily? Tante Emily, hier ist Besuch für dich!«

In diesem Moment begriff ich, dass sie mich nicht hergeführt hatte, um mir meinen Wunsch zu erfüllen oder mir zu helfen. Sie hatte die schwache Hoffnung, dass mein Anblick irgendwas in Emily auslösen, etwas an ihrem Zustand verändern würde. Und sie hatte recht.

Emily wandte mir langsam den Kopf zu. Ihre müden Augen hoben sich ein wenig, bis sie mich ansah. Sie lächelte schwach. »Hallo, Anna«, sagte sie kaum hörbar.

Tränen schossen mir in die Augen. »Oh, Emily!«, rief ich, stürzte zum Bett und umarmte sie.

Etwas wie ein elektrischer Schlag durchzuckte mich, als ich sie berührte, so als sei ihr Körper statisch aufgeladen. Doch das Gefühl verschwand augenblicklich, so dass ich mir nicht sicher war, ob ich mich nicht getäuscht hatte. Wir hielten uns einen Moment umklammert. Dann löste ich mich langsam von ihr, und Emily sank zurück in die Kissen.

»Können Sie ihr irgendwie helfen?«, fragte Maria.

Mir kam ein Gedanke. »Ich ... ich weiß auch nicht. Vielleicht hat sie irgendwie immer noch eine Verbindung zu ... zu Erics Seele. Vielleicht ist ihr Leben jetzt mit seinem verknüpft.«

»Was soll das denn heißen?«, fragte Emilys Mann.

»Ich kann Ihnen das nicht genau erklären. Emily ist eine Verbindung mit meinem Sohn eingegangen und hat mich irgendwie in seine Gedankenwelt befördert. Sie … sie hat mir gesagt, dass es gefährlich ist, aber … ich habe nicht gewusst …«

»Wenn Tante Emily immer noch eine Verbindung zu Ihrem Sohn hat, dann müssen wir sie irgendwie kappen!«, warf Maria ein.

»Nein!«, rief ich erschrocken aus. Und dann, etwas leiser: »Nein, ich glaube nicht, dass das helfen würde. Wenn Emily und er jetzt wirklich miteinander verbunden sind, dann ist diese Verbindung vielleicht das Einzige, was die beiden am Leben hält!«

»Sie meinen, was Ihren Sohn am Leben hält«, sagte Maria kalt. »Vielleicht reißt die Verbindung, wenn er stirbt, und Tante Emily wird wieder gesund!«

»Maria!«, sagte Paul Morrison scharf.

»Ist doch wahr! Das Risiko, das Tante Emily eingegangen ist, ist viel zu groß! Wir können doch nicht zulassen, dass sie zusammen mit Mrs. Demmets Sohn stirbt!«

Ich schüttelte den Kopf. »Nein, das können wir nicht. Ich glaube, die einzige Möglichkeit, beide zu retten, liegt darin, Eric zum Tor des Lichts zu führen!«

»Was soll das heißen?«, fragte Paul Morrison. »Was für ein Tor des Lichts?«

»Mein Sohn … der Geist meines Sohnes irrt in einer Phantasiewelt umher. Ich habe ihn dort getroffen, in der Gestalt einer Figur aus einem Computerspiel. Er sucht das Tor des Lichts. Wenn er es gefunden hat, wird er aus dem Koma erwachen. Dann wird auch Emily wieder gesund!« Ich hatte mich bemüht, Zuversicht in meine Stimme zu legen, aber ich war mir nicht sicher, ob das gelungen war.

»Sie wollen doch nicht etwa mit diesem Wahnsinn weitermachen!«, rief Maria. »Das kommt überhaupt nicht in Frage! Ich werde nicht zulassen, dass Sie meine Tante noch mehr ...«

Doch Paul Morrison unterbrach sie. Er sah mich ernst an. »Erzählen Sie ganz genau, was geschehen ist!«

Ich berichtete von meinen Erlebnissen, ohne allerdings die Droge zu erwähnen. Die beiden hörten mir schweigend zu. Am Ende hatte ich den Eindruck, ihre Feindseligkeit mir gegenüber etwas abgemildert zu haben.

»Ich glaube, Sie haben recht«, sagte Emilys Mann. »Sie müssen dorthin zurückkehren.«

»Aber Onkel Paul!«, protestierte Maria. »Das ... das ist doch viel zu gefährlich! Diesmal wird Tante Emily das vielleicht nicht überleben!«

Er schüttelte langsam den Kopf. »Ich vertraue Emily, sie weiß, was sie tut. Wenn sie sich auf so was einlässt, hat sie für gewöhnlich ihre Gründe.«

Seine Nichte begann plötzlich zu weinen. »O Gott, ich bin an allem schuld! Hätte ich ihr nicht von Tante Emilys Fähigkeiten erzählt, wäre das nie passiert!«

»Es liegt nicht in unserer Hand.«

Erschrocken fuhren wir herum. Paul Morrison beugte sich über sie und streichelte ihre Wange. »Was ... was hast du gesagt, Schatz?«

Emilys Blick irrte durch den Raum. Sie schien Schwierigkeiten zu haben, uns zu sehen. Ihre Stimme jedoch war zwar schwach, aber verständlich. »Nicht wir entscheiden ... was geschieht. Anna hat recht: Wir müssen noch einmal ... zurückkehren.« Die wenigen Sätze schienen sie sehr anzustrengen. Sie schloss die Augen.

Maria sah mich mit glasigen Augen an. »Aber wie soll das gehen? Wenn Tante Emily in diesem Zustand im Krankenhaus auftaucht, behalten sie sie bestimmt gleich da. Ohne Kontakt zu Ihrem Sohn!«

»Vielleicht können wir den Ärzten erklären ...«, begann ich.

Maria lachte hässlich. »Den Ärzten? Hören Sie, ich arbeite dort. Ich weiß, wie Ärzte denken. Denen können Sie gar nichts erklären. Die haben ihre schulmedizinische Ausbildung, ihre Medikamente und Apparate. Sie werden meiner Tante nur mit immer mehr Technik zu Leibe rücken. Ärzte gehen grundsätzlich davon aus, dass Laien – dazu zählen auch wir Krankenschwestern – nicht in der Lage sind, zu beurteilen, was gut ist für einen Patienten. Wenn wir sie ins Krankenhaus bringen, haben wir keine Kontrolle mehr darüber, was passiert!«

»Dann müssen wir Eric eben hierher bringen«, sagte ich. »Gleich morgen werde ich ihn aus dem Krankenhaus holen.«

Paul Morrison nickte. »Gut, tun Sie das!«

Maria machte ein skeptisches Gesicht. »Ich bin nicht sicher, ob Dr. Kaufman Erics Entlassung zustimmen wird.«

»Aber er ist mein Sohn! Sie können ihn doch nicht einfach gegen meinen Willen dabehalten!«

Maria zuckte nur mit den Schultern.

# 12.

Verstört und in düsteren Gedanken rief ich mir ein Taxi. Es war fast vier Uhr morgens, als ich in unserem Apartmenthaus eintraf. Ich fummelte mit den Schlüsseln an der Wohnungstür herum, doch keiner wollte passen.

Plötzlich hatte ich das Gefühl, als entgleite mir mein Leben immer mehr. Ich geriet in Panik. Der Schlüsselbund fiel mir herab – auf eine Fußmatte mit einer lachenden Mickey Mouse und dem Wort »Welcome«.

Ich erstarrte. Ich hatte diese Matte dort ganz sicher nicht platziert.

Verwirrt richtete ich mich auf und sah auf das Klingelschild. Erst jetzt begriff ich, dass ich vor der falschen Wohnung stand. Offensichtlich war ich so müde und desorientiert, dass ich versehentlich ein Stockwerk zu niedrig gestoppt hatte. Ich stieg die Treppe hinauf in den dritten Stock, bis ich endlich vor meiner Wohnung stand. Der Schlüssel passte beim ersten Versuch. Erschöpft und erleichtert fiel ich auf mein Bett und schlief ein, bevor ich mich ausziehen konnte.

Ich erwachte mit Kopfschmerzen und einem unangenehmen Geschmack im Mund. Es war elf Uhr morgens. Ich nahm ein kleines Frühstück zu mir, das aus wenig Toast und viel Kaffee bestand, und fuhr ins Krankenhaus.

Erics Zustand war unverändert. Ich fragte die Stationsschwester nach Dr. Kaufman, doch der war mit Untersuchungen beschäftigt. Erst am Nachmittag fand er die Zeit, in Erics Zimmer zu kommen. »Sie wollten mich sprechen, Mrs. Demmet?«

»Ja. Ich möchte Eric gern zu mir nach Hause holen.«

Der Arzt zog die Augenbrauen herab. »Ich glaube nicht, dass das eine gute Idee ist, Mrs. Demmet.«

»Warum nicht? Sein Zustand ist unverändert. Ich habe schon mehrmals gesehen, wie die Schwestern ihn durch die Magensonde mit Flüssigkeit und Nahrungsbrei versorgt haben. Ich bin sicher, ich kann das zu Hause auch selbst tun. Ich könnte mir auch eine Pflegekraft ...«

»Mrs. Demmet, ich will Sie nicht beunruhigen, aber es könnte jederzeit sein, dass sich Erics Zustand spontan verschlechtert. Dass sein Kreislauf zusammenbricht. Dann muss er sofort behandelt werden. Glauben Sie mir, es ist besser, wenn er hier unter unserer Beobachtung ist.«

»Aber viele Ärzte sind der Ansicht, dass die vertraute Umgebung für Wachkomapatienten viel günstiger ist als die Krankenhausatmosphäre«, widersprach ich. »Wenn Eric erst mal in seinem eigenen Zimmer ist, wird er vielleicht ...«

Dr. Kaufman unterbrach mich. »Sie sollten nicht allen Blödsinn glauben, der im Internet über das Wachkoma verbreitet wird«, sagte er mit Ungeduld in der Stimme. »Jeder Patient ist anders, und Erics Fall ist besonders kompliziert. Ich habe erst gestern mit Dr. Ignacius telefoniert, der morgen wieder hier sein wird, um Eric zu untersuchen. Er ist ebenfalls der Meinung ...«

Zorn wallte in mir auf. »Dr. Ignacius hat meinem Sohn bisher kein bisschen geholfen«, rief ich. »Genauso wenig wie Sie! Aber ich habe einen Weg gefunden, um ...« Ich stockte. Mir war klar, dass ich nichts erreichen würde, wenn ich dem Arzt die Wahrheit erzählte.

Dr. Kaufman musterte mich kritisch. »Sie haben was?«

»Ich bin der Überzeugung, dass seine vertraute Umgebung ihm helfen wird, den Weg zum Licht zu finden«, sagte ich.

Sein Misstrauen wuchs spürbar. »Den Weg zum Licht? Was für ein Licht? Hat Ihnen diese Emily Morrison das eingeredet?«

Ich konnte mich nicht bremsen. Die Erlebnisse der letzten Tage gaben mir das Gefühl, es mit einem bornierten Ignoranten zu tun zu haben. »Sie haben ja überhaupt keine Ahnung!«, fuhr ich ihn an. »Sie mit Ihrer Schulmedizin bewirken doch nicht das Geringste! Im Gegenteil – je länger Eric hier liegt, desto tiefer verirrt er sich in seiner eigenen Phantasiewelt!«

Dr. Kaufman senkte die Stimme. Er sprach jetzt in diesem ruhigen, professionellen Ton, den er sicher oft gegenüber hysterischen Angehörigen anwandte. »Sie täuschen sich, Mrs. Demmet. Eric ist in keiner ›Phantasiewelt‹ gefangen. Er liegt im Koma. Das ist ein Schutzmechanismus des Körpers gegen einen starken Schock oder ein Trauma. Das Gehirn wird quasi in den Urlaub geschickt. Eric wird von selbst wieder zu sich kommen, wenn sein Körper sich ausreichend regeneriert hat. Und das können wir nun mal hier im Krankenhaus am besten überwachen!«

»Blödsinn!«, rief ich. »Eric wird sterben, wenn wir ihm nicht helfen, zu sich selbst zu finden!«

»Mrs. Demmet«, sagte der Arzt in scharfem Tonfall. »Ich bezweifle doch sehr, dass Sie über die nötigen medizinischen Kenntnisse verfügen, um das beurteilen zu können!«

Ich wusste, dass ich mich in eine Ecke manövrierte, doch die Worte sprudelten einfach aus mir heraus. »Ich soll das nicht beurteilen können? Ich war da, verdammt! In seinem Kopf! Ich habe gesehen, was er sieht! Er ist verwirrt, und er braucht meine Hilfe!«

Dr. Kaufman sah mich einen Moment schweigend an, und ich wusste genau, was er dachte: Ich war in seinen Augen die Verwirrte, die dringend Hilfe brauchte. Doch er sagte nur: »Tut mir leid, aber ich kann die Verantwortung für eine Entlassung nicht übernehmen.«

»Das müssen Sie auch nicht«, sagte ich. »Geben Sie mir so einen Zettel, wo draufsteht, dass Sie für nichts haften, und ich unterschreibe ihn sofort!«

»Sie haben mich falsch verstanden, Mrs. Demmet. Ich trage sehr wohl die Verantwortung für Eric, und die werde ich auch nicht einfach so abgeben. Als sein Arzt bin ich verpflichtet, sein Leben zu schützen. Ich habe den hippokratischen Eid geschworen, und den werde ich auch Ihnen zuliebe nicht brechen!«

Ich sprang auf. »Er ist mein Sohn, verdammt!«, schrie ich. »Sie haben kein Recht, ihn gegen meinen Willen festzuhalten!«

»O doch, das habe ich«, sagte Dr. Kaufman ruhig. »Ich bin der ärztliche Leiter der neurologischen Station. Ich entscheide, ob ein Patient entlassen werden kann!« Seine Augen wurden schmal. »Sie sind offensichtlich nicht in der Lage und vermutlich auch nicht willens, Ihren Sohn professionell und in der medizinisch gebotenen Weise zu pflegen. Wenn Sie es drauf anlegen, kann ich gerichtlich beantragen, dass man Ihnen das Sorgerecht für Ihren Sohn vorübergehend entzieht, bis Eric wieder gesund ist!«

Für einen Moment wusste ich nicht, was ich sagen sollte. Tränen schossen mir in die Augen. Mir wurde klar, dass ich es vermasselt hatte. Statt diplomatisch geschickt vorzugehen, hatte ich wieder mal durch meine offene, direkte Art genau das Gegenteil von dem erreicht, was ich wollte. Möglicherweise würde Eric aufgrund meiner Dummheit sterben.

Dr. Kaufmans Gesicht wurde milde. »Ich verstehe ja Ihre Sorge, Mrs. Demmet. Aber glauben Sie mir, wir tun das Menschenmögliche, um Ihrem Sohn zu helfen!«

Ich setzte mich auf den Stuhl neben Erics Bett. »Sie verstehen gar nichts!«, murmelte ich.

»Ihre Stimmungsschwankungen sind in so einer Situation ganz normal«, sagte der Arzt. »Wenn Sie möchten, dann kann ich Ihnen etwas dagegen verschreiben.«

Ich warf ihm einen giftigen Blick zu. Am liebsten hätte ich ihm in diesem Moment in sein borniertes Gesicht geschlagen.

Er verstand das Signal. »Dann lasse ich Sie jetzt allein.« Er verschwand.

Ich betrachtete Erics reglosen Körper. Er war so nah und doch so unerreichbar fern! Ich unterdrückte den Impuls, Dr. Kaufman nachzulaufen und um Erics Entlassung zu betteln. Ich wusste, dass das seine Meinung über meine Fähigkeit, meinen Sohn zu versorgen, nur noch bestärkt hätte.

Ich dachte darüber nach, was ich tun konnte. Mir einen Anwalt nehmen? Es gab sicher eine juristische Möglichkeit, Eric hier herauszuholen. Vielleicht konnte ich ihn gemeinsam mit Emily in einer Privatklinik unterbringen. Aber bis ich eine entsprechende gerichtliche Verfügung bewirkte, würde es vermutlich zu spät sein.

Mir kam die Idee, Dr. Ignacius anzurufen. Aber nein, der steckte ja in derselben Denkfalle wie Dr. Kaufman. Außerdem kannten die beiden sich offenbar gut, und eine Krähe hackte der anderen bekanntlich kein Auge aus.

Nachdem ich eine Weile herumgesessen und ergebnislos gegrübelt hatte, verließ ich das Krankenhaus, um mir ein Taxi nach Brooklyn zu nehmen.

Als ich durch die große Eingangstür trat, erblickte ich

auf der gegenüberliegenden Straßenseite eine Frau. Sie trug ein schwarzes Kleid, einen Hut und einen Schleier vor dem Gesicht. Sie stand nur reglos da und sah zu mir herüber.

Ich erstarrte. Eine tiefe Beklemmung befiel mich bei ihrem Anblick. Für einen schrecklichen Moment war ich sicher, dass sie zu Erics Beerdigung gekommen war.

»Entschuldigen Sie, Ma'am«, sagte jemand hinter mir. Ich drehte mich um. Ein schwarzer Pfleger schob einen älteren Mann im Rollstuhl. Ich stand mitten im Eingang des Krankenhauses und blockierte seinen Weg. Ich murmelte eine Entschuldigung und trat zur Seite. Als ich mich wieder umwandte, war die Frau in Schwarz verschwunden.

Offensichtlich war ich mit meinen Nerven am Ende. Ich atmete tief durch.

Auch Emily ging es nicht gut. Sie war bei Bewusstsein, aber sie wirkte sehr geschwächt. Trotzdem lächelte sie, als sie mich sah.

»Was ist mit Ihrem Sohn?«, fragte Emilys Mann.

Ich erzählte ihm, was geschehen war.

Er nickte. »Also hatte Maria recht.«

»Ja, leider. Ich werde am besten einen Anwalt anrufen. Es kann doch nicht sein, dass dieser Quacksalber meinen Sohn gegen meinen Willen bei sich behält!«

Paul Morrison warf einen sorgenvollen Blick auf seine Frau. »So viel Zeit haben wir nicht«, sagte er.

»Was sollen wir denn sonst machen?«, fragte Maria, die am Bett ihrer Tante saß.

Emilys Mann machte ein grimmiges Gesicht. »Wir werden Eric herholen, ob die Ärzte was dagegen haben oder nicht!«

Einige Stunden später stand ich in einem kleinen Nebenraum der Neurologie. Ich trug einen weißen Arztkittel, hatte mir ein Stethoskop umgehängt und fühlte mich wie eine Terroristin kurz vor dem Attentat.

»Wenn wir das wirklich durchziehen wollen, dann am besten zwischen zwei und drei Uhr morgens«, hatte Maria gesagt. »Das ist die ruhigste Zeit.« So waren wir mit Paul Morrisons klapprigem Ford zum Krankenhaus gefahren. Maria trug ihren Schwesternkittel und ihre Identifikationskarte. Sie war im Inneren verschwunden und kurz darauf mit einer Plastiktüte zurückgekommen, in der sich ein weiterer Kittel, ein Stethoskop sowie eine Identifikationskarte befanden, die auf eine Dr. Alice Deaver ausgestellt war. Die Frau auf dem Foto sah mir nicht im Entferntesten ähnlich – sie hatte zurückgekämmtes schwarzes Haar, buschige Augenbrauen und ein Doppelkinn – doch wir hofften, dass in der Nacht niemand darauf achtete. Ohne eine solche Karte herumzulaufen, hätte sicherlich mehr Verdacht erregt.

Der Nachtpförtner hatte uns nur kurz zugenickt, als Maria die elektronische Tür ein zweites Mal mit ihrer Magnetkarte geöffnet hatte. Ich tat es ihr gleich, halb in Erwartung, dass ein Alarm ertönen und sich von allen Seiten Sicherheitskräfte auf mich stürzen würden, doch nichts dergleichen geschah. Ein Krankenhaus war keine Bank.

Nun also standen wir im Nebenraum und spähten durch einen Türspalt hinaus. Ausgerechnet in dem Moment, als wir die Station erreichten, war ein Notfallalarm ausgelöst worden. Ein junger Arzt war in eines der Zimmer gerannt. Jetzt wurde ein Rollbett an uns vorbeigefahren. Der Arzt lief nebenher, während er einen besorgten Blick auf die Gestalt darauf warf. Eine schreckliche Sekunde lang befürchtete ich, es könne sich um Eric handeln, doch dann sah ich den grauhaarigen Kopf einer Frau.

Wir warteten einen Moment, bis sich die Aufregung gelegt hatte und wieder Ruhe eingekehrt war. Dann gingen Maria und ich mit zielsicherem, professionellem Schritt in Erics Zimmer.

Mein Sohn hatte die Augen geschlossen. Es brach mir fast das Herz, ihn so friedlich daliegen zu sehen. In der Nacht gab es kaum einen Unterschied zwischen seinem Zustand und dem ganz normaler Menschen in gesundem Schlaf. Einem Impuls folgend streckte ich meine Hand aus und rüttelte an seiner Schulter, aber natürlich zeigte er keine Reaktion.

Maria betätigte ein paar Schalter an den Geräten, die seinen Kreislauf überwachten, so dass kein Alarm ausgelöst wurde, als wir die Clips an seinem Körper entfernten. Wir lösten die Bremsen des Bettes und schoben es über den Flur. Niemand hielt uns auf.

Wir fuhren mit dem Fahrstuhl ins Erdgeschoss. Nun kam der kritische Teil. Ein Patiententransport musste beim Pförtner angemeldet werden. Hätte Eric selbst gehen können, hätten wir ihn vielleicht irgendwie durch die Besucherschleuse bugsieren können, doch in einem Rollbett war das unmöglich. Uns blieb als einzige Möglichkeit der Notausgang.

Maria öffnete die mit einem Warnschild gekennzeichnete Tür. Augenblicklich erklang ein schriller Alarm. »Schnell jetzt!«

Ihre Aufforderung war unnötig. Wir rannten über einen gepflasterten Weg. Ich hatte Sorge, in diesem Tempo könnte das Bett bei der kleinsten Unebenheit umkippen, doch wir erreichten den Parkplatz ohne Schwierigkeiten. Erst in diesem Moment stürmten zwei Männer in weißen

Kitteln aus dem noch immer offenen Notausgang. »Halt! Bleiben Sie stehen!«, riefen sie.

Paul stand mit laufendem Motor bereit. Er hatte die Nummernschilder in der Zwischenzeit mit Packpapier überklebt. Weit würden wir damit nicht kommen, aber wenigstens machten wir es unseren Verfolgern etwas schwerer. Wir wuchteten Eric auf den Rücksitz des Wagens. Ich sprang in den Fond und knallte die Tür zu, während Maria sich auf den Beifahrersitz warf. Wir fuhren gerade los, als unsere Verfolger den Wagen erreichten. Einer von beiden hieb noch frustriert mit der flachen Hand auf den Kofferraum.

Vor Erleichterung musste ich lachen, als wir mit quietschenden Reifen vom Parkplatz rollten. Doch ein Blick auf Erics reglose Gestalt genügte, um mich verstummen zu lassen.

Paul hielt zwei Blocks vom Krankenhaus entfernt an, sprang aus dem Wagen und riss das Papier von den Nummernschildern. Dann fuhren wir in normalem Tempo weiter.

Wir gelangten ohne weitere Schwierigkeiten zu Emilys Wohnung. Paul warf sich Eric über die Schulter und schleppte ihn die Treppen hinauf wie einen Sack Kartoffeln. Er legte ihn neben Emily ins Bett.

Seine Frau, die offenbar geschlafen hatte, öffnete langsam die Augen. Einen Moment lang schien sie nicht recht zu wissen, wo sie war. Dann sah sie Eric neben sich, und so etwas wie Zärtlichkeit erschien auf ihrem Gesicht. Sie streckte die Hand nach ihm aus.

»Nein, warte!«, rief ich.

Sie hielt inne. Ihre blutunterlaufenen Augen blinzelten verwirrt.

Ich holte die beiden Kapseln hervor, die ich drei Tage

zuvor in meine Jackentasche gesteckt hatte. »Maria, können Sie mir ein Glas Wasser bringen?«, bat ich. Sie rührte sich nicht von der Stelle. »Was ist das?«, fragte sie mit unverhohlenem Misstrauen.

Ich entschloss mich, die Wahrheit zu sagen. »Es ist eine Droge. Man nennt sie Glanz. Sie führt zu einer deutlich intensiveren Wahrnehmung. Ich habe sie benutzt, um in Erics Traumwelt zu gelangen.«

»Sie haben was?« Marias Augen verengten sich. »Wusste meine Tante davon?«

Ich erwiderte ihren Blick. »Nein.«

Emily hatte mich während der kurzen Auseinandersetzung stumm gemustert. Doch ihr Gesicht enthielt keinen Vorwurf. Stattdessen lächelte sie sanft. »Natürlich habe ich es gewusst«, flüsterte sie. »Ich habe sofort gespürt, dass … etwas anders war, als du … an jenem Abend kamst. Da war dieses … Leuchten in deinen Augen.« Sie machte eine kurze Pause und schloss die Augen, als sammle sie neue Kraft für den nächsten Satz. »Es … es war so … stark. Wie ein … gewaltiger Strom, der durch meine Adern floss. Es … es hat mich wund gemacht.«

»Ich wusste es doch!«, rief Maria. Tränen standen in ihren Augen. »Sie haben sie mit diesem Zeug krank gemacht! Onkel Paul, du darfst nicht zulassen, dass sie das wiederholt!«

»Maria«, flüsterte Emily.

Die junge Frau wandte sich zu ihr um.

»Bitte … ich möchte es … versuchen.«

»Bist du … sicher, Tante Emily?«

»Ja.«

Maria blieb einen Moment unschlüssig stehen. Schließlich holte sie zwei Gläser mit Wasser. Ich nahm meine Kapsel, dann reichte ich die zweite Emily. Sie steckte sie in den Mund und spülte sie mit einem kleinen Schluck herunter.

»Es dauert ein bisschen, bis es wirkt. Wir sollten vielleicht eine halbe Stunde warten.«

Wir saßen schweigend an Emilys Bett. Ich spürte Marias Feindseligkeit wie einen kalten Hauch im Nacken. Auch Paul sah mich misstrauisch an.

Ich betrachtete Emily. Täuschte ich mich, oder sah sie schon wieder gesünder aus? War ihr Blick klarer, ihr Gesicht weniger eingefallen als noch vor ein paar Minuten? Oder lag das nur an meiner eigenen, veränderten Wahrnehmung?

Das ganze Zimmer schien heller geworden zu sein. Ich sah aus dem Fenster und erwartete fast, Sonnenstrahlen hereinfallen zu sehen, doch es war natürlich immer noch mitten in der Nacht. Erleichterung strich über mein Gesicht wie eine sanfte Sommerbrise und brachte mich zum Lächeln.

Auch Emily lächelte. »Cooler Stoff«, sagte sie.

Maria und Paul trauten ihrer plötzlichen Stimmungsänderung offensichtlich nicht, doch ihre Sorge berührte mich nicht mehr. Es kam mir vor wie die harmlose Angst zweier Kinder, unter ihrem Bett könne ein Monster lauern.

»Ich glaube, es ist jetzt so weit«, sagte ich.

Emily nickte. Sie ergriff Erics Hand und meine, und ich schloss den Kreis.

# 13.

Als Erstes nahm ich den Gestank des Sumpfes war. Ich spürte den klebrigen Morast, der mich von hinten umklammert hielt wie ein Dutzend kalter Hände. Ich öffnete die Augen und richtete mich auf. Mein Kopf und meine Schulter schienen in Flammen zu stehen. Ich konnte meinen linken Arm nicht richtig bewegen. Nur mühsam gelang es mir aufzustehen.

Die Quallen waren verschwunden. Auch von den Blasenhalmen war nichts mehr zu sehen. Eric lag nur ein paar Schritte entfernt im Morast. Sein Schwert stak so tief im weichen Boden, dass nur noch der Griff herausragte. Der Schild lag halb eingesunken am Rand des Tümpels. Ein schwarzer Vogel hockte neben seinem Arm und pickte daran, als wolle er den jungen Krieger wecken. Ich schrie und wedelte mit den Armen, und das Tier erhob sich in die Luft. Erst jetzt bemerkte ich, dass ein riesiger Schwarm über uns kreiste, lautlos, wie Geier, die geduldig auf ihre Beute warten.

»Haut ab!«, schrie ich. »Haut ab, ihr Mistviecher!«

Seltsamerweise taten die Vögel genau das. Sie formten eine langgezogene ovale Wolke und flatterten davon.

Ich kniete mich neben Eric. Sein Gesicht war angeschwollen. Hals und Oberarme waren gerötet und mit wässrigen Blasen überzogen.

»Eric!« Ich wollte ihn an der Schulter rütteln, hatte jedoch Angst, ihn dadurch noch mehr zu verletzen. Stattdessen löste ich den Wasserschlauch von seinem Schwertgurt und benetzte seine Lippen. Als das keine Reaktion hervorrief, goss ich den Rest des Wassers über sein Gesicht.

Er schlug die Augen auf. Zuerst schien er mich nicht zu erkennen, doch allmählich gelang es ihm, den Blick zu fokussieren. »Göttin«, sagte er.

Ich lachte vor Erleichterung. »Eine schöne Göttin bin ich, wenn ich nicht mal mit ein paar Quallen fertig werde!«

Sein Gesicht verzerrte sich, ob vor Schmerz oder in dem missglückten Versuch, mein Lächeln zu spiegeln, wusste ich nicht.

Ich half ihm aufzustehen. Er war sehr wacklig auf den Beinen. Er schaffte es nicht, seine Waffe und den Schild aufzuheben. Ich trug beides für ihn. Merkwürdigerweise fühlten sich die beiden Schlaufen an der Innenseite des Metallschildes vertraut an, ebenso der Schwertgriff, so als hätte ich beides mein Leben lang mit mir herumgetragen.

Eric protestierte nicht.

Ohne Blasenhalme und in unserem halbgelähmten Zustand kamen wir nur sehr langsam voran. Die stinkenden Dünste, die aus den Tümpeln aufstiegen, erlaubten nur eine begrenzte Sicht, so dass ich kaum ein Gefühl für die Richtung hatte, in die wir gingen. Ich versuchte, mich zumindest grob am Zug der Vögel zu orientieren, die aber längst außer Sichtweite waren – einen besseren Wegweiser hatten wir nicht.

Nach einer Weile ragte vor uns ein runder Felsen empor. Hoffnung erfüllte mich. Wenn es hier Felsen gab, mussten wir uns festerem Untergrund nähern.

Der Felsen hob sich wie von Geisterhand ein Stück aus dem Sumpf empor. Ich erstarrte. Plötzlich wusste ich, was ich vor mir hatte.

Der Panzer der Riesenschildkröte musste einen Durchmesser von mindestens vier Metern haben und zweieinhalb Meter hoch sein. Ihre Beine waren wie vier gewaltige Säulen, jedes so breit wie meine Hüfte. Ihre Reptilienaugen blickten mich aus der geschützten Höhle ihres Panzers böse an.

»Gib mir das Schwert, göttliche Mutter«, sagte Eric. Ich warf ihm einen kurzen Blick zu. Er konnte sich immer noch kaum auf den Beinen halten.

»Nein«, erwiderte ich. »Das hier übernehme ich!«

Vorsichtig näherte ich mich dem Ungeheuer. Meine Muskeln waren angespannt. Von dem Brennen meiner Schulter und den Kopfschmerzen spürte ich nichts mehr. Timing, dachte ich, darauf kommt es an.

Der Hals der Schildkröte schoss plötzlich vor, so atemberaubend schnell, dass ich es gerade noch schaffte, den Schild hochzureißen. Der Kopf prallte gegen das Metall und versetzte mir einen heftigen Schlag, der meinen ganzen Körper erschütterte. Ich schlug mit dem Schwert zu, doch die Klinge durchschnitt nur Luft. Durch den Schwung der Waffe wurde mein Arm herabgerissen. Ihre Spitze verfehlte knapp meinen eigenen Fuß und blieb im Morast stecken.

Verdammt, mit der Maus war das einfacher gewesen.

Die Schildkröte nutzte ihre Chance für einen zweiten Angriff. Das schnabelartige, weit aufgerissene Maul schoss vor. Erneut wehrte ich den Angriff mit dem Schild ab, während ich gleichzeitig das Schwert emporriss und von unten in den Hals rammte.

Das Tier gab ein grässliches, fauchendes Zischen von sich und zog den Kopf zurück. Das Schwert, das im Hals festsaß, wurde mir aus der Hand gerissen. Die Schildkröte versuchte, ihren Kopf einzuziehen, doch das Heft der Waffe hinderte sie daran. Ein dicker Schwall Blut quoll aus der Wunde. Die säulenartigen Beine zitterten, dann knickten sie ein. Der tonnenschwere Körper sackte in den Sumpf, und die großen Augen starrten mich leer an.

Merkwürdigerweise fühlte ich in diesem Moment keinen Triumph. Ich hatte eher ein schlechtes Gewissen, so als hätte ich aus purer Jagdlust eines der letzten Exemplare einer aussterbenden Spezies umgebracht. Fast hätte ich mich umgesehen, ob nicht irgendwelche Zeugen die Tat beobachtet hatten, um sie Greenpeace zu melden.

Eric hatte da offensichtlich weniger Skrupel. Er lächelte. »Wenn ich jemals Zweifel hatte, dass du göttlicher Herkunft bist, so sind sie jetzt endgültig beseitigt. Selbst der große Achilles hätte wohl Mühe gehabt, ein solches gepanzertes Ungeheuer zu töten. Dir aber genügte ein einziger Schwertstreich. Du musst eine Tochter der Athene sein!«

Er wankte zu dem toten Tier und versuchte, das Schwert freizubekommen. Als er es schließlich in der Hand hielt, waren seine Arme und seine Rüstung dunkel von Schildkrötenblut. Er scheute sich nicht, ein Stück von dem zähen, rohen Fleisch des Halses abzuschneiden und sich in den Mund zu stopfen. Er bot mir etwas davon an. Ich verzichtete dankend.

Da Eric wieder zu Kräften zu kommen schien, gab ich ihm auch seinen Schild zurück. Mein linker Arm, mit dem ich ihn gehalten hatte, war voller dunkler Flecken und fühlte sich an, als sei er in einen Schraubstock gezwängt gewesen.

Wir wanderten weiter. Ein paar Mal sahen wir in der Ferne Schildkrötenpanzer aus dem Sumpf aufragen, doch wir gingen ihnen aus dem Weg.

Ich wusste nicht, wie lange wir schon unterwegs waren, als ich in der Ferne ein flaches weißes Gebilde entdeckte.

Ich wies Eric darauf hin. Wir näherten uns vorsichtig, darauf gefasst, es mit einer neuen, unbekannten Gefahr dieses tödlichen Sumpfes zu tun zu bekommen. Doch es war nur ein Hügel aus sprödem weißem Fels. Nicht weit davon entfernt erhob sich ein zweiter, und dann noch einer – eine Kette, die weiter vorn im Nebel verschwand.

Bald wurden die Tümpel um uns herum seltener. Der Morast trocknete aus und wurde wieder zu dem grauen Sand, den ich schon kannte. Der Nebel verschwand, und wir konnten sehen, dass sich die Kette der weißen Hügel meilenweit vor uns erstreckte. In der Ferne ragte mindestens ein Dutzend riesige, gekrümmte Säulen empor wie die Überreste eines gigantischen Käfigs, jede so hoch, dass sie den trüben Himmel zu berühren schien. Wir hatten den schrecklichen Sumpf überwunden.

Ich blieb stehen und starrte die Gebilde an. Dann kniete ich mich hin und betastete den weißen Untergrund, über den wir liefen, und aus meiner Ahnung wurde Gewissheit. Das, was ich für Kreidefelsen gehalten hatte, waren in Wahrheit Knochen – gigantische Wirbel eines Wesens, gegen das ein Blauwal wie eine Mücke gewirkt hätte.

Eric kniete ebenfalls nieder. Seine Haut war immer noch gerötet und voll von getrocknetem Blut, aber seine Augen waren klar, und er strahlte wieder die trotzige Kraft eines Kriegers aus. Er strich mit den Fingern über den porösen Untergrund. »Ich verstehe wenig von den alten Geschichten über den Anfang der Welt und den großen Kampf der Götter, doch das hier scheint mir das Skelett eines der Titanen zu sein. Ehrlich gesagt habe ich nicht gewusst, dass sie *so* groß sind. Ich habe immer geglaubt, sie seien unsterblich und von Zeus in den Tartaros gesperrt worden, wo sie noch heute von den Hundertarmigen bewacht werden. Dieser hier scheint allerdings weniger Glück gehabt zu haben. Titan oder nicht, auf jeden Fall bin ich froh, dass er uns nicht lebendig begegnet ist!«

Wir kletterten von dem Wirbel herab. Da der Sumpf nun hinter uns lag, war es einfacher, durch den ebenen Sand zu laufen, als über die unregelmäßigen Knochenstücke mit ihren Buckeln und Spalten zu klettern.

Bald näherten wir uns den ersten Rippen. Sie ragten über uns auf wie die Säulen einer unermesslichen Kathedrale, der das Dach fehlte. Ihr Durchmesser betrug Dutzende Schritte. Man konnte kleine Löcher in dem weißen Material erkennen, die zu regelmäßig angeordnet waren, um natürlichen Ursprungs zu sein. Sie verliehen den Rippen das Aussehen von Wolkenkratzern, wie sie Salvador Dalí in einer depressiven Phase gemalt haben könnte.

Während wir weiterschritten, erschien in einer Öffnung am Fuß einer der Säulen ein dunkelhaariges Wesen – eine Art Affe von der Größe eines zehnjährigen Kindes. Ein zweiter folgte ihm, und dann noch einer. Immer mehr von ihnen quollen daraus hervor. Sie stimmten ein schrilles Geschrei an und fuchtelten mit ihren langen pelzigen Armen, während sie sich zögernd näherten. Manche bewegten sich wie Schimpansen auf Füßen und den Knöcheln der Hände, andere gingen in breitbeinigen, unbeholfenen Schritten aufrecht. Einige trugen lange Äste oder Steine in den Händen.

Bald waren wir von Hunderten von ihnen umringt. Sie machten ein ohrenbetäubendes Geschrei, hielten jedoch immer ein paar Schritte Abstand zu uns. Eric schwang drohend sein Schwert. Wenn die Wesen uns tatsächlich angriffen, hatten wir allerdings keine Chance – es waren einfach viel zu viele.

Ich bemerkte, dass die Wesen eine Art Gasse bildeten, die zum Fuß eines der Rippenbögen führte. Mit wilden

Gesten, gefletschten Zähnen und lautem Geschrei versuchten sie, uns in diese Richtung zu drängen, ohne uns zu nahe zu kommen.

Wir folgten dem Spalier der schreienden Affenwesen. Die Menge – inzwischen mussten es mehr als tausend sein – folgte uns und drängte uns in Richtung eines besonders großen Rippenbogens. An seinem Fuß befand sich eine kreisrunde Öffnung. Wir konnten nur in gebückter Haltung hindurchtreten.

Drinnen fanden wir einen runden Raum von kaum drei Metern Durchmesser. Licht fiel durch den Eingang und durch zwei schmale Fensteröffnungen weiter oben. Ich konnte undeutlich dunkle Flecken an den Wänden erkennen, die sich, nachdem meine Augen sich an das schwache Licht gewöhnt hatten, als primitive Zeichnungen entpuppten. Es gab abstrakte Symbole – Spiralen, Dreiecke, geschwungene Linien – und etwas, das wie Sternbilder aussah. Also wurde es hier vielleicht doch irgendwann einmal Nacht, und der trübe Himmel klarte auf.

Die Affenwesen blieben im Eingang stehen, schrien und deuteten auf einen Durchgang am anderen Ende des Raumes. Dort wand sich ein schmaler, röhrenartiger Tunnel steil nach oben. Es gab keine Treppenstufen, dafür aber regelmäßige Einkerbungen an den Wänden, an denen man sich mit den Händen emporziehen konnte.

Der Gang war nicht für Menschen gemacht, und wir hatten große Mühe, uns in den engen Windungen fortzubewegen – besonders Eric, der mir folgte und seine sperrige Rüstung und den schweren Schild mit sich schleppte.

Manchmal weitete sich der Tunnel zu einer kugelförmigen Höhle, und ein paar Fenster ließen frische Luft und Licht herein. Dann nutzten wir die Gelegenheit für eine kurze Verschnaufpause, wurden jedoch von den Affenwesen, die uns folgten, sogleich lautstark angetrieben.

Immer wieder gab es Abzweigungen vom Hauptgang, doch sie wurden von ebenfalls johlenden Affenwesen blockiert. Die enge Röhre verstärkte das Geschrei noch, so dass ich bald Kopfschmerzen bekam.

Wir kamen immer höher. Ich hatte das Gefühl, dass wir bald die Spitze der Rippe erreicht haben mussten, doch ein Blick aus einer der Fensteröffnungen zeigte mir, dass wir höchstens dreißig Meter über dem Boden waren. Eine unübersehbare Affenmenge umringte die Rippe und starrte zu uns herauf.

Dann endlich endete der Gang im Boden eines überraschend großen Raumes. Er maß mindestens fünfzehn Meter im Durchmesser und war gut drei Meter hoch. Überall an den runden Wänden leuchteten kleine Löcher wie gleißende Sterne. Der Raum musste die gesamte Breite der Rippe ausfüllen.

Als wir eintraten, verstummte das Geschrei der Affenwesen sofort, und ehrfürchtige Stille senkte sich über uns. Die vielen Lichtschächte gaben dem Ort etwas Feierliches und erinnerten mich an meinen letzten Besuch im Planetarium, der schon einige Jahre zurücklag. Vielleicht war das hier tatsächlich eine Art Observatorium. Aber offensichtlich nicht nur das.

In der Mitte erhob sich ein Podest, das mit Tierfellen bedeckt war. Auf diesem primitiven Thron saß ein einzelnes Affenwesen. Sein Fell war zerzaust und an vielen Stellen ausgefallen, so dass die bleiche, mit dunklen Flecken übersäte Haut darunter zum Vorschein kam. Das Gesicht war von tiefen Runzeln zerfurcht. Obwohl ich mich mit Affen nicht auskannte, sah ich sofort, dass dieses Wesen uralt sein musste.

»Willkommen«, sagte das Wesen mit einer kehligen, fremdartigen Stimme, die offenbar Mühe hatte, menschliche Laute zu formen. In den dunklen Augen spiegelten sich winzig die Lichtpunkte an den Wänden, so dass es aussah, als leuchteten Sterne darin. Es waren freundliche Augen, und sie wirkten seltsam vertraut.

Ich brauchte einen Moment, bis ich meine Sprache wiedergefunden hatte. »Wer … wer bist du?«

»Manche nennen mich Eva, andere Lucy, wieder andere Pandora. Für meine Kinder bin ich nur die Erste Mutter.«

»Spotte nicht der Götter, Affenfrau!«, rief Eric. »Pandora wurde von Hephaistos aus Erde und Wasser geschaffen, strahlend schön wie die Sonne und nicht hässlich wie du!«

Das Wesen stieß ein keckerndes Geräusch aus, das entfernt wie Lachen klang. »Schönheit ist ein relativer Begriff, nicht wahr? Findet nicht eine Fledermaus ihresgleichen attraktiv? Sind Menschen in den Augen einer Spinne nicht grob, riesenhaft und erschreckend? Es gab viele, die mich schön fanden.«

»Du … du bist … der erste Mensch?«, fragte ich.

»Nichts hat einen klaren Anfang – nur das Ende ist eindeutig«, sagte das Wesen. »Aber wenn es jemals einen entscheidenden Schritt der Menschwerdung gegeben hat, dann bin ich vielleicht sein Zeuge.«

»Aber das war vor Jahrmillionen«, protestierte ich, obwohl ich wusste, dass Zeit in dieser Traumwelt eine andere Bedeutung hatte als in der Realität.

»Die Dinge sind nicht immer so, wie sie erscheinen«, gab die Erste Mutter zurück. »Aber ihr seid sicher nicht gekommen, um mit mir über Philosophie zu diskutieren.«

»Wir … wir suchen das Tor des Lichts«, sagte ich. »Eric

hier – mein Sohn – muss hindurchgehen, um … um die Götter zu besänftigen.«

Wieder stieß die Alte ihr keckerndes Lachen aus. »Glaubst du wirklich, du kannst mich täuschen, Tochter?« Sie machte ein seltsames Geräusch, eine Art Schnauben, und die Lichtpunkte in ihren Augen tanzten auf Tränen. »Die Dinge sind nicht so, wie sie erscheinen«, wiederholte sie. »Der Weg, den wir suchen, ist selten der, den wir gehen müssen.«

Dieses Sprechen in Rätseln ging mir bereits jetzt auf die Nerven, auch wenn es natürlich sehr gut zu einer Phantasiewelt passte, die von einem Computerspiel inspiriert war. »Kannst du uns sagen, wo wir das Tor des Lichts finden?«

»Es ist da, wo euer Weg sich gabelt«, gab die Erste Mutter zurück.

Ich schnaubte gereizt. »Geht es vielleicht noch etwas genauer? Wie wäre es zum Beispiel mit einer Himmelsrichtung? Mit Entfernungsangaben? Am Sumpf rechts, dann durch die Rippenbögen und immer geradeaus bis zur Zyklopenschlucht oder so!«

Die Erste Mutter sah mich eine Weile schweigend an, und plötzlich schämte ich mich für meinen Ausbruch. Ich senkte den Blick.

»Du weißt, dass das Leben nicht so einfach ist, meine Tochter«, sagte sie schließlich, und ihre Stimme war sanft und voller Mitgefühl. »Es gibt keinen Plan. Nur Entscheidungen.«

»Aber … aber welche Entscheidungen soll ich … muss ich denn treffen, wenn ich meinen Sohn wiederhaben will?«, rief ich, und die Verzweiflung presste mir die Brust zusammen. »Kannst du mir denn nicht helfen? Du bist doch ein Teil von ihm! Er kann uns hören, wie wir hier miteinander sprechen!«

Ich hatte auf einmal die Nase voll von diesem perfiden Spiel. »Wach auf!«, schrie ich, und meine Stimme hallte von den Knochenwänden wider. Ich rüttelte ihn an den Schultern. »Wach endlich auf, Eric!«

Er sah mich voller Mitleid an. Mein Zorn verrauchte, und Stille kehrte wieder ein.

»Geh zum Tempel der Wahrheit, meine Tochter«, sagte die Erste Mutter. »Er ist nicht weit von hier, in der großen Knochenhalle am Ende der Säule. Dort wirst du dem brennenden Mann begegnen.«

Ich spürte eine Art Beben, das meinen ganzen Körper erschütterte. Nein, es schien die ganze Welt zu erfassen. Die Höhle erzitterte und verschwamm vor meinen Augen. Ich fühlte mich leicht, fast durchsichtig.

Ich begriff.

»Nein!«, schrie ich. »Nein, jetzt noch nicht!« Doch das Bild um mich begann bereits zu verblassen.

»Eric! O Gott, Eric!«

# 14.

Ich hob den Kopf und blinzelte. Durch ein offenes Fenster fielen Strahlen grellen Sonnenlichts herein. Winzige Staubteilchen tanzten darin. Ich lag auf dem Bett neben Eric.

Emily saß neben mir und lächelte. »Guten Morgen!«

»Was … was ist passiert? Wieso … du siehst besser aus!«

Sie nickte. »Du hast recht gehabt. Dieses … Zeug ist unglaublich! Ich habe gesehen, was geschah.«

»Du warst bei mir? Wo?«

»Ich habe dich die ganze Zeit von schräg oben gesehen, wie ein Vogel, der dir folgte. Ich habe gesehen, wie du die Schildkröte erschlagen hast und wie du der Ersten Mutter begegnet bist. Ich konnte jedes Wort hören, das ihr gesprochen habt.«

»Hast du es verstanden? Ich meine, glaubst du wirklich, sie war der erste Mensch?«

»Wer weiß? Es ist möglich, dass sie nur eine Ausgeburt von Erics Phantasie ist, aber vielleicht steckt mehr in unseren Genen als nur die Information darüber, welche Haarfarbe wir haben und ob wir Zimt mögen. Oder vielleicht sind es nicht die Gene, die diese Erinnerungen speichern, sondern unsere Seelen.«

»Warum ist der Kontakt abgerissen? Hast du ihn unterbrochen?«

»Nein, selbst wenn ich das gewollt hätte, ich hätte es gar nicht gekonnt. Deine Verbindung zu ihm ist sehr … machtvoll.«

»Dann muss es die Droge gewesen sein. Ihre Wirkung hat nachgelassen.« Tatsächlich fühlte ich in meinem Inneren nur Kälte und Leere, als sei dort ein Feuer erloschen. »Ich hole Nachschub, und dann gehen wir noch einmal …«

»Tante Emily!« Maria war in der Tür erschienen. »Dir … dir scheint es besserzugehen!«

Emily lächelte. »Ja, in der Tat. Dieses Mal hat Anna recht gehabt. Dadurch, dass ich selbst die Droge nehme, kann ich die Energie, die zwischen ihr und Eric fließt, viel besser kanalisieren.« Ein Schatten fiel über ihr Gesicht. »Allerdings mache ich mir ein bisschen Sorgen über die Nebenwirkungen.«

»Nebenwirkungen?«, fragte ich. »Was für Nebenwirkungen?«

»Ich weiß nicht. Eine Droge von solcher Macht verändert uns, daran gibt es keinen Zweifel. Alles hat schließlich seinen Preis, oder nicht? Wollen wir hoffen, dass dieser Preis nicht zu hoch ist!«

»Ich bin bereit, alles zu geben, um meinen Sohn wieder zurückzubekommen«, sagte ich.

Emily nickte. »Ja, ich weiß.«

Maria warf mir einen Blick zu, in dem gleichzeitig Respekt, Sorge und ein stummer Vorwurf zu liegen schienen. Vielleicht bildete ich mir das aber auch nur ein. »Ich mache uns Frühstück«, sagte sie.

»Was ist mit Eric?«, fragte ich. »Muss er nicht Flüssigkeit und Nahrung bekommen?« Maria hatte gestern Nacht ein Paket mit Nährlösung für die Magensonde mitgehen lassen.

»Das hab ich schon getan, während Sie … bei ihm waren.«

»Wo ist Paul?«, fragte Emily.

»Zur Arbeit gegangen. Einer muss ja Geld verdienen, jetzt, wo ich meinen Job verloren habe.« Sie sagte das ohne anklagenden Tonfall.

»Maria, ich … ich weiß gar nicht …«, begann ich.

»Ich habe es nicht für Sie getan!« Damit wandte sie sich um.

Wir folgten ihr in die kleine Küche. Sowohl Emily als auch ich waren ein wenig wacklig auf den Beinen. Maria machte uns Rührei mit Speck und Pfannkuchen mit Ahornsirup, dazu starken Kaffee. Danach fühlte ich mich fast so, als hätte ich immer noch Glanz in meinem Blut. Die kühle Leere in meinem Innern hatte ich mit einer Decke aus Zuversicht umhüllt. Jetzt, wo es Emily besserging und sie offensichtlich bereit war, mir zu helfen, würde ich es bestimmt schaffen, Eric zum Tor des Lichts zu führen.

»Sag mal, hast du eigentlich eine Ahnung, wer dieser brennende Mann sein könnte, von dem die Erste Mutter gesprochen hat?«, fragte Emily unvermittelt.

Mein Magen fühlte sich plötzlich an, als hätte ich ein tiefgefrorenes Hähnchen in einem Stück verschluckt. Ich sprang auf, rannte hinaus in den Flur und riss wahllos Türen auf, bis ich das Badezimmer fand. Ich beugte mich über die Kloschüssel und gab mein Frühstück wieder von mir. Zitternd vor Kälte blieb ich hocken, während sich meine Eingeweide allmählich wieder beruhigten. Ich spürte die sorgenvollen Blicke von Emily und Maria in meinem Rücken.

»Was ist los mit dir?«, fragte Emily.

Ich zuckte mit den Schultern. »Vielleicht eine Nebenwirkung der Droge«, sagte ich. »Alles hat seinen Preis, oder nicht?«

Emily schien das nicht witzig zu finden. Doch sie sagte

nichts weiter. Ich setzte mich wieder in die Küche und trank noch etwas Kaffee, aber die Kälte in meinem Bauch konnte er nicht verdrängen.

»Wie geht es jetzt weiter?«, fragte Maria.

Ich sah sie überrascht an, ebenso wie Emily. »Was meinst du?«, fragte sie.

»Dir geht es jetzt wieder gut. Aber Eric liegt immer noch im Wachkoma. Er braucht ärztliche Betreuung!«

Ich sah sie verwirrt an. »Wir müssen wieder zu ihm! Wir müssen ihm helfen, den Weg zum Licht zu finden!«

Marias dunkle Augen wurden schmal. »Glauben Sie wirklich, Sie können ihn aus dem Koma befreien, indem Sie in seinem Kopf herumspazieren?«

Ich presste meine Lippen zusammen. Bevor ich antworten konnte, mischte sich Emily ein. »Wir müssen es wenigstens versuchen, meinst du nicht? Wir wissen nicht, ob wir Erfolg haben werden. Aber feststeht, dass Erics Seele irgendwo in dieser fremden Welt herumirrt. Ohne Hilfe wird er vielleicht für immer dort gefangen sein.«

Maria wandte sich zu ihr um. »Du hast selbst gesagt, dass es gefährlich ist, Tante Emily! Und das war, bevor sie dir diese Droge verabreicht hat! Ein Antidepressivum, wenn ich das richtig sehe. Ein Medikament, das schnell abhängig macht. Dieselbe Droge, die Eric genommen hat, als er ins Koma fiel! Willst du wirklich am Ende genauso daliegen?«

»Was schlägst du stattdessen vor?«

»Lass uns Eric zurück ins Krankenhaus bringen! Du bist wieder gesund. Wir haben erreicht, was wir wollten. Lass uns die Sache beenden, bevor etwas wirklich Schlimmes passiert!«

»Aber die Sache ist nicht beendet«, protestierte ich. »Nicht, solange Eric immer noch im Koma liegt!«

»Tut mir leid, Anna, aber Eric ist Ihr Sohn, nicht der von Tante Emily. Sie haben kein Recht, von ihr zu verlangen, dass sie ihr Leben für ihn riskiert!«

Der Eisklumpen in meinem Magen wurde immer schwerer. Ich senkte den Blick.

Emily legte eine Hand auf Marias Arm. »Ich weiß deine Sorge um mich zu schätzen«, sagte sie. »Aber ich glaube, ich bin alt genug, um für mich allein zu entscheiden. Eric braucht meine Hilfe. Ich würde es mir nicht verzeihen, wenn er stirbt oder im Koma gefangen bleibt, weil ich ihn im Stich gelassen habe.«

Maria sprang auf und stürmte wütend aus der Küche. In der Tür drehte sie sich noch einmal um. »Aber ich, ich soll es mir verzeihen können, wenn du ins Koma fällst oder stirbst, ja?« Bevor Emily etwas erwidern konnte, knallte sie die Tür zu.

Emily sah mich mit einem schiefen Lächeln an. »Verzeih ihr! Sie ist etwas impulsiv. Sie meint es nicht so.«

»Sie hat recht«, sagte ich. »Ich kann das nicht von dir verlangen!«

»Anna, ich habe meine Gabe nicht zum Spaß bekommen. Sie ist eine Verpflichtung. Wenn ich sie benutzen kann, um Eric zu helfen, dann muss ich das tun!« Sie stand auf.

Ich erhob mich ebenfalls und umarmte sie. »Danke! Vielen Dank!«

»Schon gut. Ich kümmere mich jetzt besser um meine Nichte. Wie wäre es, wenn du inzwischen die übrigen Pillen holst und bei der Gelegenheit ein paar Sachen für dich einpackst? Es ist sicher am besten, wenn du die nächsten Tage bei uns bleibst. Das Sofa im Wohnzimmer lässt sich zu einem Gästebett umbauen. Nicht allzu bequem, aber es wird gehen, denke ich.«

»Ja, das mache ich. Danke, Emily!«

Während ich im Taxi durch die überfüllten Straßen Manhattans fuhr, starrte ich gedankenverloren aus dem Fenster. Ich war hin und her gerissen zwischen der Hoffnung, die Emilys Unterstützung in mir geweckt hatte, und der Sorge, dass wir es trotz all unserer Bemühungen nicht schaffen würden. Marias Satz nagte an meiner Zuversicht wie Ratten an einer Leiche: Glauben Sie wirklich, Sie können ihn aus dem Koma befreien, indem Sie in seinem Kopf herumspazieren?

Während ich darüber nachdachte, glitt mein Blick über die Autos und die unzähligen Menschen am Straßenrand hinweg, ohne sich irgendwo festzusetzen. Die übliche Mischung aus Touristen, Geschäftsleuten und Hotdog-Verkäufern tummelte sich in den steinernen Schluchten Manhattans.

Plötzlich schrak ich zusammen. »Halten Sie bitte an«, rief ich dem Taxifahrer zu, einem Inder oder Pakistani. Noch bevor der Wagen richtig zum Stehen gekommen war, sprang ich raus. Ich sah mich um, doch in dem dichten Menschentreiben konnte ich die Person, die ich suchte, nicht mehr finden.

»Hey, Ma'am!«, rief der Taxifahrer hinter mir her. »Ma'am, Sie müssen bezahlen noch! Dreizehn und ein viertel Dollar!«

Ich wandte mich um und stieg wieder ins Taxi. Ich war mir sicher, dass am Straßenrand die Frau mit dem schwarzen Schleier gestanden hatte. Sie hatte mich direkt angesehen, als wir an ihr vorbeigefahren waren. Doch jetzt war sie spurlos verschwunden.

Der Taxifahrer musterte mich skeptisch im Rückspiegel. »Alles okay mit Ihnen, Ma'am?«

»Ja, schon gut. Entschuldigung, aber ich dachte, ich hätte eine Freundin gesehen. Fahren Sie bitte weiter.«

Kurz darauf erreichte ich meine Wohnung. Ich duschte und packte ein paar Sachen in eine Reisetasche – bequeme Kleidung zum Wechseln, Waschzeug, zwei Handtücher. Ich ignorierte das Blinken des Anrufbeantworters, wie ich es schon seit Wochen tat. Es war, als hätten mein altes Leben, mein Beruf, meine professionellen Kontakte aufgehört zu existieren. Sie bedeuteten mir nichts mehr. Ich wusste nicht, ob ich jemals wieder in die Normalität zurückkehren konnte.

Ich verdrängte den Gedanken, ging in Erics Zimmer und steckte den Plastikbeutel mit den restlichen Glanz-Kapseln ein.

Ich war gerade im Begriff zu gehen, als es an der Wohnungstür klingelte. Die Polizei, durchzuckte es mich. Dr. Kaufman musste sie alarmiert haben. Immerhin war ein Patient aus dem Krankenhaus verschwunden. Es war naheliegend, dass sie zuerst bei mir suchten.

Reglos blieb ich stehen und hoffte, die Beamten würden von selbst wieder verschwinden. Es klingelte erneut, dann ein Klopfen. »Mrs. Demmet? Ich weiß, dass Sie da sind. Machen Sie bitte auf!«

Es war kein Polizist, der da vor der Tür stand. Diese Stimme gehörte dem Arzt aus Boston, Dr. Ignacius. Ich erinnerte mich, dass er heute extra nach New York gekommen war, um Eric zu untersuchen.

»Mrs. Demmet, bitte! Ich will nur mit Ihnen reden! Glauben Sie mir, es ist im Interesse Ihres Sohnes!«

Mich überkamen plötzlich Zweifel an dem, was ich getan hatte. Vielleicht hatten die Ärzte und Maria doch recht. Vielleicht steigerte ich mich in etwas hinein und gefährdete in Wahrheit Erics Leben, anstatt ihm zu helfen. Ich konnte mir wenigstens anhören, was dieser Dr. Ignacius zu sagen hatte. Er wusste ja nicht, wo sich Eric befand.

Ich öffnete.

Der dürre Arzt trat ein, ohne meine Aufforderung abzuwarten. »Ist er hier?«

»Nein.«

Er öffnete alle Türen, die von dem kleinen Flur abgingen, als wolle er sich selbst davon überzeugen. »Wo haben Sie ihn hingebracht?«

Ich spürte, dass es ein Fehler gewesen war, den Mann hereinzulassen. »Er ist mein Sohn. Ich allein habe das Sorgerecht für ihn. Ich lasse es mir weder von Dr. Kaufman noch von Ihnen wegnehmen!«

Dr. Ignacius' Lippen verzogen sich zu einem mageren Lächeln. »Niemand will Ihnen das Sorgerecht für Ihren Sohn entziehen, Anna«, sagte er. »Ich will Ihnen doch nur helfen!« Seine Stimme war freundlich und einschmeichelnd, doch gleichzeitig erschien sie mir unangenehm und falsch, wie die aufdringliche Freundlichkeit eines Versicherungsvertreters.

»Ich brauche keine Hilfe!«

»Doch, Anna, die brauchen Sie.« Er lehnte sich an die Tür zu Erics Zimmer. »Ihr Sohn ist immer noch in einem kritischen Zustand. Er steht an der Schwelle zwischen Leben und Tod. Es ist unbedingt erforderlich, dass er unter ärztliche Aufsicht kommt!«

»Er ist unter ärztlicher Aufsicht«, log ich.

Dr. Ignacius ging nicht darauf ein. »Ich mache Ihnen einen Vorschlag, Anna. Kommen Sie mit ihm in meine Privatklinik nach Boston. Wir sind auf Wachkomapatienten spezialisiert. Wir haben dort neuartige Untersuchungs- und Behandlungsmethoden, mit denen wir bereits erstaunliche Erfolge erzielen konnten. Erst letzte Woche ist ein Mädchen in Erics Alter aus dem Koma erwacht. Nach elf Monaten! Sie könnten bei Ihrem Sohn im Zimmer wohnen. Sie wären rund um die Uhr bei ihm!«

Es klang verlockend, doch ich traute dem Arzt nicht. Ich schüttelte den Kopf. »Eric ist da, wo er ist, gut versorgt und betreut!«

Dr. Ignacius warf einen vielsagenden Blick auf die Reisetasche, die neben der Wohnungstür auf dem Boden stand. »Sie fahren zu ihm, nicht wahr?«

Ich sah keinen Grund, das abzustreiten. »Ja.«

Er sah mich eindringlich an. »Ich muss Sie warnen, Anna. Nehmen Sie Erics Zustand nicht auf die leichte Schulter!«

»Das tue ich ganz bestimmt nicht. Auf Wiedersehen, Dr. Ignacius. Und entschuldigen Sie bitte, dass Sie sich meinetwegen umsonst aus Boston herbemüht haben.« Ich öffnete ihm die Tür.

Er folgte meiner Aufforderung, die Wohnung zu verlassen, nur widerstrebend. Auf der Schwelle drehte er sich noch einmal um. »Bitte, Anna, überlegen Sie es sich noch mal! Ich will Ihnen wirklich nur helfen!«

»Auf Wiedersehen!« Ich schloss die Tür.

Aus dem Wohnzimmerfenster sah ich, wie er in ein Taxi stieg und davonfuhr. Trotzdem war ich nicht beruhigt. Ich hatte das starke Gefühl, dass sich um mich herum eine Bedrohung zusammenzog, dass etwas Düsteres auf mich lauerte.

Ich schüttelte den Kopf, um ihn freizubekommen. Die Strapazen und die Sorge um Eric brachten mich einfach durcheinander. Das Beste war es, sich auf die nächsten Schritte zu konzentrieren.

Aus einem unerklärlichen Gefühl heraus schreckte ich davor zurück, mit dem Taxi zu Emily zu fahren. Ein eigenes Auto besaß ich nicht – in Manhattan sind Parkplätze so teuer, dass man dafür jeden Monat eine Menge Taxifahrten machen kann, und wenn ich mal eine längere Strecke mit dem Auto fahren musste, nahm ich mir einen Mietwagen. Also blieben mir nur die öffentlichen Verkehrsmittel.

Während ich zu Fuß zur U-Bahn-Station an der First Avenue ging, hatte ich das Gefühl, verfolgt zu werden. Ich wandte mich ein paar Mal abrupt um, doch ich konnte niemanden entdecken. In der U-Bahn musterte ich die übrigen Fahrgäste misstrauisch. Ich wechselte zwei Mal abrupt die Linie und fuhr absichtlich einen Umweg. So dauerte es über eine Stunde, bis ich endlich Emilys Wohnung erreichte.

»Bist du aufgehalten worden?«, fragte sie.

»Ja.« Ich erzählte ihr von der Begegnung mit Dr. Ignacius.

»Er scheint sich ja wirklich sehr für Erics Fall zu interessieren«, bemerkte Emily.

»Er ist wohl Spezialist für Wachkomapatienten«, sagte ich. »Deshalb hat Dr. Kaufman ihn hinzugezogen.«

»Mag sein. Trotzdem finde ich es ungewöhnlich, dass er jede Woche extra aus Boston nach New York kommt, um ihn zu untersuchen. Und dass er dich zu Hause besucht.«

Ich zuckte mit den Schultern. Auch ich fand die aufdringlich-freundliche Art des Arztes vage beunruhigend. Doch das Thema war ja nun erledigt. »Wollen wir es wieder versuchen?«, fragte ich.

Emily nickte. Wir nahmen jede eine Kapsel, warteten einen Moment, bis Emilys Wohnung in unserer Wahrnehmung heller und freundlicher wurde und schließlich in warmem Glanz erstrahlte. Dann legten wir uns neben Eric auf das Bett und schlossen den Kreis.

## 15.

Ich stand nicht mehr in der Knochenhöhle, in der ich der Ersten Mutter begegnet war. Stattdessen lag ich im Sand. Über mir wölbten sich die gigantischen Rippenbögen in den Himmel. Eine große Menge von Affenwesen stand um mich herum, doch sie machten kein Geschrei, sondern musterten mich schweigend.

Ich erschrak. »Eric?« Etwas Kaltes presste meine Brust zusammen. »Eric!«

Die Affenwesen sahen mich nur stumm an.

»Wo ist mein Sohn?«, schrie ich. »Was habt ihr mit ihm gemacht, verdammt noch mal?« Ich rappelte mich auf.

Da die Affen mir nur bis zur Brust reichten, konnte ich über sie hinwegsehen. Mindestens tausend von ihnen waren hier am Fuß des Rippenbogens versammelt, in dem die Erste Mutter lebte. Eric stand nur ein Dutzend Schritte entfernt in der Menge. Für einen Augenblick dachte ich, die Affen griffen ihn an und versuchten, ihn zu Boden zu reißen. Doch dann sah ich, dass sie nur ihre Arme nach ihm ausstreckten, ihn berührten, als könnten sie kaum glauben, dass er real sei. Ein besonders vorwitziges Exemplar – es war sehr klein, ein Junges vermutlich – kletterte an seiner Rüstung empor und setzte sich auf seine Schulter, um seinen golden glänzenden Helm zu betasten.

»Eric!«, rief ich voller Erleichterung.

Er wandte sich zu mir um und winkte. Dann bahnte er sich langsam einen Weg durch die Menge.

»Was ist passiert?«, fragte ich. »Wieso sind wir nicht mehr in der Halle der Ersten Mutter?«

Er sah mich merkwürdig an. »Du bist ohnmächtig geworden. Die Erste Mutter hat gesagt, die stickige Luft sei dir vielleicht nicht bekommen und wir sollten dich ins Freie bringen.«

»Wie … wie lange ist das her?«

»Nicht sehr lange. Wir haben dich gerade erst dorthingelegt. Entschuldige, dass ich nicht bei dir geblieben bin. Diese Wesen sind freundlich, aber auch sehr neugierig.« Während er das sagte, überwanden einige der Affenwesen ihre offensichtliche Scheu vor mir und berührten mein schwarzes Gewand. Eines der Wesen hob es an, um nachzuschauen, wie ich darunter aussah. Ein anderes reckte sich empor und zog an meinen Haaren.

»Autsch!«, rief ich. »Schluss jetzt! Weg mit euch!«

Die Wesen stoben auseinander. Offenbar spürten sie meinen Ärger. Dabei war ich nicht böse auf sie. Ich war nur nervös. Etwas, das die Erste Mutter gesagt hatte, machte mir Sorgen. Etwas, an das ich jetzt nicht denken wollte.

»Wir müssen weiter«, sagte ich. »Hat die Erste Mutter noch etwas gesagt, nachdem ich … bewusstlos wurde?«

»Ja. Sie meinte, ich solle dich zum Tempel der Wahrheit führen. Und dass du allein dort hineingehen musst.«

Der Tempel der Wahrheit. Das Orakel in Erics Computerspiel hatte ihn erwähnt. Offenbar spielte er im Spiel und auch hier in der Traumwelt eine wichtige Rolle.

»Hat sie gesagt, wo dieser Tempel ist?«

»Dort hinten, nur ein paar hundert Schritte entfernt.« Eric wies mit dem Arm entlang einer Kette von weißen Knochenhügeln, die aus dem Sand ragten wie Trümmer einer riesigen umgestürzten Säule. Die Rücken- und Halswirbel. An ihrem Ende ragte ein riesiger runder Hügel auf. Zwei gewaltige Augenhöhlen ließen keinen Zweifel daran, um was es sich dabei handelte.

Ich schauderte. »Lass uns gehen.«

Die Affenwesen folgten uns anfangs in einer großen Prozession, doch etwa hundert Schritte vor dem Schädel blieben sie stehen, als trauten sie sich nicht näher heran.

Der Totenkopf musste mindestens fünfzig Meter hoch sein. Der Unterkiefer, der heruntergeklappt und halb vergraben im Sand lag, formte eine fünf Meter hohe Mauer. Die Zähne ragten auf wie Turmzinnen, jeder von ihnen zwei Meter breit und ebenso hoch. Einige fehlten. Mit Erics Hilfe konnte ich zu einer der Zahnlücken emporklettern. Über mir ragte der Schädel auf wie das Maul eines Ungeheuers, das nur darauf wartete, mich zu verschlingen. Die Höhlung unter dem Oberkiefer war mit großen grauen Steinblöcken zugemauert. Zwei riesige Kriegerstatuen bewachten einen schmalen, dunklen Eingang.

Ich beugte mich hinab und streckte meine Hand aus, um Eric heraufzuhelfen. »Komm!«

Er schüttelte den Kopf. »Nein. Die Erste Mutter sagte, du musst dort allein hineingehen!«

»Ich pfeif drauf, was die Erste Mutter sagt«, rief ich. »Wer weiß, was da drin für Gefahren lauern. Ich brauche deine Hilfe!« In Wahrheit hatte ich keine Angst vor dem, was im Innern des Schädels auf mich wartete. Ich hatte Angst davor, Eric auch nur für eine Minute aus den Augen zu lassen. Der Schock, in dieser Welt aufzuwachen, ohne dass er bei mir war, saß mir noch in den Knochen.

Er sah mich mit traurigen Augen an. »Ich kann dort nicht hinein«, beharrte er. »Das ist ein Ort, den nur Götter betreten dürfen!«

»Ich bin keine Göttin, verdammt noch mal! Hast du das immer noch nicht begriffen?«

Er schwieg nur. Sosehr ich auch versuchte, ihn zu überzeugen, er weigerte sich. Schließlich sah ich ein, dass ich nur wertvolle Zeit verlor. Entweder ich ging ohne ihn, oder ich ließ es bleiben und suchte nach einem anderen Weg zum Tor des Lichts.

Ich verstand nicht viel von Computerspielen, aber ich ahnte, dass die Gamedesigner in einem solchen Fall dafür sorgten, dass sich die Spieler ihrem Willen beugten und den geplanten Lösungsweg beschritten. Wenn ich mich weigerte, den Tempel zu betreten, würde ich vermutlich bald auf unüberwindliche Hindernisse stoßen und so lange herumirren, bis ich einsah, dass es keinen anderen Weg gab.

Ich seufzte. »Also schön. Warte hier. Geh nicht weg, egal, was geschieht, ja?«

Er nickte. »Ja, göttliche Mutter. Viel Glück!«

Ich sprang vom Unterkiefer in den weichen Sand und trat zwischen den Sockeln der gigantischen Statuen hindurch. Es gab keine Tür, nur einen etwa zwei Meter hohen und ebenso breiten Gang, der ins Innere führte. In die Wände waren eckige Schriftzeichen gehauen, doch es war keine Schrift, die ich kannte. Ich konnte nur wenige Schritte weit sehen, bevor sich der Weg in Dunkelheit verlor. Ohne eine Lichtquelle würde ich nicht weit kommen.

Ich erblickte ein graues Bündel, das ein paar Schritte vom Eingang entfernt auf dem Boden lag. Es handelte sich um einen Stoffbeutel. Darin befanden sich eine Wasserflasche aus Leder, ein Stück Brot und eine kupferne Öllampe sowie Feuerstein, Stahl und Zunder. Wie praktisch! Die Designer dieses absurden Spiels hatten wirklich an alles gedacht.

Einem verrückten Impuls folgend, rieb ich an der Lampe. Nichts geschah. Aladins Dschinn war wohl für ein anderes Spiel vorbehalten.

Es dauerte einen Moment, bis ich die Lampe mit den altertümlichen Hilfsmitteln entzündet hatte. Ihr flackerndes gelbliches Licht ließ die Schriftzeichen tanzen, als führten sie ein unheimliches Eigenleben.

Ich hatte plötzlich Hunger und Durst. Vielleicht lag es daran, dass ich mein Frühstück nicht bei mir behalten hatte. Auch in Erics Traumwelt war es schon eine ganze Weile her, dass ich etwas gegessen hatte. Ich trank ein paar Schlucke aus der Wasserflasche – das Wasser schmeckte etwas abgestanden, war aber genießbar – und aß etwas von dem harten, trockenen Brot. Als ich die Reste wieder in dem Beutel verstaute, entdeckte ich darin ein kleines Röllchen aus Pergament. Ich entrollte es und betrachtete einen kurzen Text aus griechischen Schriftzeichen. Ich wollte schon zurück zu Eric laufen und ihn bitten, das Ganze für mich zu übersetzen, als mir klar wurde, dass ich die Zeichen zwar nicht entziffern konnte, aber dennoch genau wusste, was dort stand: »Die Dinge sind nicht so, wie sie erscheinen.«

Ich dachte nicht weiter über den seltsamen Umstand nach, dass ich eine Schrift gleichzeitig nicht lesen und doch verstehen konnte. Wenn Erics Unterbewusstsein wollte, dass ich die Warnung verstand, dann war es eben so. Und sicher war es kein Zufall, dass die Erste Mutter dieselben Worte gebraucht hatte.

Ich folgte dem Gang, der nach links abknickte. Das Licht des Eingangs verschwand hinter der Ecke. Dunkelheit und Schweigen umhüllten mich, und plötzlich hatte ich das Gefühl, in einem riesigen Grabmal umherzuirren.

Nach ein paar Dutzend Schritten erreichte ich eine Kreuzung. Die Gänge in alle Richtungen sahen gleich aus. Ich entschied mich für den Weg geradeaus.

Ein paar Schritte weiter knickte der Gang im rechten Winkel nach rechts ab. Kurz darauf erneut ein Knick nach rechts, dann noch einer, und ich stand wieder an einer Kreuzung. Ich war drei Mal rechts abgebogen, also musste dies dieselbe Kreuzung sein, an der ich gerade eben gewesen war. Wenn ich jetzt nach rechts ging, würde ich denselben Weg noch einmal nehmen; links musste der Ausgang liegen. Also ging ich geradeaus weiter.

Nach ein paar Schritten knickte der Weg nach links ab, dann wieder nach links, und noch einmal. Und wieder stand ich an einer Kreuzung.

Ich blieb stehen. Irgendwas stimmte hier nicht. Ich hatte das Gefühl, dass die Gangabschnitte alle ungefähr gleich lang gewesen waren. Dann musste dies wieder dieselbe Kreuzung sein, an der ich vorhin gestanden hatte. Aber das würde bedeuten, dass alle vier Gänge auf diese eine Kreuzung zurückführten wie bei einer eckigen Acht.

Ich musste mich irgendwo vertan haben.

Versuchshalber ging ich nach rechts; wenn ich mich irgendwo bei den Abbiegungen verzählt hatte, musste dies der Weg in Richtung Ausgang sein. Nach drei Linksknicken stand ich wieder an einer Kreuzung. Jetzt gab es keinen Zweifel mehr: Ich hatte mich verirrt.

Kalter Schweiß stand auf meiner Stirn. Ich dachte an die Geschichten von Labyrinthen in den ägyptischen Pyramiden, in denen sich Grabräuber verliefen und kläglich verdursteten.

Ich betrachtete die Öllampe. War ihr Glimmen schon schwächer geworden? Ich konnte nicht erkennen, wie viel Öl sie noch enthielt. Wenn mir hier das Licht ausging, würde ich nie wieder hinausfinden.

Aber irgendwo musste es doch einen Ausgang geben! Ich ging nach rechts, kam an eine Biegung nach links, dann wieder links, noch einmal, und wieder eine Kreuzung.

Verdammt, das konnte einfach nicht sein!

Ich legte das Stück Brot aus dem Stoffbeutel auf den Boden und ging nach rechts. Links, links, links, und ich stand wieder an der Kreuzung – mit Brot. So weit, so gut.

Ich ging geradeaus über die Kreuzung. Rechts, rechts, rechts und wieder die Kreuzung, wieder das Brot.

Ich saß in der Falle. Ich war in einer Endlosschleife gefangen. Es gab nur zwei ringförmige Gänge, die immer wieder an denselben Ort zurückführten, ohne Ausgang.

Ich versuchte, das Problem mit Logik zu lösen. Irgendwie war ich hier hereingekommen. Also gab es auch einen Weg hinaus. Da ich ihn nicht mehr fand, mussten die Wände sich verändert haben. Vielleicht waren sie verschiebbar.

Ich tastete die glatten Steinflächen ab, suchte nach irgendeinem verborgenen Mechanismus, einem Knopf, einem Spalt. Doch ich fand nichts.

Ich versuchte, mich in die Rolle eines Spielentwicklers zu versetzen. Wenn diese Welt wie ein Computerspiel funktionierte, dann musste ich das Problem mit den Möglichkeiten lösen können, die ich als Spielerin hatte. Ich betrachtete das Stück Brot auf dem Boden und hob es auf. Offensichtlich sollte es mir nicht nur zur Nahrung dienen, sondern hatte auch seinen Zweck als Markierungsstein erfüllt. Hatte auch die Wasserflasche eine solche Doppelfunktion? Ich goss etwas Wasser auf den Boden.

Eine kleine Pfütze entstand. Ein dünner Wasserfaden bildete sich und kroch langsam in Richtung eines Ganges, in dem der Boden offenbar etwas abfiel. Ich folgte der Spur des Wassers und goss immer wieder ein paar Tropfen auf den staubigen Untergrund.

Die Flüssigkeit folgte der Biegung des Ganges nach rechts. Noch einmal nach rechts. Und wieder nach rechts. Ich stand wieder auf der Kreuzung. Die ursprüngliche

Pfütze war fast vertrocknet. Das Wasser war immer bergab geflossen und doch an seinen Ausgangspunkt gelangt wie in einer dieser unmöglichen Grafiken von M. C. Escher.

Ich schrie einen handfesten New Yorker Fluch in die Dunkelheit. Offenbar war ich einfach nicht clever genug, um das Rätsel dieses Labyrinths zu lösen.

Ich legte das Brot und die Flasche in den Beutel zurück und rollte noch einmal das Pergament auseinander. Die Dinge sind nicht so, wie sie erscheinen, wie zum Kuckuck sollte mir das hier weiterhelfen?

Ich betrachtete den Zettel und riss die Augen auf. Dort waren immer noch dieselben unverständlichen griechischen Buchstaben. Aber ich wusste plötzlich, dass ich mich beim ersten Mal hinsichtlich ihrer Bedeutung getäuscht hatte. Dort stand etwas ganz anderes. Die Schriftzeichen bedeuteten ganz klar: »Gehe zurück!«

Gehe zurück. Sehr witzig! Was versuchte ich denn die ganze Zeit?

Ich war im Begriff, das Pergament zu zerknüllen, als mir ein Gedanke kam. Ich ging rückwärts einen der Gänge entlang – welcher es war, wusste ich nicht mehr. Nach kurzer Zeit war ich sicher, dass der Gang länger war als zuvor. Ich wagte nicht, mich umzudrehen, aus Angst, wieder nur eine Biegung nach rechts oder links zu sehen. Ich ging langsam weiter.

Es war ein beklemmendes Gefühl, in diesem unbekannten Labyrinth rückwärtszugehen, ohne zu wissen, wohin ich trat. Was, wenn ich über einen Stein stolperte oder in eine Fallgrube stürzte? Ich kämpfte die Angst nieder. Der Gang war jetzt eindeutig länger als jedes der Teilstücke zuvor. Ich hatte den Lösungsweg gefunden und musste ihm bis zum Ende folgen.

Nach ein paar weiteren vorsichtigen Schritten rückwärts weitete sich der Gang zu einem Raum. Jetzt drehte ich mich um.

Der Raum war quadratisch, hatte einen Durchmesser von etwa fünf Metern und ebenso hohe Wände. Es gab keinen zweiten Ausgang; nur in der Decke über mir befand sich eine quadratische Öffnung von etwa anderthalb Metern Breite, unerreichbar hoch.

Na großartig, eine Sackgasse! Ich ging rückwärts in den Gang, aus dem ich gekommen war, in der vagen Hoffnung, er möge mich in einen anderen Raum führen.

Nach wenigen Schritten stieß ich mit dem Rücken gegen eine Wand. Ich drehte mich um. Der Gang endete hier einfach, und nichts deutete darauf hin, dass die Wand vor mir nicht schon seit Jahrtausenden hier stand.

Also schön. Ich ging wieder zurück in den quadratischen Raum. Offenbar gab es nur den einen Ausweg über die Öffnung in der Decke. Wieder ein Rätsel.

Ich musste einen Weg finden, dort hinaufzukommen. Aber wie? Die Wände bestanden aus glattem Stein, der so sorgfältig bearbeitet worden war, dass die Fugen kaum sichtbar waren. Unmöglich, dort hinaufzuklettern, wenn man nicht gerade Spiderman war. Eine Leiter oder ein anderes Hilfsmittel war nirgends zu sehen.

Ich rollte erneut das Pergament auseinander und betrachtete die griechischen Schriftzeichen. Ihre Bedeutung hatte sich wieder zurückverwandelt in »Die Dinge sind nicht so, wie sie erscheinen.« Keine Hilfe also aus dieser Richtung.

Ich hüpfte auf der Stelle, aber weder hatte der Boden die Eigenschaften eines Trampolins, noch besaß ich plötzlich Superkräfte. Ich schloss die Augen, wünschte mir intensiv einen Ausgang und öffnete sie wieder. Der Raum war wie vorher. Noch einmal ging ich den Gang zurück, doch auch dieser hatte sich nicht verändert. Ich drückte gegen die Wand, suchte nach verborgenen Schaltern oder Druckknöpfen, fand nichts. In meiner Verzweiflung rief ich: »Sesam, öffne dich!«, natürlich ebenfalls ergebnislos.

»Verdammt noch mal, Eric, hör auf mit diesem Quatsch!«, brüllte ich. Doch nur die Stille des Tempels antwortete mir.

In meiner Frustration nahm ich das Stück Brot und warf es wütend nach der Öffnung über mir. Es prallte von der Decke neben der Öffnung ab, stieß gegen die Wand – und blieb dort kleben.

Ich starrte das Brot an. Das war es also! Irgendwie schien diese Wand klebrig zu sein. Ich berührte sie mit der flachen Hand, spürte jedoch keinerlei Widerstand, als ich sie wieder abzog. Nein, klebrig war die Wand eindeutig nicht. Vielleicht war sie es nur weiter oben, dicht unter der Decke? Aber wie sollte ich dort hinkommen?

Wieder dachte ich an Spiderman, für den diese Wand kein Problem dargestellt hätte. Und plötzlich kam mir ein Gedanke. Als Fotografin kannte ich natürlich ein paar der Tricks, mit denen Kameraleute beim Film arbeiteten. Um Spiderman an einer senkrechten Wand emporklettern zu lassen, legte man diese Wand einfach flach auf den Boden und montierte die Kamera so, dass die Szene von oben gefilmt wurde. Dann musste der Schauspieler nur noch über den Boden kriechen, und im Kino sah es so aus, als klettere er.

Ich setzte die Öllampe auf dem Boden ab, stellte mich flach gegen die Wand und schloss die Augen. Ein Schwindelgefühl überkam mich. Als ich sie wieder öffnete, lag ich auf dem Boden. Nein, ich lag auf dem, was vorher die Wand gewesen war. Aber das war eindeutig »unten«, so als sei der ganze Raum um 90 Grad gekippt. Wahrscheinlicher war allerdings, dass in dieser Traumwelt die normalen physikalischen Gesetze nicht galten und die Schwerkraft ihre Richtung ändern konnte. Dafür sprach jedenfalls der Anblick der Öllampe, die vor mir an der senkrechten Wand hing, als sei sie dort festgeklebt. Die kleine Flamme flackerte nicht nach oben, wie es Flammen normalerweise tun, sondern waagerecht in den Raum.

Ich griff nach der Lampe. Sie ließ sich ganz einfach von der Wand ablösen. Jetzt richtete sich die kleine Flamme wieder gehorsam zur Decke.

Ich kam mir vor wie Isaac Newton, der gerade herausgefunden hatte, dass Äpfel manchmal vom Boden auf den Baum fallen.

Trotz des Stolzes darüber, auch dieses Rätsel gelöst zu haben, hielt ich mich nicht lange mit Triumphgefühlen auf. Ich ging zu der niedrigen Öffnung, die zuvor an der Decke gewesen war und sich jetzt am Fuß der gegenüberliegenden Wand befand, während der Eingang, durch den ich den Raum betreten hatte, scheinbar unerreichbar an der hohen Decke lag.

Die Öffnung war so niedrig, dass ich nur auf allen vieren hindurchkonnte. Dahinter erstreckte sich ein ebenso niedriger Gang. Mit klopfendem Herzen kroch ich voran.

# 16.

Nach kurzer Zeit knickte der Gang senkrecht nach unten ab. Das schwache Licht der Öllampe reichte nicht bis zum Boden des Schachtes.

Ich starrte in den düsteren Abgrund. Sollte ich es wagen, einfach kopfüber hinunterzuklettern, in der Hoffnung, dass das seltsame Schwerkraftgesetz auch hier galt? Wenn nicht, konnte meine Suche ein schnelles Ende nehmen. Andererseits, was blieb mir übrig? Sicherheitshalber konsultierte ich noch einmal das Pergament, doch der Sinn der Worte war unverändert.

Ich hatte ein sehr mulmiges Gefühl, als ich mich über den Schachtrand beugte. Die Schwerkraft zog an meinem Oberkörper, wollte mich in die Tiefe reißen. Alles in mir drängte mich umzukehren, doch ich zwang mich Stück für Stück vorwärts. Schließlich schob ich den Schwerpunkt meines Körpers über die Kante, so dass ich nach vorn kippte. Das Schwindelgefühl überkam mich erneut, dann lag ich mit dem Oberkörper flach auf dem Boden, während meine Unterschenkel jetzt über einen steilen Schacht hinter mir hinausragten, der in die Tiefe führte.

Ich atmete auf und folgte dem Gang, der sich immer tiefer ins Innere des riesigen Schädels wand. Nachdem ich mehrere Male rechts und links abgebogen war und zwei weitere Wechsel der Schwerkraftrichtung geschehen waren, hatte ich endgültig jede Orientierung verloren.

Fast unmerklich veränderten sich die Wände des Gangs. Die Winkel, in denen sie aufeinandertrafen, wurden flacher, der Stein poröser und grober, bis der Gang schließlich eher einem Schlauch glich, der durch nackte, schwarze Erde führte. Die Richtungsänderungen erfolgten jetzt allmählich, in sanften Rundungen, und waren deshalb schwerer nachzuvollziehen. Einmal stellte ich probehalber die Lampe auf den Boden und kroch ein Stück weiter. Als ich mich kurz darauf umdrehte, schien sie hinter mir verkehrt herum an der Decke zu hängen. Mir wurde übel. Ich kroch zurück, nahm die Lampe und beschloss, zukünftig auf solche Experimente zu verzichten.

Nach einer Weile bemerkte ich eine Art grauen Schleim auf den Wänden, zunächst nur in vereinzelten Flecken, doch bald häufiger, in immer größeren Flächen. Das Zeug glänzte klebrig im Licht der Öllampe, doch als ich mich schließlich überwand und es vorsichtig berührte, fühlte es sich trocken und nachgiebig an wie die Haut eines toten Tieres.

Nach einer Weile war der Gang so mit dem grauen Material überzogen, dass ich ihm nicht länger ausweichen konnte. Irgendwie erinnerte es mich an Gedärme. Doch wenn ich nicht umkehren wollte, blieb mir nichts anderes übrig, als darauf weiterzukriechen.

In diesem Moment hörte ich zum ersten Mal ein leises Atmen.

Ich hielt die Luft an, um sicherzugehen, dass mir nicht das Echo in dieser seltsamen Umgebung einen Streich spielte. Doch das Geräusch blieb, langsam und regelmäßig, wie von einem unsichtbaren Wesen, das mir folgte.

Meine Nackenhaare stellten sich auf. Ich kroch weiter, so schnell ich konnte. Kurz darauf kam ich an eine Abzweigung. Ich lauschte. Das Atmen schien von überall her zu kommen – aus den beiden Gängen vor mir und auch von hinten.

Ich entschied mich spontan für links. Bald erreichte ich

eine neue Weggabelung, wobei einer der schlauchartigen Gänge senkrecht nach unten führte, der andere in die Gegenrichtung. Ich kroch steil nach oben. Das Schwindelgefühl beim Ändern der Richtung war mein permanenter Begleiter geworden; ich nahm es kaum noch wahr.

Der Gang verzweigte sich immer häufiger. Gleichzeitig schien das Atmen näher zu kommen. Mein Herz schlug bis zum Hals. Ich kroch, so schnell ich konnte, wahllos mal diese, mal jene Richtung nehmend. Ich war ohnehin hoffnungslos in dieses Labyrinth verstrickt. Alles, was ich wollte, war, dem Wesen zu entfliehen, das hinter mir keuchte. Doch es kam immer näher. Schon glaubte ich, einen warmen, feuchten Hauch in meinem Nacken zu spüren. Ich wandte mich um, doch da war nichts. Trotzdem befiel mich nackte Panik. Ich stürzte mich in einen Gang, der senkrecht nach unten führte.

Diesmal verhielt sich die Schwerkraft nicht so wie bisher: Statt das gewohnte Schwindelgefühl zu empfinden, rutschte ich kopfüber in die Tiefe. Mein Schrei wurde von der weichen, grauen Masse an den Wänden erstickt.

Der Gang machte am unteren Ende eine sanfte Biegung, so dass ich nicht abrupt aufprallte, sondern auf dem glitschigen Untergrund wie auf einer Rutschbahn weiterglitt. In halsbrecherischem Tempo schoss ich hinab. Der Tunnel schien sich jetzt in einer Spirale abwärtszuwinden, die immer enger wurde. Mir wurde schwindlig von den schnellen Drehungen.

Schließlich endete die Rutschpartie in einer Öffnung in der Decke eines schmalen Raumes. Ich fiel etwa zwei Meter tief und schlug hart auf einem Boden auf, der mit Linoleum überzogen zu sein schien. An einer Seite des Raumes befand sich eine weiße Tür.

Ich rappelte mich auf. Mein Körper schmerzte vom

Sturz, doch ich war nicht ernsthaft verletzt. Zögernd näherte ich mich der Tür, die so gar nicht zu den aus Stein gehauenen Gängen des Tempels passte.

Ich lauschte. Das Atemgeräusch, das mich in dem Labyrinth verfolgt hatte, war verschwunden. Es herrschte absolute Stille.

Ich hatte plötzlich schreckliche Angst davor, die Tür zu öffnen, ohne dass ich wusste, warum. Doch es gab keinen anderen Weg: Selbst wenn es mir irgendwie gelungen wäre, an das Loch in der Decke zu gelangen, hätte ich niemals an den glitschigen Wänden hochklettern können. Der Trick mit der kippenden Schwerkraft funktionierte hier nicht mehr. Wenn ich jemals aus diesem verdammten Schädel entkommen wollte, musste ich durch diese Tür!

Ich drückte die Klinke herunter.

Der Raum war von kaltem Neonlicht durchflutet. Drei Krankenbetten standen darin. Zwei waren leer. Auf dem dritten lag eine reglose Gestalt. Ein dünnes Laken verhüllte sie. Das obere Ende war über das Gesicht gezogen wie bei einer Leiche.

Neben dem Bett stand ein Mann. Flammen schlugen aus seiner weißen Arztkleidung, tanzten über seine Hände, flackerten auf seinem Kopf wie eine wilde, sturmzerzauste Frisur, leckten über sein Gesicht wie eine sich ständig verändernde Maske. Seine Augen waren nur dunkle Höhlen im Feuer. Er wandte sich zu mir um, und die Andeutung eines dunklen Lächelns erschien in seinem brennenden Antlitz.

»Schön, dass Sie gekommen sind, Anna!« Seine Stimme klang wie das Knistern von Feuer, wie das Zischen der verdampfenden Feuchtigkeit in frischem Holz, wie das Tosen eines Großbrands.

Ich wollte schreien, doch etwas schnürte mir die Kehle

zu. Ich wollte mich umdrehen und aus dem Raum fliehen, doch meine Beine gehorchten mir nicht. So konnte ich nur stumm dort stehen und abwechselnd auf den brennenden Mann und auf die reglose, verhüllte Gestalt starren. Nur flüchtig nahm ich wahr, dass jenseits des Fensters eine endlose schwarze Ebene lag, oder vielleicht ein Meer.

Der brennende Mann kam langsam auf mich zu. »Sie brauchen Hilfe, Anna«, sagte er mit seiner schrecklichen, geisterhaften Stimme. »Ich kann Ihnen helfen!«

»Nein, bitte nicht«, hörte ich mich stammeln. »Bitte, bitte nicht!«

Der Mann streckte seine Hand aus. Er berührte mich am Arm. Stechender Schmerz schoss durch meinen Körper. Ich hatte das Gefühl, im selben Moment Feuer zu fangen.

Endlich konnte ich mich bewegen. Ich wandte mich um, versuchte, die Tür zu öffnen, doch ich konnte die Klinke nicht mehr herabdrücken. Es gab keinen Ort, an den ich fliehen konnte. Ich wich in die entfernteste Ecke des Raumes zurück, in eine schmale Nische zwischen einem der leeren Betten und der Wand.

Der brennende Mann kam langsam näher wie ein Raubtier, das sich seiner in die Enge getriebenen Beute gewiss ist. Er hob eine Hand in einer absurden Geste der Beschwichtigung. »Haben Sie keine Angst, Anna! Ich will nur Ihr Bestes!«

»Verschwinden Sie!«, schrie ich. »Hauen Sie ab!« Ein Schluchzen entrang sich meiner Kehle. »Eric!«, rief ich. »Eric, bitte hilf mir!«

»Ihr Sohn kann Sie nicht hören, Anna!«, wisperte der Mann. »Bitte, vertrauen Sie mir! Wehren Sie sich nicht!«

Meine Knie zitterten. Wenn ich doch nur daran gedacht

hätte, Erics Schild und Schwert mitzunehmen! Ich bezweifelte, dass ich damit viel gegen den brennenden Mann hätte ausrichten können, doch ich hätte mich ihm wenigstens nicht kampflos ergeben müssen.

Mir fielen die Hilfsmittel ein, die ich in dem Stoffbeutel bei mir trug. Ich holte die Wasserflasche hervor und spritzte etwas von dem wenigen Wasser, das noch darin war, in das Flammengesicht.

Es gab ein zischendes Geräusch, als das Wasser augenblicklich verdampfte. Ich hatte nicht erwartet, dass die geringe Menge dem Mann ernsthaft schaden könnte, doch er gab ein hässliches fauchendes Geräusch von sich. Er hielt seine lodernden Hände schützend vor das Gesicht und machte einen taumelnden Schritt rückwärts.

Ich nutzte meine Chance und spritzte den Rest des Wassers auf seine Hände und den Kopf. Er zuckte zusammen, krümmte sich. »Nein!«, fauchte er. »Sie machen einen Fehler, Anna! Lassen Sie mich Ihnen helfen!«

»Verschwinden Sie!«, brüllte ich. »Hauen Sie ab!« Ich hielt die jetzt leere Wasserflasche drohend in die Höhe.

Der Bluff wirkte. Der Flammenmann hob die Hände in einer Geste der Resignation. Er schleppte sich zur Tür wie ein Schwerverletzter. Noch einmal drehte er sich zu mir um. »Ich werde wiederkommen, Anna! Ich werde Ihnen helfen!« Er öffnete die Tür, trat hindurch und schloss sie hinter sich.

Ich sackte am Boden zusammen und übergab mich. Es dauerte einen Moment, bis ich die Kraft fand aufzustehen. Zitternd ging ich zu dem Bett mit der reglosen Gestalt. Ich streckte meine Hand nach dem Laken am Kopfende aus, zögerte. Schließlich gab ich mir einen Ruck und zog das Laken herab.

Im selben Moment schien die Gestalt in einer Wolke

aus schwarzen Federn zu explodieren. Mindestens ein Dutzend schwarzer Vögel stob unter dem Laken hervor. Laut krächzend flatterten sie durch das Krankenzimmer. Ich hielt schützend die Hände über den Kopf und taumelte zum Fenster.

Ich öffnete es, um die Vögel aus dem Zimmer zu lassen. Dabei warf ich einen Blick auf die schwarze wogende Fläche draußen und schrie vor Entsetzen auf.

Es waren Krähen. Millionen von ihnen. Ihre schwarz glänzenden Körper bewegten sich leicht, so dass der Eindruck einer wogenden Fläche entstand. Als die Vögel aus dem Zimmer hinausflogen, erhoben sich auch die Krähen draußen in die Luft. Ein gewaltiges Rauschen entstand, als sie alle gleichzeitig mit den Flügeln schlugen.

Ich warf mich auf den Boden, verschränkte die Hände über dem Kopf und schloss die Augen.

Nach einer Weile verstummte das Rauschen. Ich schlug die Augen auf und erhob mich. Das Zimmer war leer. Draußen vor dem Fenster erstreckte sich jetzt eine endlose graue Ebene. Ich betrachtete das Bett, von dem ich geglaubt hatte, Eric liege darauf. Ich konnte die Spuren von Vogelkrallen sehen, die sich in das Laken eingedrückt hatten.

Ich betätigte die Türklinke erneut, erwartete halb, die Tür verschlossen zu finden, doch jetzt ließ sie sich mühelos öffnen.

Ich trat hindurch und fand mich auf einer belebten Straße inmitten einer fremden Stadt wieder. Die Gebäude waren niedrig und weiß getüncht. Es gab Verkaufsstände, die Tonkrüge, Tücher und getrocknete Früchte feilboten. Menschen in farbenfrohen Gewändern liefen umher. Sie alle trugen Masken aus blankem Metall, die lächelnde Gesichter zeigten.

Die Tür fiel hinter mir ins Schloss. Sie bestand aus einfachem, unlackiertem Holz, mit einem simplen Knauf als Griff. Ich versuchte vergeblich, sie wieder zu öffnen.

Der gewaltige Schädel war nirgends zu sehen.

Ich sprach eine der Personen auf der Straße an. Ich konnte ihr Gesicht unter der Maske nicht erkennen, aber der Figur und den langen Haaren nach zu urteilen handelte es sich um eine junge Frau. »Entschuldigung«, sagte ich. »Ich suche den Tempel der Wahrheit. Ein großes Gebäude in der Form eines Totenschädels. Mein Sohn Eric wartet dort auf mich.«

Ich weiß nicht, welche Reaktion ich erwartet hatte. Unverständnis sicherlich, denn die Wahrscheinlichkeit, dass mir diese zufällige Person weiterhelfen konnte, war gering.

Die Frau jedoch riss nur die Augen auf – ich konnte es durch die Sehschlitze ihrer Maske deutlich erkennen – und rannte davon. Ich sah ihr verwirrt nach. Dann bemerkte ich, dass die übrigen Passanten auf der Straße stehen geblieben waren und mich anstarrten. Einige zeigten mit dem Finger auf mich. Ihre lächelnden, reglosen Gesichter wirkten unheimlich.

»Ich suche meinen Sohn Eric, einen jungen Krieger«, rief ich. »Er trägt eine Bronzerüstung. Hat ihn vielleicht jemand gesehen?«

Ich erhielt keine Antwort. Die Menschen entfernten sich rasch von mir. Selbst die Verkäufer ließen ihre Stände im Stich. Nach wenigen Augenblicken stand ich völlig allein da.

Zwei Männer bogen um eine Straßenecke. Sie trugen Rüstungen und waren mit Speeren und Schilden bewaffnet. Auch sie hatten lächelnde Masken aufgesetzt.

Ich ging auf sie zu. Da sie ebenso wie Eric Soldaten waren, konnten sie mir vielleicht etwas über ihn sagen.

Doch die beiden waren ebenso wenig bereit, meine Fragen zu beantworten. Sie senkten ihre Speere und bedrohten mich damit. »Du hast gegen das königliche Gebot der Glückseligkeit verstoßen, Frau«, sagte einer der beiden. Seine Stimme klang gezwungen fröhlich, als versuche er, gute Laune auszustrahlen, die er nicht empfand. »Wage es nicht zu fliehen, oder wir müssen dich töten!«

Während der eine mich mit dem Speer bedrohte, fesselte der andere meine Hände mit einem groben Strick auf den Rücken. Ich wehrte mich nicht – teils aus Furcht vor den Folgen, teils, weil ich neugierig war, wohin mich diese Wendung des Spiels tragen würde.

Der Soldat legte mir ein zweites Seil in einer Schlinge um den Hals und zog sie fest, so dass mir der Hals eingeschnürt wurde und ich kaum atmen konnte. Daran zerrte er mich die Straße entlang wie ein Stück Schlachtvieh.

# 17.

Wenn wir an Menschen vorbeikamen, hielten diese in ihren Bewegungen inne und starrten mich stumm mit ihren lächelnden Masken an, als wollten sie mich verhöhnen. Manche schüttelten die Köpfe. Ich setzte ein trotziges Gesicht auf. Das schien sie zu erschrecken, denn viele wandten ihre maskierten Gesichter ab.

Wir gelangten auf einen großen, mit rechteckigen Steinplatten gepflasterten Platz. In der Mitte ragte die überlebensgroße Statue einer Frau auf. Sie trug ein weites wallendes Gewand und hielt die Hände in den Himmel gereckt. Ihr Mund war zu einem glücklichen Lächeln verzogen. Ihre Augen bestanden aus zwei großen Edelsteinen, die hellblau glitzerten. Irgendwie kam sie mir bekannt vor, doch ich konnte nicht sagen, an wen sie mich erinnerte.

Auf der anderen Seite des Platzes erhob sich ein großer Palast. Breite Treppen führten zu einem riesigen Säulenportal. Wir traten hindurch und gelangten in eine große Halle. Durch Fenster hoch oben fiel Licht auf bunte Mosaike, die Boden, Wände und die kuppelförmige Decke verzierten. Sie zeigten blühende Landschaften, Menschen, die auf den Feldern goldene Getreideähren ernteten, Bäume voller Früchte, Wälder mit Hirschen und Wildschweinen darin. In der Mitte des Bodens war ein rundes, lächelndes Gesicht zu sehen. Strahlen umgaben es, so dass es wie eine kindliche Darstellung der Sonne wirkte.

Die Soldaten führten mich durch eine riesige eisenbeschlagene Tür auf der gegenüberliegenden Seite. Dahinter befand sich ein noch größerer, langgestreckter Saal, dessen Decke von hohen Säulen getragen wurde. Im Unterschied zum Vorraum waren hier die Wände nicht geschmückt. Dennoch strahlte der Raum die ehrfurchtgebietende Würde einer Kathedrale aus. An seinem fernen Ende stand ein Podest mit einem großen Marmorthron. Darauf saß eine Gestalt, die vollkommen von einem weißen Gewand verhüllt war.

Zu Füßen des Throns standen mehrere maskierte Männer in bunten Roben. Sie wandten sich uns zu, als wir den Gang zwischen den Säulen entlangschritten.

Ein Mann in einem besonders prächtigen, rot und golden glänzenden Gewand reckte seine Hände empor, als breche er in Jubel aus. »Heiterkeit sei mit euch«, rief er aus. Er klang gequält wie ein Clown mit Magenproblemen. »Welch glückliche Fügung bringt diese Frau zu uns?«

Wir hielten in respektvollem Abstand vor dem Thron an. Der Soldat, der mich hergeführt hatte, zerrte brutal am Strick um meinen Hals und zwang mich auf die Knie. »Sie hat das Gebot der Fröhlichkeit missachtet«, sagte er, wobei er offensichtlich große Mühe hatte, die vorgeschriebene Emotion zum Ausdruck zu bringen.

»Wie herrlich es doch ist, dass wir diese Frau an unserem Glück teilhaben lassen dürfen!«, rief der Mann in Rotgold. »Möge der Anblick unserer glücklichen Königin ihr Gemüt erheitern!«

Die Gestalt auf dem Thron hatte sich die ganze Zeit nicht gerührt und keinen Ton gesagt. Ich wusste nicht, ob sie durch die Schleier, die ihr Gesicht verhüllten, überhaupt etwas sehen konnte, doch ich hatte das Gefühl, ihr forschender Blick durchbohrte mich.

Der Mann mit der Robe machte einen Schritt auf mich

zu und beugte sich ein wenig herab. »Was bringt dich dazu, das Gebot der Glückseligkeit zu missachten, gute Frau?«, fragte er leise, als ob es die verhüllte Königin nicht hören sollte. »Und warum trägst du so ein hässliches schwarzes Gewand? Spürst du nicht das Glück, das diesen Ort durchdringt? Wie kannst du nicht unbändige Freude empfinden beim Anblick unserer glücklichen Königin?«

Ich ignorierte ihn und richtete meinen Blick auf die verhüllte Gestalt. »Wer bist du?«, rief ich.

Ein erschrockenes Luftholen der Anwesenden signalisierte mir, dass ich irgendein Tabu gebrochen hatte. Wahrscheinlich durfte man die Gestalt nicht direkt ansprechen, oder ich hatte den gebotenen Respekt vermissen lassen. Doch das war mir herzlich egal. Ich hatte nicht die geringste Lust, diese Scharade mitzuspielen.

Die Versammelten gaben ein gequältes Lachen von sich. »Hahaha«, rief der Mann in Rotgold. »Die Frau versucht, uns mit ihren Frechheiten zu erheitern! Sehr komisch! Doch wisse, Frau, dass es in diesem Raum keiner Scherze bedarf, denn das Glück, das wir in Anwesenheit unserer Königin empfinden, ist nicht mehr steigerungsfähig!«

Ich ignorierte ihn und wiederholte meine Frage.

Die Gestalt wandte mir den Kopf zu. »Lasst sie frei!«, sagte sie.

Ein Schauer lief über meinen Rücken. Die Stimme klang seltsam vertraut und doch fremd. Wo hatte ich sie schon einmal gehört?

Die Soldaten beeilten sich, dem Befehl zu gehorchen, und nahmen mir die Stricke ab. »Glück und Fröhlichkeit erfüllen mich, wenn ich die Weisheit unserer Königin vernehmen darf!«, rief der Mann in der rotgoldenen Robe. Es klang beinahe hysterisch. Die übrigen Versammelten nahmen den Ruf auf: »Glück und Fröhlichkeit! Glück und Fröhlichkeit!«

Ich erhob mich und schritt auf den Thron zu. »Wer bist du?«, fragte ich zum dritten Mal.

»Geh!«, sagte die Gestalt. »Ich kann die Traurigkeit in deinem Gesicht nicht ertragen!« Ihre Stimme klang matt.

Totenstille herrschte bei diesen Worten. Offenbar wussten die Untergebenen nicht, wie sie sich bei der Erwähnung des Wortes Traurigkeit verhalten sollten. Vielleicht hatte es auch noch nie jemand gewagt, sich seiner Königin so zu nähern, wie ich es jetzt tat.

Ich betrat die Stufen, die auf das Podest hinaufführten. Die Untergebenen besannen sich ihrer Pflicht zu bedingungsloser Heiterkeit und begannen wieder »Glück und Fröhlichkeit!« zu rufen. Es klang wie die verzweifelten Anfeuerungsversuche einer kleinen Gruppe von Basketballfans, deren Mannschaft kurz vor Spielende zehn Punkte im Rückstand liegt.

Ich trat dicht an den Thron. Die Gestalt wandte mir ihren verhüllten Kopf zu. »Tu es nicht!«, sagte sie.

Doch ich streckte meine Hände aus und hob den Schleier an, der ihr Gesicht verhüllte.

Leere blassblaue Augen blickten mir entgegen. Sie schienen so fern jeder Hoffnung, dass mein Magen sich bei ihrem Anblick verkrampfte. Die Wangen waren eingefallen, der Mund schmal und zusammengepresst. Einzelne Strähnen blonder Haare quollen unter dem weißen Tuch hervor.

Ich kannte dieses Gesicht, kannte es nur zu gut. Ich sah es jeden Morgen im Spiegel.

Meine Knie wurden weich. Die Welt schien zu verblassen. Ich riss mich zusammen, konzentrierte mich auf das Gesicht und diese leeren Augen. Ich durfte die Traumwelt nicht verlassen, nicht jetzt.

»Finde Eric«, sagte mein Ebenbild mit dieser matten Stimme, als seien es die letzten Worte, die auszusprechen sie noch die Kraft besaß. »Bring ihn zum Tor des Lichts. Dort musst du eine Entscheidung treffen.« Plötzlich reckte sich eine Hand aus dem Gewand hervor. Sie betastete mein Gesicht, als könne sie ebenso wenig glauben, was sie sah, wie ich selbst. »Wähle den richtigen Weg«, sagte sie leise.

»Was für eine Entscheidung?«, wollte ich wissen. »Welcher Weg? Und wo ist Eric?« Ich hatte noch viel mehr Fragen. Doch die Frau, die ich selbst war und doch wieder nicht, sagte nur noch zwei Worte, deren Sinn ich nicht verstand: »Zerbrochenes Licht.« Dann verhüllte sie ihr Gesicht wieder mit Tüchern.

»O nein!«, rief ich. »So leicht kommst du mir nicht davon!« Ich streckte die Hände aus, um erneut den Schleier zu lüften, doch starke Arme umfassten mich von hinten und zerrten mich vom Podest herab. Jemand presste eine metallene Maske auf mein Gesicht und zurrte sie an meinem Hinterkopf fest. Jubelschreie erklangen: »Unsere glückselige Königin hat uns ihre Heiterkeit geschenkt! Glück und Fröhlichkeit! Glück und Fröhlichkeit!«

Die Soldaten schoben mich aus dem Thronsaal, durch den Raum mit den Mosaiken und zum Eingang des Palastes. Sie stießen mich die Stufen hinab. »Solltest du noch einmal mit ernstem Gesicht gesehen werden oder dich diesem Palast nähern, werde ich dich töten«, sagte einer von ihnen. Das klang überhaupt nicht fröhlich.

Ich stolperte die Treppe hinab. Die Sehschlitze der Maske schränkten mein Gesichtsfeld ein, so dass ich fast stürzte. Auf der untersten Stufe setzte ich mich hin und dachte nach.

Ich war mir selbst begegnet. In Träumen konnte so

etwas passieren. Aber was hatte das zu bedeuten? Dies war nicht mein Traum, sondern Erics. Diese merkwürdige Königin entsprach nicht meinem wahren Selbst, sondern dem Bild, das er von mir hatte. Die Trostlosigkeit in ihren Augen hatte mich tief erschreckt. Warum sah er mich so? Ich hatte mich immer bemüht, ihm eine gute, verständnisvolle Mutter zu sein. Sicher hatten wir in letzter Zeit oft Streit gehabt. Ich hatte ihm Vorwürfe gemacht, weil er so viel Zeit vor dem Computer verbrachte und die Schule vernachlässigte. Aber demnach hätte er mich doch eher als eine ungerechte Furie darstellen können. Woher kam nur diese Hoffnungslosigkeit?

Ein Gedanke elektrisierte mich. Vielleicht war dies nicht das Bild, das er von mir gehabt hatte, bevor er ins Koma fiel. Vielleicht spürte er meine Anwesenheit, konnte mich sehen, meine Stimme hören, wenn auch nur hin und wieder für ein paar Augenblicke. Ich hatte Berichte darüber gelesen, dass einige Wachkomapatienten ihre Umwelt wahrnahmen, aber nicht darauf reagieren, sich nicht äußern konnten. Wenn das auch für Eric zutraf, dann war er vielleicht nicht völlig in seiner Traumwelt gefangen. Diese Erkenntnis erfüllte mich mit neuer Zuversicht, so dass mein Mund sich für einen Moment tatsächlich zu dem Lächeln verzog, das meine Maske zeigte.

Ich überlegte, ob ich versuchen sollte, noch einmal in den Palast zurückzukehren und mehr von meinem Ebenbild zu erfahren. Aber die Warnung des Soldaten war unmissverständlich gewesen, und ich durfte in dieser Welt, von deren Traumgesetzen ich so wenig verstand, kein unnötiges Risiko eingehen.

Ich hatte keine Ahnung, wohin ich mich jetzt wenden sollte. Also wanderte ich ziellos durch die Straßen der antiken Stadt. Jetzt, wo ich eine Maske trug wie alle anderen, wurde ich nicht mehr so angestarrt. Lediglich mein schwarzes Gewand schien Missfallen, bisweilen sogar Abscheu zu erregen, wie ich an den Blicken hinter den Masken zu erkennen glaubte.

Mir fiel auf, dass die Straßen zwar voller Menschen waren, es aber ziemlich leise zuging. Wenn gesprochen wurde, dann eher gedämpft. Gelegentlich erklang ein gekünsteltes Lachen, aber der Lärm, den man in einer großen antiken Stadt hätte erwarten können, fehlte. Es war, als traue sich niemand, die Stimme zu erheben.

Ich trat an einen Stand, der etwas anbot, das wie verschrumpelte Äpfel aussah. Ich hatte das Gefühl, in dieser Welt weniger Hunger und Durst zu haben als in der Realität, dennoch verspürte ich den Wunsch, eine dieser Früchte zu essen, auch wenn sie nicht unbedingt appetitlich wirkten. Aber ich hatte nichts, womit ich sie hätte bezahlen können.

Also wandte ich mich der maskierten Frau zu und fragte nach dem Tempel der Wahrheit. Eric wartete immer noch am Unterkiefer des riesigen Schädels; ich musste dorthin zurückkehren.

Die Frau schien über meinen ernsten Tonfall zu erschrecken und reagierte mit übertriebener Fröhlichkeit. Von einem Tempel der Wahrheit habe sie noch nie gehört und er fehle ihr auch nicht zu ihrer Glückseligkeit. Hier in der Stadt des Lächelns gebe es nur den Palast der Glücklichen Königin, da brauche man keine Tempel.

Ich beschrieb ihr den Schädel, die gigantischen Rippenbögen und die Affenwesen, doch all dies war ihr fremd. Sie wünschte mir bei meiner Suche aber Glück und Fröhlichkeit.

Ich erwiderte die Abschiedsformel nicht. Solange ich Eric nicht gefunden und zum Tor des Lichts geführt hatte, würde ich sicher weder Glück noch Fröhlichkeit empfinden.

Ich fragte Dutzende von Passanten, Verkäufern und auch ein paar Soldaten, die in der Stadt patrouillierten und darauf achteten, dass niemand schlechte Laune verbreitete. Ich fragte mich, was mit den Unglücklichen geschah, die ihre Maske zu Hause vergessen hatten oder vielleicht einmal über irgendeine Lappalie in Streit gerieten und von diesen Wachen erwischt wurden. Aber eigentlich wollte ich es gar nicht wissen.

Niemand hatte etwas von einem Tempel der Wahrheit gehört oder von behaarten menschenähnlichen Wesen. Die Leute in dieser krampfhaft fröhlichen Stadt interessierten sich offensichtlich nicht für das, was außerhalb ihrer Mauern vor sich ging. Ich merkte jedoch immer deutlicher, dass hinter der heiteren Fassade tiefe Verzweiflung herrschte. Unter den farbenfrohen Gewändern verbargen sich dürre, ausgemergelte Gestalten. Hinter verschlossenen Türen weinten wahrscheinlich Kinder vor Hunger. Am liebsten hätte ich den Leuten die grinsenden Masken vom Gesicht gerissen, doch ich wusste, dass ich sie damit nur noch mehr in Schwierigkeiten gebracht hätte.

Schließlich gab ich die Fragerei auf. Ich folgte einer Straße, die von dem großen Platz fortführte. Nach einer Weile wurden aus den soliden Steinhäusern windschiefe Verschläge aus grauem Holz. Die Menschen hier trugen zerschlissene Gewänder. Ihre lächelnden Masken waren nicht aus blankem Metall, sondern aus Holz oder Rinde, die Gesichtszüge nur aufgemalt. Manche trugen gar keine Masken, sondern hatten sich lächelnde Clownsgesichter geschminkt. Sobald ich mich ihnen näherte, zogen sie die Mundwinkel hoch.

Ich war froh, als die Häuser schließlich endeten und ich diesen traurigen Ort hinter mir ließ. Erleichtert nahm ich meine Maske ab. Doch die Landschaft, die sich vor mir erstreckte, gab kaum Anlass dazu, sich besser zu fühlen. Die staubige Straße führte zwischen steinigen Äckern entlang, auf denen augenscheinlich schon lange kein Getreide mehr geerntet worden war. Hin und wieder sah ich Haine voller abgestorbener Bäume, offenbar verdorrte Obstplantagen. Eine schreckliche Dürre musste über dieses Land hereingebrochen sein.

Ich hatte etwas über einen Kilometer außerhalb der Stadt des Lächelns zurückgelegt, als ich mich einem einzelnen Haus näherte, das vermutlich einem Bauern gehörte. Es war aus Stein gemauert und mit Stroh gedeckt. Daneben befanden sich eine Scheune und ein Gatter, in dem vielleicht einmal Schweine oder Ziegen gehalten worden waren. Doch es war leer, die Tiere vermutlich längst verkauft oder verspeist. Die Fenster waren nicht verglast, sondern mit grobem Stoff zugehangen. Ich nahm hinter einem dieser Vorhänge eine Bewegung wahr. Offenbar war das Haus bewohnt.

Ich klopfte an die Tür. Hier mussten häufiger Reisende vorbeikommen. Vielleicht hatten die Bewohner vom Tempel der Wahrheit gehört.

Ein alter Mann öffnete. Er hielt sich eine lächelnde Holzmaske vor das Gesicht. »Glück und Fröhlichkeit«, sagte er, doch es klang alles andere als fröhlich.

»Du kannst die Maske abnehmen«, sagte ich. »Du musst dich mir gegenüber nicht verstellen. Ich weiß, dass niemand in diesem Land wirklich fröhlich ist.«

Der Mann senkte zögernd die Hand mit der Maske. Darunter kam ein eingefallenes Gesicht zum Vorschein. Er musste mindestens achtzig Jahre alt sein. Seine Augen waren vor Erstaunen geweitet. »Du musst fremd sein in dieser Gegend, Frau! Weißt du denn nicht, dass es bei Todesstrafe verboten ist, Trauer, Furcht oder Ärger auszudrücken?«

»Das habe ich schon gemerkt. Aber ich werde auch nicht lange hierbleiben. Ich bin auf der Suche nach dem Tempel der Wahrheit. Weißt du, wo ich ihn finden kann?«

Der Alte schüttelte den Kopf. »Einen Tempel, der so heißt, kenne ich nicht. Aber um die Wahrheit zu finden, musst du nicht weit reisen.«

Nun war es an mir, ihn überrascht anzusehen. »Was meinst du damit?«

Er zuckte mit den Schultern. »Die Wahrheit findet man nicht in Büchern oder in den Tempeln der Gelehrten. Man findet sie nur in sich selbst, oder nicht?«

Ich musterte sein zerfurchtes Gesicht, hinter dem sich mehr zu verbergen schien, als man auf den ersten Blick erkennen konnte. War dies eine Botschaft von Eric an mich? Wollte er mir etwas mitteilen?

»Eigentlich suche ich meinen Sohn«, sagte ich. »Er ist ein Krieger. Ich habe ihn zuletzt beim Tempel der Wahrheit gesehen.«

Der Alte nickte. »Der Krieg raubt uns unsere Jugend. Er erwürgt das ganze Land.«

»Der Krieg? Was für ein Krieg?«

»Du musst wirklich von weit her kommen, wenn du nichts von dem Krieg weißt.«

»Aber in der Stadt hat niemand einen Krieg erwähnt.«

»Natürlich nicht. Darauf steht ebenfalls die Todesstrafe.«

»Dann gehst du mit deiner Offenheit mir gegenüber ein ziemliches Risiko ein!«

Der Alte verzog seine dünnen, aufgeplatzten Lippen zu

einem schiefen Lächeln. »Ich habe nicht mehr viel zu verlieren.« Er machte eine ausladende Geste. »Sieh dich um. Ich bin Bauer. Das sind meine Felder und Obstgärten. Viel zu ernten gibt es hier nicht mehr, oder? Meine Frau und meine Tochter wurden krank wie das ganze Land und sind längst tot. Ich selbst werde sicher auch bald sterben.«

»Was ist mit dem Land passiert?«

»Einst war das hier eine blühende Gegend. Es ging uns gut, auch wenn wir oft nicht wussten, wie glücklich wir waren. Der Krieg war fern. Hin und wieder zogen Soldaten der Königin vorbei. Wir schmückten ihre Speere mit Blumen und schenkten ihnen Früchte für den Marsch.« Seine Augen wurden glasig, als er sich an bessere Tage erinnerte. »Doch eines Tages kamen die Vögel. Tausende schwarzer Vögel. Sie ließen sich auf dem Land nieder, rissen die Halme des jungen Getreides aus, fraßen die Äpfel von den Bäumen. Wir versuchten, sie zu verscheuchen, doch vergeblich. Wir töteten viele mit Schlingen und Steinschleudern, doch für jeden toten Vogel kamen drei neue. Eine Zeitlang lebten wir von ihrem zähen, bitteren Fleisch. Doch als der letzte Halm ausgerissen, der letzte Baum verdorrt war, flogen sie davon. Seitdem haben wir nur noch ein paar Vorräte von Trockenobst. Nicht einmal mehr Wurzeln und Würmer findet man in dem grauen Staub, den die Vögel hinterlassen haben.«

Während er erzählte, spürte ich eine tiefe Beklemmung. Diese verdammten schwarzen Vögel schienen in Erics Traumwelt allgegenwärtig zu sein. Was mochte das bedeuten? Soweit ich mich erinnerte, hatte er nie etwas gegen Vögel gehabt.

»Weißt du, woher die Vögel gekommen sind?«, fragte ich.

Der Alte nickte. »Man sagt, der Feind habe sie geschickt. Der Krieg sei bald verloren, heißt es. Und dann werde das Land endgültig sterben.«

Ein Schauer lief mir über den Rücken. »Der Feind? Welcher Feind?«

»Der brennende Mann.«

Mir wurde schwindlig. Meine Beine knickten ein. Nein, dachte ich, nein, nicht jetzt! Verzweifelt konzentrierte ich mich auf die trostlose Umgebung, auf das Haus des Alten, auf den Staub unter meinen Händen. Das Gefühl des Schwindels ließ nach.

Der Alte beugte sich besorgt über mich. »Ist dir nicht gut? Komm herein. Ich habe nicht viel, aber ich will meine Mahlzeit gern mit dir teilen. Ruh dich erst einmal ein wenig aus!« Er half mir auf und führte mich ins Innere seiner Behausung. Sie bestand nur aus einem Raum mit einer Feuerstelle, einem groben Tisch mit vier Schemeln in der Mitte und einem Lager aus Tierfellen an der Wand. Der Alte wies mich an, mich dort hinzulegen. Er gab mir etwas zu trinken – trübes, faulig schmeckendes Wasser, das er aus einem Tonkrug in eine Schale füllte. Er entschuldigte sich dafür – der Brunnen hinter dem Haus sei fast versiegt –, aber ich war ihm trotzdem dankbar.

Ich spürte plötzlich tiefe Erschöpfung. Der Weg durch das Labyrinth im Inneren des Schädels, mein Herumirren in der Stadt des Lächelns hatten mich an die Grenzen meiner Kräfte geführt. Ich streckte mich hin, um ein wenig auszuruhen. Ich hatte nicht vor zu schlafen, wollte noch eine Weile hier in Erics Traumwelt bleiben. Ich musste noch mehr erfahren. Doch ehe ich es verhindern konnte, fielen mir die Augen zu.

# 18.

Als ich erwachte, lag ich neben Eric auf dem Bett. Er hatte die Augen geöffnet und starrte mit leerem Blick an die Decke. Emily war nirgends zu sehen. Ein Blick auf den Radiowecker zeigte mir, dass es kurz nach acht Uhr morgens war. Seit Emily und ich den Kreis geschlossen hatten, waren mehr als sechzehn Stunden vergangen. Wahrscheinlich hatte ich einen Großteil davon ganz normal geschlafen.

Ich kämpfte die Enttäuschung darüber nieder, dass ich nicht mehr im Haus des Bauern war. Immerhin fühlte ich mich erfrischt – mein Körper hatte die Erholung gebraucht. Und ich hatte ziemlichen Hunger.

Ich beugte mich über Eric und versenkte meinen Blick in seine leeren Augen. Für einen Moment glaubte ich, tief in der Dunkelheit seiner Pupillen eine graue Ebene zu erkennen, doch es war sicher nur ein Lichtreflex. »Eric!«, flüsterte ich. »Ich weiß, dass du mich hören kannst. Warte auf mich. Ich komme dich holen. Ich werde dich finden und zum Licht führen, das verspreche ich dir!«

»Guten Morgen«, sagte Emily. Sie stand in der Tür. Die schreckliche Auszehrung ihres Körpers war vollständig verschwunden, doch ihr Gesicht wirkte ernst.

»Guten Morgen!« Ich streckte mich genüsslich. »Ich habe ziemlichen Hunger! Wollen wir frühstücken?«

Emily nickte. »Okay.«

Ich folgte ihr in die Küche. Der Tisch war bereits für zwei Personen gedeckt. »Wo sind Paul und Maria?«, fragte ich.

»Paul ist zur Arbeit, Maria einkaufen.« Sie setzte sich an den Tisch und schenkte uns beiden Kaffee ein.

So einsilbig kannte ich sie nicht. »Ist irgendwas?«, fragte ich.

Sie antwortete nicht gleich, so als müsse sie überlegen, wie sie mir eine schlimme Nachricht schonend beibringen konnte. »Ich ... mache mir Sorgen«, sagte sie schließlich.

»Was für Sorgen?«

»Der brennende Mann ... diese traurige Königin, die so aussieht wie du ... das macht mir Angst.«

Ich kämpfte einen leichten Anfall von Übelkeit nieder und rang mir ein Lächeln ab. »Verstehst du denn nicht, was das bedeutet? Eric kann mich sehen! Er hat mich in seine Traumwelt eingebaut – mein trauriges Ich, so, wie ich nach dem ... Unfall ... war. Das heißt, er muss mich trotz des Komas zumindest manchmal wahrnehmen können!«

Emily schüttelte langsam den Kopf, den Blick auf ihren Kaffeebecher gerichtet. »Das ist nur eine mögliche Erklärung.«

Ich sah sie überrascht an. »Welche gibt es denn noch?«

Anstatt zu antworten, stand Emily auf und verschwand aus der Küche. Kurz darauf kam sie mit einem großen Zeichenblock, einem Aquarellfarbkasten und einem Pinsel wieder. Sie füllte etwas Wasser in ein Glas, tunkte den Pinsel hinein und befeuchtete großzügig das Papier. Dann nahm sie etwas blaue Farbe aus einem der winzigen Näpfe und führte den Pinsel leicht über das Blatt. Eine erstaunlich kräftige, s-förmig geschwungene Linie erschien, die jedoch sofort ausfranste und breiter wurde. Fasziniert sah ich ihr zu. Die Art, wie sie den Pinsel führte, verriet, dass sie eine gute Malerin war.

»Das ist Erics Seele«, erklärte sie. Dann wusch sie den Pinsel im Glas, so dass sich das Wasser augenblicklich tiefblau färbte, und nahm etwas Orangerot aus dem Aquarellkasten auf. »Und das deine.« Sie setzte den Pinsel in der Nähe der blauen Linie auf, wartete eine Sekunde, bis sich ein dicker, kräftig leuchtender Fleck gebildet hatte, und führte die Linie dann spiralförmig um den Klecks in der Mitte herum. An einer Stelle berührte die Spirale beinahe die blaue Linie. Das Orangerot breitete sich aus und begann, das Blau zu durchdringen. An der Stelle, wo sich die beiden Linien trafen, bildete sich ein ziemlich hässlicher Fleck, der die grauviolette Farbe einer Prellung annahm.

»Du meinst, unsere Seelen durchdringen sich? Aber was ist so schlimm daran? Er ist doch mein Sohn!«

»Ich male seit vielen Jahren«, sagte Emily. »Früher habe ich Öl- und Acrylfarben benutzt. Damit kann man sehr präzise arbeiten und Fehler jederzeit korrigieren, indem man sie einfach übermalt. Irgendwann habe ich dann die Aquarellmalerei entdeckt. Anfangs war ich frustriert, weil es so schwierig ist. Denn in einem Aquarell kann man nichts korrigieren. Jeder Pinselstrich muss sitzen. Wenn die Farben ineinander verlaufen, gibt es nichts auf der Welt, das sie wieder trennen kann. Ein falscher Strich ruiniert das ganze Bild.«

»Ich verstehe immer noch nicht, was daran so schlimm sein soll, dass unsere Seelen sich durchdringen. Wenn es wirklich so ist.«

Emily musterte mich mit ihren intensiven dunklen Augen, und ich kam mir plötzlich naiv und ahnungslos vor. »Was, wenn die Bilder, die du gesehen hast, nicht Erics Phantasie entspringen, sondern deiner?«, fragte sie.

»Du … du meinst, ich selbst hätte mein Ebenbild irgendwie in seine Welt hineinprojiziert? Das … das ist doch Blödsinn!« Ich sagte das mehr aus Trotz als aus echter Überzeugung. Ich war noch gar nicht auf die Idee gekommen, dass meine Anwesenheit in Erics Traumwelt diese verändern könnte. Aber bei näherer Betrachtung war das nur logisch – schließlich handelte ich in dieser Welt, und diese Handlungen hatten Konsequenzen. Ich beeinflusste Erics Alter Ego, den griechischen Krieger, der wahrscheinlich immer noch vergeblich vor dem riesigen Totenschädel auf mich wartete, statt auf eigene Faust nach dem Tor des Lichts zu suchen.

»Das ist kein Blödsinn, Anna«, sagte Emily sanft. »Das, was ich in den letzten Stunden gesehen habe, hat mich tief erschreckt. Ich … ich mache mir Sorgen, dass wir Erics Seele mit unserer Einmischung nur noch mehr verwirren, sie vielleicht noch weiter von dem Weg abbringen, den das Schicksal für sie vorgesehen hat.«

»Aber du hast doch selbst gesagt, dass seine Seele vielleicht für immer gefangen bleibt, wenn wir ihr nicht helfen!«, protestierte ich.

»Ja. Aber ich fürchte, ich habe mich geirrt.«

Ich schwieg einen Moment, versuchte das, was Emily gesagt hatte, zu verarbeiten. Doch meine Gedanken klärten sich nicht. Stattdessen stieg Zorn in mir auf. Ich hatte plötzlich das Gefühl, dass ihre Einwände in Wahrheit nur Ausflüchte waren, dass sie mir aus ganz anderen Gründen nicht mehr helfen wollte. Allerdings hatte ich keine Ahnung, welche Gründe das sein könnten.

Ich bemühte mich, sie meine Verärgerung und mein Misstrauen nicht spüren zu lassen. Ich war auf ihre Hilfe angewiesen. »Vielleicht hast du recht, Emily«, sagte ich schließlich. »Vielleicht war es falsch, in Erics Traumwelt einzudringen. Das werden wir wohl nie wissen. Aber wir haben es nun mal getan. Wir haben ihn längst von dem Weg abgebracht, den er ohne uns gegangen wäre. Wir können ihn jetzt nicht plötzlich im Stich lassen. Er *wartet* dort drin auf mich!«

»Er wird irgendwann merken, dass du nicht zurückkommst. Dann wird er sich wieder von selbst auf die Suche machen.«

Ich konnte die Schärfe kaum aus meiner Stimme heraushalten. »Wenn Eric dein Kind wäre, würdest du nicht so reden! Du würdest alles tun, um ihm zu helfen!«

»Vielleicht«, gab Emily zu. »Aber das bedeutet nicht, dass es auch das Richtige wäre.«

»Lieber gehe ich das Risiko ein, falsch zu handeln, als dass ich nur hier herumsitze und zusehe, wie er mir vor meinen Augen wegstirbt!«

»Es gibt immer noch die Chance, dass die Ärzte von außen zu ihm vordringen können.«

»Die Ärzte, dass ich nicht lache! Was haben die denn in den letzten Wochen erreicht? Gar nichts! Ich dagegen habe Erics Seele gefunden!« Ich bemerkte ihren Blick und ergänzte: »Mit deiner Hilfe natürlich. Wir haben ihn vielleicht noch nicht zum Licht geführt. Aber wir wissen jetzt wenigstens, wonach wir suchen müssen. Wir haben Hinweise bekommen. Wir …« Ich verstummte, als mir ein Gedanke kam.

»Ja, wir haben ihn gefunden«, sagte Emily. »Aber das bedeutet nicht, dass wir ihm helfen können. Wir wissen praktisch nichts über seine Welt. Ich verstehe ja, dass du als seine Mutter Eric helfen, ihn führen und leiten willst. Aber manchmal muss man das, was man liebt, loslassen. Ihm die Freiheit geben, seinen eigenen Weg zu finden!«

»Eric ist vierzehn Jahre alt. Er ist praktisch noch ein Kind!«

»Die Seele eines Menschen kennt kein Alter.«

»Kann sein. Aber du hast unrecht. Wir wissen eine ganze Menge über seine Welt. Wir haben den Sumpf durchquert, die Erste Mutter getroffen und den Tempel der Wahrheit gefunden, richtig? Und wieso? Weil ich wusste, wo wir sie finden würden!«

Sie sah mich verblüfft an. »Du wusstest es? Woher?«

Ich lächelte triumphierend. »Das Orakel hat es mir gesagt. Das Orakel in dem Computerspiel, das Eric gespielt hat. Ich habe es ausprobiert. In diesem Spiel gibt es genau so einen Sumpf wie den, den wir durchquert haben. Du hast doch gesehen, wie ich die Schildkröte getötet habe. Das konnte ich nur, weil ich es vorher ein Dutzend Mal am Computer gemacht hatte!«

»Und du glaubst, Eric hat seine Traumwelt exakt nach diesem Computerspiel modelliert?«

»Vielleicht nicht exakt, aber wenigstens ungefähr.« Ich sprang auf. Mein Hunger war vergessen. »Ich fahre nach Hause und hole den Laptop. Dann zeige ich es dir. Vielleicht finden wir in dem Spiel einen Weg von der Stadt des Lächelns zum Tempel der Wahrheit!«

Emily seufzte. Dann lächelte sie traurig. »Also schön. Hol das Spiel her. Dann sehen wir weiter.«

»Danke, Emily! Ich bin in spätestens einer Stunde zurück!«

Ich nahm wieder die U-Bahn, zuerst die Linie G nach Norden bis zur Metropolitan Avenue, dann die L, die von hier aus den East River unterquerte. An der First Avenue stieg ich aus und ging die fünfhundert Meter bis zu meiner Wohnung zu Fuß.

Ich konnte bereits die Ecke des kleinen Parks sehen, an dem unser Haus lag, als sich mir plötzlich die Nackenhaare aufstellten. Ein unbestimmtes Gefühl der Bedrohung befiel mich. Ich blieb unwillkürlich stehen und ließ meinen Blick über die vertraute Straße streifen, das kleine

Café an der Ecke, in dem ich oft mit Eric Eis gegessen hatte, die parkenden Autos, den geteerten Basketballplatz, auf dem ein paar Jugendliche Körbe warfen.

In diesem Moment erblickte ich sie. Sie saß auf einer der Bänke, halb von einem Baumstamm verdeckt, und hatte mir den Rücken zugewandt. Dennoch wusste ich sofort, dass sie es war – die Frau in Schwarz, die ich bereits zwei Mal gesehen hatte.

Als spürte sie meinen Blick, drehte sie den Kopf zu mir um. Ihr Gesicht war wieder von einem Schleier verhüllt, doch darunter schienen mich leere, kalte Augen anzustarren.

Eine unerklärliche Angst befiel mich bei diesem Anblick. Mein Magen rebellierte. Einen Moment war ich wie gelähmt. Dann wandte ich mich um und rannte die Straße entlang in Richtung Westen, fort von der Frau, fort von dem Park, fort von meiner Wohnung. Ich beruhigte mich erst, als ich wieder an der U-Bahn-Station stand. Ich stieg ein und fuhr zurück zu Emily.

Maria war inzwischen zurückgekehrt und gerade dabei, Eric zu waschen. Sie erwiderte meinen Gruß nicht.

Emily war in der Küche und bereitete die breiartige Nahrung zu, die Eric vier Mal täglich durch die Magensonde erhielt. »Wo ist der Laptop?«, fragte sie.

Ich wich ihrem Blick aus. »Ich … ich habe es mir anders überlegt. Ich glaube, du hast recht. Erics Phantasiewelt wird sicher kein genaues Abbild des Computerspiels sein. Wir … müssen es weiter so versuchen.«

Man sah an ihrem Gesicht, dass sie mir kein Wort glaubte. »Was ist passiert, Anna?«

Ich holte tief Luft. »Da … da war eine Frau vor unserem Haus. Ich habe sie schon mal gesehen, vor dem Krankenhaus. Ich glaube, dass sie mich beobachtet.«

»Eine Frau? Was für eine Frau? Wie sah sie aus?«

»Weiß nicht genau. Sie trug schwarze Kleidung. Ihr Gesicht habe ich nicht erkannt. Vielleicht ... vielleicht lässt dieser komische Arzt, dieser Dr. Ignacius ... mich beschatten.«

»Glaubst du, wenn er dich beschatten ließe, wäre das so offensichtlich?«

»Ich ... ich weiß auch nicht.« Ich konnte nicht verhindern, dass mir Tränen in die Augen traten und meine Unterlippe zitterte. »Ich habe keine Ahnung, was diese Frau von mir will.«

»Warum bist du nicht einfach zu ihr gegangen und hast sie gefragt?«

»Ich ... konnte nicht. Ich hatte irgendwie schreckliche Angst vor ihr. Ich bin mir nicht mal sicher, ob ... ob sie wirklich da war!«

Emily machte ein sorgenvolles Gesicht. »Du meinst, sie war vielleicht nur eine Halluzination?«

Ich nickte. »Wäre sie real gewesen, hätte ich mich doch nicht so vor ihr erschrocken, oder?«

Sie zuckte mit den Schultern. »Keine Ahnung. Aber ich habe immer befürchtet, dass die Droge solche Nachwirkungen haben könnte.«

»Hast du auch Dinge gesehen, die ... nicht da sind?«

»Ich sehe oft Dinge, die andere nicht sehen. Vielleicht bin ich einfach so daran gewöhnt, dass mir die Droge nichts anhaben kann.«

Ich setzte mich an den Küchentisch, fühlte mich bleischwer, so als habe der kurze Ausflug meine gesamten Kraftreserven verbraucht. Ich stützte den Kopf auf die Hände. Tränen tropften auf das blaue Wachstuch, das den Tisch bedeckte. »Ich weiß nicht, was wir machen sollen, Emily.«

Sie legte ihre Hand auf meinen Arm. »Ich habe nachgedacht, Anna. Ich glaube, du hattest recht. Wir haben uns in Erics Suche eingemischt. Das war ein Fehler, davon bin ich nach wie vor überzeugt. Aber wir haben ihn nun einmal begangen. Jetzt müssen wir die Sache auch irgendwie zu Ende bringen.«

Hoffnung erwärmte mir das Herz wie ein Sonnenstrahl auf meiner Brust. Ich blickte auf und blinzelte die Tränen fort. »Heißt das, du … du gehst noch mal mit mir dorthin?«

Sie nickte. »Ich weiß nicht, ob es richtig ist. Aber vielleicht ist es wirklich besser, dieses Risiko einzugehen, als tatenlos hier herumzusitzen.«

Ich lächelte. »Danke, Emily!«

Sie erwiderte mein Lächeln. »Aber erst isst du was. Du wirst deine Kraft brauchen.«

Ich hatte immer noch keinen Appetit, doch ich zwängte gehorsam zwei Toasts mit Rührei in mich hinein. Dann nahmen wir jede eine Glanz-Kapsel. Inzwischen hatte Maria Eric fertig gewaschen, ihm einen neuen Pyjama angezogen und ihn mit Nahrung und Flüssigkeit versorgt. In ihren Augen lag ein stummer Vorwurf, als sie mich ansah, doch sie erhob keinen Widerspruch, als Emily und ich uns schließlich neben meinen Sohn legten, sondern verließ nur stumm den Raum. Ich blickte ihr nach, erfüllt von Dankbarkeit und Sorge, die allmählich von der falschen Euphorie der Droge verdrängt wurde.

Emily nahm meine Hand. Ich schloss die Augen.

# 19.

Ein verlockender Duft stieg mir in die Nase. Ich schlug die Augen auf.

Der alte Bauer hielt mir eine Schale mit dampfender Suppe hin. »Sie ist nicht sehr kräftig, aber ich hoffe, es stärkt dich dennoch!«

Ich nahm die Schale. »Ich danke dir!«

Der Eintopf war in der Tat wässrig. Ein paar zähe Stücke von irgendeiner Frucht oder einem Pilz schwammen darin, und nur wenige Fettaugen bedeckten die Oberfläche. Dennoch aß ich mit Heißhunger, als hätte ich nicht eben noch appetitlos in Emilys Küche gesessen und gefrühstückt.

»Leider habe ich nichts, was ich dir für deine Gastfreundschaft geben kann«, sagte ich, nachdem ich die Schale geleert hatte.

»Was für eine Gastfreundschaft wäre das, wenn ich etwas dafür verlangen würde?«, fragte der Alte. »Du erinnerst mich an meine Tochter, Graisa. Sie war fast so schön wie du.«

»Was ist mit ihr geschehen?«

»Wie ich schon sagte, sie wurde krank. Das war kurz nachdem die schwarzen Vögel das erste Mal über das Land herfielen. Viele sagen, die Berührung ihrer Federn könne Krankheiten verursachen. Ich weiß nicht, ob es stimmt. Aber ich konnte sehen, wie Graisa und meine Frau Zala immer schwächer wurden. Sie aßen – damals hatten wir noch zu essen –, doch sie wurden immer dünner, und ihre Haut wurde grau wie der Staub vor dem

Haus. Irgendwann sind sie eingeschlafen. Lange lagen sie da und schliefen. Ich habe alles versucht, um sie zu wecken, aber egal, was ich tat, sie schlugen die Augen nicht mehr auf.« Tränen rannen über das alte, runzlige Gesicht. »Als du so lange schliefst, dachte ich schon, auch du hättest diese Krankheit bekommen.«

»Wie lange habe ich denn geschlafen?«

»Eine Nacht, einen Tag und dann noch einmal fast die ganze Nacht.«

Erst jetzt fiel mir auf, dass kein Licht durch die Vorhänge fiel. Bisher hatte es in Erics Traumwelt keinen Wechsel von Tag und Nacht gegeben. Hatte das etwas zu bedeuten? Ich stand auf und blickte aus dem Fenster. Die leblosen Felder leuchteten blass im Licht des zu drei Vierteln vollen Mondes. Es schien derselbe zu sein, der über Manhattan schien. Die Sterne wirkten ebenfalls vertraut. Ich fand den Großen und den Kleinen Wagen – die einzigen Sternbilder, die ich auf Anhieb zu identifizieren vermochte.

Der vertraute Anblick des Himmels hatte etwas Beruhigendes und gleichzeitig Erschreckendes. Es schien, als sei Erics Welt ein bisschen realer geworden, ein bisschen weniger Traum. Ich wusste nicht, ob mir das gefiel.

Ich überlegte, wohin ich mich wenden sollte. Niemand hier schien den Tempel der Wahrheit zu kennen. Ich war aus ihm herausgetreten und hatte mich plötzlich mitten in der Stadt des Lächelns befunden. Bedeutete das, dass sich der Tempel in einer Art fremder Dimension befand, in einer anderen Ebene der Traumrealität? Wie sollte ich dann jemals dorthin zurückgelangen?

Andererseits verliefen Träume nicht linear, und erst recht nicht nach den strengen Gesetzen der Logik. Ich musste darauf vertrauen, dass Erics Seele mir irgendwie von sich aus Hinweise geben würde, wo ich sie finden konnte. Und der einzige Anhaltspunkt, den ich bisher hatte, war die Tatsache, dass Eric in dieser Welt ein Soldat war.

»Du hast … neulich von einem Krieg gesprochen«, sagte ich. »Wo ist das Schlachtfeld?«

Der Alte wies aus dem Fenster, wo sich am Horizont ein blassgelber Streifen zeigte. »Im Osten. Dorthin sind die Soldaten der Königin gezogen. Doch von dort ist nie jemand zurückgekehrt.«

»Wie weit ist es bis dort?«

»Du willst doch nicht etwa da hingehen?«

»Ich muss meinen Sohn finden.«

»Wenn er dort ist, dann ist er vermutlich längst tot.«

»Er ist nicht tot! Noch nicht.«

Er zuckte mit den Schultern. »Wenn du es sagst.«

Ich dankte dem Alten für seine Gastfreundschaft und machte mich auf den Weg, noch bevor der Tag anbrach. Die Straße vor seinem Haus führte schnurgerade in Richtung des Sonnenaufgangs, zwischen verdorrten Äckern und den kümmerlichen Resten von Obstbäumen hindurch. Der Alte hatte mir einen Beutel mit einem Schlauch voller abgestandenen Wassers und ein paar getrocknete Früchte mitgegeben. Ich wusste, dass dies vermutlich ein wesentlicher Teil seiner verbliebenen Vorräte war, aber er bestand darauf, dass ich sie nahm. Ich willigte schließlich ein, denn ich wusste, dass er und seine ganze Welt aufhören würden zu existieren, sobald die Suche beendet war.

Während ich den Weg entlangging, stieg die Sonne höher, und es wurde unerträglich warm. Das schwarze Gewand klebte an meinem Körper. Ich bekam schrecklichen Durst, war jedoch lieber sparsam mit dem wenigen Wasser, das ich bei mir hatte. Ich tröstete mich mit dem

Gedanken, dass mein realer Körper ausreichend mit Flüssigkeit versorgt war.

Ich traf keinen einzigen Menschen auf meinem Weg. Hin und wieder kam ich an vereinzelten Bauernhäusern vorbei, die jedoch alle verlassen zu sein schienen.

Nach ein paar Stunden gabelte sich der Weg. Die Straße machte einen Knick nach Süden, während ein schmaler Pfad weiter nach Osten führte. An der Abzweigung stand ein Gasthaus, erkennbar an dem Holzschild neben dem Eingang. Die Tür war verschlossen, und auf mein Klopfen hin öffnete niemand. Ich überlegte einen Moment, ob ich der breiteren Straße nach Süden folgen oder den Weg Richtung Osten fortsetzen sollte. Ich entschied mich, die ursprünglich eingeschlagene Richtung beizubehalten, in der Hoffnung, dass der Alte recht hatte und das Schlachtfeld tatsächlich im Osten lag. So ging ich weiter über die staubtrockene graue Ebene.

Die Sonne hatte ihren Zenit längst überschritten, als ich eine Ansammlung von großen gelblichen Pilzen bemerkte, die ein Stück abseits des Pfades wuchsen. Sie waren hüfthoch, mit dünnen Stielen und Hüten, von denen einige einen halben Meter durchmaßen. Sie gaben einen fremdartigen, aber nicht unangenehmen Geruch von sich, wie von einem exotischen Gewürz. Große schwarze Insekten summten um sie herum. Dies waren die ersten Zeichen von Leben, die ich seit längerer Zeit gesehen hatte.

Als ich dem Pfad weiter folgte, traf ich immer häufiger auf Gruppen von Pilzen. Je weiter ich kam, desto höher wuchsen sie, so dass sie mich bald überragten. Schließlich verdichteten sich ihre Stängel und Hüte zu einem regelrechten Wald. Die schwarzen Fliegen summten überall herum, doch es gab auch große Spinnennetze zwischen den Pilzstängeln, und ich entdeckte kleine eidechsenartige

Reptilien, die an den Stämmen hinaufhuschten und mit ihren klebrigen Zungen nach den Insekten schnappten. Der fremdartige Geruch wurde intensiver.

Ich fragte mich, aus welchem Computerspiel Eric die Vorlage für diesen Pilzwald hatte. Wohl kaum aus »Reign of Hades« – Riesenpilze passten eher in Grimms Märchen oder nordische Sagen als in die griechische Mythologie. Vermutlich waren sie in irgendeinem albernen Fantasyspiel vorgekommen. Möglicherweise musste ich jetzt jederzeit mit dem Auftauchen von Zwergen, Zauberern und feuerspeienden Drachen rechnen. In diesem Moment wünschte ich mir, dass die Entwickler, die sich diese Dinge ausdachten, einmal so wie ich mit den Ausgeburten ihrer kranken Phantasie konfrontiert würden – in einer fiktiven Welt, die dennoch so real war, dass Leben davon abhingen.

Zum ersten Mal bedauerte ich beinahe, einen Sohn zur Welt gebracht zu haben. Wäre Eric ein Mädchen, dann wäre ich jetzt wahrscheinlich auf einem rosa Pony durch eine Regenbogenwelt voller Blumen, Schmetterlinge und niedlicher Elfen unterwegs gewesen.

Merkwürdigerweise löste dieser Gedanke einen tiefen, wehmütigen Schmerz in mir aus, so als hätte ich gerade etwas entdeckt, das ich lange vergessen hatte. Meine eigenen kindlichen Phantasien vielleicht.

Die Pilze standen immer dichter, so dass sie bald den gesamten Himmel abschirmten. Die Schatten verdichteten sich zu einem dämmrigen Halbdunkel, in dem die riesigen Stämme hervortraten wie bleiche Knochen. Es wurde deutlich kühler und auch feuchter. Der Boden war jetzt mit Moos und Flechten bewachsen, und auch die Pilzstängel waren teilweise überwuchert. Bald war der Pfad überhaupt nicht mehr zu erkennen, und ich konnte nur versuchen, grob die Richtung beizubehalten, was ohne die Orientierung durch die Sonne schwierig war.

Immer häufiger stieß ich auf morastige Stellen, um die ich einen Bogen machen musste. Irgendwann begriff ich, dass es ein Fehler gewesen war, dem schmalen Pfad zu folgen. Ich beschloss umzukehren. Doch als ich mich umwandte, war ich plötzlich nicht mehr sicher, auf welchem Weg ich hierhergekommen war. Das Dickicht der Pilzstängel sah überall gleich aus.

Ich ging zurück in die Richtung, in der ich den Waldrand vermutete. Doch bald hatte ich das Gefühl, dass das Dach der Pilzhüte über mir eher noch dichter wurde. Gleichzeitig wurde es immer dunkler. Ich wusste nicht, ob es daran lag, dass ich tiefer in den Wald geriet, oder daran, dass inzwischen die Dämmerung eingesetzt hatte.

Panik befiel mich, und ich beschleunigte meine Schritte. Doch je schneller ich lief, desto mehr hatte ich das Gefühl, mich immer tiefer in diesem kranken Phantasiewald zu verirren und mich immer weiter von meinem Ziel, Eric, zu entfernen.

Schließlich blieb ich stehen und setzte mich auf den feuchten, weichen Boden. Ich hatte keine Ahnung mehr, wohin ich mich wenden sollte, und war drauf und dran, einfach hier sitzen zu bleiben und zu warten, bis die Wirkung der Droge nachließ und ich von selbst wieder aus Erics Traumwelt herauskatapultiert wurde. Aber das wäre gleichbedeutend damit gewesen, die Suche nach ihm aufzugeben.

Ich hatte diesen Gedanken kaum gedacht, als ich in der Ferne ein schwaches grünliches Leuchten wahrnahm. Ich stand auf und ging darauf zu. Nachdem ich ein paar dicke Pilzstämme umrundet hatte, entdeckte ich eine Ansammlung etwa mannshoher Pilze mit regenschirmartigen Hüten, die in phosphoreszierendem Grün leuchteten. Darüber tanzten Lichtpunkte wie Funken über einem Feuer. Offenbar handelte es sich um so etwas wie Glühwürmchen.

Fasziniert und ermutigt von dem fremdartig schönen Schauspiel ging ich weiter. Die Leuchtpilze verschwanden hinter mir in der Dunkelheit, doch weiter vorn entdeckte ich erneut ein grünliches Licht.

Die phosphoreszierenden Pilze wurden häufiger, und bald war ich vollständig von ihnen umgeben. Ich wanderte durch eine phantastische Neonlandschaft, die futuristisch wirkte wie die Vision eines avantgardistischen Designers aus den sechziger Jahren. Es gab winzige Leuchtinsekten, aber auch große, in grellem Orange, Gelb und Blau leuchtende Schmetterlinge. Am Boden krochen unterarmlange Schlangen mit grün-roten Leuchtmustern. Auf einem niedrigen Leuchtpilz saß eine Art Frosch, der in blauem Licht unregelmäßig blinkte wie eine defekte Neonreklame. In dieser bizarren Welt schien ich das einzige Wesen zu sein, das nicht leuchtete.

Nachdem ich noch eine Weile weitergewandert war, öffneten sich dunkle Lücken in der phosphoreszierenden Vegetation, die immer größer wurden, bis wieder nur noch vereinzelte Inseln des Lichts zwischen den dunklen Stämmen glühten.

Die Finsternis des Pilzwaldes kam mir jetzt umso bedrohlicher vor. Meine Öllampe war in dem Krankenzimmer zurückgeblieben, in dem ich auf den brennenden Mann gestoßen war. Ohne Licht erschien es mir wenig sinnvoll, in der absoluten Dunkelheit weiterzuwandern.

Ohne Licht?

Ich ging zu einem Leuchtpilz in der Nähe. Er war ungefähr hüfthoch. Ich zog und zerrte daran. Der Stamm war dünn, aber sehr zäh. Dennoch gelang es mir nach einer

Weile, den Pilz abzubrechen. Ich hatte halb erwartet, das Leuchten würde in diesem Moment erlöschen. Doch es schien sich um eine chemische Reaktion zu handeln, die sich auch fortsetzte, wenn der Pilz von seinem Myzel abgetrennt wurde.

Ich legte ihn mir über die Schulter wie einen Regenschirm. Das Licht, das von ihm ausging, war trüb, aber es reichte, um die umliegenden Stämme und gelegentliche Tümpel im weichen Untergrund auszumachen. So wanderte ich weiter, ohne zu wissen, wohin genau ich ging.

Der Pilzwald schien kein Ende zu nehmen. Ich hatte das Gefühl, nicht Stunden, sondern Tage zu laufen. Andererseits, was bedeutete schon Zeit in einem Traum?

Das Leuchten des Pilzes nahm allmählich ab. Als das Glühen schließlich so schwach war, dass ich kaum den Umriss meiner Hand erkennen konnte, war ich immer noch von undurchdringlicher Schwärze umgeben. Mir blieb nichts anders übrig, als mich hier auf den feuchten Boden zu setzen und zu warten, bis es endlich Tag wurde.

Außer dem gelegentlichen Summen eines Insekts war es still. Bisher war ich auf keine größeren Lebewesen und auch kein Anzeichen von Gefahr gestoßen. Dennoch fühlte ich mich schutzlos.

Ich lehnte mich mit dem Rücken an einen Pilzstamm, dessen Oberfläche sich wie Hartgummi anfühlte. Ich schloss die Augen und versuchte zu schlafen, doch meine Phantasie spielte mir immer wieder Streiche. Hatte ich da nicht ein entferntes Knurren gehört? Schritte in der Nähe, im weichen Untergrund fast lautlos? War da nicht auch ein Atemgeräusch gewesen?

Irgendwann fielen mir doch die Augen zu.

Ich wusste nicht, ob ich wirklich geschlafen hatte oder nur ein paar Minuten gedöst, als ich hochschreckte.

Da war ein Schrei gewesen. Er hatte erschreckend menschlich geklungen, wie von einem Baby.

Meine Nackenhaare sträubten sich. Irgendetwas war hier, das spürte ich. Angestrengt lauschte ich in die Dunkelheit, konnte jedoch außer dem allgegenwärtigen Insektensummen nichts hören. Ich stand langsam auf. Mein ganzer Körper war angespannt, fluchtbereit.

Plötzlich ertönte ein Grollen, langgezogen und tief, wie von Steinen, die über eine schiefe Ebene aus Holz herabkollerten. Es klang entsetzlich nah.

Ich spürte den kaum bezwingbaren Drang zu fliehen. Doch in der absoluten Finsternis hatte ich keine Chance zu entkommen.

Erneut erklang das Grollen, lauter, noch näher. Der Geruch von Verwesung breitete sich aus.

Ich zitterte am ganzen Körper. Kalter Schweiß brach aus meinen Poren. Ich wusste, dass der Geruch der Angst das Raubtier erst recht anlocken würde. Doch sosehr ich mich auch bemühte, ruhig zu bleiben, ich konnte meine Urinstinkte nicht unterdrücken.

Plötzlich wurde es hell. Vor mir auf dem Boden hockte ein froschähnliches Wesen mit glatter, glänzender Haut. Es war ungefähr so groß wie ein Kaninchen und sah auch genauso harmlos aus. Es blähte seine Backen auf und stieß erneut das langgezogene Grollen aus. Kaum zu glauben, dass ein so kleines Wesen einen solchen Krach machen konnte! Ich lachte vor Erleichterung.

Aber woher kam plötzlich das Licht? Es hing etwas höher als mein Kopf in der Luft, wie eine Glühbirne. Vielleicht ein besonders großes und helles Exemplar eines Leuchtinsekts? Doch warum bewegte sich die Lichtquelle dann nicht?

Der Frosch, oder was immer es war, stieß erneut sein

Knurren aus, das nun nicht mehr bedrohlich, sondern nur noch angeberisch wirkte.

Plötzlich schoss etwas Langes, rosa Glänzendes aus der Richtung des Lichtes hervor. Bevor ich richtig erkennen konnte, worum es sich handelte, war es schon wieder verschwunden. Und mit ihm der Frosch.

Mir wurde heiß und kalt zugleich. Ich erinnerte mich an eine Fernsehdokumentation über Anglerfische, die in den lichtlosen Tiefen des Ozeans lebten. Mit ihren leuchtenden Antennen lockten sie ihre Opfer an. Sie hatten riesige Mäuler voller dolchartiger Zähne, die sie wie Monster aus einem schlimmen Traum erscheinen ließen.

Ich wollte gar nicht wissen, ob die Quelle des Lichts ein ähnliches Maul besaß. Ich rannte einfach los. Ich konnte gerade genug erkennen, um nicht direkt gegen einen der Pilzstämme zu laufen.

Einen Moment lang schien es, als bliebe das Licht unbeweglich. Doch dann kam es plötzlich viel näher. Offenbar bewegte sich das Wesen in Sprüngen fort.

Ich rannte weiter, schlug Haken und versuchte, das Monster abzuschütteln, doch jedes Mal, wenn ich hoffte, es geschafft zu haben, näherte sich das Licht mit einem gewaltigen Satz.

Dann wurde es plötzlich dunkel. Hatte das Wesen die Verfolgung aufgegeben, oder hatte es begriffen, dass es mir mit seinem Licht nur die Flucht erleichterte? Ich lief weiter, mit ausgestreckten Armen Hindernisse ertastend. Mein Atem ging schwer. Ich wusste, dass ich in der Stille gut zu hören war, während mein Verfolger sich fast lautlos bewegte. Doch ich konnte das Keuchen nicht unterdrücken.

Plötzlich glühte das Licht wieder auf – unmittelbar vor mir. Darunter erkannte ich undeutlich ein riesiges Maul, das breit zu grinsen schien.

Ohne nachzudenken, warf ich mich seitlich auf den Boden. Eine lange klebrige Zunge schoss an mir vorbei ins Leere. Ich schrie vor Entsetzen, rappelte mich auf und versuchte, mich hinter einem der Stämme zu verbergen.

Das Wesen kam langsam näher. Jetzt erkannte ich kleine schwarze Augen, die auf drehbaren Auswüchsen saßen, ähnlich wie die eines Chamäleons. Das Leuchtorgan hing am Ende eines langen Tentakels. Das Wesen drehte ihn und richtete den Lichtstrahl auf mich wie einen Suchscheinwerfer.

Erneut schoss die klebrige Zunge vor, und diesmal verfehlte sie mich nicht. Wie der Greifarm eines Kraken legte sie sich um meine Hüfte. Sie schien mit kleinen Widerhaken besetzt zu sein, die den Stoff meines schwarzen Gewandes erfassten und mir die Haut aufritzten.

Ich klammerte mich an dem Pilzstängel fest, so gut ich konnte, doch die Kraft des Wesens war gewaltig. Mein Griff löste sich, und ich wurde fortgerissen und über den Boden geschleift.

Keine Kavallerie erschien. Kein seltsamer Umstand rettete mich im letzten Moment. Ich wurde in das riesige zähnefletschende Maul gezogen, das sich über mir schloss.

# 20.

Schmerz fühlte ich nicht. Stattdessen hatte ich plötzlich etwas im Mund, das dort nicht hingehörte. Etwas Haariges, Fremdartiges, Ekelhaftes. Es schmeckte überhaupt nicht so wie der Knurrhüpfer, den ich vor kurzem verschlungen hatte.

Ich spürte die gewaltigen Muskeln meiner Sprungbeine, sah den Pilzwald, wie ich ihn immer gesehen hatte: der Boden in sanft leuchtendem Blau, die Stämme der Pilze blassrosa, dazwischen die grellrot leuchtenden Punkte der Insekten. Ich empfand den verzehrenden Hunger in meinem Bauch, der niemals ganz gestillt war, egal, wie viele Knurrhüpfer und Pilzkriecher ich erbeutete.

Dennoch war etwas ganz und gar falsch, nur wusste ich nicht, was. Vielleicht hatte es mit dem ekligen Ding in meinem Mund zu tun.

Angewidert spuckte ich es aus.

Ich lag im weichen, feuchten Moos. Völlige Finsternis umgab mich. Klebriger, nach Fäulnis stinkender Schleim bedeckte mein Gesicht und meine Hände, durchtränkte meine Kleidung.

Das Monster hatte mich verschmäht.

Ich erinnerte mich genau an den scheußlichen Geschmack, an das Gefühl des Ekels, als wenn man eine süße Frucht in den Mund steckt und dann angewidert feststellt, dass sie verschimmelt ist.

Ich war die verdorbene Frucht gewesen und im selben Moment das Monster.

Mit greller Deutlichkeit wurde mir bewusst, dass das Wesen, die Pilze, selbst die Fliegen ein Teil von Eric waren. Mein Geist war mit seinem verbunden, also war auch ich ein Teil von alldem. Als das Monster mich in seinem Maul hatte, war ich irgendwie mit ihm verschmolzen – ein außerordentlich verwirrendes Erlebnis. Ich empfand fast so etwas wie Mitleid mit dem Geschöpf, das seinen Hunger nicht mit meinem Körper hatte stillen können.

Ich dachte an das Bild, das Emily gemalt hatte, die beiden Linien, die ineinander verlaufen waren. Das Erlebnis eben war ein Beweis dafür, dass sie recht hatte. Aber war das so schlimm? Behaupteten nicht Philosophen seit Jahrhunderten, das ganze Universum sei eins? Vielleicht war der Kosmos tatsächlich nur das Produkt einer großen Phantasie. Vielleicht war ich, waren alle Menschen nur Gedanken eines höheren Wesens, wie es die Weltreligionen seit Jahrtausenden behaupteten. Eine gleichzeitig tröstliche und erschreckende Vorstellung.

Ich rappelte mich auf und tastete mich durch die Dunkelheit. Ich wollte diesen Pilzwald so schnell wie möglich hinter mich bringen. Auch wenn mich das Monster verschmäht hatte, war ich mir keineswegs sicher, dass die nächste Begegnung mit einem solchen Exemplar ähnlich glimpflich ablaufen würde. Außerdem wollte ich auf das Erlebnis, ein zweites Mal mit einem solchen Ungetüm eins zu werden, nur zu gern verzichten.

Irgendwann schmerzten meine Beine so sehr, dass ich mich setzte, um für einen Moment auszuruhen. Bevor ich es verhindern konnte, schlief ich ein.

Als ich erwachte, stellte ich fest, dass ich die Umrisse der Pilzstämme in der Nähe erkennen konnte. Hoch oben sah ich einzelne dünne, hellblaue Streifen zwischen ihren schwarzen Hüten. Es war Tag geworden.

Ermutigt setzte ich meinen Weg fort. Der Pilzwald wurde bald lichter, so dass hin und wieder sogar ein einzelner Lichtstrahl den Boden erreichte.

Nach einer Weile erstrahlte der Rand des Waldes vor mir. Er erschien mir so grell, als marschierte ich direkt auf eine Batterie von Scheinwerfern zu. Das Licht schillerte in allen Farben, während ich ihm blinzelnd entgegenstolperte. Ich führte diesen Effekt auf meine durch die lange Dunkelheit überempfindlich gewordenen Augen zurück. Erst allmählich gewöhnte ich mich an die Helligkeit.

Ich umrundete ein Dickicht von Pilzen, deren Stämme ineinander verwachsen waren, und blieb wie angewurzelt stehen. Mir stockte der Atem.

Noch nie hatte ich etwas so Schönes gesehen.

Vor mir erstreckte sich eine Ebene. In der Ferne, sicher mehrere Tagesmärsche entfernt, ragte das blaugraue Band einer Bergkette auf. Ihre Gipfel verschwanden in dunklen Wolken, doch über der Ebene war der Himmel klar. Das ganze Land vor mir schien aus funkelnden Edelsteinen zu bestehen. Milliarden und Abermilliarden Kristalle bedeckten den Boden wie glitzernder Sand. Das Licht brach sich darin in allen Farben des Regenbogens. Bizarre Formen erhoben sich überall aus dem Kristallsand: Felsen, Bäume und Büsche, über und über mit Diamanten, Smaragden und Rubinen besetzt.

Ich erinnerte mich an einen klaren Januarmorgen. Eric war sechs oder sieben Jahre alt gewesen. Wir gingen am Ufer des Hudson spazieren. Es war so kalt, dass einzelne Eiskristalle in der Luft schwebten. Die Flussufer und Bäume waren von Raureif und Schnee überzogen, der im Sonnenlicht glitzerte. Eric hob einen kristallüberzogenen Zweig vom Boden auf, um ihn mit nach Hause zu nehmen. Er war sehr enttäuscht, als die glitzernden Gebilde sich in seiner Hand in gewöhnliche Wassertropfen verwandelten. Wieso Eis so schön glitzern konnte und Wasser nicht, wollte er wissen. Ich erklärte ihm, dass Sonnenlicht aus vielen verschiedenen Farben zusammengesetzt ist, wie es sich in den Kristallen bricht und in sein Spektrum aufgespalten wird, genau wie bei einem Regenbogen. »Es ist schön, wenn das Licht kaputtgeht, Mami«, hatte er gesagt.

Zerbrochenes Licht. War es das, was mein Ebenbild, die unglückliche Königin, gemeint hatte? War es die Erinnerung an dieses Erlebnis, die Eric bewogen hatte, sich eine solche Landschaft vorzustellen?

Vorsichtig betrat ich die funkelnde Ebene. Die Kristalle knirschten unter meinen Füßen. Zum Glück trug ich immer noch Erics Sandalen – wäre ich barfuß gewesen, hätten die scharfen Kanten sicher meine Füße zerschnitten und ich wäre wohl nicht weit gekommen.

In der Nähe ragte ein Baum auf. Er sah aus wie eine riesige Version jener Kristallminiaturen, die ich einmal in einem sündhaft teuren Laden im Rockefeller Center gesehen hatte. Sammler hätten sicher ein Vermögen für ihn bezahlt. Jedes einzelne Blatt schien aus Smaragden zu bestehen, der Stamm aus dunklem Amethyst. Sogar ein großer Vogel saß auf einem Ast. Seine schwarzen Federn waren mit winzigen Kristallsplittern besetzt, die im grellen Sonnenlicht glitzerten, doch der Vogel wirkte ansonsten völlig lebendig, so als könne er sich jeden Moment in die Luft erheben. Seine Augen aus poliertem schwarzem Stein schienen mich böse anzufunkeln.

Ich unterdrückte den Impuls, den Vogel vom Ast abzubrechen und auf den Boden zu werfen, damit er in tausend Stücke zersprang.

Ich wanderte zwischen gleißenden Bäumen und Büschen entlang. Die Grashalme waren Nadeln aus grünem Glas. Sie knirschten unter meinen Schritten, zerbrachen aber nicht. Dazwischen wuchsen Blumen mit Blüten aus Rubinen, Saphiren oder gelben Diamanten. Ich sah Eichhörnchen, die wie festgefroren an den Baumstämmen klebten, Schmetterlinge, die sich auf Blüten ausruhten, sogar eine Ricke mit ihrem Kitz, die in der Nähe ästen. Ein leises Klimpern war zu hören, wenn der Wind die Kristallblätter und Zweige bewegte. Ansonsten herrschte Stille.

Nach ein paar hundert Schritten traf ich auf den ersten Kristallmenschen. Mein Herz schlug schneller, als ich ihn hinter ein paar Büschen aufragen sah. Es war ein griechischer Krieger. Seine Rüstung, sein Helm und der runde Schild funkelten golden. In der Rechten hielt er einen langen Speer. Doch obwohl die Kristalle die Gesichtszüge verzerrten, war ich mir sicher, dass es nicht Eric war.

Der Soldat schien mitten im Laufen eingefroren zu sein. Sein rechter Fuß hing in der Luft, und er war leicht vornübergebeugt. Wenn sein linkes Bein nicht fest mit dem Boden verwachsen gewesen wäre, hätte er umfallen müssen.

Ich umrundete eine Baumgruppe und blieb erschrocken stehen.

Vor mir senkte sich das Gelände in einem sanften Abhang zu einem langgestreckten Tal, in dessen Mitte ein breiter, dunkler Fluss seine Bahn zog. Auch er schien kristallisiert zu sein, denn das Wasser bewegte sich nicht. An seinem Ufer sah ich das dreidimensionale Abbild einer gewaltigen Schlacht. Tausende Krieger bedeckten das Gelände beiderseits des Stroms. Es war schwierig, ihre glitzernden Formen auszumachen, aber mir schien, dass nicht alle von ihnen Menschen waren. Die Wesen, die auf den ersten Blick wie Reiter aussahen, hatten bei näherem

Hinsehen menschliche Oberkörper, die mit einem Pferdekörper verwachsen waren: Zentauren. Als ich den Abhang hinunterkletterte und mir einen Weg zwischen den Kämpfern suchte, traf ich auf eine Gruppe von Wesen, die wie Teufel aussahen. Sie hatten menschliche Körper, doch ihre Beine endeten in Hufen, und sie trugen gebogene Hörner auf den Köpfen. Es gab weibliche Figuren, deren Haare aus Schlangen bestanden. Am eindrucksvollsten war eine riesige menschenähnliche Gestalt, doppelt so hoch wie alle anderen Wesen in ihrer Nähe, in deren Mitte ein einzelnes, handtellergroßes Saphirauge funkelte. In einer Hand schwang der Zyklop eine juwelenbesetzte Keule, groß wie ein junger Baum.

Es sah so aus, als wenn auf der einen Seite Menschen, auf der anderen Fabelwesen aus der griechischen Mythologie kämpften. Im Zentrum der Auseinandersetzung schien eine steinerne Brücke zu stehen, über die immer mehr Monster den Fluss überquerten. Offenbar versuchten die griechischen Krieger, die Gegner zurückzudrängen, doch es war klar, wer die Schlacht gewinnen würde: Der Boden war bedeckt mit den kristallenen Leichen von Menschen, während ich kaum tote Monster sah. Überall glitzerten Rubine, die aus dem Blut der Toten entstanden sein mussten. Auf den Gefallenen saßen vereinzelt schwarze Vögel, deren kristallene Schnäbel nach Augen und Weichteilen pickten.

Die Zahlenverhältnisse waren eindeutig: Auf der anderen Seite des Flusses wartete eine unübersehbare Horde von Ungeheuern auf die Gelegenheit, in die Auseinandersetzung eingreifen zu können. Auf jeden menschlichen Kämpfer kamen mindestens zehn von ihnen.

Mich schauderte beim Anblick des Grauens, das durch den Kristallisierungsprozess eine völlig unpassende überirdische Schönheit erhielt. Fasziniert und angeekelt zugleich wanderte ich zwischen den unbeweglichen Kriegern und Monstern umher. War dies der Krieg, von dem der Alte gesprochen hatte? Wenn ja, würde ich Eric zwischen all den verzweifelt kämpfenden Diamantkriegern tatsächlich finden? Und wenn er irgendwie hier hineingeraten war, wie sollte ich ihn aus seinem kristallenen Zustand befreien?

Ich erinnerte mich, dass die Gorgonen der griechischen Sage mit ihren schrecklichen Schlangenköpfen einen Menschen zu Stein erstarren lassen konnten, wenn er sie bloß ansah. War es das, was hier geschehen war? Aber wieso war es dann auch den Monstern selbst passiert?

Verwirrt und voller Sorge irrte ich über das Schlachtfeld. Ich suchte Eric und hoffte gleichzeitig, ihn nicht zu finden.

Doch dann stand ich plötzlich vor ihm, und mein ganzer Körper verkrampfte sich vor Entsetzen. Er kniete am Boden, den Schild schützend über sich erhoben. Sein rechter Arm mit dem Schwert war von Blutrubinen verkrustet. Auch sein Gesicht war von roten Kristallen überzogen. Dennoch erkannte ich ihn ohne jeden Zweifel.

Über ihm ragte ein Zentaur auf. Er hielt mit beiden Händen einen langen Speer über dem Kopf. Die Spitze der Waffe war nur eine Fingerlänge von Erics Hals entfernt. Während das bärtige Gesicht des Fabelwesens zu einer Grimasse des Hasses verzerrt war, glaubte ich in Erics Augen die Erkenntnis seines nahen Todes zu erkennen.

Der Anblick war zu viel für mich. Mit beiden Händen packte ich den Speer und versuchte, ihn abzubrechen, doch er war hart und unzerstörbar wie ein Diamant.

Allerdings hatte ich das Gefühl, den Speer bewegen zu können, wenn ich mit aller Kraft dagegendrückte. Tatsächlich schien sich die Spitze zu drehen. Ich legte mein ganzes Gewicht in meine Hände und schob, so fest ich konnte, bis die Speerspitze nicht mehr auf Erics Hals zeigte und ich sicher war, dass ihn der tödliche Stoß verfehlen würde.

Als ich mein Ziel erreicht hatte, wollte ich die Hände vom Speer lösen und mich Eric zuwenden. Doch zu meinem Entsetzen musste ich feststellen, dass ich meine Finger nicht mehr öffnen konnte. Sie fühlten sich kalt und taub an und schienen am Speer zu kleben wie die Zunge eines vorwitzigen Schülers an einem eingefrorenen Lichtmast. Meine Fingerkuppen und Knöchel funkelten bereits wie von Kristallen besetzt.

Verzweifelt zog und zerrte ich, doch ich war untrennbar mit dem Speer des Zentauren verwachsen. Jetzt wurden auch meine Füße kalt und gefühllos. Sie waren ebenfalls ein Teil der glitzernden Landschaft geworden. Ich konnte fühlen, wie mir die Kälte langsam die Beine hinaufkroch.

»Emily!«, schrie ich. »Emily, unterbrich den Kreis! Schnell!« Doch wenn sie meinen Hilferuf hörte, war sie nicht in der Lage, ihn zu befolgen.

Der Kristallisationsprozess setzte sich rasch fort. Ich war mittlerweile unfähig, mich zu rühren. Schon konnte ich meinen Unterleib nicht mehr spüren, während die Kälte aus meinen Armen die Schultern erreichte. Mein Magen gefror, meine Lungen füllten sich mit Eis. Zuletzt erstarrte mein Gesicht. Es fühlte sich an, als sei ich in einen zugefrorenen Fluss eingebrochen und versinke ganz langsam in den eisigen Fluten.

Ich hörte ein dumpfes, grollendes Rauschen. Die Kristallwelt um mich herum verschwamm, als sei ich wirklich unter Wasser. Ich hatte das Gefühl vornüberzufallen, langsam und wie in Zeitlupe.

Aus dem Grollen wurden Schreie. Mein Blick klärte sich. Die Menschen und Monster um mich herum gerieten in Bewegung, als ob man einen Kinoprojektor, der angehalten worden war, wieder anlaufen ließe. Ich hielt den Schaft des Zentaurenspeers immer noch umklammert, als ich vornüber auf den von Blut schlammigen Boden stürzte. Der Speer verfehlte Eric und bohrte sich in den Grund. Aus dem Augenwinkel nahm ich wahr, wie sich der Zentaur aufbäumte, die Vorderhufe über mir in den Himmel gereckt. Ich hörte seinen Wutschrei.

Ich versuchte, mich zur Seite zu werfen, wusste jedoch, dass ich nicht schnell genug war, um den tödlichen Hufen auszuweichen. Doch der Schlag blieb aus. Stattdessen vernahm ich einen schauderhaften Schrei, und etwas Großes fiel neben mir zu Boden.

Als ich mich umwandte, sah ich, dass Erik sein Schwert von unten in die Brust des Zentauren gerammt hatte. Blut quoll in einem dicken Schwall aus dem Pferdeleib. Ich hatte Erics Leben gerettet und er meins. Doch unser Glück war sicher von kurzer Dauer, denn um uns herum tobte die Schlacht unvermindert weiter.

Er zog sein Schwert aus der Leiche des Zentauren und beugte sich über mich. »Göttliche Mutter! Wie … wie kommst du hierher?«

Ich ließ mir von ihm aufhelfen, nur um mich im nächsten Moment unter dem Axthieb eines gehörnten Kriegers wegzuducken. »Wir müssen hier weg!«, schrie ich. »Über den Fluss!« Ich wusste nicht genau, warum, aber ich war mir sicher, dass das der einzige Weg für uns war.

»Aber … göttliche Mutter …«, protestierte Eric.

Ich hatte keine Zeit zu diskutieren. »Komm!«, schrie ich, packte ihn am Arm wie den kleinen Jungen, den ich immer von den Schaufenstern der Spielzeuggeschäfte hatte wegzerren müssen, und zog ihn in Richtung des Ufers. Wie durch ein Wunder schafften wir es, zwischen den Kämpfenden hindurch dorthin zu gelangen, ohne in dem Wirbelsturm aus Äxten, Speeren, Schwertern und umherfliegenden Pfeilen verletzt zu werden.

Von meiner Position am Abhang aus hatte ich einen guten Überblick über das Schlachtfeld gehabt. Ich wusste, dass es hoffnungslos war, zu versuchen, den Fluss über die Brücke zu überqueren. Mein Plan war, ins Wasser zu springen, bis in die Mitte zu schwimmen und mich ein Stück flussabwärts treiben zu lassen, bis die Armee der Monster außer Sichtweite war. Dann wollte ich am gegenüberliegenden Ufer an Land gehen und das Schlachtfeld weiträumig umgehen.

Der Fluss war ungefähr so breit wie der Hudson River zwischen Manhattan und New Jersey. Für einen geübten Schwimmer war es kein Problem, ihn zu durchqueren. Doch im Unterschied zum Hudson war das Wasser hier schwarz und undurchsichtig wie Tinte.

Im Schutz eines niedrigen Busches hockten wir uns nieder. Ich erklärte ihm in kurzen Worten meinen Plan.

»Aber, göttliche Mutter, wir können doch nicht ...«, begann er, doch wir hatten keine Zeit mehr, um seine Einwände zu diskutieren, denn in diesem Moment rannte ein gewaltiger, muskelbepackter Kerl mit einem Stierkopf auf uns zu. Seine Rinderaugen waren im Wahnsinn der Schlacht weit aufgerissen. Er schwang eine gewaltige doppelseitige Streitaxt über dem Kopf.

»Eric, spring!«, rief ich und machte einen Kopfsprung ins Wasser.

Ich wusste sofort, dass ich einen Fehler gemacht hatte, als sich die eisige Flut über mir schloss und mich eine mörderische Strömung unbarmherzig in die Tiefe zog.

Verzweifelt ruderte ich mit den Armen, doch in dem tintenschwarzen Wasser wusste ich nicht mehr, wo oben und unten war. Meine Lungen brannten, und das Blut rauschte in meinen Ohren. Ich kämpfte gegen den Reflex an, Luft zu holen, doch irgendwann konnte ich ihn nicht mehr unterdrücken. Meine Lungen füllten sich mit Flüssigkeit, die wie bitteres Öl schmeckte.

# 21.

Ich fuhr hoch. Gierig sog ich kostbare Luft in meine Lungen. Mein Herz klopfte heftig.

Verwirrt blickte ich mich um, einen Moment lang unfähig zu begreifen, dass ich nicht mehr in Erics Welt war. Ich saß auf dem Bett. Das Licht einer Straßenlaterne fiel durchs offene Fenster herein. Ich hatte einen bitteren Geschmack im Mund, und meine Kehle brannte, so als hätte ich tatsächlich das schwarze Wasser verschluckt. Mein Nachthemd war feucht, vermutlich vom Schweiß.

Eric lag reglos wie immer neben mir. Sein Atem ging regelmäßig. Emily hatte einen Arm um ihn geschlungen und schien zu schlafen.

Ich sah auf die Uhr. Es war halb zwei morgens. Ich war mehr als vierzehn Stunden in seiner Traumwelt gewesen. Ich war erschöpft, doch viel zu aufgewühlt, um zu schlafen. Leise stand ich auf, ging in die Küche und machte mir einen Tee. Aus dem Wohnzimmer konnte ich das Schnarchen von Emilys Mann hören. Die Welt schien seltsam friedlich, während in Erics Kopf jene fürchterliche Schlacht tobte.

Emilys Aquarellbild lag immer noch auf dem Küchentisch. Ich betrachtete die beiden Linien, die blaue Schlange für Eric, den orangefarbenen Kringel für mich, den matschiggrauen Fleck, wo sie einander berührten. Plötzlich hatte ich das Gefühl, dieser Fleck sei dunkler als in meiner Erinnerung. Ich sah genauer hin, und der Atem gefror in meinen Lungen. Aus dem Grauviolett wurde vor meinen Augen eine Farbe, die wie eingetrocknetes Blut aussah. Dann wurde der Fleck plötzlich tintenschwarz. Er begann an den Rändern auszufasern und dünne, tentakelartige Linien auszustrecken, die den blauen und orangefarbenen Strich durchdrangen, breiter wurden, ihn schließlich überwucherten wie dorniges Gestrüpp. Ich versuchte zu schreien, doch kein Laut entkam meiner Kehle.

Der Fleck wurde immer größer, bis er das ganze Blatt bedeckte. Nur, dass es jetzt kein schwarzer Fleck mehr war, sondern ein Nichts, ein Loch in Raum und Zeit, aus dem mir Kälte entgegenschlug. Ich wollte fliehen, war jedoch unfähig, mich zu rühren. Die Schwärze überwand die Grenzen des Papiers, wucherte über den Küchentisch, den Fußboden, die Regale und Wände, bis sie mich völlig umschloss.

Während ich in einem Strudel aus Leere und Dunkelheit versank, hörte ich eine ferne Stimme: »Anna! Anna, wach auf!«

Jemand rüttelte an meiner Schulter.

Ich schlug die Augen auf. Ich lag auf dem Bett neben Eric. Emily hatte sich über mich gebeugt. »Bist du okay?«

Ich antwortete nicht. Ich fuhr hoch und stolperte auf wackligen Beinen aus dem Schlafzimmer in die Küche.

Das Aquarell lag an derselben Stelle, wo ich es in der Nacht zu betrachten geglaubt hatte. Die beiden bunten Linien und der graubraune Fleck dazwischen waren so, wie sie gewesen waren, als Emily sie gemalt hatte.

Die Erleichterung trieb mir die Tränen in die Augen.

»Was ist? Was hast du?«, fragte Emily, die mir verwirrt gefolgt war.

»Nichts«, sagte ich und lächelte schief. »Hab nur schlecht geträumt.«

»Okay. Dann lass uns frühstücken.«

Ich brachte es nicht fertig, vom Kaffee zu trinken, den Emily mir hinstellte – zu ähnlich sah das schwarze Gebräu dem Wasser, das sich in meinen Mund gedrängt hatte. Ich nahm stattdessen ein Glas Milch. Emily quittierte das mit einer hochgezogenen Augenbraue.

Nachdem wir das Frühstück weggeräumt hatten, kam Maria. Ich half ihr, Eric auszuziehen, ihn zu waschen, seine Windel zu wechseln und ihn mit Nahrung zu versorgen. Sein bleicher Körper erschien mir kraftloser als zuvor, sein Blick noch leerer, doch vielleicht bildete ich mir das auch nur ein.

»Maria, ich möchte dir danken für alles, was du für mich und Eric tust«, sagte ich, als wir fertig waren.

Sie sah mich mit diesen traurigen, dunklen Augen direkt an. »Wie lange soll das noch so weitergehen?«

Ich wich ihrem Blick aus. »Bis wir ihn aus seinem dunklen Gefängnis befreit haben«, sagte ich.

Sie erwiderte nichts.

Ich ging in die Küche. Emily blickte von einer Zeitschrift auf. »Setz dich«, sagte sie.

Ich folgte der Aufforderung.

»Erzähl mir von deinem Traum!«

»Ich ... ich erinnere mich nicht mehr genau ...«

»Du meinst, du willst dich nicht daran erinnern.«

Ich zögerte. »Es ... es war so real ...«

Emily nickte. »Wir müssen aufpassen, Anna. Diese verdammte Droge verändert deinen Bezug zur Realität. Vision und Wirklichkeit geraten immer mehr durcheinander. Vielleicht wäre es besser, wenn wir eine Pause einlegten. Nur zwei oder drei Tage, damit der Körper die Giftstoffe vollständig abbauen kann.«

Ich setzte zum Protest an, fest davon überzeugt, dass wir keine Zeit verlieren durften, doch in diesem Moment klingelte es an der Tür. Eine ungute Ahnung befiel mich. Ich wollte Emily bitten, nicht zu öffnen, doch Maria war bereits zur Tür gegangen. »Sie?«, hörte ich ihre Stimme aus dem Flur.

Ich erstarrte. Ich wusste, um wen es sich handelte, bevor ich Dr. Ignacius' raspelnde Stimme erkannte. »Ich möchte gern mit Mrs. Demmet sprechen.«

»Ich weiß nicht, wen Sie meinen«, sagte Maria. »Hier wohnt keine Mrs. Demmet. Dies ist die Wohnung von Paul und Emily Morrison. Es tut mir leid, aber ich fürchte, Sie haben sich in der Adresse geirrt.«

»Sparen Sie sich die Mühe, Maria. Ich weiß genau, dass der Junge und seine Mutter hier sind!«

»Gehen Sie bitte! Dies ist die Wohnung meiner Tante! Sie haben kein Recht, hier hereinzuplatzen!«

»Maria, ich bin gekommen, weil ich mir große Sorgen um den Jungen mache. Sie sind Krankenschwester. Sie wissen, dass er medizinische Versorgung braucht, nicht wahr? Und Sie wissen, dass Sie allein das nicht im nötigen Umfang leisten können. Sie sind bestimmt eine gute Pflegerin, aber Sie sind keine Ärztin und erst recht keine Komaspezialistin. In unserer Spezialklinik in Boston sind wir …«

»Es tut mir leid, Dr. Ignacius, aber ich kann Ihnen wirklich nicht helfen!«

»Nicht ich bin es, der Hilfe braucht, Maria!«, sagte der Arzt eindringlich. »Es ist der Junge. Ohne ärztliche Betreuung wird er sterben. Sie wissen das.«

»Selbst wenn ich dieser Meinung wäre, könnte ich nichts tun. Seine Mutter entscheidet, was mit Eric geschieht.«

»Ich fürchte, sie ist nicht mehr in der Lage, diese Entscheidung objektiv zu treffen«, sagte der Arzt. Ich hatte plötzlich das Gefühl, dass diese Worte nicht für Maria bestimmt waren, sondern für mich. So als wisse er ganz genau, dass ich den Dialog mit angehaltenem Atem verfolgte. »Mrs. Demmet hat durch den … Unfall ein schweres psychisches Trauma erlitten. Sie benötigt selbst Hilfe. Maria, ich appelliere an Ihren medizinischen Sachverstand, an Ihr Verantwortungsbewusstsein und an Ihre Nächstenliebe: Sorgen Sie dafür, dass der Junge ins Krankenhaus zurückkommt oder, noch besser, in unsere Klinik nach Boston. Hier ist meine Karte. Ich veranlasse gern jederzeit einen Krankentransport.«

Maria zögerte einen Moment, bevor sie antwortete. »Ich werde Ihre Botschaft weitergeben, sobald ich Mrs. Demmet sehe«, sagte sie. »Auf Wiedersehen, Dr. Ignacius.«

»Auf Wiedersehen, Maria! Und bitte, denken Sie über das nach, was ich Ihnen gesagt habe. Dem Jungen bleibt vielleicht nicht mehr viel Zeit.«

Als sich die Tür schloss, atmete ich erleichtert aus. Die Übelkeit, die mich befallen hatte, als ich die Stimme des Neurologen erkannt hatte, klang allmählich ab.

Maria kam zu uns in die Küche und setzte sich. Sie sah mich an. »Ich nehme an, ihr habt alles gehört.«

Ich nickte.

»Anna, ich glaube, Dr. Ignacius hat recht. Wir sollten auf sein Angebot eingehen. Vielleicht lässt er Tante Emily mit in die Klinik kommen. Dann könntet ihr beide weiter versuchen, Eric zu helfen, und er wäre gleichzeitig unter ärztlicher Aufsicht.«

Ich dachte darüber nach. Die Idee klang wirklich verlockend, und doch … »Ich traue dem Mann nicht«, sagte ich.

»Warum nicht?«, fragte Maria. »Auf mich macht er einen ganz vernünftigen und kompetenten Eindruck.«

»Warum ist er hergekommen? Warum hat er sich die Mühe gemacht, die Adresse deiner Tante herauszufinden? Du weißt, dass das nicht so einfach ist. Ich finde das merkwürdig. Normalerweise haben die Ärzte doch genug mit den anderen Patienten zu tun und rennen nicht hinter irgendjemandem her, der sich nicht behandeln lassen will.«

»Ich finde, dass er extra hergekommen ist, zeigt doch, dass er ein guter Arzt ist, der sich wirklich Gedanken um seine Patienten macht«, widersprach Maria. »Er hat Eric in den letzten Wochen oft untersucht. Vielleicht ist er ihm ans Herz gewachsen.«

Ich schüttelte den Kopf. Je länger ich darüber nachdachte, desto merkwürdiger kam mir Dr. Ignacius' Verhalten vor. War er extra aus Boston angereist, um nach Eric zu suchen? Es musste mehr dahinterstecken als nur die Sorge eines Arztes um seinen Patienten! Mir wurde plötzlich klar, dass der Arzt nicht aufgeben würde, bis er seinen Willen bekam und Eric wieder unter seiner Kontrolle war. Vielleicht würde er das nächste Mal mit der Polizei und einem richterlichen Beschluss vor der Tür stehen.

Der Gedanke versetzte mich in Panik. Ich war auf einmal sicher, dass es so kommen würde. Dr. Ignacius war vermutlich gerade jetzt unterwegs, um sich die nötigen Unterlagen zu besorgen. Er würde wiederkommen und mir Eric wegnehmen! Aber was sollte ich tun?

»Wir ... wir müssen hier weg!«, sagte ich.

»Weg?«, fragte Maria. »Was meinst du damit?«

»Er wird wiederkommen, das spüre ich. Das nächste Mal vermutlich mit der Polizei!«

Maria sah mich an, als zweifle sie an meinem Verstand. »Das ist doch Unfug! Warum sollte er ...«

Es klingelte an der Tür.

Mein Magen verkrampfte sich. Die Polizeistreife musste schon vor dem Haus gewartet haben. Der Arzt hatte es erst mit gutem Zureden versucht, bevor er seinen Willen mit Staatsgewalt durchsetzte.

Emily erhob sich. »Ich mache auf.«

Ich warf ihr einen verzweifelten Blick nach, als sie die Küche verließ, die Sicherungskette einlegte und die Tür öffnete. Einen Augenblick herrschte Schweigen, so als wissse Emily nicht, was sie sagen sollte. »Wer … wer sind Sie?«, hörte ich sie schließlich fragen. »Und was wollen Sie?«

»Ich bin hier, um Sie zu warnen«, sagte eine unbekannte Frauenstimme.

Ein eisiger Schauer durchlief meinen ganzen Körper, ohne dass ich genau sagen konnte, warum. Ich betete, dass Emily die Frau wegschicken würde. Doch stattdessen hörte ich, wie sie die Tür schloss, die Sicherungskette löste und sie dann wieder öffnete.

»Kommen Sie rein.« Emily betrat die Küche, gefolgt von der Frau in Schwarz.

Eine merkwürdige Mischung von Entsetzen und Erleichterung durchflutete mich. Entsetzen darüber, dass die Frau hier war, Erleichterung, weil es sich offensichtlich nicht um eine Halluzination handelte.

Sie hob den Schleier, und für einen schrecklichen Moment befürchtete ich, mein eigenes Gesicht werde darunter zum Vorschein kommen. Doch die Fremde sah mir kein bisschen ähnlich. Sie hatte weiche Wangen und einen spitzen Mund unter einer Stupsnase. Ihre braunen Augen wurden durch eine runde Brille unnatürlich vergrößert, so dass sie einen leicht panischen Eindruck machte. Unter dem Schleier kam ein ungebändigter Schopf brauner Haare zum Vorschein, der ihr in Fransen ins Gesicht hing.

Ihr Alter war schwer zu schätzen – sie mochte jünger sein als ich, doch in ihr Gesicht hatten sich tiefe Furchen eingegraben.

Sie setzte sich zu uns an den Küchentisch. »Mein Name ist Ricarda Heller«, sagte sie. Der Name kam mir vage bekannt vor, aber ich erinnerte mich nicht, wo ich ihn schon gehört hatte. »Mein Sohn Martin war bei Dr. Ignacius in Behandlung. Er ist ... vor sechs Wochen gestorben.«

Ich zuckte zusammen. Vielleicht hatte ich unbewusst so etwas geahnt und deshalb solche Angst vor dieser armen Frau gehabt.

»Das tut mir leid, Mrs. Heller«, sagte Emily. »Aber was hat das mit uns zu tun?«

»Wie gesagt, ich bin gekommen, um Sie zu warnen. Ich habe mitbekommen, dass Dr. Ignacius auch Ihren Sohn untersucht hat, Mrs. Demmet. Sie haben das Richtige getan, als Sie ihn aus dem Krankenhaus herausholten. Das wollte ich Ihnen sagen, doch dann habe ich gemerkt, dass Dr. Ignacius hinter Ihnen her ist.« Sie beugte sich vor. »Was immer Sie tun, sorgen Sie dafür, dass er Ihren Sohn nicht in seine Finger bekommt!«

Bevor ich etwas sagen konnte, fragte Maria: »Warum? Was, glauben Sie, hat er mit Ihrem Sohn gemacht?«

»Eines Morgens fand ich Martin bewusstlos in seinem Zimmer. Ich rief den Notarzt, und er brachte ihn ins Krankenhaus. Dort hat ihn Dr. Ignacius ein paar Mal untersucht. Dann machte er mir den Vorschlag, ihn in seine Spezialklinik zu verlegen. Er versprach mir, die modernsten Untersuchungs- und Behandlungsmethoden anzuwenden. Die Chance, dass mein Martin wieder aufwache, sei dort viel größer als in einem normalen Krankenhaus.« Tränen liefen über ihre Wangen, doch ihre Stimme blieb fest. »Ich willigte ein, und Martin wurde in die Klinik in

Cambridge bei Boston gebracht. Ich habe ihn dort jeden Tag besucht, doch es ist keine Besserung eingetreten. Und dann … dann war er plötzlich tot!«

»Mrs. Heller«, sagte Maria, »ich verstehe, dass der Tod Ihres Sohnes schrecklich für Sie ist. Aber das ist doch bestimmt nicht Dr. Ignacius' Schuld.«

Ricarda Heller machte eine wegwerfende Handbewegung. »Ich bin nicht naiv! Aber ich weiß, dass es in dieser Klinik nicht mit rechten Dingen zugeht. Ich bin sicher, dass dieser Dr. Ignacius mit den Leuten, die das Experiment durchführen, unter einer Decke steckt!«

Ich spürte, wie sich die feinen Haare auf meinen Unterarmen aufstellten.

»Was für ein Experiment?«, fragte Maria.

»Das Spiel«, antwortete Ricarda Heller. »Reign of Hades.«

## 22.

Einen Augenblick sagte niemand etwas. Ich saß wie vom Donner gerührt da. »Ihr … Ihr Sohn hat ›Reign of Hades‹ gespielt?«, brachte ich schließlich heraus.

Sie nickte. »Und er hat diese Droge genommen. Glanz. Genau wie Ihr Sohn, Mrs. Demmet.«

»Woher … woher wissen Sie das?«

»Unsere Söhne sind nicht die einzigen Opfer. Überall im Land spielen Jugendliche dieses Spiel und nehmen dazu diese gottverdammten Kapseln. Mehrere sind schon daran gestorben. Hat Ihr Sohn jemals zuvor Drogen genommen, Mrs. Demmet?«

»Nein.«

»Haben Sie sich nicht gefragt, woher er überhaupt das Geld für dieses Zeug hatte?«

Es war, als stoße diese Mrs. Heller mit ihren Fragen eine Tür auf – eine Tür in einen finsteren Keller voller grauenhafter Geheimnisse. »Ich … ich habe keine Ahnung. Vielleicht … hat er es mir gestohlen, und ich habe es nicht gemerkt …«

»Das habe ich auch erst gedacht. Aber inzwischen bin ich sicher, dass mein Martin die Glanz-Kapseln geschenkt bekommen hat, genau wie Ihr Sohn und all die anderen Kinder.«

»Geschenkt? Aber von wem? Und warum?«

Ein beinahe fanatischer Glanz lag in Ricarda Hellers Augen, als sie meine Frage beantwortete. »Ich habe lange gebraucht, um das herauszufinden, aber schließlich ist es mir klargeworden. Ich kenne die Namen dieser Leute nicht. Fest steht nur, dass sie zu einer Geheimorganisation des Militärs gehören. Sie führen das Experiment durch, um zu testen, wie sich Aufmerksamkeit und Reaktionsvermögen unter dem Einfluss von Glanz verändern.«

Plötzlich fiel mir wieder ein, woher ich den Namen der Frau kannte. Sie war Buchautorin. Ihre Thriller hatte ich schon häufiger auf den Bestsellertischen der Buchhandlungen liegen sehen, aber noch nie einen davon gelesen. Soweit ich mich erinnerte, handelten sie meistens von wahnsinnigen Serienmördern und galten als ziemlich blutrünstig. »Ich verstehe immer noch nicht, worauf Sie hinauswollen«, sagte ich.

»Ist das nicht offensichtlich? Sie wollen mit Hilfe der Droge bessere Soldaten heranzüchten! Dieses Zeug verändert die Wahrnehmung. Es macht einen aufmerksamer, reaktionsschneller, gefährlicher. Und es unterdrückt Hemmungen und Skrupel. Es ist die perfekte Droge, um aus einem jungen Mann eine Kampfmaschine zu machen!«

»Aber warum testen sie dieses Zeug an Jugendlichen? Und was hat das mit dem Computerspiel zu tun?«

»Das Computerspiel ist Teil des Experiments. Eine ideale Möglichkeit, um das Verhalten der Testpersonen vollautomatisch zu messen. Um es zu spielen, muss man sich im Internet registrieren. Das Spiel übermittelt dann permanent Daten an irgendeinen zentralen Server. Die können genau auswerten, wie schnell die Jugendlichen reagieren, wie aggressiv sie sich verhalten und so weiter! Sie brauchen nur eine Kontrollgruppe von Spielern, die ›Glanz‹ nicht genommen haben, dann können sie ganz genau sehen, wie die Droge wirkt. Vermutlich haben sie auch mit unterschiedlichen Dosierungen experimentiert. Bis zu …«

Ich konnte es nicht fassen. Eric als Opfer eines perfiden militärischen Experiments! Doch schon setzten Zweifel ein. Emily formulierte sie für mich:

»Aber warum sollte das Militär Jugendliche für so ein Experiment missbrauchen? Die haben doch jede Menge Forschungseinrichtungen für so was, und sicher ließen sich auch freiwillige Testpersonen finden.«

Die Schriftstellerin verzog das Gesicht. »Sie können sich vielleicht vorstellen, dass ich diese Leute nicht nach ihren Gründen gefragt habe! Ich kann nur mutmaßen. Wenn man so was in einer militärischen Forschungseinrichtung macht, muss wahrscheinlich der Kongress zustimmen, oder irgendeine Behörde. Außerdem besteht immer die Gefahr, dass eine der Testpersonen redet, ganz zu schweigen von ausländischen Spionen, die sich natürlich besonders für solche Forschungseinrichtungen interessieren. Wenn man ein derartiges Experiment wirklich geheim halten will, ist es doch viel besser, wenn die Testpersonen gar nicht wissen, dass sie daran teilnehmen!«

»Aber wenn Jugendliche ins Koma fallen, fällt das doch noch viel mehr auf«, widersprach ich.

»Ja, schon. Das war vermutlich auch nicht geplant. Vielleicht haben sie bei der Dosierung einen Fehler gemacht. Oder die Jugendlichen reagieren unterschiedlich stark auf das Medikament. Auf jeden Fall sind ihnen diese Komafälle lästig. Deshalb haben sie Dr. Ignacius darauf angesetzt, sie aus dem Weg zu schaffen.«

»Aus dem Weg zu schaffen?«, fragte Maria. »Was meinen Sie damit?«

»Ganz einfach. Er wird dafür sorgen, dass keiner der Jugendlichen mehr aus dem Koma erwacht.«

Mir stockte der Atem. War es wirklich denkbar, dass der Arzt vorhatte, Eric umzubringen? Aber hätte er das nicht schon längst tun können? Nein, wurde mir klar – nicht, solange Eric in der Faith-Jordan-Klinik lag. Erst in seiner Privatklinik war es ihm möglich, Erics natürlichen Tod vorzutäuschen, ohne dass ihm jemand auf die Schliche kam.

»Aber … warum sollten die so was tun?«, fragte Maria.

»Überlegen Sie doch mal«, antwortete Ricarda Heller. »Wenn mein Martin oder der Junge von Mrs. Demmet aufwachen würden, dann würden wir doch wissen wollen, woher sie die Droge hatten, oder? Es wäre eine Spur, die früher oder später zu den eigentlichen Drahtziehern führte. Jedenfalls, wenn mal jemand ernsthaft ermittelt. Doch ein Jugendlicher, der an einer Überdosis Drogen stirbt, erregt keine große Aufmerksamkeit. So was passiert täglich. Und die Jugendlichen, die nicht ins Koma fallen, haben ohnehin kein Interesse daran, über die Droge zu reden.«

»Ehrlich gesagt fällt es mir schwer, Ihre Geschichte zu glauben, Mrs. Heller«, sagte Maria.

Die Schriftstellerin nickte. »Das ist es ja gerade! Niemand glaubt mir. Ich zweifle ja manchmal selbst an meiner Theorie. Aber wenn Sie Ihr Kind kennen, so wie ich Martin kannte, dann wissen Sie, dass es niemals von selbst so etwas tun würde. Also muss es jemanden geben, der hinter der Sache steckt!« Sie wandte sich mir zu. »Mrs. Demmet, egal, ob Sie mir glauben oder nicht: Halten Sie Ihren Sohn von diesem Dr. Ignacius fern! Fahren Sie am besten mit Eric weg, an einen geheimen Ort, wo er Sie nicht findet! Wenn Ihr Sohn aufwacht, und ich bete jeden Tag dafür, dass das geschieht, dann werden Sie sehen, dass ich recht habe!« Sie holte aus ihrer Handtasche eine Visitenkarte. »Rufen Sie mich bitte an. Ich habe bereits die besten Anwälte auf diesen Fall angesetzt. Jeder Hinweis, den Sie uns liefern können, wäre hilfreich!«

Ich nahm die Karte. »Gut. Vielen Dank, dass Sie gekommen sind, Mrs. Heller!«

Sie stand auf. »Ich gehe jetzt besser. Ich vermute, dass sie mich beobachten. Ich wäre nicht hierhergekommen, wenn ich nicht gesehen hätte, dass Dr. Ignacius vor mir hier war. Seien Sie vorsichtig! Und viel Glück!«

Sie wandte sich um und verließ ohne ein weiteres Wort Emilys Wohnung.

Eine Weile saßen wir zu dritt stumm um den Küchentisch und dachten über die ungeheuerlichen Dinge nach, die Ricarda Heller erzählt hatte.

Maria brach das Schweigen als Erste. »Glaubt ihr diese Geschichte etwa?«

»Ich weiß nicht«, sagte ich. »Es klingt schon ziemlich weit hergeholt. Aber … ich hatte schon die ganze Zeit das Gefühl, dass etwas mit diesem Dr. Ignacius nicht stimmt.«

»Ich denke, die arme Frau wird nicht damit fertig, dass ihr Sohn gestorben ist«, sagte Maria. »Sie hat einen massiven Schuldkomplex, weil sie nicht verhindert hat, dass er den ganzen Tag vor dem Computer sitzt und diese Droge nimmt. Weil sie damit nicht leben kann, hat sie sich diese abenteuerliche Verschwörungstheorie konstruiert. In der Psychiatrie gibt es eine Menge solcher Fälle.«

Marias kühle Analyse war von einer bestechenden Logik. Empfand nicht auch ich selbst solche Schuldgefühle? Wäre es nicht auch für mich leichter gewesen, mit der Situation zu leben, wenn ich gewusst hätte, dass es da draußen irgendeinen Schurken gab, der für Erics Zustand verantwortlich war? Wenn die Verantwortung nicht bei mir lag? »Kann sein«, gab ich zu. »Aber was ist, wenn sie recht hat? Wir können das nicht sicher ausschließen, oder?«

»Wenn es diese Verschwörung wirklich gibt, dann sollte diese Ricarda Heller damit zur Polizei gehen, meinst du nicht? Warum hat sie das wohl nicht getan?«

»Weil ihr niemand glauben würde. Man würde sie für verrückt erklären, mit genau den Argumenten, die du gerade benutzt hast. Je mehr sie mit ihrer Theorie an die Öffentlichkeit zu gehen versucht, desto unglaubwürdiger macht sie sich. Deshalb wendet sie sich direkt an andere Opfer, um sie zu warnen, und hofft darauf, dass ein anderes Kind aus dem Koma erwacht und aussagen kann.«

»Und warum diese lächerliche Kostümierung mit schwarzem Schleier? Auffälliger geht es ja wohl nicht!«

»Sie trauert eben, das ist doch nachvollziehbar.«

»Also ehrlich gesagt, ich glaube, die Frau hat ein psychisches Problem, und zwar ein massives«, entgegnete Maria. »Ihre Theorie, ihre Maskerade und ihr theatralisches Auftreten hier passen perfekt zusammen. Willst du wirklich Erics Leben riskieren und ihm die medizinische Versorgung vorenthalten, die er dringend braucht, nur wegen der Hirngespinste einer vor Trauer kranken Frau? Noch dazu einer Schriftstellerin, die sicher auch so schon eine Menge Phantasie hat?«

»Soll ich lieber Erics Leben riskieren, indem ich ihre Warnung einfach ignoriere?«, konterte ich. »Ich würde es mir niemals verzeihen, wenn Eric in die Klinik dieses Dr. Ignacius kommt und dort stirbt. Selbst wenn der Arzt gar nichts dafür kann.«

»Würdest du dich wirklich besser fühlen, wenn er irgendwo anders stirbt?«, fragte Maria schnippisch.

Bevor ich meiner Empörung über diese Bemerkung Luft machen konnte, mischte sich Emily ein. »Ich glaube, das reicht jetzt! Wir wissen nicht, ob die Theorie dieser Frau stimmt. Aber ich bin Annas Meinung: Mit Dr. Ignacius ist irgendwas faul. Ich habe das Gefühl, dass wir ihm nicht trauen können. Und vor allem glaube ich auch, dass er noch einmal wiederkommen wird. So oder so hat Anna recht: Wir müssen hier weg, an einen sicheren Ort. Dort können wir dann immer noch überlegen, was wir tun.«

»Wo willst du denn hin?«, wollte Maria wissen.

»Wir fahren nach Steephill«, entschied Emily.

»Steephill? Wo ist das denn?«, fragte ich.

»Ein kleines Dorf in den Appalachen. Da bin ich groß geworden. Es wird dir gefallen. Die Gegend ist sehr schön, und vor allem halten die Menschen dort zusammen. Jeder kennt jeden. Wenn es wirklich eine Verschwörung gibt, dann reicht sie mit Sicherheit nicht bis dorthin.« Sie stand auf. »Ich rufe Tante Jo an. Inzwischen macht ihr beide Eric reisefertig.«

»Aber wir können doch nicht einfach ohne Onkel Paul fahren«, protestierte Maria. »Wir sollten wenigstens warten, bis er von der Arbeit nach Hause kommt!«

»Ich werde ihn von unterwegs anrufen«, erwiderte Emily. »Er wird es verstehen. Er kann ohnehin nicht einfach so ein paar Tage frei nehmen.«

Maria machte den Mund auf und zu, fügte sich aber. Zum Glück fuhr Paul immer mit der U-Bahn zur Arbeit, wir konnten also das Auto nehmen.

Emily ging ins Wohnzimmer, um zu telefonieren. Währenddessen versorgten Maria und ich Eric mit Nahrung und Flüssigkeit und wechselten seine Windel. Wir zogen ihm Jeans, T-Shirt und eine leichte Sommerjacke an, dazu seine Lieblings-Sneakers. Kurz darauf kam Emily zu uns. »Tante Jo freut sich auf unser Kommen!«, sagte sie.

Ich griff Eric unter den Achseln und schlang meine Arme um seine Brust. Emily nahm die Füße. Obwohl er eher schmächtig war, gelang es uns nur mit Mühe, ihn die Treppen hinunterzuschleppen und auf die Rückbank des Fords zu wuchten, der zum Glück nicht weit vom Hauseingang entfernt parkte. Und das alles am helllichten Tag.

Doch wenn sich jemand über uns wunderte, bekamen wir davon nichts mit.

Maria und Emily gingen noch einmal in die Wohnung, um Nahrungsbrei und Windeln für Eric zu holen sowie ein paar Kleidungsstücke und Reiseproviant einzupacken. Qualvolle Minuten saß ich neben Eric auf der Rückbank und starrte voller Sorge auf die Straße, doch kein Polizeiwagen erschien. Endlich kamen die beiden schwerbepackt aus dem Haus. Sie luden meine Reisetasche, einen Koffer, eine Plastiktüte und eine Kühlbox in den Kofferraum.

Maria steuerte den Wagen durch den dichten Verkehr von Brooklyn, über die Williamsburg Bridge nach Manhattan und dann durch den Holland Tunnel nach New Jersey. Von dort nahmen wir die Interstate 78 nach Westen.

Als wir Newark hinter uns gelassen hatten, bat Emily ihre Nichte anzuhalten.

Maria lenkte den Wagen auf den Seitenstreifen. Emily stieg aus, öffnete die hintere Tür und setzte sich auf die Rückbank, so dass sich Eric in der Mitte zwischen uns befand. »Wir können die Zeit, in der wir unterwegs sind, ebenso gut nutzen, oder?«, meinte sie.

Bisher hatte ich den Gedanken daran verdrängt, dass ich bald in Erics Traumwelt zurückkehren musste. Bei dem Gedanken an das schwarze Wasser, das mich so unbarmherzig in die Tiefe gezogen hatte, krampfte sich mein Magen zusammen.

Emily betrachtete mich argwöhnisch. »Hast du Angst?«

Ich schüttelte den Kopf. Nachdem ich so sehr darum gekämpft hatte, dass sie mir half, würde ich jetzt bestimmt nicht zurückschrecken. Dennoch steckte ich meine Glanz-Kapsel mit einem unguten Gefühl in den Mund und spülte sie mit etwas Wasser aus einer Plastikflasche runter.

Wir warteten einen Moment, während das Licht im Wagen immer heller zu werden schien und meine Angst allmählich der Vorfreude wich. Dann nahmen wir Erics Hände und schlossen den Kreis.

# 23.

Kälte und Dunkelheit umklammerten mich. Meine Lungen brannten. Ich strampelte und kämpfte, doch es gab kein Oben und kein Unten, keine Richtung, in die ich mich hätte vorwärtsbewegen können. Es war ein Fehler gewesen, hierher zurückzukehren.

Ich ertrank.

Mühsam kämpfte ich die Panik nieder. Dies ist nur ein Traum, sagte ich mir. Du sitzt auf dem Rücksitz eines Autos und hältst Erics Hand. Du atmest ganz normal. Dies ist nur ein Traum.

Es gelang mir, mich etwas zu beruhigen. Das Feuer in meinen Lungen ließ nach. Ich konnte immer noch nicht atmen, aber ich musste es auch nicht mehr.

Ich ließ mich treiben. Das eiskalte Wasser betäubte meinen Körper, bis ich ihn nicht mehr spürte, nichts mehr hörte, nichts mehr sah. Ich war jetzt nur noch ein Geist, ein winziger Punkt in einem endlosen, leeren Kosmos.

Nach einer Weile glaubte ich, in meinem linken Augenwinkel etwas wahrzunehmen. Schemenhafte Bewegung. Ein mattes Grau. Instinktiv versuchte ich, mich in diese Richtung zu drehen, und war überrascht, dass es mir gelang – dass ich Arme und Beine bewegen konnte, obwohl ich sie nicht mehr spürte.

Ich hielt eine Hand vor mein Gesicht. Ich konnte die Umrisse der Finger klar gegen das trübe Licht erkennen.

Ich ruderte mit den Armen, strampelte mit den Beinen, und tatsächlich schien das Licht heller zu werden. Es bewegte sich, tanzte hin und her, und bevor ich recht begriff, was ich sah, brach ich durch die Wasseroberfläche.

Die Stille und Ruhe, die eben noch geherrscht hatten, wurden von einem Rauschen in meinen Ohren und den Schmerzen in meiner Lunge ausgelöscht. Ich sog gierig Luft ein, hustete, keuchte. Mein schwarzes Gewand wollte mich wieder hinab in die Tiefe ziehen, und ein Teil von mir wollte sich ziehen lassen. Doch mein Wille behielt die Oberhand. Obwohl ich meine Glieder noch immer kaum spürte, schaffte ich es, an der Oberfläche zu bleiben und irgendwie zu schwimmen.

Die Luft über dem Fluss war neblig geworden, so dass ich das Ufer nicht erkennen konnte und keine Orientierung hatte. Auch von Eric sah ich keine Spur. Ich betete, dass er ein guter Schwimmer war und es ihm besser als mir gelungen war, an der Oberfläche zu bleiben.

Nach einer Weile ebbte das Rauschen in meinen Ohren ab, und es wurde still. Ich hörte keine Kampfgeräusche. Also musste ich sehr weit abgetrieben worden sein.

Irgendwann glaubte ich, vor mir das Geräusch von Wasser zu hören, das ans Ufer schwappte. Ich schwamm darauf zu. Doch je mehr ich das Gefühl hatte, jeden Moment müsste ich das Ufer sehen, desto weiter schien sich das Geräusch zu entfernen.

Allmählich begannen meine Kräfte nachzulassen. Lange würde ich nicht mehr an der Oberfläche bleiben können. Ich sah mich nach etwas um, woran ich mich klammern konnte – ein Ast vielleicht –, doch außer den schwarzen Wellen und dem Nebel über mir sah ich nichts.

Als ich die Hoffnung längst aufgegeben hatte, jemals das Ufer zu erreichen, und nur noch mit letzter Kraft mechanisch vor mich hin paddelte, spürte ich plötzlich, wie etwas meinen Fuß berührte. Ich strampelte mit den Beinen und ertastete mit tauben Zehen steinigen Grund. Immer noch sah ich nichts außer Nebel um mich, doch der Fluss war hier flach genug, dass ich stehen konnte. Langsam watete ich ans Ufer, das von runden flachen Steinen gesäumt war. Schweratmend setzte ich mich auf den Boden. Das nasse Gewand klebte an meiner Haut. Mir war eiskalt.

Als ich wieder bei Atem war, stand ich auf und wanderte stromaufwärts am Ufer entlang. Da das Wasser jetzt links von mir floss, musste ich den Fluss tatsächlich durchquert haben. Wenn ich stromaufwärts ging, würde ich irgendwann wieder auf die Horden der Monster stoßen, die diesseits der Brücke darauf warteten, in die Schlacht eingreifen zu können. Ich hoffte allerdings, vorher auf Eric zu treffen.

Eine ganze Weile wanderte ich durch den Nebel. Landeinwärts konnte ich nur ein paar Meter weit sehen. Es gab keine Gräser, Sträucher oder sonstige Anzeichen von Leben. Nicht einmal das kleinste Insekt war zu entdecken. Von Eric fand ich ebenfalls keine Spur.

Ich blieb stehen und lauschte. Immer noch war kein Schlachtenlärm zu hören. Nur das leise Plätschern des Flusses, der rasch und gleichmäßig dahinströmte, und das Knirschen der Kiesel unter meinen Füßen drangen an meine Ohren.

Allmählich überkam mich wieder Verzweiflung. Hatte ich Eric nach so langer Suche endlich gefunden, nur um ihn kurz darauf erneut zu verlieren?

»Eric!«, rief ich immer wieder. »Eric, wo bist du? Eric!« Doch ich erhielt keine Antwort. Ich hatte das Gefühl, dass der Nebel die Geräusche dämpfte und meine Rufe, wenn überhaupt, nur ein paar Schritte weit drangen. Zerknirscht setzte ich meinen Weg fort.

Vielleicht vergingen Tage, vielleicht auch nur ein paar Stunden. Mir jedenfalls kam es vor, als sei es endlos lange her, dass ich aus dem Fluss geklettert war. Mein Gewand war längst getrocknet, doch immer noch hatte ich weder eine Spur von Eric noch von der Schlacht gefunden. Vielleicht hätte mich das nicht sonderlich überraschen dürfen – immerhin befand ich mich in einer Traumwelt und hatte mehr als einmal erlebt, dass die gewohnten physikalischen Gesetze hier nicht galten. Dennoch beharrte ein Teil von mir darauf, dass ich irgendwann das Schlachtfeld erreichen musste. Wenn ich bis dahin Eric nicht gefunden hatte, würde ich versuchen, irgendwie über die Brücke zu kommen und ans andere Flussufer zurückzukehren. Vielleicht war er vernünftig genug gewesen, mir gar nicht erst zu folgen.

Die ganze Zeit über nagte der Gedanke an mir, dass ich ihn vielleicht nur knapp verpasst hatte, dass er ein Stück weiter flussabwärts an Land gegangen war. Die Vorstellung, er könne im Fluss ertrunken sein, ließ ich nicht zu. Wie hätte er auch in seinem eigenen Traum ertrinken können? Nein, er irrte hier sicher irgendwo herum und suchte nach mir. Blöderweise hinterließen meine Füße auf den glatten Uferkieseln keine Abdrücke.

Ich kam auf die Idee, ihm Zeichen zu hinterlassen für den Fall, dass er mir tatsächlich flussaufwärts folgte, und ärgerte mich, nicht schon viel früher daran gedacht zu haben. Aus kleinen Kieseln legte ich einen Pfeil, der flussaufwärts zeigte, auf einen großen flachen Stein. Er würde Eric mit Sicherheit auffallen, falls er nach mir hier entlangwanderte.

Ich zählte meine Schritte. Nach fünfhundert wiederholte ich das Zeichen.

Gerade war ich dabei, das siebte Richtungszeichen zu

legen, als ich im Nebel eine Bewegung wahrzunehmen glaubte. Erschrocken sprang ich auf. »Eric?«

Angestrengt starrte ich in die weiße, wabernde Nebelwand. Hatte ich mich nur getäuscht?

Nein, dort vorn, nur ein paar Schritte entfernt, stand tatsächlich eine Gestalt.

»Eric! Bist du es?« Langsam ging ich auf die Gestalt zu. Ich erkannte den matten Glanz einer Bronzerüstung, und mein Herz schlug höher. Doch als ich mich ihr näherte, machte die Gestalt einen Schritt rückwärts, dann noch einen, so als habe sie Angst vor mir.

»Eric! Warte doch!«

Aus dem Augenwinkel nahm ich eine Bewegung wahr und fuhr herum. Da war noch jemand im Nebel, ebenfalls nur undeutlich zu erkennen.

Ich blieb stehen. Ich hatte mich noch nicht sehr weit vom Ufer entfernt, dennoch konnte ich das Rauschen des Flusses kaum noch hören.

Ich blickte mich um und war plötzlich von den schemenhaften Gestalten umringt. Vollkommen lautlos standen sie dort, gerade so weit entfernt, dass ich nur ihre grauen Umrisse erkennen konnte, und starrten mich an. Angst schnürte mir die Kehle zu.

»Wer … wer seid ihr?«, rief ich. Meine Stimme klang seltsam, hoch und dünn, fast wie die eines verängstigten Kindes. Ich nahm all meinen Mut zusammen. »Kommt her und zeigt euch!«

Tatsächlich traten die Gestalten näher an mich heran. Jetzt sah ich, dass sie alle die Bronzehelme und Rüstungen griechischer Krieger trugen. Doch ihre Panzer waren verbeult und blutverkrustet. Als ich ihre Gesichter erkennen konnte, entfuhr mir ein Stöhnen. Die meisten Augenhöhlen waren leer. Nur bei einem war noch ein einzelner, blutiger Augapfel zu sehen, die Pupille nach oben verdreht, so dass nur das Weiße zu erkennen war.

Die Gestalten wankten auf mich zu. Einer fehlte ein Bein, so dass sie sich auf ihren zerbrochenen Speer stützen musste. Auch die anderen waren verletzt. Einem Mann waren beide Arme abgetrennt worden, einem anderen fehlte ein Teil seines Torsos, so als hätte ein gewaltiges Raubtier ein Stück davon abgebissen. Ein weiterer hatte nur noch ein halbes Gesicht. Von der anderen Hälfte war allein der nackte Kieferknochen zu erkennen.

Ich dachte an all die Zombiefilme, die ich als Teenager gesehen hatte. Offensichtlich hatte auch Eric seinen Teil davon zu Gesicht bekommen. Doch ich spürte irgendwie, dass diese Untoten mir nichts Übles wollten. Sie waren keine Gegner. Ich empfand plötzlich keine Angst mehr vor ihnen, sondern nur noch tiefes Mitleid. Diese Männer mussten auf dem Schlachtfeld gestorben sein, und ich war irgendwie in ihr Totenreich gelangt.

Eine schreckliche Ahnung befiel mich. »Wo … wo ist Eric?«

Entweder konnten die Toten nicht antworten, oder sie wollten es nicht. Sie starrten mich nur mit ihren leeren Augenhöhlen an.

Nach einem Moment der Bewegungslosigkeit traten einige von ihnen zur Seite und bildeten eine Art Spalier. Aus dem Nebel trat eine neue Gestalt hinzu.

»Eric!«, schrie ich und lief zu ihm.

Er schien unverletzt, doch sein Gesicht war bleich und aufgedunsen. Seine Augen weiteten sich vor Schreck, als er mich sah. Ich umklammerte ihn, presste ihn an mich und zuckte dann jäh zurück.

»O Gott, nein!«, schrie ich. »Nein!« Ich sank vor ihm auf die Knie und weinte hemmungslos.

Er hockte sich hin und streichelte meinen Kopf. Die Berührung seiner kalten Hände verursachte mir Ekel, doch ich unterdrückte das Gefühl. Ich überwand mich und sah zu ihm auf. Seine Haut war fahl, doch seine Augen schienen immer noch einen Rest von Leben zu bergen.

»Was hast du denn erwartet, göttliche Mutter?«, fragte er. Seine Stimme klang unendlich müde. »Wusstest du nicht, dass kein Sterblicher lebend die Fluten des Styx durchqueren kann?«

Der Styx. Der Fluss, der in der griechischen Mythologie das Reich der Lebenden vom Totenreich trennte. Und ich hatte mich kopfüber da hineingestürzt. Wie dumm konnte man eigentlich sein?

»O Eric, es tut mir so leid!«, schluchzte ich. »Warum bist du mir nur gefolgt, wenn du es wusstest?«

»Weil du es gesagt hast, göttliche Mutter«, erwiderte er sanft.

Ich wischte mir die Tränen weg und richtete mich auf. »Ich hol dich hier raus!«, sagte ich. »Das alles hier ist nicht real. Es ist nur ein Traum. Und wir beide werden den Ausgang aus diesem Traum finden, egal, was dafür nötig ist!«

»Niemand kann aus dem Reich der Toten fliehen, göttliche Mutter.«

»Doch«, erwiderte ich trotzig. »Doch, du kannst es! Wir beide können es. Schließlich bin ich auch hierhergekommen und lebe noch. Es muss einen Weg zurück geben.«

»Er wird uns kaum gehen lassen.«

»Er? Wen meinst du?«

»Ich meine den Herrn der Unterwelt. Hades, den Bruder des allmächtigen Zeus. Wenn du willst, bringe ich dich zu ihm. Du bist von göttlichem Geschlecht. Vielleicht kannst du …«

Ich schüttelte den Kopf und ergriff seine Hand. »Wir

gehen weiter am Flussufer entlang. Irgendwann müssen wir zu dieser verdammten Brücke kommen. Wir werden einen Weg finden, dort hinüberzugehen!«

Eric musterte mich traurig. »Es gibt keine Brücke, göttliche Mutter.«

»Doch«, protestierte ich. »Es gibt sie. Ich habe sie gesehen. All die Monster – Zentauren, Gorgonen, Zyklopen und was weiß ich noch alles – sind darüber gekommen. Ihr habt versucht, sie zurückzuschlagen, weißt du das nicht mehr?«

»Doch, natürlich weiß ich es noch. Aber die Menschen haben die Schlacht verloren. Hades' Truppen haben unsere Armee überrannt. Zeus schickte die Hundertarmigen, um sie aufzuhalten. Sie zerstörten die Brücke über den Styx, aber es war bereits zu spät. Hades hat seinen Bruder verraten. Er hat die Titanen aus ihrem Gefängnis im Tartaros befreit und sich mit ihnen verbündet. Nichts kann ihn mehr aufhalten.«

»Schwachsinn!«, rief ich. »Das sind doch alles nur Märchen! Geschichten, die man Kindern erzählt! Eric, das alles ist nicht die Wirklichkeit! Du denkst es dir nur aus! All diese Monster hast du tausend Mal in Computerspielen bekämpft. Du hast eine Droge genommen, die dich noch stärker in die Spielwelt hineingezogen hat. Dann bist du ins Koma gefallen, und jetzt sind wir beide hier in der Welt deiner Phantasie und suchen nach einem Ausweg.« Ich ergriff seine kalten Oberarme und schüttelte ihn. »Eric, bitte, wach endlich auf!«

Doch er schüttelte nur traurig den Kopf. »Ich verstehe das alles nicht, göttliche Mutter. Aber ich weiß, dass es für mich keinen Ausweg gibt. Ich bin dazu verdammt, für immer hier herumzuirren, wie alle vor mir und alle nach mir, natürlich mit Ausnahme von Göttern wie dir.«

Ich bin keine Göttin, wollte ich ihm zum hundertsten Mal erklären, ich bin deine Mutter. Aber ich besann mich eines Besseren. »Wenn ich eine Göttin bin, dann gelten Hades' Gesetze für mich nicht, oder?«, sagte ich. »Dann kann ich dich hier rausholen und zu diesem dämlichen Tor des Lichts führen, ob es ihm passt oder nicht, verdammt noch mal!«

»Keine Göttin ist allein stark genug, um es mit dem Herrn der Unterwelt aufzunehmen«, sagte Eric düster.

»So? Das werden wir ja sehen!« Ich ergriff seine Hand und zog ihn zurück Richtung Fluss. Seine toten Gefährten musterten uns stumm, folgten uns jedoch nicht. Bald waren sie im Nebel verschwunden.

Wir gingen weiter stromaufwärts am Ufer des Styx entlang. »Wie bist du eigentlich auf dieses Schlachtfeld gekommen?«, fragte ich, nachdem wir eine Weile schweigend gelaufen waren.

Und er begann zu erzählen.

## 24.

»Ich stand dort vor dem Tempel der Wahrheit und habe auf dich gewartet, göttliche Mutter. Viele Tage lang. Ich schlief im Sand. Die Affen brachten mir Speise und Trank, so dass es mir an nichts mangelte, doch nach langer Zeit begriff ich, dass du nicht zurückkommen würdest. Ihr Götter habt andere Pflichten, wurde mir klar. Wie könntet ihr die Welt regieren, wenn ihr euch nur um einen Einzelnen wie mich kümmert? Dennoch fiel es mir schwer, dein Gebot, auf dich zu warten, zu missachten.

Andererseits dachte ich mir, dass dir vielleicht etwas zugestoßen sein könnte – ich wusste zwar noch nichts von Hades' Verrat, aber dass ihr Götter auch untereinander Streit habt, ist mir wohlbekannt. Also beschloss ich, dich zu suchen. Ich ging zurück zur Ersten Mutter und fragte sie, wo ich dich finden könne. Sie trug mir auf, in die Stadt des Lächelns zu gehen und die Glückliche Königin nach dir zu fragen. Ich sollte ihr sagen, dass ich jemanden suche, der ihr gleiche wie eine Zwillingsschwester. Ich hielt das für übertrieben, denn niemand kann so schön sein wie du, göttliche Mutter. Doch ich folgte der Richtung, die sie mir wies.

Ich wanderte viele Tage, bis ich an ein gewaltiges Gebirge gelangte. Die höchsten Berge waren so gewaltig, dass ihre Gipfel schneebedeckt waren. Ich ernährte mich von kleinen stachligen Früchten, die ich auf meinem Weg fand.

Als ich schon glaubte, das schwierigste Stück hinter mir zu haben, wurde ich von einem Greif angefallen – einem gewaltigen Tier mit Löwenkörper und dem Kopf und den Flügeln eines Adlers. Seine Schwingen waren so groß wie die Segel meines Schiffes, der Argo. Ich konnte das Untier in die Flucht schlagen, doch es verwundete mich schwer mit seinem Schnabel. Ich schleppte mich weiter, wusste jedoch, dass ich ohne Hilfe verloren war. Bald verließen mich die Kräfte, und ich verlor das Bewusstsein.

Als ich erwachte, lag ich in völliger Dunkelheit. Ich streckte eine Hand aus und ertastete eine kalte, schräge Wand dicht über meinem Kopf. Als ich meine Finger einen Augenblick an einer Stelle ruhen ließ, wurde sie feucht – die Wand bestand also aus Eis. Ich tastete weiter und bemerkte, dass ich auf einer pelzigen Unterlage lag, die einen durchdringenden Gestank absonderte. Ich konnte mir nicht erklären, wie ich hierhergekommen war, aber ohne Zweifel hatten die Götter mir Hilfe geschickt.

Ich hörte das Kratzen von scharfen Klauen auf Eis und ein tiefes Grunzen. Was immer es war, das diese Geräusche machte, es musste sehr groß sein. Etwas Pelziges berührte mich, legte sich um meine Brust wie eine haarige Schlange. Ich wurde fortgezogen und hing plötzlich kopfüber in der Luft, von einer gewaltigen Faust umklammert.

Im schwachen blauen Licht, das durch das Eis weiter oben schimmerte, formte sich allmählich ein Bild meiner Umgebung. Ich befand mich in einer Höhle so groß wie ein Tempel. Der Bewohner dieser kalten Behausung hielt mich in seiner riesigen Hand, dicht vor dem Gesicht, und starrte mich an. Er war riesig, größer noch als ein Zyklop, und besaß zwei Augen von den Ausmaßen reifer Melonen. Sein pelziges Gesicht hatte keine Nase, dafür aber einen breiten Mund voll dolchartiger Zähne, halb zu einem bösen Grinsen geöffnet. Der Gestank, der mich daraus anwehte, raubte mir den Rest meines Atems. Der

Riese war von einem dichten zottigen Pelz bedeckt, der schmutzig weiß oder grau sein mochte – genau konnte ich das in dem schwachen Licht nicht erkennen.

Ich versuchte mich aus der Umklammerung der riesigen Affenhand zu befreien, doch das Untier umfasste mich nur um so fester und brach mir beinahe die Rippen. Helle Flecken tanzten vor meinen Augen, als ich begriff, dass ich mich getäuscht hatte. Diesen Unhold konnten nicht die Götter geschickt haben. Er musste mich bewusstlos gefunden und in seine Höhle geschleppt haben, um mich später zu fressen.

Der Riese lockerte den Griff etwas, kurz bevor ich ohnmächtig wurde, und stieß ein Geräusch aus, das wie »Bwaaah« klang.

»Lass mich runter!«, rief ich in meiner Verzweiflung. Zu meiner Überraschung setzte mich der Unhold tatsächlich sanft auf dem Eisboden ab. Ich dachte an die Erste Mutter und ihre freundlichen Affenkinder und schöpfte neue Hoffnung.

Das Wesen holte den Kadaver eines großen Pelztieres aus einer Nische, die es in die Eiswand geschlagen hatte, und warf ihn vor mir auf den Boden. Fäulnisgestank stieg davon auf. Es hob den Kadaver hoch und biss ein großes Stück davon ab, als wolle es mir zeigen, wie man das machte. Dann legte es den Kadaver wieder vor mich auf den Boden.

Ich schüttelte den Kopf. »Tut mir leid, großer Freund, aber das hier kann ich nicht essen.«

Das Wesen sah mich einen Augenblick an – nachdenklich, wie es schien. Dann griff es in ein anderes Fach seiner Vorratskammer und holte eine Handvoll roter Früchte hervor. Sie sahen aus wie Beeren, waren aber groß wie Äpfel. Die äußere Hülle war glatt und ledrig, von einer Art

Wachsschicht überzogen, doch es gelang mir, die Schale aufzubrechen und an das zarte Fruchtfleisch zu gelangen. Es schmeckte köstlich. Nach drei ganzen Früchten war ich satt.

Der Riesenaffe stieß ein zufriedenes »Bwaaah!« aus. Er räumte den Kadaver wieder in das Eisfach und sammelte auch die übrigen Beeren wieder auf.

Ich wusste nicht genau, ob der Riese mich verstand, doch ich dankte ihm für seine Gastfreundschaft und erklärte ihm, dass ich aufbrechen müsse, um dich zu suchen. Zwar war ich immer noch verletzt, aber die Blutungen waren gestillt, und die Früchte hatten mich gestärkt. Ich trat auf eine Spalte zu, durch die ein frischer Luftzug wehte und hinter der ich den Höhlenausgang vermutete.

Das Wesen machte einen großen Schritt über mich hinweg und versperrte mir den Weg. »Bwaaah!«, sagte es, und diesmal schien es keineswegs freundlich gemeint zu sein. Dann tat es etwas Seltsames: Es legte sich flach auf den Bauch, so dass es fast die ganze Höhle der Länge nach ausfüllte. »Bwaaah«, machte es erneut.

Ratlos stand ich neben dem Riesen. Er schien etwas von mir zu erwarten. Aber was? Der Weg zum Ausgang war jetzt frei, aber er würde bestimmt ärgerlich werden, wenn ich erneut zu fliehen versuchte. Ich musste also herausfinden, was er wollte.

Der Riese sah mich mit seinen großen Augen ruhig an und wartete. Ich betrachtete ihn genauer und entdeckte in seinem dichten Fell eine Bewegung. Dort kroch eine Art Wurm, lang wie mein Arm und ebenso dick.

Ich packte den Wurm mit beiden Händen. Das Tier wand sich in meinem Griff. Es war ziemlich kräftig. Sein Körper bestand aus Ringen, ähnlich wie ein Regenwurm. An dem einen Ende hatte der Wurm ein rundes Maul, das mit Widerhaken versehen war. Unter der blassen Haut konnte ich rundliche Gefäße sehen, die mit Blut gefüllt zu sein schienen.

Der Wurm wehrte sich energisch gegen meine Umklammerung und hielt sich mit seinen Widerhaken an dem zotteligen Pelz fest, doch es gelang mir, ihn herauszuzerren. Nun versuchte der Wurm, seine Haken in meine Arme zu schlagen, doch ich warf ihn zu Boden, zog mein Schwert und hieb ihn in der Mitte entzwei.

Der Riese grunzte zufrieden, ergriff die beiden zappelnden Teile des Wurmes und steckte sie sich in den Mund. Dann legte er sich wieder flach auf den Boden.

Nun wusste ich, was er als Dank für meine Rettung von mir erwartete. Ich machte mich sogleich an die Arbeit.

Einige Stunden später hatte ich Dutzende von Würmern aus dem zotteligen Fell entfernt, einige davon so lang wie ein Mann, andere nur fingergroß. Einer der kleineren Würmer hatte sich an meinem Bein festgesaugt und mir eine kleine, aber schmerzhafte Wunde zugefügt, bevor ich ihn mit dem Schwert entfernen konnte.

Der Riesenaffe setzte sich auf und stieß ein langgezogenes »Bwaaaaaah!« aus, das tief aus seinem Bauch zu kommen schien. Dann holte er eine große Menge der roten Beeren hervor und legte sie vor mich hin. Außerdem schenkte er mir den Pelz, auf dem ich gelegen hatte.

»Ich danke dir und den Göttern für deine Hilfe!«, sagte ich. »Doch jetzt muss ich aufbrechen.«

Diesmal machte mein neuer Freund keine Anstalten, mich aufzuhalten.

Ich brauchte viele Tage, bis ich das Gebirge durchquert hatte und auf die graue Ebene herabblickte, in der die Stadt des Lächelns liegt. Ein freundlicher Mann empfing mich am Stadttor und schenkte mir eine Maske, damit ich mich den Gebräuchen der Stadt anpassen und meine Trauer und Sorge um dich verbergen konnte. So ging ich zum Palast der Glücklichen Königin. Als ich die Statue in der Mitte des Platzes sah, die man dir zu Ehren errichtet hatte, wusste ich, dass ich auf dem richtigen Weg war. Doch man ließ mich nicht in den Palast. Die Glückliche Königin müsse noch am selben Tag der Parade der Tapferen beiwohnen, sagte man mir, und sich darauf vorbereiten.

Ich beschloss zu warten und setzte mich auf die Stufen des Palastes. Bald füllte sich der Platz mit Menschen – Frauen und Kinder die meisten, ein paar Soldaten und einige Jünglinge. Dann kam die Königin. Sie war von Kopf bis Fuß in ein weißes Gewand gehüllt; dennoch war ich mir in dem Moment, als ich sie sah, sicher, dass du es warst. Ich wollte zu ihr, doch sie wurde von Soldaten abgeschirmt, die mich nicht vorließen. Man führte sie zu einem Thron genau mir gegenüber. Ich spürte ihren Blick durch die Schleier, und eine solche Liebe ergriff mich, dass ich mein Schwert zog, um mir den Weg zu ihr – zu dir, wie ich glaubte – freizukämpfen.

Doch in diesem Moment hörte ich etwas. Eine leise Flötenmelodie, die aus weiter Ferne erklang und trotzdem über das Stimmengewirr auf dem Platz hinweg deutlich zu vernehmen war. Ich vergaß plötzlich, warum ich hergekommen war, und wandte mich nach der seltsamen Melodie um.

Es wurde still auf dem Platz. Die Menge teilte sich und bildete eine breite Gasse.

Die Musik kam näher, und dann sah ich die Parade. Voran ritten vier wunderschöne Jungfrauen auf weißen Rossen. Eine von ihnen spielte die Flöte, die zweite eine Harfe, die dritte schlug die Trommel dazu, und die vierte sang. Ich verstand ihre Worte nicht, doch ihre Stimme war so schön und so traurig, dass mir Tränen über die Wangen liefen. Ich wusste, dass sie von Mut und Tapferkeit sang, von Opfern und Hingabe, von Not und Leid und Tugend, und mein Herz war so ergriffen, dass ich mir nichts mehr wünschte, als für immer dieser Musik lauschen zu können.

Den Jungfrauen folgten die Helden vergangener Zeiten. Bleich sahen sie aus, wie wandelnde Statuen aus Marmor, doch ihre Rüstungen glänzten golden, und ihre Augen waren voller Stolz. Hektor und Achilles, Sisyphos und Odysseus, all die Könige und Krieger, von denen uns die Legenden berichten, waren dort. Sie marschierten in einer langen Reihe an uns vorbei, und obwohl keiner ein Wort sprach, wusste ich, was sie uns sagten: Kommt mit! Folgt uns und kämpft mit uns, so werdet ihr im Ruhm unsterblich werden!

Als das Ende des Zuges über den Platz marschierte, lösten sich Menschen aus der Menge und schlossen sich ihm an, Jünglinge die meisten, aber auch Ältere und sogar ein paar Frauen. Viele versuchten, diejenigen, die mitgingen, zurückzuhalten. Mütter weinten um ihre Söhne. Doch die Magie der Parade war so groß, dass sich ihr niemand entziehen konnte, der zum Kampf bestimmt war.

Auch ich selbst spürte ihre Macht. Ich warf einen Blick zu der Glücklichen Königin. Sie schien mich durch ihren Schleier hindurch anzusehen. Ich glaubte, ein leichtes Nicken wahrzunehmen. Also schloss ich mich der Parade an. Wenn es dein Wunsch war, dass ich kämpfte, so würde ich es für dich tun – bis zum letzten Blutstropfen.

Wir marschierten durch eine trostlose Landschaft und durchquerten einen Wald aus riesigen Pilzen, bis wir in das Tal gelangten, in dem die Schlacht gegen Hades' Truppen tobte. Dort stürzten wir uns in den Kampf, und obwohl es offensichtlich war, dass wir der Übermacht der Monster nicht gewachsen waren, spürte ich weder Furcht noch Verzagen. Ich war bereit, für dich und die Götter zu sterben, an der Seite der größten Helden der Menschheit. Doch dann warst du plötzlich da und rettetest mir das Leben, und ich begriff, dass ich mich getäuscht hatte.

Ich wollte weiterkämpfen, wollte meine Kameraden nicht im Stich lassen, aber ich wusste, dass ich mich deinem Willen nicht widersetzen durfte. Also folgte ich dir und sprang in die Fluten des Styx, wohl wissend, dass ich mich damit wie ein Feigling aus der Welt der Lebenden stahl.

Ich versank in den Fluten und verlor mein Leben. Das schwarze Wasser spülte mich ans ferne Ufer, von wo aus ich zusammen mit meinen gefallenen Kameraden zusehen musste, wie Hades' Truppen die Schlacht für sich entschieden. Wir versuchten einzugreifen, doch wir waren unsichtbare, machtlose Geister.

Als es vorbei war, kamen unzählige schwarze Vögel und bedeckten die Körper der Gefallenen mit ihren Flügeln wie ein Leichentuch. Sie brachten diesen immerwährenden Nebel mit sich.«

Während Eric erzählte, hatte ich meine Arme um seinen kalten Leib geschlossen. Jetzt weinte er an meiner Schulter. Bildete ich es mir nur ein, oder war sein Körper schon wärmer geworden?

»Was soll ich nur tun, göttliche Mutter? Ich habe mich doch bemüht, deinem Willen zu folgen. Aber ich habe weder dir noch meinem Volk einen Dienst erwiesen. Ich habe versagt und werde nun für immer hier herumirren müssen.«

»Nein«, sagte ich leise. »Nein, das wirst du nicht. Ich hol dich hier raus, egal, was ich dafür tun muss.«

»Aber niemand außer den Unsterblichen kann den schwarzen Fluss überqueren! Niemand kann das Reich des Hades gegen seinen Willen verlassen!«

»Dann gehen wir eben zu ihm«, sagte ich.

## 25.

Eric löste sich von mir und sah mich an. In seinen Augen glomm ein winziger Hoffnungsfunke. »Du willst dich ihm zum Kampf stellen?«

»Wenn es sein muss«, erwiderte ich.

»Dann werde ich mit dir kämpfen, auch wenn es bedeutet, dass ich bis in alle Ewigkeit im Tartaros schmoren muss.«

»Was ist das, der Tartaros?«

»Es ist der tiefste Ort der Unterwelt. Nur die Niedrigsten, Mörder, Verräter und diejenigen, die die Gebote der Götter missachten, müssen dort die Ewigkeit verbringen. Durch die Tartaros-Schlucht fließt der flammende Fluss. An seiner Quelle, so heißt es, hat Hades seinen Palast. Wenn du dem Herrn der Unterwelt gegenübertreten willst, dann müssen wir dorthin.«

War ja klar, dachte ich. Der übelste Gegner sitzt immer am düstersten Ort des Spiels. Wenn wir ihn überwanden, würden wir das Tor des Lichts finden. »Kennst du den Weg in diesen Tartaros?«, fragte ich.

Er nickte. »Jede tote Seele kennt ihn. Wir spüren ihn wie einen üblen Geruch, der aus einer bestimmten Richtung weht. Folge mir.«

Er entfernte sich vom Flussufer. Das war mir nicht recht, aber ich folgte ihm durch den Nebel. Hin und wieder sahen wir schattenhafte Gestalten in der Nähe, Krieger, aber auch Frauen und sogar Kinder, doch sie näherten sich uns nie so weit, dass ich ihre Gesichter hätte erkennen können. Kein Wehklagen und Jammern war zu hören, aber auch kein Ruf eines Tieres. Selbst unsere Schritte waren lautlos. Es herrschte Stille im Reich der Toten. Einmal schnippte ich mit den Fingern, nur um mich zu vergewissern, dass ich nicht taub geworden war.

Während wir wanderten, dachte ich über das nach, was Eric mir erzählt hatte. Am meisten erschreckte mich daran die zeitliche Verzerrung. Während für mich nur ein paar Tage vergangen waren, klang es, als sei er monatelang unterwegs gewesen, um mich zu finden. War das ein weiteres Zeichen dafür, dass er sich immer mehr aus der Wirklichkeit entfernte? Die Tatsache, dass wir hier durch das Totenreich irrten, war sicher mehr als bloß ein spielerisches Element. Ich ahnte, dass meine Verbindung mit seiner Seele das Einzige war, das Eric noch am Leben hielt. Eile war geboten.

Irgendwann löste sich der dichte Nebel zu einzelnen Schwaden auf und gab den Blick auf eine felsige, tote Landschaft frei. Nicht einmal die Gerippe abgestorbener Bäume gab es hier. In der Ferne ragte ein Gebirge auf. Schwarze Rauchwolken über den kegelförmigen Gipfeln zeigten, dass es sich um Vulkane handelte.

Der Rauch verdunkelte immer mehr den Himmel, so dass wir bald kaum noch die Hand vor Augen sehen konnten. Der Boden war von Rissen und Spalten durchzogen, und mehr als einmal blieb ich mit dem Fuß hängen und stolperte, doch Eric war stets zur Stelle, um mich aufzufangen und zu stützen. Die Luft wurde warm und stickig, und ein unangenehmer Schwefelgeruch machte sich breit. Immer häufiger kamen wir an Tümpeln brodelnden Schlamms vorbei.

Einmal schoss plötzlich nur ein paar Schritte neben mir eine Wasserfontäne aus dem Boden. Erschrocken sprang ich zur Seite, konnte jedoch nicht verhindern, dass mich das kochende Wasser am linken Arm und im Gesicht verbrühte.

Die einzige Lichtquelle war jetzt ein schwaches rötliches Leuchten am Himmel. Es sah aus, als ginge hinter den Bergen die Sonne unter, doch mir war klar, dass es im Reich der Toten keine Sonne gab.

Als wir weitergingen, wurde immer deutlicher, dass das Licht nicht vom Himmel, sondern vom Boden stammte und nur von den Wolken reflektiert wurde. In der Ferne zerteilte ein glühendes gezacktes Band die Ebene. Je näher wir ihm kamen, desto breiter wurde es. Schließlich standen wir am Rand einer tiefen Schlucht.

Ich war einmal mit Eric und Ralph am Grand Canyon gewesen. Als ich das ganze Ausmaß der vor uns liegenden Schlucht sah, war ich sicher, dass dieser Anblick sich tief in Erics Unterbewusstsein eingeprägt hatte. Der Graben war mehrere Kilometer breit und mindestens tausend Meter tief. Seine Ränder fielen fast senkrecht ab. Auf seinem Grund floss träge ein gewaltiger Lavastrom, dessen Glühen die Felswände und den Himmel erleuchtete. Ein beeindruckender Anblick. Unter anderen Umständen hätte ich mir vielleicht gewünscht, meine Kameraausrüstung dabeizuhaben.

»Das ist der Tartaros«, sagte Eric.

Ich schluckte. »Wie kommen wir dort hinunter?«

»Ich weiß es nicht.«

Wir wanderten am Rand der Schlucht entlang in die Richtung, aus der die Lava floss. Immer wieder starrte ich hinab auf den leuchtenden Strom, der eine seltsame Faszination auf mich ausübte. Manchmal glaubte ich, tief unten winzige Gestalten zu sehen. Sie standen meistens reglos am Ufer des Stroms, aber manchmal stürzten sie sich auch hinein, als wollten sie ein Bad nehmen. Dann gab es eine kleine Stichflamme, und die Gestalt verschwand. Mit einem Schaudern wandte ich mich dann jedes Mal ab, nur um kurz darauf wieder in die Schlucht zu starren.

Wir mussten viele Kilometer weit laufen.

Links und rechts der Schlucht erhoben sich jetzt felsige Hügel, die allmählich in die Ausläufer des Vulkangebirges übergingen. Die Schlucht machte eine Biegung, und als wir einen steilen Berghang überquert hatten, sahen wir in der Ferne einen gewaltigen Vulkan. An seiner Flanke lief ein breiter Lavastrom herab und ergoss sich schließlich in einem gigantischen glühenden Katarakt in die Schlucht.

Wir hatten die Quelle des flammenden Flusses gefunden.

Nach etwa zwei Stunden erreichten wir die Ausläufer des Vulkans, die mit feiner schwarzer Asche bedeckt waren. Begleitet vom Donnergrollen des gigantischen Lavastroms, der sich schräg unter uns aus der Bergflanke ergoss, kletterten wir empor. Der Untergrund war heiß und bot kaum Halt. Mehr als einmal rutschte ich in einer kleinen Aschelawine mehrere Meter in die Tiefe, bis ein großer Basaltbrocken mich stoppte. Doch wir gaben nicht auf und kämpften uns weiter den Abhang hinauf.

Bald erkannten wir auf dem Gipfel des Berges einen Palast. Er sah aus wie die Säulenhallen der Akropolis, bestand jedoch aus glänzendem schwarzen Stein. Wir kletterten weiter und standen schließlich auf der untersten von gut hundert Stufen, die hinauf zu einem riesigen Säulenportal führten. Erst jetzt wurde deutlich, wie groß dieser Palast tatsächlich war. Ich kam mir vor wie ein Käfer auf einer Türschwelle.

Wir schritten zwischen Säulen hindurch, die so hoch waren wie fünfzehnstöckige Häuser. Vor einem gut zehn Meter hohen und ebenso breiten Tor in der schwarzen

Wand stand ein Zyklop, mindestens viermal so groß wie Eric. Er trug eine mattschwarze Rüstung und hielt einen riesigen Speer in der Hand. Sein einziges Auge starrte böse auf uns herab.

»Was wollt ihr hier, verlorene Seelen?«, rief er mit donnernder Stimme. »Kehrt dorthin zurück, woher ihr gekommen seid, oder ich werfe euch in den Tartaros!«

»Mach Platz für die göttliche Mutter Anna«, sagte Eric. »Sie begehrt deinen Herrn zu sprechen!«

Der Zyklop stieß ein dröhnendes Lachen aus. Es klang wie ein Vulkanausbruch. »Wenn sie eine Göttin ist, dann wird sie mich im Kampf besiegen müssen. Ist sie es aber nicht, werde ich sie für alle Ewigkeit in den Abgrund stoßen!«

Mit diesen Worten hob der Riese seinen Speer und bewegte sich mit erstaunlicher Geschwindigkeit auf mich zu.

»Hier, göttliche Mutter!«, rief Eric und warf mir sein Schwert zu.

Ich betrachtete die Waffe in meiner Hand und dann den Zyklopen, der jetzt den Speer erhob, um ihn mit tödlicher Gewalt auf mich herabsausen zu lassen. Sollte ich wirklich gegen ihn kämpfen? Das war doch sinnlos!

Der Riese wartete nicht, bis ich mich mit der Situation abgefunden hatte. Der Speer sauste herab. Nur meine Reflexe retteten mich. Ich hechtete zur Seite, rollte mich ab und versuchte, wieder hochzukommen, doch etwas Gewaltiges drückte mich zu Boden. Der Zyklop hatte seinen Fuß auf mich gestellt. »Stirb, Frevlerin«, brüllte er und hob den Speer.

»Nein!«, schrie Eric. Da er kein Schwert hatte, nahm er seinen Schild und schleuderte ihn wie einen Diskus gegen die Kniescheibe des Riesen. Der Zyklop brüllte vor

Schmerz und fuhr herum. Er versuchte, Eric mit dem Speer aufzuspießen, verfehlte ihn jedoch knapp.

Ich nutzte die Gelegenheit. Mir war eingefallen, dass der eine oder andere Begriff aus der griechischen Sagenwelt in unsere Alltagssprache Eingang gefunden hatte. »Achillesferse« zum Beispiel.

Also hieb ich mit aller Kraft nach der Ferse des Riesen. Doch so einfach wie in der Sage war es offenbar nicht, eine Sehne zu durchtrennen. Das Schwert ritzte kaum die Haut, und nur ein dünner, blutiger Riss war zu sehen. Der Zyklop ignorierte meine Bemühungen und hob den Speer erneut, um den jetzt wehrlosen Eric zu erledigen.

Ich besann mich und rammte die Klinge in die weiche Kniekehle. Ein dicker Blutschwall schoss aus der Wunde, doch das Schwert blieb stecken und wurde mir aus der Hand gerissen. Immerhin hatte ich erreicht, dass das Monster von Eric abließ und sich wieder mir zuwandte.

Ein hässliches Grinsen erschien auf dem einäugigen Gesicht. Eine Hand schoss herab und packte mich, bevor ich auch nur zusammenzucken konnte. Er hob mich empor wie ein Spielzeug und hielt mich dicht vor sein Auge. Es war blutunterlaufen und vor Wut weit aufgerissen. Sein gewaltiger Mund öffnete sich, und der Gestank von Verwesung umwehte mich. Er hielt mich wie einen Hotdog, um mir den Kopf abzubeißen. Doch bevor seine gewaltigen Kiefer meinen Schädel zermalmten, brüllte er plötzlich so laut, dass ich befürchtete, meine Trommelfelle könnten platzen. Er ließ mich los. Ich stürzte in die Tiefe und schlug hart auf dem Steinboden auf.

Benommen rappelte ich mich hoch. Ich sah Eric, der am Lendenschurz des Riesen emporgeklettert war und das Schwert, das er aus dem Bein gezogen haben musste, in seine Seite gerammt hatte.

Blut strömte aus Bein und Flanke des Riesen, doch er war noch lange nicht erledigt. Er ließ den Speer los und packte Eric mit beiden Händen. Vor Schmerz und Wut brüllend hob er ihn hoch und machte Anstalten, ihn in der Luft zu zerreißen.

Dieses Monstrum war im Begriff, meinen Sohn umzubringen! Mich erfüllte ein Zorn, den ich in dieser Intensität noch nie gespürt hatte. »Schluss jetzt«, schrie ich und schleuderte *etwas* nach dem Gesicht des Unholds.

Es gab ein gewaltiges Blitzen, und für einen Moment war ich geblendet. Als ich wieder sehen konnte, stand der Kopf des Zyklopen in Flammen. Mit beiden Händen schlug er sich selbst ins Gesicht, um das Feuer zu löschen, doch vergeblich. Schließlich brach er zusammen und schlug der Länge nach hin.

Wow.

Eric, der neben dem gewaltigen Körper auf dem Boden lag, rappelte sich auf und grinste mich an. »Willst du immer noch behaupten, du seist keine Göttin? Da du Blitze schleudern kannst, musst du eine Tochter des Zeus sein!«

Ich blickte verblüfft auf den Riesen, der sich in Todesqualen wand, und dann auf meine Hand. War das wirklich ich gewesen? Ich hatte diese Wut gespürt, und tatsächlich war da plötzlich *etwas* in meiner Hand gewesen. Es hatte sich wie eine kochend heiße Flüssigkeit angefühlt, wie die physische Manifestation des Zorns, den ich verspürte.

Ich machte eine werfende Bewegung, doch das Kunststück gelang kein zweites Mal. Offenbar musste ich diesen schrecklichen Zorn tatsächlich spüren, um Blitze schleudern zu können.

Mit einem neuen Gefühl der Stärke und Zuversicht öffnete ich einen Flügel des gewaltigen Tores, das der Zyklop bewacht hatte.

Dahinter öffnete sich ein gigantischer Raum, dessen Decke von turmhohen Säulen getragen wurde. An den Wänden standen überlebensgroße Steinstatuen aus demselben schwarzglänzenden Stein, aus dem der ganze Palast bestand. Sie zeigten Männer und Frauen in wallenden Gewändern, die Blicke demütig gesenkt. Einer der Männer trug einen Lorbeerkranz auf dem Kopf und hielt zwei stilisierte Blitze in seiner Hand, doch auch er hatte eine unterwürfige Miene. Ich begriff, dass die Statuen die Götter darstellten, die sich dem Willen des Herrn der Unterwelt beugten.

Am Ende des länglichen Raumes befand sich ein großes Feuerbecken. Zumindest sah es aus der Entfernung so aus. Als wir den Mittelgang entlangschritten, erkannte ich jedoch, dass es sich um ein Podest handelte, auf dem ein Thron stand. Darauf saß ein Mann im weißen Kittel. Sein Gesicht, seine Haare und Hände brannten lichterloh. Zu seinen Füßen lag ein Hund mit drei Köpfen, groß wie ein Pferd.

»Gut, dass Sie gekommen sind, Anna«, sagte der Herr der Unterwelt. Er sprach leise, doch seine Stimme trug sehr weit, so dass ich ihn klar und deutlich verstand, obwohl ich noch gut fünfzig Schritte entfernt war. »Ich kann Ihnen helfen!«

»Ist dir nicht gut, göttliche Mutter?«, fragte Eric besorgt.

»Es geht schon«, erwiderte ich. Es fiel mir schwer, weiter auf den Thron zuzugehen. Jeder Schritt kostete mich Überwindung. Meine Hände und Knie zitterten, und mein Magen fühlte sich an wie ein Eisklumpen.

Schließlich blieben wir am Fuß der Treppe stehen, die hinauf zu dem Podest führte. Der Hund hob seine Köpfe und knurrte leise, als wolle er uns warnen, nicht noch näher zu kommen.

Ich heftete den Blick auf meine Füße wie eine Schülerin, die bei einem Regelverstoß ertappt worden war. Ich konnte den Anblick des brennenden Mannes nicht ertragen.

»Sehen Sie mich an, Anna«, sagte der Herr der Unterwelt. »Wenn ich Ihnen helfen soll, dann müssen Sie mich ansehen!«

Ich hob den Blick, und plötzlich erkannte ich das Gesicht von Dr. Ignacius unter den Flammen. Dieser Mann musste bei seinen Untersuchungen irgendetwas Schreckliches getan haben, das meinem Sohn schlimme Schmerzen zugefügt hatte. Für ihn war er der Inbegriff für Qualen und Tod. Ricarda Heller hatte recht gehabt: Er war der Feind.

»Lassen Sie uns gehen«, stieß ich hervor.

»Gehen? Wohin?«, fragte der brennende Mann.

Für einen Moment konnte ich nicht sprechen. Eric sprang für mich ein. »Hades, Herr über Leben und Tod, ich bitte dich in meinem Namen und im Namen der göttlichen Mutter, uns ziehen zu lassen!«

»Aber ich halte euch nicht auf. Auch wenn ihr meinen Diener erschlagen habt, hege ich keinen Groll gegen euch. Ihr seid frei zu gehen, wohin ihr wollt.« Die Worte des Gottes klangen wie Hohn in meinen Ohren.

»Aber wir können den Styx nicht überqueren«, sagte ich. »Das wissen Sie doch genau, Sie Scheusal!«

Hades beugte sich interessiert in seinem Thron vor. »Wer sagt denn, dass ihr das tun müsst?«

»Wir suchen das Tor des Lichts«, sagte Eric.

»Das Tor des Lichts, soso.« Obwohl man den Mund kaum erkennen konnte, hatte ich das Gefühl, dass sich das Gesicht des Arztes unter den Flammen zu einem scheußlichen Lächeln verzog. »Der Eingang ins schöne Elysium. Den suchen viele!«

Eric schien seinen Sarkasmus nicht wahrzunehmen. »Kannst du uns sagen, wo wir dieses Tor finden, göttlicher Hades?«

Der brennende Mann lachte leise. »Wer, wenn nicht ich, könnte den Eingang ins Paradies kennen? Und wo sollte er sein, wenn nicht in meinem Reich?«

»Wo ist dieses Tor?«, fragte Eric unbeirrt.

»Es ist ganz in der Nähe. Ihr müsst nur durch die Tür hinter mir gehen, dann habt ihr es fast erreicht.«

Etwas an der Art, wie er das sagte, gefiel mir überhaupt nicht. Doch Eric verbeugte sich tief. »Ich danke dir, großer Hades«, sagte er.

Er machte Anstalten, um den Thron herumzugehen, doch als er sah, dass ich ihm nicht folgte, blieb er stehen. »Komm, göttliche Mutter«, sagte er eindringlich. Es klang, als befürchte er, Hades könne seine Meinung jeden Moment ändern.

Ich ignorierte die Aufforderung. »Was treiben Sie für ein Spiel mit uns?«, rief ich.

»Ein Spiel? Ich?« Der brennende Mann lachte erneut. »Ich glaube nicht, dass ich es bin, der hier ein Spiel spielt!«

»Dann lassen Sie uns in Ruhe! Lassen Sie Eric gehen!«

»Aber das tue ich, Anna. Ich halte Sie nicht auf. Ich will Ihnen nur helfen. Allerdings müssen Sie sich dazu auch helfen lassen!«

»Ich brauche Ihre Hilfe nicht«, sagte ich, wandte mich um und folgte Eric.

Wie Hades gesagt hatte, befand sich in der Wand hinter dem Thron eine Tür. Fremdartige Schriftzeichen waren in den Stein darüber eingeritzt. Obwohl ich sie nicht lesen konnte, wusste ich, was sie bedeuteten: »Die Dinge sind nicht so, wie sie erscheinen.«

Eric öffnete die Tür. Dahinter war nur absolute Schwärze.

Er wandte sich zu mir um. »Komm, göttliche Mutter«, sagte er.

Auf einmal spürte ich überwältigende Angst und Übelkeit. Etwas war faul. »Nein!«, flüsterte ich, mehr zu mir selbst als zu ihm.

»Aber wir müssen hindurchgehen«, sagte Eric. »Der Gott der Toten hat es uns gesagt. Er ist allmächtig. Warum sollte er uns anlügen?«

Darauf wusste ich keine Antwort. Ich hatte auch keine Alternative. Den Weg zurück durch die Unterwelt zu machen, nur um schließlich am unüberwindbaren Styx zu stehen, war sicher keine Lösung. Doch ich hatte schreckliche Angst vor dem, was hinter dieser Schwärze liegen mochte, und ich traute dem brennenden Mann kein bisschen.

»Ich bin dir gefolgt, als du dich in den Styx stürztest«, sagte Eric mit fester Stimme. »Nun folge du mir.« Mit diesen Worten trat er durch die Tür und verschwand in der Finsternis.

Wenn ich ihn nicht schon wieder verlieren wollte, blieb mir nichts anderes übrig, als seinen Wunsch zu erfüllen. Ich machte einen Schritt und fiel in einen lichtlosen, unendlich tiefen Abgrund. Ich wollte schreien, doch ich hörte meine eigene Stimme nicht. Nur das leise Lachen des brennenden Mannes hallte in meinem Kopf wider.

## 26.

Ich fiel.

Ich wollte mit den Armen rudern, aber ich hatte weder Arme noch Beine. Ich wollte schreien, doch ich besaß keinen Mund und keine Lungen.

Ich war nicht mehr als ein Gedanke, ein Gefühl, eine einzelne Kerzenflamme in einem kalten Universum ohne Sterne und Galaxien.

Die Flamme, die ich war, begann zu flackern, kleiner zu werden. Sie würde bald erlöschen, und dann würde nichts mehr sein.

Das ist nur ein Traum, dachte ich. Wach auf, Anna. Es ist nur ein Traum!

Ich schlug die Augen auf.

Ich saß in unbequemer Haltung, mit dem Kopf an die Seitenscheibe gelehnt. Meine Schulter schmerzte. Ich streckte mich und sah aus dem Fenster. Wir fuhren durch eine hügelige, blühende Landschaft, inmitten von Feldern, Wiesen und Obstgärten, deren saftiges Grün mit gelegentlichen Tupfern von Rot, Blau und Weiß in fast schmerzhaftem Kontrast zu den düsteren Farben des Tartaros stand. Die tiefstehende Sonne verlieh dieser freundlichen Gegend einen Glanz, der mich an die Wirkung des Medikaments erinnerte, jedoch vollkommen natürlich und deshalb noch schöner war.

Jetzt rappelte sich auch Emily auf. »Wow, was für ein Trip!«, sagte sie.

»Wir sind gleich da«, kündigte Maria an.

»Diese Schriftstellerin hat recht gehabt«, sagte ich. »Dr. Ignacius hat irgendwelche Schweinereien mit Eric angestellt. Anders ist es nicht zu erklären, dass er in seiner Traumwelt auftaucht – ausgerechnet als Hades, der Totengott!«

»Wir sollten keine voreiligen Schlüsse ziehen«, widersprach Emily. »Offensichtlich hat Eric Dr. Ignacius irgendwie wahrgenommen. Vielleicht hatte er Angst vor ihm, oder vor den Geräten, an die der Doktor ihn angeschlossen hat. Aber das sagt noch nichts über Ignacius' Absichten aus. Wenn er vorhätte, Eric aus dem Weg zu räumen – wie könnte Eric das wissen?«

Ich überlegte einen Moment. »Auf jeden Fall ist es doch seltsam, dass ausgerechnet Dr. Ignacius Hades ist und nicht Dr. Kaufman oder einer der Pfleger aus dem Krankenhaus, die viel mehr Kontakt mit Eric hatten. Irgendwas muss ihn tief erschreckt haben. Vielleicht hat er etwas gehört. Vielleicht hat sich Ignacius in seiner Nähe mit jemandem unterhalten und gedacht, Eric bekäme davon nichts mit. Das wäre doch möglich, oder?«

»Ja, möglich wäre es. Aber es sind auch ganz andere Erklärungen denkbar.«

Wir schwiegen den Rest des Wegs, jeder in seine Gedanken versunken. Ich fragte mich, wie es bei unserem nächsten Besuch in Erics Traumwelt weitergehen würde. Die kalte Leere, durch die ich gefallen war, erschreckte mich ähnlich wie das schwarze Wasser des Styx, doch auch daraus war ich unversehrt aufgetaucht. Dennoch machte ich mir große Sorgen. Äußerlich hatte sich Erics Zustand nicht verändert, aber die Bilder in seinem Kopf schienen immer düsterer zu werden.

Nach einer Viertelstunde erreichten wir ein großes Holzhaus, hinter dem eine Scheune und ein Getreidesilo aufragten. Es lag am Rand eines kleinen Ortes, der nur aus zwei oder drei Dutzend Gebäuden bestand. Am Horizont ragten die sanften Rundungen bewaldeter Bergrücken auf.

»Willkommen in Steephill, Pennsylvania«, sagte Emily. »Meiner alten Heimat. Dies hier ist das Haus von Tante Jo. Jedenfalls haben wir sie früher so genannt. Eigentlich heißt sie Josefine Derringer und ist nicht mit mir verwandt. Sie ist Quäkerin und war immer so eine Mischung aus Lehrerin, Seelsorgerin, Hebamme, Krankenschwester und Lebensberaterin für die ganze Gegend. Inzwischen ist sie längst über achtzig, aber noch fit wie ein Turnschuh. Komm, ich stell sie dir vor.«

»Was ist mit Eric?«

»Den holen wir gleich. Keine Sorge, er ist hier in guten Händen, du wirst sehen. Nun komm erst mal mit.«

Ich stieg aus. Nach gut sieben Stunden Bewegungslosigkeit auf dem Rücksitz konnte ich kaum gehen. Auf wackligen Beinen folgte ich Emily und Maria zu den Stufen am Eingang des graugestrichenen Hauses. Ein breitschultriger Mann in den Fünfzigern öffnete uns die Tür. Er hatte ein grobschlächtiges Gesicht, aber ein warmherziges Lächeln. Nachdem er Emily umarmt hatte – er kannte sie offensichtlich schon seit ihrer Kindheit –, zerquetschte er mir mit seiner mächtigen Hand fast die Finger. »Willkommen in Steephill. Ich bin George Derringer. Tante Jo ist meine Mutter.«

»Anna Demmet. Danke, dass Sie uns helfen, Mr. Derringer.«

»George, bitte. Machen Sie sich keine Sorgen, wenn es jemanden auf diesem Planeten gibt, der sich gut um Ihren Jungen kümmert, dann ist es meine Mutter. Sie hat schon so manchen hoffnungslosen Fall wieder hingekriegt.« Er grinste, als ob er sich an einige besondere Begebenheiten erinnerte. »Aber kommen Sie doch erst mal rein!«

Er führte uns in eine geräumige Küche. An einem großen quadratischen Tisch saß eine Frau, die mit ihren roten Pausbäckchen und ihren freundlichen braunen Augen gut aus einer Fernsehwerbung für Bio-Lebensmittel vom Land hätte stammen können. Sie sprang auf. »Wenn das nicht meine kleine Emily ist!«, rief sie und umarmte meine Freundin lange. »Wo bist du die ganze Zeit gewesen, Kind? Dein letzter Besuch hier muss schon zwei oder drei Jahre her sein!«

»Ja, Tante Jo. Ich hatte viel zu tun.«

»Viel zu tun, soso. Das Leben in der Stadt macht einen schneller alt, habe ich dir das schon gesagt? Ehe du dich versiehst, bist du so grau wie ich, und dann ärgerst du dich, dass du nicht mehr Zeit hier verbracht hast, wo du zu Hause bist!« Doch es war kein Tadel in Tante Jos Stimme zu hören, nur die Freude des Wiedersehens.

»Ich bin ganz zufrieden in New York«, rechtfertigte sich Emily.

»Na, jetzt seid ihr ja jedenfalls hier.« Sie begrüßte Maria mit derselben Herzlichkeit. Dann wandte sie sich mir zu. »Sie sind also Anna. Emily hat mir erzählt, dass Sie Ihren Sohn aus dem Krankenhaus befreit haben. Richtig so! Die Ärzte glauben heutzutage viel zu oft, Gott ins Handwerk pfuschen zu müssen. Nicht, dass Sie mich falsch verstehen: Ich habe nichts gegen Schulmedizin. Aber mit Maschinen kann man eben nicht alles heilen. George, Ronny, lasst uns den Jungen ins Haus holen.«

Tante Jos Sohn und einer ihrer vermutlich zahlreichen Enkel, ein kräftiger Bursche mit krausen nussbraunen Haaren, trugen Eric vorsichtig aus dem Auto und legten ihn auf eines von zwei Betten in einem gemütlich eingerichteten Gästezimmer. »Sie können hier bei ihm schlafen, wenn Sie möchten«, sagte George zu mir.

Ich war überwältigt von Dankbarkeit. Diese Menschen halfen, ohne Fragen zu stellen. Emily hatte recht: Eric war hier in guten Händen.

Tante Jo erschien. Mit gerunzelter Stirn betrachtete sie meinen reglos daliegenden Sohn. »Was habt ihr nun vor? Wollt ihr warten, bis er wieder aufwacht? Ein guter Bekannter von George ist Arzt im Krankenhaus in Huntingdon. Er könnte ihn bitten, mal nach dem Jungen zu sehen. Nur zur Sicherheit.«

»Nein, nein, das ist nicht nötig«, sagte ich. »Wir … wir kommen schon klar.«

Tante Jo warf mir einen langen Blick zu, in dem Missfallen zu liegen schien. Sie spürte, dass ich nicht offen zu ihr war, und das, obwohl ich ihre Gastfreundschaft in Anspruch nahm. Ich kam mir schlecht dabei vor.

»Tante Jo, du … du erinnerst dich doch, als ich die Katze von Mrs. Moreaux gefunden habe …«, sagte Emily.

»Die in die Felsspalte gefallen war? Ja, natürlich erinnere ich mich. Das ganze Dorf war in Aufregung. Na ja, eigentlich war es die arme Mrs. Moreaux, die alle so verrückt gemacht hat mit ihrer Sorge. Sie ist ja jetzt auch schon, lass mich nachdenken, zwölf Jahre tot. Jedenfalls warst du die Heldin des Tages.«

»Weißt du noch, dass ich dir damals erzählte, wie ich sie aufgespürt habe?«

»Du sagtest, du konntest ihre Seele sehen. Und ich habe dir geglaubt. Obwohl der alte Reverend Schuster immer behauptet hat, Tiere hätten keine Seelen. Aber der hat sowieso viel Quatsch geredet. Und warum sollten Tiere auch keine Seelen haben? Schließlich sind sie Geschöpfe Gottes wie wir.«

»Ich kann auch die Seele dieses Jungen sehen. Ich kann sie berühren.«

Tante Jo machte ein erschrockenes Gesicht. »Das ... ich weiß nicht, ob das eine gute Idee ist, Emily! Die Seele ist ein Teil von Gott. Sie zu berühren, heißt Gott berühren!«

»Was ist so schlimm daran, Gott zu berühren?«, fragte ich. »Ist es nicht das, was jeder aufrechte Christ tun soll?«

Tante Jo sah mich jetzt verärgert an. »Beten, das sollen aufrechte Christen. Ihre Köpfe in Demut vor dem Herrn und seiner Schöpfung neigen. Aber ihn *anfassen* wie einen seltsamen Gegenstand, den man irgendwo gefunden hat?«

»So ist es nicht, Tante Jo«, wandte Emily ein. »Es scheint, als habe sich der Junge irgendwie ... in sich selbst verirrt. Seine Seele findet den Weg zum Licht nicht. Wir versuchen, ihr dabei zu helfen.«

»Wie wollt ihr das machen?«

»Emily und ich können ... mit seinem Geist Kontakt aufnehmen«, sagte ich. »Es ist, als ob wir in seiner Welt sind. Ich meine, wirklich dort. Er ist auf der Suche nach einem ›Tor des Lichts‹, und wir helfen ihm, es zu finden.«

Ein Schatten fiel über Tante Jos Gesicht. »Das Tor des Lichts ... das klingt schön ...«

Einen Moment lang hatte ich das Gefühl, dass sie Sehnsucht nach dem Tod empfand. Ein erschreckender Gedanke, aber gleichzeitig irgendwie auch tröstlich. In ihren Worten klang die Zuversicht an, dass der Tod nicht das Ende von allem war. Nach dem, was ich erlebt hatte, erschien mir der Gedanke nicht mehr so absurd wie noch vor ein paar Wochen.

»Wir müssen wieder zu ihm«, sagte ich. »Ich muss nur schnell zum Auto, die ... meine Jacke holen.«

»Ich hatte gehofft, du würdest mir eine Ruhepause gönnen«, sagte Emily, aber ihre Stimme klang nicht vorwurfsvoll.

»Ich fürchte, Eric hat nicht mehr viel Zeit«, wandte ich ein.

»Ihr solltet nichts überhasten«, sagte Tante Jo. »Mit ruhigen, gleichmäßigen Schritten kommt man schneller voran als mit zielloser Hektik.«

Sie hatte leicht reden. Ihr Sohn lag nicht an der Schwelle zwischen Leben und Tod. Ich dachte an die kalte Leere, an das gehässige Lachen des Totengottes, und das Gefühl, dass ich mich beeilen musste, wuchs. Ich lief aus dem Haus zu dem alten Ford und holte zwei Kapseln aus der Plastiktüte.

Als ich ins Haus zurückkehrte, war Emily mit Eric allein. Ich hielt ihr wortlos eine der Kapseln hin.

Sie seufzte. »Also schön.« Sie nahm die Pille mit einem Schluck Wasser. »Lass uns ein bisschen spazieren gehen, bis es wirkt«, schlug sie vor.

Ich war einverstanden.

Wir gingen einen Weg entlang, der hinter dem Haus durch die Felder führte. Der Mais war noch jung, gerade hüfthoch. Die Luft war lau und duftete nach Sommer. Vögel jubilierten in den Sträuchern am Wegrand, und Insekten umschwirrten uns.

Ich hatte plötzlich das Gefühl, eins zu sein mit dem vielfältigen Leben um mich herum. Es war, als könnte ich im Summen der Bienen, im Zwitschern der Vögel, im sanften Flüstern des Windes den ruhigen, gleichmäßigen Herzschlag des Universums hören. Ein der Situation völlig unangemessenes Glücksgefühl durchströmte mich.

»Ich glaube, es ist so weit«, sagte ich. »Lass uns umkehren.«

Emily kicherte plötzlich. »Diese Kapseln sind echt geil!«

## 27.

Ich fiel.

Ich hatte weder Arme noch Beine, keinen Mund und keine Lungen. Ich war nur ein flüchtiger Gedanke, ein winziger Lichtpunkt in unendlicher Dunkelheit, nicht einmal mehr in der Lage, Angst, Trauer oder Hoffnung zu empfinden.

Dieser Zustand mochte Sekunden währen oder Jahre – Zeit spielte in dieser ewigen Dunkelheit keine Rolle. Nichts spielte eine Rolle.

Im Nachhinein stelle ich mir vor, dass so der Tod sein muss – das Einsinken in absolute Bedeutungslosigkeit. Nicht mal ein unangenehmer Zustand, doch mich schaudert, wenn ich daran denke.

Nach einer unbestimmbaren Zeitspanne merkte ich, dass das Universum nicht völlig leer war. Vor mir war ein dünner, senkrechter Lichtstrahl erschienen, unendlich weit entfernt und so groß wie eine Galaxis. Ich schien darauf zuzufallen.

Der Lichtstrahl weitete sich. Jetzt erkannte ich, dass es nicht nur ein Strahl war, sondern ein rechteckiger Rahmen aus Licht, dessen linke Kante deutlich heller strahlte als die obere und untere, während die rechte Seite kaum zu erkennen war.

Mit einem Ruck veränderte sich mein Gefühl für Perspektiven. Ich begriff, dass der Lichtstrahl nicht Lichtjahre entfernt war, sondern nur wenige Meter, dass er nicht die Ausmaße einer Galaxis hatte, sondern die einer ganz gewöhnlichen Tür.

Ich hatte wieder Beine, auf denen ich stehen konnte, wenn auch etwas wacklig. Ich konnte wieder das dünne schwarze Gewand auf meiner Haut spüren. Ich streckte einen Arm aus und berührte eine glatte Wand. Offensichtlich stand ich in einem schmalen Gang.

Mit klopfendem Herzen trat ich auf den grellen Lichtspalt zu. War dies das Tor des Lichts? War Eric bereits hindurchgegangen? Was würde geschehen, wenn ich ihm folgte?

Ich betastete die Tür. Sie bestand aus demselben kalten, glatten Stein wie die Wände. Es gab keinen Öffnungsmechanismus, aber als ich leicht gegen die rechteckige Fläche drückte, ließ sich der Lichtspalt mühelos vergrößern.

Geblendet schloss ich die Augen. Ich blinzelte, gab mir die Zeit, mich an das Licht zu gewöhnen. Dann trat ich hinaus.

Es war heiß wie in einer Wüste. Ich konnte die Hitze des Sandes durch die Sohlen von Erics Sandalen spüren. Was ich sah, erschreckte mich.

Vor mir erstreckte sich eine weite sandige Ebene. Soweit ich sehen konnte, war sie gefüllt mit rechteckigen Toren in allen möglichen Farben und Formen, manche aus Holz, andere aus Stein, Eisen oder sogar Silber und Gold, einige verziert mit Mustern oder Reliefs. Ein paar standen auf hohen Sockeln oder Podesten, zu denen Treppen hinaufführten. Die meisten hatten die Form und Größe ganz normaler Türen, dazwischen allerdings ragten auch einige von gigantischen Ausmaßen auf, während andere viel zu klein für Menschen waren.

Ich drehte mich um. Auch die Tür, durch die ich eben gekommen war, war nur ein einzelner Rahmen in dieser Ebene der Tore. Ich sah die undurchdringliche Schwärze, durch die ich gefallen war, und schauderte. Angewidert schob ich die Steintür zu. Jetzt fiel sie in der Masse der anderen Türen und Tore kaum mehr auf: ein schlichtes Portal aus poliertem schwarzen Stein, um das ich herumgehen konnte und das scheinbar nirgendwo hinführte. Probehalber öffnete ich es noch einmal, indem ich von der anderen Seite dagegendrückte, und blickte wieder in die Dunkelheit.

Wohin ich auch schaute, ich sah nichts als Türen. Sie umgaben mich wie eine riesige, nicht zu Ende gebaute Stadt. Es mussten Tausende sein, wenn nicht Millionen.

Hades' gehässiges Lachen klang in meinen Ohren, als er Erics Frage nach dem Tor des Lichts beantwortete: »Es ist ganz in der Nähe. Ihr müsst nur durch die Tür hinter mir gehen, dann habt ihr es fast erreicht.«

Auf der Ebene herrschte Stille. Nur ein leichtes Sirren vom Wind, der sich an den Kanten der Türrahmen brach, war zu hören. »Eric!«, rief ich, so laut ich konnte. »Eric!«

Ich erhielt keine Antwort.

Es gab zwei Möglichkeiten: Entweder irrte mein Sohn irgendwo auf dieser endlosen Ebene umher und suchte das Tor des Lichts, oder er war durch eine der Türen gegangen. Ich zweifelte nicht daran, dass sie alle irgendwohin führten, auch wenn sie so nutzlos aussahen wie Mustertüren in einem Baumarkt.

Ich sah mich um. Eine halbrunde, spitz zulaufende Tür in der Nähe sah besonders interessant aus. Sie bestand aus dunklem Holz und war mit Schnitzereien verziert, die eine Landschaft zeigten. Auf den ersten Blick sah das Relief aus wie eine Szene aus Afrika, doch die Nashörner im Vordergrund schienen zwei Köpfe zu haben, und die Bäume in der Ferne erinnerten an gigantische Pfifferlinge.

Die Tür ließ sich mühelos aufdrücken und gab den

Blick in eine andere Welt frei. Vor mir erstreckte sich eine Ebene, die mit niedrigem, blauviolettem Gras bewachsen war. In der Ferne ragten einige der merkwürdig trichterförmigen Bäume auf, die in der Schnitzerei dargestellt waren, mit kahlen, fahlgelben Stämmen und ausladenden Kronen. Sie mussten über hundert Meter hoch sein. Nur einen Steinwurf entfernt stand ein Rudel der seltsamen doppelköpfigen Tiere. Als ich genauer hinsah, erkannte ich, dass sie keine zwei Köpfe hatten, sondern nur einen, der mit zwei ausladenden klammerartigen Scheren ausgestattet war. Damit wühlten die Tiere den Boden vor sich auf.

Ich machte einen vorsichtigen Schritt durch die Tür und sah mich mit großen Augen um. Hinter mir ragten farnartige Gewächse auf, die in grellbunten Farben leuchteten, als seien sie einem Zeichentrickfilm entlehnt. Faustgroße insektenartige Wesen mit blauen, pelzigen Körpern schwirrten um mich herum. Von dieser Seite aus war die Holztür nicht zu sehen. Nur ein gebogener heller Spalt, durch den die Ebene der Tore zu erkennen war, durchschnitt den Farnwald wie eine Sinnestäuschung. Falls die Tür zufiel, gab es wahrscheinlich keinen Weg zurück.

Rasch schlüpfte ich zurück durch den Spalt und schloss die Tür wieder.

Neben der Holztür erhob sich ein etwa drei Meter hohes Tor. Ähnlich wie das zu Hades' Palast bestand es aus dunklem glasigen Stein. Als ich meine Hand auf die glatte Oberfläche legte, fühlte sie sich warm an.

Ich öffnete das Tor einen Spaltbreit, und Hitze schlug mir entgegen. Die Welt dahinter schien in Flammen zu stehen. Unter einem schwarzen Himmel brannten die Balken eingestürzter Holzhäuser. Die Straßen waren mit zerbrochenen Ziegeln bedeckt. Dazwischen lagen verkohlte Körper herum. Der Anblick erinnerte mich an den Grund der Tartaros-Schlucht.

Ich glaubte, eine Gestalt zwischen den Trümmern herumirren zu sehen. »Eric?«, rief ich, doch wenn er es war, dann hörte er mich nicht.

Ich trat durch den Rahmen. Auf dieser Seite schien das Tor der Eingang zu einer Art Tempel zu sein, von dem jedoch nur noch die Grundmauern standen. Ich hob einen vom Feuer heißen Dachziegel in der Nähe auf und legte ihn so in den Rahmen, dass das Tor nicht von allein zufallen konnte.

Dann ging ich langsam in die Richtung, in der ich die Gestalt gesehen hatte. Immer wieder sah ich mich um, voller Sorge, den Weg zurück zur Ebene der Tore nicht mehr zu finden. Über dem Prasseln des Feuers waren Schreie zu hören und das ferne Dröhnen von Motoren, gelegentlich auch das rhythmische Donnern von Artillerie. Offenbar befand ich mich in einem Kriegsgebiet.

Dichte Rauchschwaden behinderten die Sicht. Ich entdeckte ein verkohltes Holzschild am Boden und hob es auf. Es war mit chinesischen oder japanischen Schriftzeichen bedeckt.

Die Gestalt, die ich gesehen hatte, wankte um eine Häuserecke. Ihre Kleidung hing in Fetzen von ihr herab. Sie hob einen Arm, wie um mich zu grüßen. Dann brach sie zusammen.

Ich rannte auf sie zu und beugte mich hinab. Entsetzt stellte ich fest, dass die Fetzen an ihrem Körper nicht Kleidung waren, sondern abgeplatzte Haut. Das stellenweise verbrannte, aufgequollene Gesicht war das eines älteren asiatischen Mannes. Er schaute mich mit geweiteten Augen an und sagte etwas, das ich nicht verstand. Dann stieß er eine Art Seufzen aus, und sein Blick wurde leer.

Ich erhob mich. Meine Kehle schmerzte vom beißenden Qualm, und ich spürte schrecklichen Durst. In welchen Alptraum war ich hier geraten?

Es begann zu regnen. Ich starrte auf meine Hände, auf die dicke Tropfen fielen, schwarz und zähflüssig wie Öl. Ich wusste plötzlich, wo ich diesen schwarzen Regen schon einmal gesehen hatte: in einer Fernsehdokumentation zu den Atombombenabwürfen über Hiroshima und Nagasaki. Radioaktiver Staub, von einer atomaren Explosion aufgewirbelt, kühlte sich ab und ging als hochgiftiger Niederschlag nieder. Tausende waren gestorben, weil sie damit in Berührung gekommen waren oder den Regen in ihrer Not getrunken hatten.

Mir wurde übel, und ich musste mich immer wieder daran erinnern, dass diese Welt nicht real war. Es war unwahrscheinlich, dass ich Eric hier finden würde, also ging ich, so schnell ich konnte, zurück zum Tor. Wieder auf der Ebene der Tore angekommen, atmete ich erleichtert auf.

Ich fragte mich, wo Eric diese schrecklichen Bilder gesehen hatte. In der Schule vielleicht. Sein Unterbewusstsein hatte sie zu einem düsteren Traum innerhalb eines Traums verarbeitet. Doch für die Menschen in Hiroshima und Nagasaki war es die schreckliche Realität gewesen.

Frustriert sah ich mich um. Es würde Jahrhunderte dauern, all die Türen, die mich umgaben, auch nur zu öffnen, geschweige denn, die Welten dahinter nach Eric abzusuchen. Wenn ich ihn nicht hier auf der Ebene der Tore fand, würde ich ihn niemals finden.

Wahrscheinlich hatte er eine Weile neben dem Tor gewartet, durch das wir hierhergekommen waren. Seitdem mochten in Erics Traumwelt Wochen vergangen sein, vielleicht sogar Monate. Irgendwann musste er beschlossen haben, das Tor des Lichts auf eigene Faust zu suchen. Also bestand meine einzige Chance, ihn zu finden, darin, dasselbe zu tun. Vielleicht war unter den zahllosen Türen eine, die irgendwie anders war. Eine, die man als das Tor des Lichts erkennen konnte.

Stundenlang irrte ich über die Ebene. Es war leicht, ein Tor zu finden, das anders war als die anderen, denn keine zwei waren identisch. Ich öffnete wahllos ein paar davon und starrte auf fremdartige Welten. Einmal spürte ich einen starken Luftzug, als ich mich einer unscheinbaren Tür aus weißem, glattem Material näherte. Als ich sie öffnete, wäre ich beinahe von dem plötzlich auftretenden Sturm hineingezogen worden. Die Tür führte in eine Wüste aus rotbraunem Sand. Dort schien es keine Luft zu geben, was den plötzlichen starken Sog erklärte. Rasch drückte ich die Tür wieder zu.

Hin und wieder gab es sogar durchsichtige Türen. Eine schien direkt in einen Ozean zu führen, denn auf der anderen Seite schwammen bunte Fische vorbei wie in einem surrealen Aquarium. Ich fragte mich, was passieren würde, wenn ich die Tür öffnete.

Eric war immer ein phantasievolles Kind gewesen. Oft hatte er stundenlang auf dem Boden seines Kinderzimmers gehockt, umgeben von Actionfiguren, versunken in phantastische Abenteuerwelten. Es war eigentlich kein Wunder, dass ihn Computerspiele fasziniert hatten. Er hatte auch immer gern gemalt, und zumindest ich war von seinem künstlerischen Talent überzeugt. Doch die Maschinen hatten seine Kreativität nicht gefördert, sondern unterdrückt, bis er den ganzen Tag nur noch auf ihre Reize reagiert hatte, anstatt selbst Dinge zu erschaffen.

Zu welchen im wahrsten Sinn des Wortes phantastischen Leistungen sein Verstand fähig war, offenbarte sich mir nun in voller Breite. Und seine überbordende Phantasie machte mir die Suche nicht gerade leichter. Ein Kind mit einer eingeschränkten Vorstellungskraft hätte sich sicher nicht so eine riesige, komplizierte Welt ausgedacht, in der die Suche nach einem einzelnen Menschen dem Versuch glich, mitten in Manhattan durch bloßes Heranwinken ein Taxi mit einem ganz bestimmten Fahrer zu erwischen.

Die Sonne neigte sich dem Horizont zu, so dass die Schatten der Tore immer länger wurden und die Ebene schließlich in ein fast magisches orangefarbenes Licht getaucht wurde. Ich überlegte, ob ich während der Nacht rasten sollte, und wenn ja, wo. Aber eigentlich gab es keinen Grund, in meiner Suche innezuhalten. Ich war nicht müde und hatte auch keinen übermäßigen Hunger und Durst. Ich war Eric dankbar, dass er es in dieser Hinsicht mit der Realitätsnähe seines Traums offenbar nicht so genau nahm.

Als das Orangerot des Himmels einem blassen Gelb und dann einem dunklen Türkis glich, begriff ich, dass die Nacht sogar der deutlich bessere Zeitpunkt war, nach dem Tor des Lichts zu suchen. Müsste es sich nicht durch einen verräterischen Schein bemerkbar machen, der durch die Spalten oder vielleicht durch das Schlüsselloch fiel?

Doch die Türen und Tore um mich herum waren dunkel. Ich öffnete ein paar von ihnen und stellte fest, dass in den Welten dahinter ebenfalls die Nacht hereingebrochen war. Bei einer Tür blieb ich etwas länger stehen und starrte fasziniert in den wolkenlosen Himmel, der von der riesigen Scheibe eines jupiterähnlichen Planeten beherrscht wurde wie von einem gigantischen Mond. Ich war so beeindruckt, dass ich das schwarze sechsbeinige Wesen, das mit zähnefletschendem Maul auf mich zusprang, erst bemerkte, als es zu spät war. Ich knallte das etwa zweieinhalb Meter hohe Tor zu, doch das Tier war schon hindurchgeschlüpft. Es verharrte einen Moment und sah sich verwirrt um. Mit seinem kurzen schwarzglänzenden Fell hatte es Ähnlichkeit mit einem Panther, doch der Kopf war eher der eines Reptils mit großen trichterförmigen Ohren und einer Art Antennen an der Spitze, die mich an die Fühler von Schmetterlingen erinnerten. Bei aller Fremdartigkeit wiesen es seine daumenlangen Zähne jedoch eindeutig als Raubtier aus.

Das Wesen richtete grünlich leuchtende, schlitzförmige Augen auf mich und duckte sich, als hätte es Angst vor mir, doch vermutlich machte es sich zum Sprung bereit.

Ich hatte nichts, womit ich mich hätte verteidigen können, also blieb mir nur zu bluffen. Ich nahm die Säume meines schwarzen Gewands, breitete sie aus, so dass ich größer wirkte, und stürmte brüllend auf das Wesen zu.

Der Trick funktionierte. Es stieß ein fauchendes Geräusch aus und jagte zwischen den Toren davon.

In der Nähe befand sich ein großes Portal aus weißem Marmor, so hoch wie ein fünfstöckiges Haus. Es stand auf einem hohen Sockel. Treppenstufen führten empor, jede von ihnen gut einen halben Meter hoch. Ich kletterte die Stufen hinauf, bis ich in etwa fünf Metern Höhe zu einer Plattform gelangte. Von dort hatte ich einen guten Überblick.

Mein Herz krampfte sich zusammen. Die Ebene der Tore war noch größer, als ich befürchtet hatte. Sie erstreckte sich in alle Richtungen bis zum Horizont. Alle Träume der Menschheit hätten nicht ausgereicht, um die Welten hinter diesen Türen zu formen. Doch das war auch nicht notwendig – Erics Unterbewusstsein musste sich ja erst dann, wenn ich eine Tür öffnete, ausdenken, was dahinter lag.

Ich wischte mir eine Träne der Verzweiflung aus dem Augenwinkel und starrte angestrengt in die Dunkelheit, doch wohin ich auch blickte, ein leuchtendes Tor konnte ich nicht entdecken.

Ich wandte mich um und war im Begriff, die überdimensionale Treppe wieder hinunterzuklettern, als mir einfiel, dass ich noch nicht auf der Rückseite des Portals nachgesehen hatte. Also umrundete ich es und blieb wie angewurzelt stehen.

Da war sie. Eine Tür, nicht besonders groß und nicht allzu weit entfernt. Doch durch die Ritzen zwischen dem Türblatt und dem Rahmen und durch den Spalt am Boden fiel eindeutig Licht – grelles Licht, dessen Farben sich in einem merkwürdigen Rhythmus veränderten: Weiß-Blau-Weiß-Gelb-Rosa-Weiß …

# 28.

Ich war so aufgeregt, dass ich beinahe stolperte, was mir auf der steilen Treppe wahrscheinlich das Genick gebrochen hätte. Endlich erreichte ich den Boden und rannte in Richtung der leuchtenden Tür. Von hier unten konnte ich sie nicht mehr direkt sehen, weil mir andere Tore die Sicht versperrten, und als ich ein paar davon umrundet hatte, war ich mir plötzlich nicht mehr sicher, in welche Richtung ich zu gehen hatte. Kurzzeitig verfiel ich in Panik, erfüllt von der Angst, das Licht könne irgendwie verschwinden. Doch das große Marmorportal ragte gut sichtbar hinter den anderen Toren auf. Wenn ich es im Blick behielt und mich systematisch in Schlangenlinien davon entfernte, würde ich früher oder später zwangsläufig das Tor des Lichts erreichen.

Und so war es. Es war weiter entfernt, als es von oben ausgesehen hatte. Als ich endlich das pulsierende Leuchten durch die Ritzen schimmern sah, war ich erleichtert. Doch im selben Moment kamen mir Zweifel. Was, wenn es nicht das richtige Tor war? Andererseits, was hatte ich zu verlieren?

Es war eine schlichte Tür aus graulackiertem Metall, von der an einigen Stellen die Farbe abblätterte. Darunter kam rostiges Eisen zum Vorschein.

Ich legte mein Ohr an die kalte Oberfläche und lauschte. Mein Herz schlug heftig, als ich vertraute Geräusche hörte: das stetige Rauschen des Verkehrs, hin und wieder ein Hupen oder eine Polizeisirene, das disharmonische und doch beruhigende Konzert der Großstadt. Und plötzlich wusste ich auch, was das rhythmische Leuchten zu bedeuten hatte.

Ich öffnete die Tür und blickte direkt auf die Fassade eines Hochhauses, an der eine große Neonreklame hing. Eine Medikamentenpackung baute sich nach und nach aus einzelnen Leuchtröhren auf. Die Schrift auf der Packung bestand aus griechischen Lettern.

Die Tür war offenbar der Hinterausgang eines hohen Betonbaus und führte in einen kleinen Innenhof, der hinaus auf eine belebte Straße ging. Im ersten Moment glaubte ich, in einer modernen Großstadt in Griechenland zu sein, Athen vielleicht. Doch dann sah ich, dass die Hälfte der Autos, die vorbeirauschten, in leuchtendem Gelb lackiert war. Mein Puls beschleunigte sich, und ehe ich recht wusste, was ich tat, war ich durch die Tür geschlüpft und hatte sie hinter mir geschlossen.

Mach die Tür hinter dir zu, Kind, sonst kommen die Gespenster rein, hatte mein Dad immer zu mir gesagt, als ich ein kleines Mädchen war. Ich hatte natürlich nicht wirklich Angst vor Gespenstern gehabt – schließlich hatten wir Kabelfernsehen –, aber es hatte sich dennoch tief in mich eingebrannt, dass man Türen hinter sich schloss. Dieser Reflex wurde nun zu einem ernsten Problem. Als ich versuchte, die Tür zu öffnen, stellte ich fest, dass sie auf dieser Seite nur einen runden Metallknauf hatte, der sich nicht drehen ließ.

Ich hatte mir den Rückweg auf die Ebene der Tore verbaut.

Mit klopfendem Herzen ging ich zum Straßenrand und blickte atemlos auf eine Szenerie, die mir so vertraut war und die doch so gar nicht in Erics Traumwelt zu passen schien. Neonlichter und haushohe Videowände überstrahlten einen länglichen Platz, an dem sich der Broadway und die Seventh Avenue in steilem Winkel kreuzten. Es war einer der berühmtesten Orte der Welt: der Times Square. Ich war also mitten in Manhattan.

Ein alter Song kam mir in den Sinn: »They say, the neon lights are bright on Broadway. They say, there's always magic in the air …« Welchen passenderen Ort hätte es für ein »Tor des Lichts« geben können als diesen?

Doch wo war Eric?

Das Gebäude, aus dessen Hinterausgang ich gekommen war, beherbergte im Erdgeschoss ein Schnellrestaurant. Ich ging hinein. Am Ende eines kurzen Gangs, der zu den Gästetoiletten führte, fand ich die fragliche Tür. »Notausgang« stand darüber. »Nur im Notfall öffnen.«

Wenn das hier kein Notfall war, war der Begriff sinnlos. Ich drückte die Türklinke herab. Ein schnarrender Alarmton erklang, aber die Tür ließ sich öffnen. Ich blickte wieder auf die Leuchtreklame mit dem Medikament. Die griechischen Schriftzeichen erschienen mir jetzt wie ein Warnhinweis: Dies war nicht wirklich New York, nur eine Vision davon.

Ich trat durch die Tür und drehte mich um. Ich sah nur den Gang mit den Toiletten. Keine Spur von einem Tor in eine fremde Dimension.

Ich unterdrückte die Verzweiflung, die erneut in mir aufsteigen wollte. Immerhin war mir die Entscheidung abgenommen worden, ob ich in dieser Welt nach Eric suchen sollte. Und war es nicht viel wahrscheinlicher, dass ich seinen Geist hier finden würde, in seiner Version der Stadt, in der er aufgewachsen war, als in irgendeiner fremdartigen Welt?

Mit großen Augen wanderte ich den Broadway entlang. Ich war oft hier gewesen, und doch sah ich diesen Ort jetzt mit ganz anderen Augen. Ich fragte mich, wie groß die Übereinstimmung dieser Version Manhattans mit dem Original war. Auf den ersten Blick konnte ich keinen Unterschied feststellen. Die Leuchtreklamen warben – mit Ausnahme des seltsamen griechischen Medikaments – für Produkte, die ich kannte; auch die Stücke, die in den Musicaltheatern gespielt wurden, schienen aktuell zu sein. Ich war allerdings schon eine Weile nicht mehr hier gewesen und wusste nicht, ob Walt Disneys »Tarzan« tatsächlich immer noch lief. Ich hatte dieses Stück mit Eric gesehen. Das war an seinem siebten Geburtstag gewesen. Es schien erst ein paar Monate her zu sein.

Natürlich war die Straße voller Menschen. Hier herrschte die ganze Nacht hindurch Betrieb.

Zwischen den Passanten auf dem Bürgersteig fiel mir eine weiße vierbeinige Gestalt auf. Ich dachte erst an einen Hund, aber dafür bewegte sich das Tier nicht richtig, und der Kopf war falsch. Es war ein kleines Schaf. Ein Lamm. Es spazierte zwischen all den Menschen herum, als sei das ganz normal, aber es schien niemandem zu gehören – jedenfalls hatte es kein Halsband um.

Ich blieb stehen. Das Lamm stoppte ebenfalls, wandte sich um und blickte mich mit niedlichen schwarzen Augen an. Dann legte es sich mitten auf den Bürgersteig. Die Menschen gingen daran vorbei, offenbar ohne es wahrzunehmen. Einige stiegen darüber hinweg, würdigten das Tier jedoch keines Blickes.

Der Titel eines Rockalbums stieg aus meiner Erinnerung empor: »The Lamb Lies Down on Broadway.« Von wem war die Platte gewesen? Pink Floyd? Yes? Genesis? Auf jeden Fall eine dieser Vinylscheiben aus den Siebzigern, die Ralph so gern gehört hatte, als wir uns kennenlernten. Später hatte er sie nur noch selten aufgelegt und war auf Jazz umgeschwenkt. Ich hatte nicht gewusst, dass

Eric jemals mit dieser Musik in Berührung gekommen war, aber irgendwie musste die Textzeile wohl den Weg in sein Unterbewusstsein gefunden haben. Vielleicht hatte er irgendwann Ralphs Kisten mit alten Vinylscheiben durchwühlt.

Ich wechselte die Straßenseite, um nicht an dem Lamm vorbeigehen zu müssen, und überlegte, was ich jetzt tun sollte. Wenn die Tür, durch die ich hierhergekommen war, das Tor des Lichts gewesen war, dann hatte es Eric offenbar noch nicht gefunden, denn ich befand mich immer noch in seiner Phantasiewelt. Wenn er aber hindurchgeschritten war …

Ich hob einen Arm. Augenblicklich hielt ein Taxi neben mir. Der Fahrer, ein freundlicher junger Mann, fragte mich in akzentfreiem Englisch, wohin ich wolle. Ich nannte ihm die Adresse unseres Apartments im East Village. Wir kamen mühelos durch den Verkehr, und nach kaum zehn Minuten setzte mich der Fahrer vor unserer Haustür ab, ohne auf dem Weg auch nur ein einziges Mal geflucht zu haben. Wenn es noch eines Beweises bedurft hätte, dass dieses New York nicht real war, dann hatte ich ihn jetzt.

Ich stellte fest, dass ich kein Geld bei mir hatte – ich trug immer noch das weite schwarze Gewand –, und bat den Fahrer, kurz zu warten. Er meinte, das sei schon in Ordnung, und fuhr ohne Murren davon.

Mit klopfendem Herzen ging ich die Treppen hinauf, bis ich vor unserer Wohnungstür stand. Mir wurde klar, dass ich keinen Schlüssel hatte. Ich klingelte. Halb erwartete ich, dass sich die Tür öffnen und ich in mein eigenes überraschtes Gesicht blicken würde. Doch nichts dergleichen geschah.

Nachdem ich ein zweites Mal geklingelt und ein paar Minuten gewartet hatte, ging ich zu unserer Nachbarin,

Mrs. Turner. Ich hatte nur eine ungefähre Ahnung, wie spät es war. Vermutlich klingelte ich sie aus dem Bett, aber das war nicht zu ändern.

Sie war noch angezogen. Ihr für eine Sechzigjährige übertrieben geschminktes Gesicht verzog sich zu einem Ausdruck des Erstaunens. »Anna! Wie … waren Sie auf einem Kostümfest?«

»Ja«, sagte ich. »Und ich habe dort meine Handtasche verloren. Könnten Sie mir bitte den Ersatzschlüssel geben?«

»Ihre Handtasche? Sie Ärmste! Hoffentlich hatten Sie nicht allzu viel Geld dabei. Mir ist das auch schon mal passiert. Hab das verdammte Ding in der U-Bahn stehenlassen. War 'ne ganz schöne Lauferei damals, um meinen Führerschein und die Versicherungskarte wiederzukriegen. Und dann, als ich endlich all den Papierkram erledigt hatte, rief das Fundbüro an und sagte, meine Handtasche sei abgegeben worden. Stellen Sie sich vor, alles war noch drin, sogar das Bargeld! Ich hab nie rausbekommen, wer die Tasche abgegeben hat, aber seit damals weiß ich, dass die Welt nicht so schlecht ist, wie die Medien uns immer weismachen wollen.«

Das Geplapper war so typisch für Mrs. Turner, dass ich kaum glauben konnte, nicht in der Realität zu sein. Eric war offensichtlich nicht nur phantasiebegabt, sondern auch ein guter Beobachter. Sie händigte mir den Schlüssel aus, den ich ihr für Notfälle gegeben hatte, und fragte mich, ob sie mir noch irgendwie helfen könne.

Einem Impuls folgend fragte ich sie, ob sie Eric in letzter Zeit gesehen habe.

»Eric? Ist der nicht im Krankenhaus?«

Ich nickte. »Ja, natürlich, das ist er. Entschuldigen Sie, ich bin ein bisschen durcheinander.«

»Sie sehen nicht gut aus, Anna. Sie sollten sich mal ein bisschen Ruhe gönnen.«

»Das werde ich. Vielen Dank, Mrs. Turner.«

»Keine Ursache. Und gute Besserung an Eric!«

Ich wandte mich ab und brauchte länger als gewöhnlich, um den Schlüssel ins Schloss zu bekommen.

Der vertraute Geruch unserer Wohnung traf mich wie ein Faustschlag in den Magen. »Eric?«, rief ich. Doch nur Stille empfing mich.

Alles war so, wie ich es zurückgelassen hatte. Der Kühlschrank war voll, die Haltbarkeitsdaten auf den Lebensmitteln nicht abgelaufen – jedenfalls, wenn ich das Datum zugrunde legte, das in der Realität, in Steephill, herrschte. Ich ging in Erics Zimmer. Der Laptop stand aufgeklappt auf seinem Schreibtisch, der Bildschirm war schwarz. Ich überlegte, ob ich ihn hochfahren sollte, doch ich fühlte mich plötzlich tief erschöpft, so als hätte ich seit Tagen nicht geschlafen, was möglicherweise der Wahrheit entsprach. Ich legte mich auf Erics Bett. Ich wollte nur ein wenig ausruhen und darüber nachdenken, was ich jetzt tun konnte, aber mir fielen fast im selben Moment die Augen zu.

# 29.

Ich erwachte in meinem eigenen Bett. Verwirrt sah ich auf den Radiowecker, aus dem Popmusik plärrte. Es war sieben Uhr. Ich musste in der Nacht aufgewacht und hierhergegangen sein, vielleicht, weil mir Erics Bett zu unbequem gewesen war – seine Matratze war ungewohnt hart. Merkwürdig war nur, dass ich statt des schwarzen Gewands ein seidenes Nachthemd trug. Ich konnte mich beim besten Willen nicht daran erinnern, mich umgezogen zu haben.

Sei's drum. Ich fühlte mich jedenfalls ausgeruht wie schon lange nicht mehr. Ich streckte mich, schaltete den Wecker aus und stand auf. Wenn ich schon mal hier in diesem Phantasie-Apartment war, konnte ich auch die Phantasie-Dusche benutzen. Ich ging also ins Bad und genoss das warme Wasser auf meiner Haut. Danach zog ich etwas Bequemes an – Jeans, ein dunkelblaues T-Shirt und Turnschuhe. Ich sah mich um, konnte aber das schwarze Gewand nirgends entdecken. Vielleicht lag es noch in Erics Zimmer.

Ich öffnete seine Tür und erstarrte. Ein leises, qualvolles Geräusch entrang sich meiner Kehle.

Eric saß an seinem Schreibtisch, den Oberkörper über seinen eingeschalteten Laptop gebeugt, den Kopf mit den ungebändigten blonden Locken auf der Tischplatte. Ein Arm hing schlaff herab, die Hand des anderen umfasste die Maus. Nur das bräunliche Licht des Bildschirms erhellte den Raum. Er zeigte eine von dornigen Sträuchern bewachsene Wildnis aus der Vogelperspektive. In der

Mitte lag ein lebloser Körper in der glänzenden Bronzerüstung eines antiken Helden. Schwarze Vögel saßen auf der Leiche und pickten daran. Darunter hatte sich ein Eingabefenster mit drei Schaltknöpfen geöffnet: »Spielstand laden«, »Neustart« und »Beenden«.

Einen Moment stand ich da, reglos, und wartete darauf, dass sich das Bild irgendwie verändern, in Luft auflösen würde. Aber das tat es nicht.

Zögernd näherte ich mich dem Schreibtisch, streckte eine Hand aus, berührte den reglosen Körper sanft an der Schulter. »Eric?«

Keine Reaktion.

Ich fasste die Schulter, rüttelte daran. »Eric! Wach auf, Eric! Bitte, wach auf!«

Eine Bewegung lief durch seinen Körper. Er machte ein grunzendes Geräusch, dann schlug er die Augen auf. Er richtete sich auf und sah sich blinzelnd um. Die Tasten hatten sich in seine linke Gesichtshälfte eingeprägt und gaben ihr ein schachbrettartiges Muster. »Morgen, Ma. Muss wohl am Rechner eingeschlafen sein. Tut mir leid.«

Ich stand nur da, fassungslos, unfähig zu begreifen, was ich sah.

»Was ist los, Ma? Du siehst aus, als hättest du ein Gespenst gesehen!«

Ich wusste nicht, was ich darauf erwidern sollte. Ich versuchte zu lächeln, aber es misslang. Tränen traten mir in die Augen. Ob aus Verzweiflung oder Erleichterung, wusste ich nicht.

Eric stand auf und nahm mich in den Arm. »Ist ja gut, Ma. Ist ja gut. Es kommt nicht wieder vor, versprochen.«

War es gut? War es wirklich gut? Er fühlte sich verdammt real an, wie er mir über den Rücken streichelte.

Er löste sich von mir. »Komm, lass uns frühstücken.«

Wir gingen in die Küche. Als er sah, dass ich nicht wie gewohnt gedeckt hatte, platzierte er Teller, Tassen und Besteck auf dem Tisch, holte Erdnussbutter, Marmelade und Milch aus dem Kühlschrank und steckte zwei Scheiben in den Toaster. Er machte mir sogar unaufgefordert einen Kaffee.

Ich stand die ganze Zeit daneben und wusste nicht, was ich denken sollte. Erics Koma, das Krankenhaus, Emily, diese verrückte Phantasiewelt – hatte ich all das nur geträumt? War das hier – mein Sohn am Frühstückstisch, der duftende Kaffee – die Realität?

Nach allem, was ich erlebt hatte – oder glaubte, erlebt zu haben –, traute ich dem Schein nicht. Nein, das hier war einfach zu schön, um wahr zu sein.

Wie normal war mir doch dieses Leben vorgekommen, damals, bevor es geschehen war. Ich hatte nicht begriffen, wie glücklich ich gewesen war.

Ich setzte mich an den Küchentisch, vorsichtig, so als könnte ihn eine unbedachte Bewegung zerplatzen lassen wie eine Seifenblase. Ich zwang mich, meinen Kaffee zu trinken – er war so heiß, dass ich mir Lippen und Zunge verbrühte – und ein Toast zu essen. Die Erdnussbutter schmeckte pappig wie immer. Ich kaute lustlos.

Eric stellte sein Geschirr in die Spüle, putzte sich die Zähne und strich pro forma ein paar Mal mit dem Kamm über seine Locken, ohne damit viel auszurichten. Dann packte er die Schulsachen in seine Tasche und öffnete die Wohnungstür. »Tschüs, Ma. Bis heute Nachmittag!«

Ich wollte ihn aufhalten, ihn auf keinen Fall gehen lassen. Aber ich wusste nicht, was ich hätte sagen sollen. Also gab ich ihm nur einen Abschiedskuss und sah mit klopfendem Herzen zu, wie er die Treppe hinunterging.

Ich hatte die Tür kaum geschlossen, als die Klingel ertönte. Sie klang nicht wie die Klingel, die ich kannte – sie war dreistimmig und spielte eine alberne Melodie, die in einem New Yorker Apartment nichts verloren hatte.

Meine Nackenhaare stellten sich auf. Ich sah durch den Spion und erstarrte. Vor der Tür stand Dr. Ignacius. Er drückte erneut auf den Klingelknopf. Nur war es jetzt nicht mehr der Arzt, der klingelte, sondern eine riesige Krähe in einem weißen Kittel.

Einen Moment lang wusste ich nicht, ob ich lachen, weinen oder hysterisch schreien sollte. Dann begriff ich, dass ich träumte, und wachte im selben Moment auf.

Ich fuhr hoch. Mein Herz schlug heftig, und mein Körper war schweißgebadet. Mein Sohn lag reglos wie immer neben mir. Emily hatte einen Arm um ihn geschlungen und schlief. Durch das geöffnete Fenster sah ich einen tiefschwarzen Himmel, der von unnatürlich vielen Sternen besetzt zu sein schien. Dieser Anblick und das laute Zirpen der Grillen erinnerten mich daran, dass ich mich auf dem Land befand.

Ich hatte offenbar normal geschlafen und nur einen besonders realistischen Traum gehabt, in dem der Unfall gar nicht geschehen war. Der Kontakt zu Eric musste abgerissen sein, als ich mich in seiner Traumwelt auf sein Bett gelegt hatte und eingeschlafen war. In einem Traum eingeschlafen, im nächsten aufgewacht.

Ich dachte an den Alptraum mit dem lebendigen Aquarell. Offenbar war es eine Nachwirkung der Droge, dass man Träume bekam, die einem vollkommen wirklich vorkamen. Der Gedanke durchzuckte mich, wie es wäre, wenn ich eine Überdosis der Droge nehmen und einfach den schönen Traum von gerade eben weiterträumen würde.

Die elektrische Melodie des Türgongs erklang erneut.

Ich musste sie im Schlaf gehört und in meinen Traum eingebaut haben. Aber wer konnte jetzt, mitten in der Nacht, bei Tante Jo klingeln? Hatte uns Dr. Ignacius irgendwie aufgespürt? Mit klopfendem Herzen stand ich auf und öffnete die Zimmertür einen Spaltbreit.

Schlurfende Schritte kamen die Treppe herab, die Haustür wurde geöffnet. »Sammy!«, hörte ich Tante Jo. »Was machst du denn hier? Es ist mitten in der Nacht! Ist was passiert?«

»Entschuldigen Sie bitte die Störung, Mrs. Derringer. Es ist nur ... ich bin Streife gefahren und zufällig an Ihrem Haus vorbeigekommen, und da hab ich diesen Wagen da draußen gesehen, und ...«

»Welchen Wagen?«, fragte Tante Jo. In ihrer Stimme lag jetzt eine amüsierte Autorität, als ob sie die Frage lächerlich fände.

Der Polizist namens Sammy klang verunsichert. »Der Ford mit dem New Yorker Kennzeichen. Er gehört einem gewissen Paul Morrison.«

»Und?«

»Er ... er steht auf unserer Fahndungsliste, Mrs. Derringer. Der Wagen, meine ich.«

»Das Auto gehört dem Mann von Emily. Du erinnerst dich doch an die kleine Emily, Sam? Ihr seid zusammen zur Schule gegangen. Sie ist bei uns zu Besuch.«

»Mrs. Derringer, es tut mir leid ... da liegt vielleicht ein Irrtum vor, aber wie gesagt, der Wagen steht auf unserer Fahndungsliste. In Zusammenhang mit einem Entführungsfall.«

Tante Jo stieß ein heiseres Lachen aus. »Eine Entführung! Wer soll denn entführt worden sein?«

»In New York wurde ein todkranker Junge aus einem Krankenhaus verschleppt. Es besteht der dringende Verdacht, dass Mrs. Morrison … dass Emily in den Fall verwickelt ist. Mrs. Derringer, ich muss Sie leider bitten …«

»Verschleppt? Soweit ich weiß, wurde der Junge von seiner eigenen Mutter aus dem Krankenhaus geholt. Sie hatte jedes Recht dazu!«

»Ich … ich kenne nicht alle Einzelheiten, Mrs. Derringer. Aber es liegt eine richterliche Anordnung vor, dass der Junge unverzüglich zurück in das New Yorker Krankenhaus gebracht werden muss, notfalls auch gegen den Willen seiner Mutter. Beide wurden zur Fahndung ausgeschrieben. Es … es gibt wohl Grund zu der Annahme, dass die Mutter unzurechnungsfähig ist!«

»Sammy, erinnerst du dich noch an die Sache mit dem Zuchtbullen, der irgendwie aus dem Stall von Michael Brown ausgerissen ist und ein Verkehrschaos verursacht hat? Der Sachschaden, den das Vieh damals anrichtete, bevor es der Sheriff erschoss, betrug über zwanzigtausend Dollar, wenn ich mich nicht irre.«

Einen Moment Zögern. »Natürlich erinnere ich mich, Tante … ich meine, Mrs. Derringer. Aber was hat das …«

»Ich sage dir jetzt was, Sammy. Du vergisst, was für ein Auto da draußen steht, und ich vergesse, dass ich gesehen habe, wer damals mit dem Bolzenschneider, der neben dem Schuppen lag, das Schloss zu Mike Browns Stall geknackt hat.«

»Aber Mrs. Derringer, ich war damals fünfzehn. Die Sache ist längst verjährt, und diesmal geht es nicht um ein paar verbeulte Autos, sondern um das Leben eines Jungen, der dringend medizinische Hilfe benötigt! Ich kann nicht einfach …«

Tante Jo legte ihre gesamte Autorität in ihre Stimme. »Ich sage dir, worum es hier geht, Sammy! Es geht hier um das Recht einer Mutter, ihren Sohn zu retten, und um eingebildete Ärzte, die glauben, die Weisheit mit Löffeln gefressen zu haben. Es geht hier darum, ob wir die Dinge so regeln, wie wir sie in Huntingdon County immer geregelt haben, oder so, wie es irgendein Behördenarsch in einem verfluchten Großstadtkrankenhaus gern hätte!«

»Mrs. Derringer, ich bin nun mal Polizist!« Sammys Stimme klang beinahe verzweifelt. »Ich bin an die Gesetze gebunden, und …«

»Samuel Johnson, ich war als junges Mädchen im Krieg auf Hawaii, und obwohl ich erst sechzehn war, habe ich als Krankenschwester nach dem Angriff der Japse mehr Menschen gerettet als jeder Arzt in irgendeinem New Yorker Krankenhaus in einem ganzen Jahr! Ich habe deiner Mutter geholfen, dich auf die Welt zu bringen, und das war keine einfache Geburt, das kannst du mir glauben. Ich habe in meiner Zeit jede Menge Krankheit und Tod gesehen, und ich sage dir eins: Wenn dieser Junge, der da angeblich aus dem Krankenhaus entführt wurde, wieder dorthin zurückgebracht wird, dann wird er wahrscheinlich sterben! Die Mutter des Jungen ist kein bisschen verrückt, und sie steht unter meinem persönlichen Schutz. Du wirst jetzt in dein gemütliches Sheriffsbüro fahren und vergessen, dass du diesen Wagen da draußen gesehen hast! Verstanden?«

Einen Moment schwieg der Polizist. »Okay, Mrs. Derringer«, sagte er schließlich.

Erst jetzt merkte ich, dass ich den Atem angehalten hatte.

»Vertrau mir, Sammy«, sagte Tante Jo. »Es ist richtig so.«

»Ja, Mrs. Derringer. Entschuldigen Sie die Störung. Gute Nacht.«

»Gute Nacht, Officer Johnson.«

Tante Jo schloss die Tür. Sie wandte sich um und blickte mich über den schmalen Flur hinweg an. »Er wird wiederkommen«, sagte sie. »Und er wird nicht allein sein. Sammy ist kein schlechter Kerl. Er tut, was man ihm sagt. Aber er ist nicht gut darin, den Mund zu halten. Ihr müsst so schnell wie möglich weg von hier!«

Ich nickte und ging zurück ins Zimmer. Ich rüttelte Emily an der Schulter. »Wach auf!«

Sie öffnete die Augen und blinzelte verwirrt. »Was ist denn los?«

»Wir müssen verschwinden. Dr. Ignacius hat eine richterliche Anordnung erwirkt und uns die Bullen auf den Hals gehetzt, wie wir es befürchtet hatten. Ein Polizist hat deinen Wagen erkannt. Tante Jo hat ihn abgewimmelt, aber er wird wiederkommen, sagt sie.«

Emily stand auf. »Okay. Aber wohin sollen wir jetzt fahren? Wenn die Polizei das Kennzeichen unseres Wagens hat, werden sie uns früher oder später erwischen.«

Ich konnte nur mit den Schultern zucken.

In diesem Moment betrat Tante Jos Sohn George das Zimmer. Er wirkte entspannt, als sei es etwas ganz Normales, dass mitten in der Nacht ein Polizist vor der Haustür stand. »Guten Morgen, Ladys. Meine Mutter sagte, ich soll euch helfen, euch vor der Polizei zu verstecken.« Er grinste schief. »Nicht, dass ich das häufiger mache – eigentlich haben wir hier ein gutes Verhältnis zum Sheriff in Huntingdon. Aber dies ist wohl eine besondere Situation, und wenn meine Mutter so was sagt, dann hat sie in aller Regel recht.«

»Wir können nicht länger in Steephill bleiben«, sagte Emily. »Wenn wir es über die Staatsgrenze nach Ohio schaffen …«

»Das könnt ihr vergessen«, erwiderte George. »Die

Polizei überwacht garantiert die Grenzen, und auch die wichtigen Ausfallstraßen aus der Gegend.«

»Wenn wir ein anderes Auto nehmen …«

»Die sind nicht blöd. Sam kennt meinen Pick-up, und ich wüsste nicht, wo wir um diese Zeit ein unverdächtiges Auto herkriegen sollten. Nein, ihr müsst vorläufig hier in der Nähe bleiben. Wir können nur hoffen, dass sie die Suche irgendwann aufgeben, wenn sie euch nicht gleich finden.«

»Ich verstehe nicht, warum die diesen ganzen Aufwand treiben, nur, weil ich meinen Sohn aus dem Krankenhaus geholt habe«, sagte ich.

»Ich kenne die Bullen. Wenn deren Apparat einmal in Bewegung gekommen ist, dann ist er nicht mehr zu stoppen, bis sie euch haben oder irgendwann ein Verwaltungsbeamter mitkriegt, dass hier wieder mal Steuergelder sinnlos verpulvert werden. Jetzt kommt. Wir legen Eric auf die Ladefläche meines Pick-ups. Maria, du nimmst den Ford und fährst mir nach. Okay?«

»Wohin bringen Sie uns?«, fragte ich.

»Es gibt hier in der Nähe einen Stausee, den Raystown Lake. Er wurde in den siebziger Jahren gebaut, um die Wasser- und Elektrizitätsversorgung in der Gegend zu verbessern. Eigentlich sollte er auch eine Touristenattraktion werden, aber das Gelände rund um den See gehört immer noch dem Ingenieurscorps der U.S. Army. Es ist zu einer Art inoffiziellem Naturschutzgebiet geworden. Dort leben sogar noch ein paar Weißkopf-Seeadler, unsere Wappentiere. Die Ufer des Sees sind unbewohnt, und es gibt nur ein paar Jagdhütten im Wald weiter oben in den Hügeln. Eine davon gehört Jake Winston. Der schuldet Mutter noch einen Gefallen. Und vor allem mag er die Bullen nicht, seit er damals eingesperrt wurde, weil er sich vor dem Kriegsdienst in Vietnam drücken wollte. Anna und Emily, wir tragen Eric am besten mit dem Laken. Ihr beide nehmt diese Seite, ich die andere. Alles klar?«

Unter Georges kompetenter Anleitung hievten wir Eric auf die Ladefläche des Pick-ups. Ich setzte mich neben ihn. Emily bestand darauf, bei mir zu bleiben.

Wir fuhren über eine schmale Straße zu einem Bauernhof in der Nähe. Während wir auf der offenen Ladefläche saßen und uns sehr schutzlos vorkamen, klingelte George an der Tür, wartete, bis ein verschlafener dürrer Mann öffnete, und sprach ein paar Worte mit ihm. Der Mann sah zu uns herüber, nickte und gab George einen Schlüssel. Dann ging es weiter, durch Maisfelder und über waldige Hügel. Maria folgte uns die ganze Zeit in Pauls Ford. Geblendet von den Scheinwerfern, konnte ich ihr Gesicht nicht erkennen, aber ich hatte den Eindruck, dass sie mich kritisch musterte.

Nach ein paar Kilometern bog George in einen Waldweg ein. Es rumpelte ziemlich, wenn der Pick-up durch Pfützen und Schlaglöcher fuhr, und wir wurden auf der Ladefläche hin und her geworfen. Ich bettete Erics Kopf in meinem Schoß, so dass er sich nicht verletzte.

Endlich hielten wir an. Die Jagdhütte bestand aus nur einem einzigen Raum, der jedoch sehr behaglich eingerichtet war. Eine Wand wurde von einem großen Kamin eingenommen, vor dem ein Bärenfell ausgebreitet lag. Darüber hingen Hirschgeweihe und die Gehörne von Rehböcken, außerdem ein kitschiges Gemälde, das einen Indianer im Kampf mit einem Schwarzbären zeigte. In einer Ecke gab es eine Kochnische mit einem Gasherd und einen Esstisch mit ein paar Stühlen. Gegenüber in der Ecke stand ein großes Doppelbett. Der Geruch von altem Kaminrauch mischte sich mit dem Harz des Holzes zu einem angenehmen Aroma, das Schutz und Behaglichkeit versprach.

Wir legten Eric auf das Bett. George entzündete eine Gaslampe in der Raummitte. »Den Kamin lasst ihr besser aus, wäre nicht gut, wenn man die Rauchsäule sieht. Ich lasse euch jetzt allein. Ich will wieder zu Hause sein, wenn Sam das nächste Mal auftaucht. Wir werden sagen, dass ihr wieder zurück nach New York gefahren seid. Er wird mir nicht glauben, aber das macht nichts – er weiß, dass ich die Gegend wie meine Westentasche kenne und es hier Hunderte Versteckmöglichkeiten gibt. Wenn diese Ärzte aus New York nicht ungewöhnlich hartnäckig sind, dann werden sie die Suche spätestens in zwei, drei Tagen abblasen.« Er warf einen vielsagenden Blick zu Eric. »Vielleicht ist dann ja auch schon alles vorbei. Ich drücke die Daumen!«

Emily umarmte George. »Vielen Dank! Das werde ich euch nie vergessen!«

Sie sahen sich einen langen Moment an.

»Du könntest wieder hier leben, weißt du«, sagte George schließlich.

Emily schüttelte nur kurz den Kopf. »Ich habe einen anderen Weg gewählt. Aber ich werde sicher wiederkommen.«

»Gut. Tu das. Wir freuen uns jederzeit.«

»Ich weiß nicht, wie ich Ihnen danken soll, George«, sagte ich.

Er lächelte breit. »Nicht der Rede wert. Wir sind hier auf dem Land, da hilft jeder jedem. Das war schon immer so. Wenn der Junge wieder okay ist, müssen Sie uns mal besuchen kommen, Anna. Bei uns auf der Farm kann er lernen, was richtige Arbeit ist. Dann wird er nicht so ein Weichei wie die Städter, die immer nur mit dem Aufzug fahren und glauben, Jogging sei Ausdauersport.«

Ich nickte ernst. »Ich werde seine nächsten Ferien mit ihm hier verbringen, das verspreche ich.«

Er umarmte mich. »Gut. Viel Glück!« Damit ließ er uns allein. Hinter ihm begann sich der Himmel aufzuhellen. Ich sah auf die Uhr: Kurz nach fünf.

Maria untersuchte Eric, wie sie es regelmäßig tat: Sie fühlte seinen Puls, maß den Blutdruck, horchte seine Lungen mit einem Stethoskop ab, leuchtete mit einer kleinen Stablampe in seine Augen.

Als sie sich zu uns umwandte, war ihr Gesicht ernst. »Ich glaube, er wird schwächer.«

Ich beugte mich über Eric, konnte aber keinen Unterschied feststellen. »Bist du sicher?«

»Sein Blutdruck und seine Herzfrequenz sind kontinuierlich gefallen, seit wir ihn aus dem Krankenhaus geholt haben. Sie nähern sich einer kritischen Grenze.«

»Kann man dagegen nicht was machen? Ein Medikament geben oder so?«

Maria schüttelte langsam den Kopf. Mir schien, dass sie damit weniger ein Nein zum Ausdruck bringen wollte als vielmehr ihr Unverständnis über meine Uneinsichtigkeit. »Ich bin keine Ärztin. Ich kann keine Rezepte ausstellen und habe auch nicht das nötige Fachwissen dafür. Eric muss zu einem Arzt, und zwar so schnell wie möglich! Am besten, in ein Krankenhaus.«

»Das geht nicht!«, rief ich. »Du weißt genau, dass uns Dr. Ignacius dann sofort aufspürt. Er wird einen Weg finden, um ihn …«

Maria sprang auf. »Jetzt hör endlich auf mit dieser dämlichen Verschwörungstheorie! Dr. Ignacius ist nichts anderes als ein verantwortungsbewusster Arzt, der spürt, dass du in deinem Eifer, deinem Sohn zu helfen, einen schweren Fehler machst!«

Ich dachte an den brennenden Mann und schauderte. Ich wandte mich hilfesuchend an Emily. »Wir können jetzt nicht aufgeben. Wir sind doch ganz kurz davor, ihn wiederzufinden und zum Tor des Lichts zu bringen!«

»Sind wir das?«, fragte Emily. Doch sie nickte. »Wir machen noch einen Versuch. Dann sehen wir weiter.«

Marias Gesicht färbte sich rot vor Zorn. Ihre Augen schienen im schwachen Licht zu glühen »Ihr ... ihr seid beide ...« Sie verschluckte den Rest des Satzes. »Lasst uns wenigstens vorher frühstücken. Ich hab keine Lust, dass ihr am Ende genauso an Entkräftung draufgeht wie Eric.«

Ihre Worte lagen in der Luft wie ein schlechter Geruch. Emily und ich sahen uns an. Dann nahmen wir jeder eine Glanz-Kapsel, und bald wurde mein Zorn durch das wohlige Gefühl der Stärke und Zuversicht ersetzt, das die Droge in mir auslöste. Ich hatte plötzlich Verständnis für Marias Zorn und empfand große Sympathie für sie. Doch sie teilte das Gefühl offensichtlich nicht.

Wir aßen zum Frühstück kalte Bohnen aus der Dose, kräftiges Brot mit Butter und Schinken und Äpfel, die uns Tante Jo eingepackt hatte. Ich wusste nicht, ob es an der Droge lag, aber das einfache Mahl schmeckte mir hervorragend.

Nachdem wir abgeräumt hatten, legte ich mich zu Eric aufs Bett. Die Droge rann durch meine Adern wie warmes Gold. Ich hörte die Vögel im Wald, die die Morgensonne begrüßten, und hatte das Gefühl, ihren Gesang zu verstehen.

Ein Krächzen erklang.

Ich fuhr hoch. Vor dem Fenster über dem Bett, nur eine Armlänge von mir entfernt, saß eine Krähe auf einem niedrigen Ast und starrte mich an.

Ich sprang auf und schlug mit der flachen Hand gegen

die Scheibe. Die Krähe erschrak, breitete die Flügel aus und erhob sich in die Luft. Daraufhin erklang vielstimmiges Krächzen über der Hütte. Ich riss das Fenster auf und sah im Licht der einsetzenden Morgendämmerung einen großen Krähenschwarm, der über dem Wald kreiste.

»Verschwindet!«, brüllte ich. »Haut ab und lasst mich in Ruhe!«

Ich schloss das Fenster und blickte in die Gesichter meiner Begleiterinnen. Während Emily eher amüsiert wirkte, war Marias Gesicht sorgenvoll. Sie wandte sich ab und öffnete die Tür. »Ich gehe ein bisschen spazieren. Viel Spaß!« Der Klang ihrer Stimme erinnerte mich an Erics Trotzphase im Alter von etwa vier Jahren.

Emily und ich sahen uns an. »Sie wird sich schon wieder beruhigen«, sagte sie. Ich nickte.

Wir schlossen den Kreis.

# 30.

Ich lag auf Erics Bett. Die Digitalanzeige an seinem Wecker zeigte kurz nach sieben Uhr morgens.

Ruckartig setzte ich mich auf. Ich trug wieder das schwarze Gewand. Offenbar war der Teil, in dem ich in meinem eigenen Bett aufgewacht und Eric wieder da gewesen war, tatsächlich nur ein ganz normaler, wenn auch ungewöhnlich lebhafter Traum gewesen.

Wie in jenem Traum ging ich unter die Dusche und zog mir Jeans, ein T-Shirt und eine leichte Jacke an, dazu Turnschuhe. Mein Portemonnaie lag auf dem Nachtschrank. Es enthielt knapp hundertfünfzig Dollar. Ich steckte es ein. Dann packte ich eine Reisetasche, in die ich mehrere Flaschen Mineralwasser steckte, dazu das vorhandene Brot, etwas Käse, Kekse, zwei Feuerzeuge, eine Taschenlampe, eine Zange, einen Hammer, einen Schraubenzieher und die beiden größten Küchenmesser, die ich fand. Schließlich legte ich ein graues Kapuzensweatshirt, eine Jeans und Turnschuhe für Eric dazu. Ich wusste zwar nicht, ob sie dem griechischen Helden passen würden, in den er sich verwandelt hatte, aber es erschien mir durchaus möglich; Eric hatte wie seine Altersgenossen eine Vorliebe für viel zu weite, schlabbrige Kleidung.

Ich wollte zurück zum Broadway gehen und versuchen, von dort auf die Ebene der Tore zurückzukehren. Vielleicht, so überlegte ich, würde mir das gelingen, wenn ich die Tür, durch die ich gekommen war, von außen öffnete. Dafür hatte ich das Werkzeug eingepackt. Ich war mir zwar durchaus nicht sicher, ob ich die Tür damit würde öffnen können, hatte aber keine bessere Idee.

Zum Frühstück aß ich den Joghurt, der noch im Kühlschrank war, und briet mir aus den restlichen drei Eiern ein Omelett, dazu machte ich einen starken Kaffee. Erfrischt und gestärkt schulterte ich die Reisetasche und war im Begriff, die Wohnungstür zu öffnen, als mir eine Idee kam. Ich stellte die Tasche ab, ging in Erics Zimmer und schaltete den Laptop ein.

Ich hatte die übliche Bootroutine eines Computers erwartet – allem technischen Fortschritt zum Trotz schien es mit jedem neuen Modell länger zu dauern, bis die Maschine einsatzbereit war. Doch stattdessen erschien augenblicklich ein Bild. Aus einer Perspektive von schräg oben sah ich den griechischen Helden aus »Reign of Hades«. Er befand sich auf einer Ebene und war umgeben von Toren verschiedener Formen und Größen.

Mein Herz pochte heftig. Ich hatte Eric gefunden!

Der Krieger schritt langsam an den Toren vorbei. Die Kameraperspektive veränderte sich mit ihm, so dass die Figur stets in der Bildmitte blieb und die Tore langsam vom oberen Bildschirmrand nach unten scrollten. Hin und wieder drehte er den Kopf nach links oder rechts, doch er schien die Tore kaum noch zu beachten. Seine gesenkten Schultern und der langsame Gang drückten Hoffnungslosigkeit aus. Offensichtlich wanderte er schon seit Wochen hier herum, auf der Suche nach dem Tor des Lichts, vielleicht auch nach mir.

Wenn ich doch irgendwie mit ihm in Kontakt treten könnte! Ich griff nach der Maus und klickte irgendwo auf den Bildschirm.

Eric blieb stehen. Er sah sich verwirrt um, dann ging er zu der Stelle, auf die ich geklickt hatte.

Ich klickte auf eine Stelle am Boden hinter ihm. Er wandte sich um und ging dorthin.

Ich konnte ihn steuern!

Natürlich konnte ich ihn steuern. Das hier war ein Computerspiel. Doch irgendwie war ich überzeugt, dass der Eric auf dem Laptop-Bildschirm tatsächlich der echte Eric war, der irgendwo auf der Ebene der Tore herumirrte. Auf jeden Fall war es eine Chance.

Aber wie konnte ich sie nutzen? Auch wenn dies nur eine Phantasiewelt war, sah ich keine Möglichkeit, zu ihm in die Spielwelt des Laptops zu gelangen oder ihn daraus zu befreien. Und ihn in der Gegend herumzudirigieren würde mir kaum etwas nützen. Es sei denn …

Zwischen den beiden Mausknöpfen befand sich ein kleines Rad. Ich fand heraus, dass ich, wenn ich daran drehte, den Bildausschnitt verändern konnte. Drehte ich nach vorn, zoomte die Kamera dichter an Eric heran. Ich probierte es aus, bis ich seinen verwirrten Gesichtsausdruck in allen Details erkennen konnte. Drehte ich in die andere Richtung, entfernte sich die Kamera von ihm, stieg immer höher, bis er nur noch ein winziger Punkt in einem Meer aus schräg aufragenden Rechtecken war.

Ich ließ die Kamera in dieser Position und suchte nach einem vertrauten Muster. Schließlich erkannte ich am unteren Bildschirmrand das riesige weiße Tor, von dem aus ich die Tür zum Broadway gesehen hatte. Ich klickte darauf. Auf den ersten Blick geschah nichts, doch als ich wieder an dem Rad drehte und Eric aus der Nähe betrachtete, sah ich, dass er in die Richtung des Marmorportals ging. Sein Schritt war jetzt schneller, zielstrebiger als zuvor. Offensichtlich spürte er meinen Ruf und war von neuer Hoffnung erfüllt.

So weit, so gut. Jetzt musste ich nur noch selbst dorthin gelangen. Ich verließ die Wohnung mit meiner Reisetasche und nahm die U-Bahn zum Times Square. Jetzt, am Morgen, waren die Straßen voller Touristen und Geschäftsleute. Gegenüber der Nacht war der Glanz des Broadway verblasst, aber das kümmerte mich wenig. Ich fand das Schnellrestaurant ohne Schwierigkeiten.

Der Hinterhof war verlassen. Ich stellte die Reisetasche auf den Boden und begann, mich mit Hammer und Schraubenzieher an dem Schloss der Metalltür zu schaffen zu machen. Ich hatte es mir einfach vorgestellt, das Schloss aufzuhebeln, doch es gelang mir kaum, den Schraubenzieher unter das Türblatt zu schieben, geschweige denn, genug Druck aufzubauen, um den Schließmechanismus aufzubrechen. In Filmen öffnete man solche Schlösser doch immer mit Kreditkarten, aber da das Türblatt den Rahmen überdeckte, gab es hier nicht mal einen Schlitz, in den ich eine solche hätte einführen können.

Ich fummelte eine Weile an dem Schloss herum, doch alles, was ich erreichte, war ein abgebrochener Daumennagel. Frustriert schlug ich mit der Faust gegen die Tür.

In diesem Moment öffnete sie sich.

Verblüfft machte ich einen Schritt zurück. Eine junge Frau im blaugrauen Kittel einer Reinigungskraft erschien und fragte mich mit spanischem Akzent, ob sie mir helfen könne.

»Haben Sie einen Schlüssel für diese Tür?«, fragte ich.

Sie nickte, dann zeigte sie zum Ausgang des Innenhofs. »Wenn Sie in das Restaurant wollen, müssen Sie da herum gehen.«

»Bitte, könnten Sie diese Tür für mich aufschließen?«, fragte ich.

Die Frau sah mich an, als ob sie mich für verrückt hielt.

»Die Tür ist doch auf!«, sagte sie. »Aber ich darf sie hier nicht hineinlassen!«

Ich versuchte, die Situation zu retten, und setzte ein ernstes Gesicht auf. »Mein Name ist Anna Demmet von der städtischen Gesundheitsbehörde, und ich …«

»Wenn Sie von der Gesundheitsbehörde sind, dann fress ich meinen Putzlappen«, sagte die Frau und machte Anstalten, die Tür zu schließen.

»Nein, bitte!«, rief ich. »Bitte, kommen Sie kurz heraus, machen Sie die Tür zu und schließen Sie sie wieder auf!« Ich holte mein Portemonnaie hervor und holte einen Schein heraus. »Hier, ich gebe Ihnen 50 Dollar!«

Die Frau sah das Geld an, dann mich, dann wieder das Geld. Ihre Augen wurden schmal. »Was soll das? Ist das ein Trick?«

»Nein, ehrlich. Ich weiß, es klingt verrückt, aber ich muss wissen, was passiert, wenn diese Tür von außen geöffnet wird! Bitte!«

Die Frau schien nun vollends überzeugt, dass ich einen Dachschaden hatte. Aber auch das Geld einer Verrückten konnte sie offenbar gut gebrauchen. Sie trat heraus, nahm mir den Schein aus der Hand, schloss die Tür, betrachtete einen Moment argwöhnisch die Kratzspuren am Schloss, kramte dann einen Schlüsselbund hervor und fummelte daran herum.

Als sie die Tür endlich öffnete, erstarrte sie. »Madre santa de dios!«, rief sie. Langsam wandte sie sich zu mir um und starrte mich mit großen Augen an. Dann bekreuzigte sie sich mehrmals und rannte zum Ausgang des Innenhofs, als sei der Teufel hinter ihr her.

Aus dem Hinterausgang des Schnellrestaurants schlug mir warme, trockene Luft entgegen. Auf der anderen Seite erstreckte sich die Ebene der Tore.

Erleichtert trat ich hindurch und schloss die Tür hinter mir. Ich fragte mich, ob sie erneut auf die Ebene der Tore führen würde, falls die Putzfrau ihre Angst überwand und sie ein zweites Mal aufschloss. Aber war dieser Gedanke überhaupt sinnvoll? Existierte die Putzfrau noch, jetzt, wo ich sie nicht mehr sah, oder entstanden die Welten jenseits der Türen erst in dem Moment in Erics Phantasie, in dem ich eine Tür öffnete? Das erschien mir wie eine interessante philosophische Frage: Konnte überhaupt irgendetwas existieren, das niemand je sah oder irgendwie indirekt wahrnahm? Wurden die Dinge, vom Gänseblümchen bis zur Galaxis, erst in dem Moment real, wo ihr Licht durch irgendeine Pupille fiel und in einem Bewusstsein abgebildet wurde? Entstand der Kosmos erst im Auge des Betrachters?

In der Ferne ragte das große Marmortor auf. Dort würde ich Eric treffen. Falls es tatsächlich einen direkten Zusammenhang zwischen dem Computerspiel und dieser Phantasiewelt gab.

Als ich dort eintraf, war Eric nicht zu sehen. Ich kletterte die großen Stufen hinauf und blickte mich um, doch weit und breit sah ich nur Tore. Enttäuscht stellte ich die Reisetasche ab und setzte mich. Vielleicht war er noch unterwegs. Ich wusste nicht genau, wie weit es von dem Punkt, an dem ich ihn zuletzt gesehen hatte, bis hierher war. Vielleicht hatte er auch die Orientierung verloren. Oder das Tor, auf das ich geklickt hatte, war nicht wirklich dieses hier gewesen, sondern hatte nur so ähnlich ausgesehen.

Mir fiel ein, dass ich den Laptop hätte mitnehmen können. Vielleicht hätte ich ihn dann jetzt sehen können. Oder mich selbst, wie ich mit Laptop auf dem Sockel des Portals saß …

Ich überlegte, ob ich in unsere Wohnung zurückkehren und den Computer holen sollte, aber das Risiko, Eric gerade in diesem Moment zu verpassen, vielleicht auf irgendeine Weise in jenem falschen New York aufgehalten zu werden oder am Ende die Tür zur Ebene der Tore nicht öffnen zu können, schreckte mich ab. Also blieb mir nichts übrig, als hier zu warten. Ich holte eine Flasche Wasser und ein paar Kekse aus der Tasche. Dabei stieß ich auf eines der Feuerzeuge. Das brachte mich auf eine Idee: Vielleicht konnte ich Eric auf mich aufmerksam machen. Ich musste ja nur Türen öffnen, bis ich eine Welt fand, in der ich trockenes Holz oder anderes Brennmaterial sammeln konnte. Die Rauchsäule würde man kilometerweit sehen.

Die erste Tür, die ich öffnete, führte in eine Sumpflandschaft. Die Luft war stickig und schwül, und armlange Insekten schwirrten umher. Ich dachte an das sechsbeinige Raubtier und schloss die Tür, bevor eines der Rieseninsekten entweichen konnte.

Beim zweiten Versuch wählte ich eine schlichte Holztür, die zu der Jagdhütte von Jake Winston gepasst hätte. Meine Hoffnung war, dass sie zu einer ähnlichen Behausung irgendwo in einer Waldlandschaft gehörte. Tatsächlich öffnete sie sich in einen Innenraum mit Holzwänden, die vom warmen Licht eines Kaminfeuers erleuchtet wurden.

An einem großen Tisch saß ein Wesen, das dem »Herrn der Ringe« davongelaufen zu sein schien: ein Zwerg mit grauer Haut, einem zerfurchten, schiefen Gesicht, langen haarigen Armen und viel zu kurzen Beinen. Er war in schmutzige Fetzen gehüllt, die einmal so etwas wie Kleidung gewesen sein mochten. Der betäubende Gestank von ranzigem Fett schlug mir entgegen.

Das Wesen grinste mich mit seinem schiefen Mund an, und in den Lücken zwischen seinen Zähnen klebten faulige Essensreste. Es hielt einen Teller hoch, auf dem von Maden bedecktes Fleisch lag, und machte eine einladende Geste. Dazu sagte es etwas in einer fremden Sprache.

»Nein, danke«, sagte ich und schloss die Tür.

Das Tor gleich nebenan bestand aus glänzendem roten Material, anscheinend einer Art Kunststoff. Es war etwas größer als der Eingang zur Hütte des Gnomen. Ich öffnete es und blieb mit offenem Mund an der Schwelle stehen.

Hinter der Tür erstreckte sich ein riesiger Raum. Die hellblauen Wände waren mindestens fünfzig Meter hoch, der Boden mit Teppich bedeckt, dessen Fasern mir bis über die Knöchel reichten. Nicht weit von mir entfernt stand ein rotes Auto. Es war groß genug, dass ich mich hätte hineinsetzen und wegfahren können, wenn es einen Motor gehabt hätte. Doch es bestand aus Holz, hatte große gelbe Räder und eine Schnur, dick wie ein Ankertau, mit der man es hinter sich herziehen konnte.

Ich erkannte dieses Auto sofort, und mein Magen krampfte sich bei seinem Anblick zusammen. Eric hatte es zu seinem zweiten Geburtstag geschenkt bekommen.

Staunend trat ich ein, wobei ich meine Reisetasche so auf die Schwelle stellte, dass die Tür nicht von selbst zufallen konnte. Das hier war tatsächlich Erics Kinderzimmer – eine riesenhafte Version davon. Die Tür gehörte zu einem roten Feuerwehrhaus aus Plastik. Figuren lagen herum, jede von ihnen beinahe so groß wie ich. Ihre gelben Plastikgesichter grinsten furchterregend. Erics Bett war so hoch, dass ich aufrecht drunter hindurchlaufen konnte. Der kleine Kindertisch mit den beiden Plastikhockern hatte die Dimension eines Einfamilienhauses.

Ich drehte mich um, und mein Herz blieb stehen. Ich blickte direkt in Erics riesiges, von blonden Löckchen umrahmtes Gesicht. Er war es, etwa zwei Jahre alt, daran bestand kein Zweifel. Er saß auf dem Boden, in hellblauen Shorts und einem T-Shirt, das ich ihm bei unserem Ausflug nach Disneyworld gekauft hatte. Seine großen, blauen Augen musterten mich neugierig, und seine Stirn zog sich zu einer niedlichen Falte kraus. »Mama?«, sagte er und streckte eine Hand nach mir aus.

Ehe ich reagieren konnte, hatte er mich gepackt und hochgehoben. Seine kurzen Finger umklammerten mich so fest, dass ich Angst um meine Rippen hatte und kaum atmen konnte. Er hielt mich dicht vor sein Gesicht und betrachtete mich mit großen staunenden Augen. Sein Mund war zu einem runden O geöffnet, das bei einem normalgroßen Kleinkind entzückend gewirkt hätte. »Mama?«, fragte er erneut.

»Eric!«, rief ich.

Das war ein Fehler. »Mama!«, rief er freudig und schüttelte mich durch die Luft. Mir wurde übel. Ich versuchte, mich aus seiner Umklammerung zu winden, doch damit erreichte ich nur, dass er noch fester zudrückte. Ich bekam keine Luft mehr. In seiner kindlichen Freude würde er mich umbringen.

Ich konnte einem Zweijährigen nicht erklären, dass er mich loslassen musste. Also tat ich das Einzige, was mir einfiel: Ich biss ihm in den Finger, so fest ich konnte.

Der Biss konnte für ihn nicht mehr sein als ein leichtes Zwicken – seine Haut war hart und zäh wie Leder zwischen meinen Zähnen. Doch ich erreichte mein Ziel. Er ließ mich fallen und stimmte ein ohrenbetäubendes Gebrüll an.

Ich rang nach Luft. Mein Brustkorb schmerzte, und ich

konnte mich kaum bewegen. »Aua Ding!«, brüllte Eric. »Böses Ding!« Er nahm einen der Holzbauklötze, mit denen er gespielt hatte – sie erinnerten mich an die mächtigen Steinquader, aus denen die Pyramiden von Gizeh gebaut worden waren –, und warf ihn nach mir, verfehlte mich aber um ein paar Meter.

Ich wartete nicht, bis er den nächsten Versuch machte. Ich erinnerte mich noch zu gut an Erics Wutanfälle, die er in diesem Alter gehabt hatte. Einmal hatte er seinen Teller vom Küchentisch geworfen, weil ich mich weigerte, ihm eine zweite Portion Götterspeise zu geben.

Im Zickzack rannte ich auf das Feuerwehrhaus zu.

In seiner kindlichen Genialität schien Eric zu ahnen, was ich vorhatte. Er krabbelte auf allen vieren, griff das Feuerwehrhaus und hob es in die Luft, so dass ich es nicht mehr erreichen konnte. Dann ließ er es unvermittelt auf den Boden krachen, offenbar in der Absicht, mich damit zu treffen. Ich konnte mich gerade noch zur Seite werfen. Ich rappelte mich auf und flüchtete unter sein Bett.

Eric krabbelte mir nach und legte seinen riesigen Kopf flach auf den Boden, um mich anzusehen. Er streckte den Arm nach mir aus, erreichte mich jedoch nicht. Er machte schniefende Geräusche der Frustation. »Mama! Will Mamapuppe haben!«

»Was ist denn los, Eric?«

Es war die Stimme seiner Mutter. Meine Stimme. Ich fragte mich, was passieren würde, wenn ich jetzt unter dem Bett hervorkam. Würde mein anderes Selbst in hysterisches Geschrei ausbrechen? In Ohnmacht fallen? Oder mich einfangen, in einen Schuhkarton sperren und mit mir zur Columbia University fahren?

Was hätte ich in einer solchen Situation gemacht? Wahrscheinlich wäre ich in die Küche gegangen, hätte ein

Beruhigungsmittel genommen und mir gesagt, dass ich mir das alles nur eingebildet hatte.

So oder so hatte ich keine Lust, das herauszufinden. Also blieb ich in meinem Versteck und hörte zu, wie Eric meinem anderen Selbst erklärte, was geschehen war: »Mamapuppe Aua Aua demacht. Böse Mamapuppe. Mamapuppe Heiabett.«

»Nein, du musst noch nicht ins Heiabettchen«, hörte ich meine Stimme dröhnen. »Du darfst noch ein bisschen spielen.«

»Pielen!«, rief Eric. »Pielen mit Mamapuppe! Da! Heiabett!«

»Ach so, dir ist was unters Bett gefallen.« Ich sah, wie sich mein Riesenebenbild hinkniete. Ich sprintete los und schaffte es gerade noch, mich hinter einem der Bettpfosten zu verstecken.

»Was ist denn da? Ich seh nichts!«

»Mamapuppe! Mamapuppe Aua demacht!«

Aus meinem Versteck konnte ich sehen, wie Erics runder Kopf unter der Bettkante erschien. Rasch zog ich mich weiter hinter den Pfosten zurück, doch er hatte mich gesehen. »Da! Mamapuppe!«, rief er. Der Boden erzitterte, als er um das Bett herumlief und mit seinen dicken Fingern in den Spalt griff.

Ich setzte alles auf eine Karte und rannte los. Ich hörte einen schrillen Schrei, der mich um meine Trommelfelle fürchten ließ. »Was … was ist das denn?«

Ich warf einen Blick über meine Schulter und sah in mein eigenes, fassungsloses Gesicht. Es war aschfahl.

»Mamapuppe!«, rief Eric freudig und rannte hinter mir her.

Ich erreichte das Feuerwehrhaus gerade noch rechtzeitig. Die Plastiktür klemmte, aber ich schaffte es, sie ein

Stück aufzuschieben und mich hindurchzuzwängen. Erleichtert stolperte ich hinaus auf die Ebene der Tore. Meine Reisetasche lag neben der Plastiktür – offenbar war sie herausgefallen, als Eric das Haus hochgehoben hatte.

Hinter mir wurde die Tür aufgedrückt, und ich sah eines von Erics Augen. »Mamapuppe!«, brüllte er.

»Tut mir leid, mein Kleiner!«, rief ich.

Eine Riesenhand schob sich durch die Tür und schoss vor wie eine Schlange, die eine Maus angreift. Ich machte einen Hechtsprung zur Seite und stöhnte auf, als ich auf meinem rechten Rippenbogen landete. Es fühlte sich an, als hätte ich überall Prellungen und Quetschungen von Erics Umklammerung. Ich konnte von Glück sagen, dass keine Rippen gebrochen waren.

Die Hand tastete im Sand herum, doch nachdem ich mich aufgerappelt hatte, konnte ich ihr mühelos ausweichen. Ich hörte Erics frustrierte Rufe: »Mamapuppe! Will Mamapuppe haben!« Schließlich gab er auf, und die Hand zog sich zurück. Rasch schloss ich die Tür.

Ich beschloss, auf weitere Experimente mit Türen zu verzichten, und kletterte wieder auf den Sockel. Ich wartete mehrere Stunden, bis die Sonne unterging und die Nacht heraufzog. Immer wieder ließ ich meinen Blick über die Ebene der Tore schweifen, doch von Eric war weit und breit nichts zu sehen. Schließlich legte ich mich auf den kalten Marmor und schlief ein.

# 31.

Jemand rüttelte mich an der Schulter. »Göttliche Mutter! Wach auf!«

Mit einem Schlag war ich hellwach. »Eric!« Ich umarmte ihn stürmisch.

Er erwiderte lachend die Umarmung. »Endlich habe ich dich gefunden, göttliche Mutter! Ich dachte schon, diesmal hättest du mich endgültig verlassen.«

Ich löste mich von ihm und blickte ihm in die Augen, die so anders aussahen als Erics und doch seine waren. »Ich werde dich nie verlassen! Niemals, hörst du?«

Er nickte. »Jetzt, wo du wieder bei mir bist, kannst du mich sicher zum Tor des Lichts führen. Ich habe tausend Türen geöffnet, doch keine schien mir ins Licht zu führen, so wie das Orakel es prophezeit hat. Es sagte, ich würde das richtige Licht am Geschmack erkennen. Aber wie kann man Licht schmecken?«

»Ich weiß es leider auch nicht«, sagte ich. »Ich fürchte, wir werden weitersuchen müssen.«

»Dann lass uns gleich aufbrechen!«

»Moment noch. Ich hab dir etwas mitgebracht.« Ich öffnete die Reisetasche und gab ihm die Kleidungsstücke und die Turnschuhe.

Er betrachtete die Dinge ratlos. »Was ist das?«

»Was zum Anziehen. Du kannst deine Rüstung hier in die Tasche legen«, sagte ich. »Du wirst sehen, es ist viel bequemer so.«

Er legte die »Götterkleidung« ohne Widerspruch an. Ich half ihm, zeigte ihm, wie man einen Reißverschluss benutzte, band ihm die Schuhe zu. Die Sachen passten ihm wie angegossen – ein gutes Zeichen, wie ich fand. Die Kleidung fühlte sich offensichtlich fremdartig für ihn an, denn er bewegte sich steif und unbeholfen. Aber er würde sich sicher bald daran gewöhnen. Vielleicht würde ihn das Gefühl vertrauter Kleidung der Realität ein Stück näherbringen.

Von neuem Mut erfüllt, kletterte ich die Stufen hinunter. Eric hatte sich die Reisetasche umgehängt, in der sich seine Rüstung befand. Den Schwertgurt trug er über der Jeans.

Gerade als ich von der untersten Stufe in den Sand sprang, merkte ich, wie mir plötzlich schwindlig wurde. Ich fühlte mich leicht, und die Welt schien zu verblassen.

»Nein!«, rief ich. »Nicht jetzt! Nicht, wo ich ihn endlich gefunden habe!«

»Göttliche Mutter!«, rief Eric erschrocken. »Was geschieht mit dir? Du wirst … durchsichtig wie ein Geist …«

»Bleib hier!«, rief ich ihm zu. »Egal, was geschieht, bleib hier! Ich komme wieder!« Dann wurde es schwarz um mich.

»Verdammt!«, rief ich und schlug mit der Faust auf die Bettdecke. »Verdammt, verdammt, verdammt!«

Emily sah mich blinzelnd an. »Reg dich nicht auf. Freu dich lieber, dass du ihn wiedergefunden hast! Und sei bitte in Zukunft etwas vorsichtiger, wenn du Türen öffnest. Ich hab mir fast in die Hose gemacht vor Angst, als du Eric als Zweijährigem begegnet bist.«

Ich ging nicht auf ihren milden Tadel ein. Sie hatte leicht reden. Ich war diejenige, die alle Entscheidungen treffen musste. Sie war nur Zuschauerin. Sie musste sich vorkommen wie ein Football-Fan vor dem Fernseher, der aus seiner distanzierten Position heraus glaubt, alles besser zu wissen als die Spieler auf dem Platz. »Wieso hat es diesmal nicht länger angehalten?«, fragte ich. »Wieso waren wir nur so kurz in seiner Welt?« An meiner schlechten Laune merkte ich deutlich, dass die Kapsel nicht mehr wirkte.

»Ich nehme an, die Effektivität der Droge nimmt ab, weil eure Körper sich an sie gewöhnt haben«, kommentierte Maria. Sie saß an dem kleinen Esstisch, wo sie eines der Bücher gelesen hatte, die auf dem Regal über dem Kamin standen – offensichtlich ein Science-Fiction-Roman von einem Autor namens Philip K. Dick. »Das ist typisch für Drogen: Der Körper braucht immer mehr davon, um den richtigen Kick zu kriegen!«

Ich ignorierte den Vorwurf in ihrer Stimme und wandte mich an Emily. »Vielleicht sollten wir die Dosis erhöhen und beim nächsten Mal gleich zwei Kapseln nehmen.«

Sie sah mich erschrocken an. »Kommt nicht in Frage! Maria hat recht: Dieses Zeug ist gefährlich! Ich ... ich spüre, wie meine Lust darauf immer größer wird. Das macht mir Angst!«

Ich stand auf und holte den Beutel mit den Kapseln aus meiner Jacke. Ich hielt ihr eine hin.

»Du ... du willst doch nicht sofort wieder eine von diesen Dingern nehmen!«, rief Maria empört.

»Wir müssen wieder zurück!«, entgegnete ich.

»Das lasse ich nicht zu!«, sagte Maria.

»Das hast du überhaupt nicht zu entscheiden!«, erwiderte ich kühl.

Maria warf mir einen eisigen Blick zu, schwieg jedoch.

»Lass uns eine kleine Pause machen«, sagte Emily in dem Versuch, einen Kompromiss zu finden. »Die können wir beide gut gebrauchen.«

»Aber er wartet dort auf mich!«, rief ich. »Wir können doch nicht riskieren, ihn schon wieder zu verlieren!«

Emily stand auf und streckte sich. »Lass uns wenigstens einen kleinen Spaziergang machen. Nur ein bisschen frische Luft schnappen. Du hast ihm doch gesagt, dass er an dem Tor auf dich warten soll. Er wird immer noch da sein, wenn wir zurückkehren.«

Ich sah aus dem Fenster. Es schien früher Nachmittag zu sein. Warmes Sonnenlicht flirrte durch das dichte Blätterdach. Die Aussicht auf einen Spaziergang war verlockend, doch ich machte mir Sorgen. Ich dachte an das Raubtier, das aus einer der Türen entwischt war und noch irgendwo auf der Ebene der Tore herumirrte. »Jede Stunde in unserer Welt entspricht einem Tag oder mehr in seiner!«, entgegnete ich. »Wer weiß, was alles passiert, während wir hier diskutieren! Die Ebene der Tore ist gefährlich!«

»Solange Eric nicht auf die Idee kommt, wahllos Türen zu öffnen, wird ihm nichts geschehen«, erwiderte Emily in einem Tonfall, der keinen Widerspruch zu dulden schien.

Ich begriff, dass ich ihre Geduld und Hilfsbereitschaft überstrapazierte. »Also schön.«

»Du wirst sehen, es wird dir guttun. Es ist sehr schön hier draußen.« Emily wandte sich an ihre Nichte. »Kommst du mit, Maria?«

»Nein, danke. Geht ihr beide ruhig. Ich versorge inzwischen Eric.«

»Soll ich dir helfen?«, fragte ich.

Maria tat, als habe sie mich nicht gehört.

Ich ging zu ihr. »Entschuldige, Maria. Ich … ich verstehe deine Sorge. Aber wenn du gesehen hättest, was deine Tante und ich gesehen haben, würdest du uns verstehen.«

Sie blickte auf, und in ihren Augen schien wieder jene tiefe Traurigkeit zu liegen, die mir schon bei unserer ersten Begegnung aufgefallen war. »Ich glaube, ich habe genug gesehen!«

Ich legte eine Hand auf ihren Arm. »Danke, Maria! Danke, dass du das alles hier mitmachst!«

Sie wandte den Blick ab.

Ich folgte Emily nach draußen. Das Licht erschien mir trotz des dichten Blätterdachs grell, als ich vor die Hütte trat. Die Vögel sangen, und der warme, freundliche Duft des Waldes erfüllte die Luft.

Ein schmaler Pfad führte den Hang hinab. Wir folgten ihm.

»Ich habe als Kind oft in diesem Wald gespielt«, erzählte Emily. »Meine Eltern haben mir verboten, allein hierher zu kommen, weil sie Angst vor Bären hatten. Aber ich habe das Verbot mehr als einmal ignoriert. Einen Bären habe ich nie zu Gesicht bekommen; ich glaube, es gibt hier seit Jahrzehnten keine mehr.«

Ich sah mich ein wenig beunruhigt um. Dann musste ich über mich selbst schmunzeln. Ein Schwarzbär wäre, verglichen mit fliegenden Quallen, Riesenschildkröten oder einem wütenden Zyklopen, ein geradezu lächerliches Problem.

»Maria scheint ziemlich sauer auf mich zu sein«, sagte ich.

»Du musst ihr das nicht übelnehmen«, meinte Emily. »Sie hat Angst, dass du mich in Gefahr bringst. Sie glaubt, dass du egoistisch bist und mich ausnutzt. Ich habe ihr schon gesagt, dass das nicht stimmt, dass ich Eric genauso retten will wie du und dass sie sich keine Sorgen machen soll.«

Tränen schossen mir in die Augen. Ich blieb stehen und nahm meine Freundin in den Arm. »Ich … ich werde nie vergessen, was du für mich … für uns tust, Emily!«

Sie streichelte meinen Rücken. »Ich weiß, Anna. Aber ehrlich gesagt tue ich es nicht nur für dich und Eric. Ich … ich habe einfach das Gefühl, dass ich es tun *muss*. Mir scheint, es ist meine Bestimmung, diesen Weg mit dir zu gehen.«

Wir folgten schweigend dem Pfad, der sich in langen Schleifen den Hang hinabwand. Schließlich erreichten wir das Ufer des Sees, der still in der Nachmittagssonne dalag. Die bewaldeten Hänge der Berge auf der anderen Seite spiegelten sich im Wasser, das von einem leichten Wind gekräuselt wurde. Ein einzelnes Segelboot glitt lautlos vorüber. Es war ein idyllischer Anblick, der mir das Herz aufgehen ließ. Ich nahm mir vor, auf jeden Fall wieder hierherzukommen, wenn diese Krise meines Lebens überstanden war.

Der Pfad, der von der Hütte hinabführte, endete an einem kleinen Bootssteg. Dort lag ein hölzernes Ruderboot mit Außenbordmotor vertäut. Es war mit einer grauen Persenning abgedeckt. Ein etwas breiterer Weg führte am Ufer entlang. Spuren im weichen Boden deuteten auf seine gelegentliche Benutzung durch Spaziergänger, Jogger und Radfahrer hin. Ich sah auch die Abdrücke von beschlagenen Pferdehufen.

Wir spazierten ein Stück am See entlang und genossen die Nachmittagssonne. Eine Bewegung über mir ließ mich aufblicken. Ein großer Vogel hatte sich hinter uns aus einem Baum erhoben und schwebte über den See. Er hatte breite Schwingen, deren Federn an den Enden wie die Finger einer Hand ausgestreckt waren, und einen strahlend weißen Kopf. Ein Seeadler! Ich hatte noch nie ein solches Tier in freier Wildbahn gesehen. Mir stockte der Atem angesichts seiner majestätischen Schönheit, und ich begriff, warum es das Staatswappen schmückte.

Der Adler schwebte etwa zehn Meter über dem Wasser dahin, den Kopf mit dem gelben Schnabel auf den See gerichtet. Dann legte er plötzlich die Flügel an und schoss wie ein Pfeil herab. Dicht über der Wasseroberfläche breitete er die Flügel aus und begann, heftig zu flattern, um seinen Sturz abzubremsen. Wasser spritzte auf, als er die Oberfläche berührte, und für einen Moment hatte ich das Gefühl, er müsse eintauchen und untergehen. Doch das Tier löste sich wieder von der aufgewühlten Wasseroberfläche. In seinen Fängen glitzerte ein silberner Fisch.

»Hast du das gesehen!«, rief ich begeistert und ärgerte mich, dass ich keine Kamera dabeihatte. Im nächsten Moment hörte ich über mir ein vielstimmiges wütendes Krächzen und das Flattern zahlloser Flügel. Ein Schwarm Krähen erhob sich und flog hinaus über den See, genau auf den Adler zu, der mit seiner Beute zurückkehrte.

Der Raubvogel drehte ab, als er die Krähen auf sich zukommen sah. Mit heftigen Flügelschlägen versuchte er, an Höhe zu gewinnen, doch das Gewicht seiner Beute schien ihn zu behindern, und er war nicht schnell genug. Die wesentlich kleineren Krähen umschwärmten ihn, und für einen Moment sah ich nur einen Tumult aus schwarzen Federn. Dann fiel der Fisch herab in den See. Eine der Krähen versuchte, ihn aufzufangen, doch sie war nicht kräftig genug, um ihn zu halten.

In der Luft tobte ein heftiger Kampf. Ich konnte kaum glauben, dass die Krähen tatsächlich einen Adler attackierten, aber es geschah vor meinen Augen. Ein schwarzer Vogel stürzte ab, verzweifelt mit seinen gebrochenen Flügeln flatternd, und klatschte ins Wasser, dann noch einer. Doch immer noch umringten die Krähen den Adler in einer so dichten Wolke, dass ich kaum noch etwas von dem Raubvogel sah.

»Haut ab, ihr Mistviecher!«, brüllte ich, außer mir vor Wut. »Lasst ihn in Ruhe, verdammt noch mal!«

Als hätten sie meine Worte gehört, stoben die Vögel auseinander. Mindestens zwei weitere Krähen konnten nicht mehr richtig fliegen und sackten in kreisförmigen Bahnen auf die Seeoberfläche herab. Ich jubelte, als sich der Adler endlich aus der Wolke seiner Angreifer löste. Doch das Tier schien ebenfalls verletzt zu sein. Die Bewegungen seiner Flügel wirkten nicht mehr majestätisch, sondern verkrampft. Er bekam Schlagseite, und obwohl er mit aller Kraft kämpfte, verlor er immer mehr an Höhe. Er versuchte, das gegenüberliegende Ufer zu erreichen, fort von den schrecklichen schwarzen Angreifern, doch es war viel zu weit.

Tränen traten in meine Augen, als ich mit ansehen musste, wie das majestätische Tier mitten im See niederging. Immer wieder schlug der Adler mit den Flügeln, doch er konnte sich nicht mehr von der Wasseroberfläche lösen. Irgendwann würde er ertrinken, das war offensichtlich.

Einen Moment standen wir sprachlos da und starrten auf das hilflose Tier.

»Komm, lass uns zurückgehen«, sagte Emily.

»Aber wir müssen doch etwas tun!«, rief ich.

»Krähen sehen Seeadler nun mal als Feinde an und verteidigen ihr Revier gegen sie«, sagte Emily. »Der Adler hat Pech gehabt. So ist eben das Gesetz der Natur.«

Ich hatte schon davon gehört, dass Krähen gelegentlich auch viel größere Raubvögel angriffen, um sie aus ihrem Revier zu vertreiben. Doch das Verhalten der Vögel erschien mir unnatürlich, geradezu boshaft.

Ich schüttelte den Kopf über mich selbst. Die Begegnungen mit den schwarzen Vögeln in Erics Welt hatten in mir eine tiefe, irrationale Abneigung gegen Krähen ausgelöst. Eigentlich hätte ich doch den Mut der Vögel bewundern müssen, die sich einem viel mächtigeren Feind entgegenstellten und ihn ohne Rücksicht auf ihr eigenes Leben, nur zum Wohle ihrer Jungen, angriffen.

Gerade als ich mich von dem bedauernswerten Adler abwenden wollte, glaubte ich, am anderen Seeufer, mehrere hundert Meter entfernt, eine Gestalt zu erkennen. Sie stand im Schatten eines Baumes und schien zu uns herüberzusehen: eine Frau in Schwarz mit einem Schleier über dem Kopf.

Ich erstarrte.

»Was hast du?«, fragte Emily.

»Da hinten«, sagte ich und zeigte mit dem Finger auf die Stelle. »Am anderen Ufer.«

»Was ist denn da? Ich sehe nichts.«

»Da, im Schatten dieses großen Baums, direkt am Wasser. Da steht doch …« Während ich sprach, erkannte ich, dass ich mich geirrt hatte. Das, was ich für eine schwarzgekleidete Gestalt gehalten hatte, war nur ein abgestorbener Baumstumpf.

»Entschuldige, ich habe mich getäuscht. Ich bin wohl etwas überreizt.«

»Lass uns zurückgehen«, schlug Emily vor, die offenbar genau wie ich die Lust an unserem Spaziergang verloren hatte. In düsterer Stimmung folgte ich ihr den Pfad hinauf, zurück zur Hütte.

Den Hang hinaufzuklettern war anstrengender, als ich erwartet hatte. Ich war bald außer Atem und bat Emily um eine kurze Pause. Offenbar hatten die Berührungen mit Erics Seele nicht nur meinen Geist, sondern auch meinen Körper ausgelaugt.

Wir hielten an, und ich lehnte mich an einen Baumstamm, um wieder zu Atem zu kommen. In diesem Moment hörte ich, wie weiter oben ein Motor angelassen wurde. Kurz darauf entfernte sich ein Fahrzeug.

Ich erschrak. »Gibt es hier noch eine weitere Hütte in der Nähe?«, fragte ich.

Emily schüttelte langsam den Kopf. »Ich bin nicht sicher, ich war schon eine Weile nicht mehr hier. Aber ich glaube nicht.« Sie war blass geworden, und ihre Augen waren geweitet, so als ahne sie, dass etwas Schreckliches passiert war.

Mein Herz krampfte sich zusammen. »Komm!«, rief ich und rannte den Hang hinauf, so schnell meine erschöpften Beine mich trugen. Ich versuchte mich mit dem Gedanken zu beruhigen, dass George mit einem anderen Wagen gekommen war, um uns noch ein paar Vorräte zu bringen.

Doch als wir die Hütte erreichten, zerstob auch die letzte Illusion. Emilys Wagen fehlte. Ich wusste, was geschehen war, noch bevor wir die Tür zu der kleinen Jagdhütte öffneten.

Wie ich befürchtet hatte, war sie leer.

# 32.

Auf dem Bett, genau dort, wo Eric gelegen hatte, fanden wir nur einen kleinen Zettel mit ein paar Zeilen in Marias ordentlicher Handschrift:

»Liebe Tante Emily, liebe Anna,

ich weiß, dass Ihr mir nicht verzeihen werdet, was ich tue. Doch ich muss es tun – für Eric. Ich habe mich entschieden, Krankenpflegerin zu werden, weil ich Menschen helfen will. Ich kann es mit meinem Gewissen nicht länger vereinbaren, tatenlos mit anzusehen, wie ein Mensch vor meinen Augen stirbt.

Maria«

Ich starrte den Zettel an. Meine Hand zitterte so sehr, dass ich den Text kaum lesen konnte. »Dieses … dieses elende besserwisserische Miststück!«, schrie ich, außer mir vor Wut. »Wenn Eric stirbt, dann … dann bringe ich sie um!«

»Beruhige dich«, sagte Emily.

»Beruhigen? Ist dir klar, was sie getan hat? Sie hat meinen Sohn entführt! Und ich soll mich beruhigen?« Ich stürmte aus der Hütte, aber natürlich war Maria längst außer Sicht. Nachdem ich das Motorengeräusch gehört hatte, hatten wir sicher noch fünf Minuten gebraucht, bis wir die Hütte erreicht hatten. Weit und breit gab es keinen Wagen, mit dem wir die Verfolgung hätten aufnehmen können. Sie war uneinholbar fort.

Ich brach auf dem Schotterweg zusammen und weinte hemmungslos.

Emily kniete sich zu mir. Ich ließ mich von ihr in die Hütte führen, wo ich mich auf das Bett setzte. »Eric!«, schluchzte ich die ganze Zeit. »Mein armer Eric!«

Irgendwann versiegten meine Tränen. Mein Kopf fühlte sich an wie eine ausgehöhlte Kokosnuss. Es gab keine Hoffnung mehr. Eric würde auf der Ebene der Tore auf mich warten, bis er irgendwann starb. Ich würde ihn nie wiedersehen. Maria hatte mein Lebensglück zerstört.

Ich dachte an den Adler, der draußen im See vermutlich immer noch mit letzter Kraft um sein Leben kämpfte. Eric war wie dieses prachtvolle Tier und Maria der Schwarm Krähen, der ihn zu Fall gebracht hatte. Der Gedanke durchzuckte mich, dass ich irgendwie meinen Sohn retten konnte, wenn es mir gelang, den Adler zu bergen, bevor er ertrank. Wenn ich hinunter zum See lief und hinausschwamm … Aber das war natürlich lächerlich. Vermutlich würde ich zusammen mit dem Adler ertrinken.

Und wenn schon. Ohne Eric hatte mein Leben keinen Sinn mehr. Es gab nichts, woran ich mich noch festhalten konnte. Ich hatte das Gefühl, in jener unendlichen Schwärze zu versinken, die mich umgeben hatte, bevor ich auf die Ebene der Tore gelangt war. Beinahe meinte ich, Hades' gehässiges Lachen zu hören.

Die Hoffnung durchzuckte mich, dass all dies vielleicht auch nur ein Traum war. Dass ich schlief und Eric in Wirklichkeit noch neben mir lag. Doch ein Blick in Emilys mitleidvolles Gesicht belehrte mich eines Besseren.

Sie legte ihren Arm um mich. »Noch ist nicht alles verloren«, sagte sie. »Maria wird Eric in ein Krankenhaus bringen. Die Ärzte werden ihn stabilisieren. Dann können wir wieder den Kontakt zu seiner Seele herstellen und einen erneuten Versuch unternehmen, ihn zum Tor des Lichts zu führen. Wer weiß, vielleicht hat Maria sogar das Richtige getan. Vielleicht braucht Eric tatsächlich medizinische Betreuung, und …«

Ich stieß sie grob zur Seite und sprang auf. Ich begriff, dass Emily mit ihrer Nichte unter einer Decke steckte. Sie hatten Marias Verrat gemeinsam geplant. Der Spaziergang war nur ein Vorwand gewesen, um mich fortzulocken, damit sie mir meinen Sohn stehlen konnten. Gott, wie dumm war ich gewesen!

Ich starrte Emily angstvoll an. Vermutlich hatte Maria bereits die Polizei alarmiert. Ein Krankenwagen war sicher schon unterwegs. Man würde mich in eine psychiatrische Klinik einweisen.

Mir blieb nur die Flucht.

Ich rannte den Waldweg entlang. Ich hatte keine Ahnung, wohin ich lief, und es war mir auch egal. Ich wollte nur weg von dem Ort des Verrats.

Ich hörte Emilys Schritte hinter mir. »Anna, warte! So warte doch! Wo willst du denn hin?«

Ich rannte schneller. Meine Lungen schmerzten. Der Weg verschwamm vor meinen Augen. Ich stolperte über ein Schlagloch und schlug der Länge nach hin. Bevor ich mich wieder aufrappeln konnte, war Emily bei mir. Sie nahm mich in den Arm und half mir auf. »Was ist denn los mit dir?«

Ich brach erneut in Tränen aus, duldete es aber, dass sie mich im Arm hielt und mir beruhigend über den Rücken strich. Schließlich hob ich den Kopf und sah sie an. »Hast du es gewusst?«, fragte ich.

Emily schüttelte den Kopf. »Ich schwöre dir, ich hatte keine Ahnung! Ich wusste, dass Maria nicht richtig findet, was wir tun, aber ich habe immer gedacht, dass sie mir vertraut und mir gehorcht. Anna, bitte glaub mir! Ich bin auf deiner Seite!«

Ich musterte sie einen Moment schweigend. Ihre dunklen Augen erschienen tief und unergründlich. Schließlich nickte ich. Meine Zweifel waren nicht restlos verschwunden. Aber was blieb mir anderes übrig, als ihr zu vertrauen? Ohne Emilys Hilfe hatte ich nicht die geringste Chance, zu Eric vorzudringen. Sie war meine einzige Hoffnung, so schwach diese auch sein mochte.

»Lass uns zurück ins Dorf gehen«, sagte sie. »Ich werde George bitten, uns nach Huntingdon zu fahren. Vielleicht hat Maria Eric in das dortige Krankenhaus gebracht. Wenn nicht, können wir von dort den Zug nach New York nehmen.«

Ich nickte, unfähig zu sprechen.

Sie half mir auf. Ich hatte mir das Knie blutig geschlagen, doch es war nur ein harmloser Kratzer. Während wir den Waldweg entlanggingen, hatte ich die ganze Zeit nur das Bild des griechischen Kriegers vor Augen, der mich erschrocken ansah, als ich mich vor ihm in nichts auflöste. Ich hatte ihm aufgetragen, dort zu bleiben, egal, was geschah. Er würde meinen Befehl befolgen, das wusste ich. Anstatt das Tor des Lichts zu suchen, würde er auf mich warten, bis er vor Entkräftung starb.

Nach einer halben Stunde hörten wir ein Motorengeräusch. Ein Wagen kam auf uns zu. Mein erster Impuls war es, mich im Unterholz zu verstecken, doch Emily ging unerschrocken weiter. Im nächsten Moment bog Georges Pick-up um eine Kurve. Emily winkte, und er hielt an.

»Da seid ihr ja. Maria hat mich angerufen und gesagt, ich soll euch abholen«, sagte George. Als er mein verheultes Gesicht sah, fragte er: »Was ist denn los? Ist was passiert? Maria hat mir nur gesagt, dass sie Eric ins Krankenhaus bringt.«

Während ich noch mit den Worten rang, beantwortete Emily seine Frage. »Maria hat Eric gegen Annas Willen weggebracht.«

George nickte ernst. »Sie war schon immer ein bisschen eigensinnig. Ich sag euch was: Wir fahren jetzt in die Hütte und holen eure Sachen, und dann bringe ich euch zu ihm.«

»Wir wissen ja nicht mal, wo sie mit ihm hingefahren ist«, sagte Emily. »Vielleicht nach Huntingdon, vielleicht auch zurück nach New York.«

»Egal, wo sie ist, ich bringe euch hin«, sagte George.

»Aber … es sind mehr als sechs Stunden Fahrt bis nach New York!«, sagte ich.

Er sah mich mit amüsiertem Blick an. »Lady, glauben Sie, ich war noch nie in der Stadt? Ich werde die Gelegenheit nutzen und ein paar Besorgungen machen. Es ist wirklich kein Problem.«

»Hast du ein Handy?«, fragte Emily.

Er nickte. »Aber hier draußen haben wir keinen Empfang. Wir müssen noch einen Moment warten.«

»Okay. Jetzt kommt es ohnehin nicht mehr auf eine halbe Stunde an.«

Der Pick-up war breit genug, dass man halbwegs bequem zu dritt nebeneinander in der Fahrerkabine sitzen konnte. Wir fuhren zurück in die Hütte und packten unsere Habseligkeiten zusammen. Maria hatte die Nahrung für Eric und seine Kleidung mitgenommen, so dass für uns nur wenig Gepäck blieb. Obwohl es mich drängte, Maria so schnell wie möglich zu folgen, nahmen wir uns die Zeit, die Hütte aufzuräumen und das Geschirr zu spülen. Nach einer Viertelstunde brachen wir endlich auf.

Sobald wir Handyempfang hatten, rief George seinen

Freund im Krankenhaus von Huntingdon an. Doch wie ich bereits geahnt hatte, war Eric dort nicht eingetroffen. Maria hatte ihn offensichtlich zurück nach New York zu ihrem Chef, Dr. Kaufman, gebracht. Vielleicht hoffte die kleine Schlange, so ihren Job retten zu können.

George brachte den Schlüssel der Hütte zurück zu ihrem Besitzer, dann fuhren wir über die Landstraße Richtung Highway.

Unterwegs versuchte Emily mehrmals, Maria anzurufen, erreichte aber nur die Mailbox. Sie forderte sie auf, sich sofort auf Georges Handy zu melden, aber wir wussten beide, dass Maria dieser Anweisung nicht nachkommen würde. Zwischendurch rief Emily Paul an, doch auch er hatte von Maria nichts gehört.

Ich hatte keine Augen für die herrliche Landschaft, die in strahlendem Sonnenschein dalag, als gäbe es kein Unglück auf der Welt. Die Verzweiflung erzeugte einen bitteren Geschmack in meinem Mund. Georges Pick-up dröhnte in gleichmäßiger Geschwindigkeit über die Straße. Er fuhr die maximal erlaubte Geschwindigkeit, trotzdem hätte ich ihn am liebsten gedrängt, mehr Gas zu geben.

Nach etwa zwei Stunden Fahrt gerieten wir zu allem Überfluss in einen Stau. Eine Spur war wegen eines Unfalls gesperrt – ein Auto war in einer Kurve von der Fahrbahn abgekommen und gegen einen Baum geprallt. Als wir die Unfallstelle passierten, sah ich das ausgebrannte Wrack neben der Straße auf dem Dach liegen.

»Das sieht aber nicht gut aus«, kommentierte George.

Ich hatte wenig Raum für die Probleme anderer Leute, auch wenn offensichtlich war, dass der Unfall schwer gewesen war und vermutlich Menschen zu Tode gekommen waren. Aber ich hatte auch nicht mehr das Bedürfnis, George zur Eile anzutreiben.

Jetzt, wo ich nichts mehr tun konnte, als meinen düsteren Gedanken nachzuhängen, wurde mir allmählich klar, dass Maria vermutlich wirklich nur das Wohl Erics im Sinn hatte. Doch auch wenn ihre Absichten noch so ehrenvoll waren, brachten sie ihn doch in schreckliche Gefahr. Ich war fest davon überzeugt, dass Eric nicht ohne Emilys und meine Hilfe aufwachen würde, egal, was die Ärzte mit ihm anstellten. Und es war mehr als zweifelhaft, ob sie uns auch nur in seine Nähe lassen würden.

Weit schlimmer erschien mir allerdings die Gefahr, die von dem undurchsichtigen Dr. Ignacius drohte. Mit etwas Abstand erschien die Theorie der Schriftstellerin zwar weit hergeholt, aber nicht unmöglich. Ich dachte an ihre eindringlichen Worte: »Hat Ihr Sohn jemals zuvor Drogen genommen, Mrs. Demmet? … Haben Sie sich nicht gefragt, woher er überhaupt das Geld für dieses Zeug hatte? … Das Computerspiel ist Teil des Experiments …« Wenn die Geschichte stimmte, dann war das ein Skandal, der die ganze Nation erschüttern konnte. Entsprechend energisch würden die Verantwortlichen dafür sorgen, dass nichts davon jemals bekannt wurde.

Mir wurde plötzlich klar, dass Emilys und mein Leben keinen Cent mehr wert waren, falls tatsächlich ein Geheimdienst hinter der Sache steckte. Aber das schreckte mich nicht ab – im Gegenteil steigerte der Gedanke meine Entschlossenheit zu handeln nur noch.

Wir erreichten New York gegen Mitternacht. Natürlich war es zu spät, um Patienten der Faith-Jordan-Klinik zu besuchen. Trotzdem fuhren wir direkt zum Krankenhaus. An der Notaufnahme teilte man uns mit, ein Patient namens Eric Demmet sei nicht bekannt. Ich bestand darauf, einen Arzt der neurologischen Klinik zu sprechen, doch die Krankenschwester am Empfang war es offensichtlich gewohnt, mit hysterischen Angehörigen umzugehen, und ließ sich weder durch Betteln noch durch Drohungen erweichen. So fuhren wir unverrichteter Dinge zu Emilys Wohnung.

Paul empfing uns mit ernster Miene. »Gibt's was Neues?«, fragte er.

»Nein. Du hast auch nichts von Maria gehört, nehme ich an?«, fragte Emily.

»Leider nicht. Du weißt doch, was für einen Dickkopf sie haben kann.« Er wandte sich an mich. »Eigentlich ist sie ein gutes Mädchen. Ich bin sicher, sie will nur das Beste für Eric.«

Ich nickte stumm.

Emily bot George an, die Nacht bei ihnen zu verbringen, und er nahm dankend an. Da Paul und Emily nur über ein Gästebett verfügten, war klar, dass ich in meine Wohnung zurückkehren musste, obwohl ich mich bei dem Gedanken nicht wohl fühlte.

»Wenn du Lust hast, komm doch morgen um acht Uhr zum Frühstück zu uns«, schlug Emily vor. »Dann gehen wir gemeinsam noch mal in die Klinik und sprechen mit Dr. Kaufman.«

Ich stimmte zu und nahm mir ein Taxi nach Hause.

Es schien mir eine Ewigkeit her zu sein, dass ich das letzte Mal hier gewesen war. Die Wohnung roch irgendwie fremdartig und strahlte eine kalte, ungemütliche Atmosphäre aus. Ich ging ohne Umschweife ins Bett.

Das Telefon weckte mich. Ich schrak hoch und starrte auf die Uhr: 8.30 Uhr. Ich hatte vergessen, den Wecker zu stellen. Schlaftrunken stolperte ich zum Apparat und nahm ab. »Entschuldige, Emily, ich …«

»Guten Morgen, Mrs. Demmet. Hier ist Dr. Ignacius.«

Ich erstarrte. Mein Mund war plötzlich staubtrocken.

»Mrs. Demmet? Sind Sie noch dran?«

Es kostete mich all meine Kraft zu antworten. »Ja.«

»Maria Morrison war so vernünftig, Ihren Sohn zu uns in die Klinik zu bringen«, erklärte der Arzt. »Es geht ihm den Umständen entsprechend gut, obwohl ich sagen muss, dass es knapp war – als er bei uns eingeliefert wurde, war er ziemlich entkräftet. Ich möchte Sie einladen, zu uns zu kommen und ihn zu besuchen. Wenn Sie möchten, können Sie eine Weile bei Ihrem Sohn in der Klinik wohnen. Ihre, äh, Freundin, Mrs. Morrison, können Sie natürlich gern ebenfalls mitbringen.«

Die Stimme des Arztes klang freundlich und vernünftig. Doch wenn ich mir die Person auf der anderen Seite der Leitung vorstellte, dann dachte ich nicht an die hagere Gestalt, die ich im Krankenhaus kennengelernt hatte, sondern an den brennenden Mann auf seinem Thron aus schwarzem Marmor.

»Mrs. Demmet? Was halten Sie von dem Vorschlag?«

»Ich … ja, okay.«

»Schön. Haben Sie was zu schreiben?« Er diktierte mir die Adresse. »Ich erwarte Sie beide dann im Laufe des Tages. Auf Wiederhören, Mrs. Demmet.«

Ohne ein weiteres Wort legte ich auf.

# 33.

Ich fuhr direkt zu Emily. Der Frühstückstisch war immer noch gedeckt und unberührt. Offensichtlich hatten meine Freunde auf mich gewartet. Ich entschuldigte mich für die Verspätung. Emily meinte, sie habe mich nach all den Strapazen nicht wecken wollen und deshalb nicht angerufen. Ich erzählte ihr von Dr. Ignacius' Einladung.

»Also, ich finde, das klingt doch sehr vernünftig«, sagte George. »Dass der Mann sich sofort bei dir meldet, zeigt doch, dass er helfen will, oder? Vielleicht hat Maria am Ende ja doch das Richtige getan, und alles wird gut.«

Ich wünschte mir, seine Zuversicht teilen zu können. »Ehrlich gesagt sind es genau diese Offenheit und Freundlichkeit, die mir verdächtig vorkommen«, sagte ich. Dann erzählte ich von Ricarda Hellers Verschwörungstheorie.

»Ein geheimes Militärexperiment an Jugendlichen – also wirklich!«, kommentierte George. »Findest du nicht, dass das ein bisschen abenteuerlich klingt?«

»Ja, schon. Aber was ist, wenn es stimmt? Dann will uns dieser Dr. Ignacius vielleicht in eine Falle locken. Und uns als Zeugen beseitigen.«

»Und bis dahin lassen sie euch unbehelligt herumlaufen, genau wie diese Schriftstellerin? Wenn da wirklich eine Verschwörung dahinterstecken würde, hätten die sie doch längst außer Gefecht gesetzt!«

»Nicht unbedingt«, meinte Paul. »Tote oder verschwundene Menschen erregen eine Menge Aufsehen. Es wäre effektiver, ihre Glaubwürdigkeit zu zerstören. Schau doch nur mal ins Internet: Das ist voll von abenteuerlichen Verschwörungstheorien. Wir sind nie auf dem Mond gelandet, der elfte September war von unserem eigenen Geheimdienst inszeniert, um einen Kriegsvorwand zu liefern, und so weiter. Auf einen Spinner mehr oder weniger kommt es da kaum an. Heutzutage muss man Menschen nicht mehr umbringen, wenn man sie ruhigstellen will. Man muss nur ihre Reputation zerstören. Und wer glaubt schon einer Schriftstellerin, die mit schwarzem Schleier herumläuft und abenteuerliche Behauptungen verbreitet?«

»Wie dem auch sei«, meinte George, »Eric ist offenbar in Cambridge bei diesem Dr. Ignacius. Ich denke, Anna sollte auf jeden Fall dorthin fahren.«

Ich stimmte ihm zu. Was blieb mir auch anderes übrig? »Ich nehme mir einen Mietwagen. Ich rufe euch von dort aus an.«

»Ich komme mit«, sagte Emily.

Ich hatte gehofft, dass sie das sagen würde. Trotzdem widersprach ich. »Dieser Dr. Ignacius hat dich sogar mit eingeladen. Das hat mich ehrlich gesagt stutzig gemacht. Ich glaube, es ist besser, du bleibst hier. Falls mir etwas … zustößt, bist du die Einzige, die wirklich weiß, was geschehen ist.«

»Aber was willst du ohne mich dort ausrichten?«

»Ich muss eben versuchen, ihn irgendwie da rauszuholen und hierherzubringen.«

»Das kannst du doch vergessen, Anna, das weißt du genau. Lass uns zu zweit fahren. Vielleicht haben wir uns in Dr. Ignacius getäuscht, und er lässt uns sogar mit Eric Kontakt aufnehmen.«

Ich dachte an den brennenden Mann und spürte Übelkeit in mir aufsteigen. »Meinst du wirklich, Erics Seele kann sich so täuschen?«

»Er hat möglicherweise Angst vor dem, was der Arzt

mit ihm gemacht hat. Vielleicht hat er eine neue Behandlungsmethode probiert, die für Eric schmerzhaft ist – Elektroschocks oder so. Das würde auch erklären, wieso Eric ihn als brennenden Mann darstellt. Aber das heißt doch noch lange nicht, dass er kein guter Arzt ist.«

»Selbst wenn, wird er deine Fähigkeit als esoterische Scharlatanerie abtun, genau wie Dr. Kaufman.«

»Vielleicht ist er aufgeschlossener, als wir denken. So oder so bleibt uns doch nichts anderes übrig, als es zu versuchen, oder?«

Ich dachte darüber nach. Emily hatte recht. Trotzdem hatte ich ein ungutes Gefühl bei der Sache. Brennende Magensäure stieg in meinem Hals auf, und mein Speichel wurde dünnflüssig. Nur mit Mühe konnte ich verhindern, dass ich mich übergeben musste.

»Wir können ja zusammen nach Cambridge fahren, aber ich gehe erst mal allein …«, begann ich, wurde aber vom Klingeln des Telefons unterbrochen. Emily sprang auf und ging an den Apparat.

»Maria!«, rief sie. »Wo bist du? … Ja, das hab ich mir gedacht. … Ja, ich weiß. Trotzdem war es nicht in Ordnung! Du hättest uns … Vielleicht, aber trotzdem: Er ist Annas Sohn … Ja, schon gut. Das sagst du ihr am besten selbst … Du hast es ihm erzählt? Aber … Wirklich? Na gut. Bleib erst mal da, wir kommen zu euch … Gut. Bis nachher.«

Sie legte auf. »Es tut ihr leid, dass sie dir solche Angst eingejagt hat, Anna, aber sie ist davon überzeugt, das Richtige getan zu haben. Sie ist mit Eric direkt zu diesem Dr. Ignacius gefahren. Sie sagt, er war sehr nett und hilfsbereit. Die Klinik macht einen hochprofessionellen Eindruck, und sie ist sicher, dass Eric dort sehr gut aufgehoben ist. Das Beste ist, dass die Behandlung dort nicht mehr kostet als in einem öffentlichen Krankenhaus, obwohl sie viel besser ausgestattet sind. Die Klinik wird wohl von irgendeiner Religionsgemeinschaft finanziert.«

»Ist mir doch völlig egal, was das kostet«, sagte ich.

»Ja, ich weiß. Aber jetzt kommt's: Maria hat Dr. Ignacius von meiner Fähigkeit und unserem Kontakt zu Erics Seele erzählt. Und er hat überhaupt nicht abweisend reagiert! ›Wer heilt, hat recht‹, soll er gesagt haben. Maria meinte, sie hätte selten einen so aufgeschlossenen Arzt kennengelernt. Auf jeden Fall würde er sich freuen, wenn wir beide nach Cambridge kommen und erneut versuchen, Kontakt zu Erics Seele aufzunehmen!« Sie lächelte.

Das klang gut. Zu gut für meinen Geschmack. »Weiß er von der Droge?«, fragte ich.

»Ich bin nicht sicher. Maria hat nicht erwähnt, ob sie ihm davon erzählt hat.« Sie sah mich mit einem Blick an, in dem Erleichterung und so etwas wie Vorfreude zu liegen schienen. »Was meinst du, fahren wir?«

Hundert Alarmglocken dröhnten in meinem Kopf, wenn ich an Ignacius' Anruf dachte. Doch ich wusste, dass ich keine andere Wahl hatte, als seine Einladung anzunehmen, wollte ich Eric jemals wiedersehen. »Also gut.«

Zwischen New York und Boston gab es einen stündlichen Shuttle-Flug, der um die Mittagszeit noch reichlich Plätze frei hatte. George brachte uns zum Flughafen La Guardia. Ich hatte eine Reisetasche dabei für den Fall, dass ich tatsächlich ein paar Tage in der Klinik bleiben würde. Ich kaufte zwei Tickets mit meiner Kreditkarte. Zum ersten Mal fragte ich mich, wie lange ich noch so weitermachen konnte – ohne Aufträge, ohne Einnahmen, ohne meinen regelmäßigen Auftraggebern auch nur Bescheid zu geben, warum ich nicht erreichbar war. Ich verdrängte den Gedanken rasch. Geld war jetzt mein geringstes Problem.

Wir landeten am frühen Nachmittag in Boston. Ein Taxi brachte uns nach Cambridge, einem Vorort, der mit dem Massachusetts Institute of Technology und der Harvard University als Wissenschaftszentrum inzwischen weit bedeutender war als die altehrwürdige englische Universitätsstadt, der er seinen Namen verdankte.

Das »Fresh Pond Institute for Neurology and Psychiatry« befand sich am Rand eines kleinen Sees. Es war in einem modernen Gebäude untergebracht und schien nur ein paar Dutzend Patienten zu beherbergen. Wir betraten den hellen und modern gestalteten Eingangsbereich. Meine Knie waren weich und mein Magen war ein Klumpen aus Eis, doch ich bemühte mich, nichts von meiner Angst und Unsicherheit an die Oberfläche dringen zu lassen. »Guten Tag. Mein Name ist Anna Demmet. Ich möchte gerne Dr. Ignacius sprechen«, sagte ich zu der jungen Frau am Empfang.

Sie lächelte gewinnend. »Einen Moment bitte.« Sie wählte eine Nummer auf ihrer Telefonanlage und sprach ein paar Worte, offenbar mit Ignacius' Assistentin. »Der Doktor wird sie gleich persönlich begrüßen. Bitte nehmen Sie solange Platz.« Sie wies auf eine Ledergarnitur unter einem großen, auf die Wand gemalten Kruzifix.

Im Unterschied zu den Bildern des gekreuzigten Jesus, die ich bisher kannte, schien es dem Künstler hier nicht um die Darstellung der Leiden Christi gegangen zu sein. Der Jesus auf dem Bild hatte zwar die üblichen Nägel in Händen und Füßen und eine blutende Wunde in der Seite, doch sein Gesicht wirkte entspannt und freundlich, und ein leichtes, beinahe amüsiertes Lächeln schien seine Lippen zu umspielen, so als spüre er keinerlei Schmerz und Verlassenheit. Auch schien er nicht an dem Kreuz zu hängen, sondern eher davor zu schweben, denn seine Arme und Beine waren gerade ausgestreckt. Ein großer goldener Strahlenkranz umfasste die gesamte Darstellung. Die Lichtstrahlen schienen mit metallischer Farbe oder Blattgold aufgetragen, denn sie glänzten im künstlichen Licht, das von der Empfangstheke ausging. Darunter stand in goldener Schrift »Order of the Seekers of the Holy Truth«, Orden der Suchenden nach der Heiligen Wahrheit. Das war vermutlich der Name der Religionsgemeinschaft, die die Klinik finanzierte.

Die Botschaft des Bildes an dieser Stelle schien klar: Jesus hatte den Tod überwunden, war aus der Dunkelheit zurückgekehrt. Hier in dieser Klinik wollte man seinem Beispiel folgen. Ich war nicht religiös und hatte für die Verehrung der Kirche für Leiden und Opfer nie viel übrig gehabt; dennoch wirkte das Bild auf mich anmaßend.

Dr. Ignacius riss mich aus meinen Gedanken. Er trug den obligatorischen weißen Kittel. Mit ausgestreckter Hand und einem breiten Lächeln auf seinem schmalen, blassen Gesicht kam er auf uns zu. »Mrs. Demmet! Mrs. Morrison! Ich freue mich, dass Sie gekommen sind! Bitte folgen Sie mir.«

Ich ignorierte seine ausgestreckte Hand. Mein Magen war in Aufruhr, und ich brauchte all meine Konzentration, um mich nicht mitten in der eleganten Empfangshalle zu übergeben.

Der Arzt führte uns durch einen hell erleuchteten Flur, der in freundlichem Lindgrün gestrichen war. Bilder an den Wänden zeigten Aquarelle von sonnendurchfluteten Landschaften voller Blumen und golden leuchtender Kornfelder. Wir nahmen einen Aufzug in das obere Stockwerk. Am Ende eines langen Korridors blieben wir vor einer einfachen Tür stehen. Chromglänzende Ziffern bildeten die Zimmernummer 212.

Dr. Ignacius öffnete die Tür. Das Zimmer war nicht sehr groß, aber stilvoll eingerichtet. Wände und Stoffe waren in warmem Gelb gehalten, so dass der Raum das Sonnenlicht einzufangen schien. Es sah einem Hotelzimmer ähnlicher als einem Krankenhausraum. Das Fenster gab den Blick auf einen idyllischen kleinen Park frei, in dem Patienten in Rollstühlen von jungen Menschen in weißen Kitteln herumgeschoben wurden.

Vor dem Fenster stand eine hochgewachsene Buche. Auf einem Ast saß eine Krähe. Als wir eintraten, breitete sie die Flügel aus und flog davon.

Eric lag auf dem Bett, ruhig und entspannt wie immer. Ein fahrbares Regal mit medizinischen Instrumenten stand daneben. Ein regelmäßiges Piepen signalisierte einen stabilen Herzschlag.

Neben dem Bett saß Maria auf einem Stuhl, eine Zeitschrift auf den Knien. Als sie uns hereinkommen sah, sprang sie auf. Sie wurde blass und wirkte erschrocken wie ein kleines Mädchen, das man bei einem bösen Streich erwischt hat. »Tante Emily! Anna! Ich …«

Ich hatte mir auf dem Flug überlegt, was ich ihr sagen würde, falls ich sie hier traf. Im Kopf war ich die Vorhaltungen durchgegangen, die ich ihr machen würde, hatte den unbändigen Zorn auf sie gespürt, mir Worte zurechtgelegt, die verletzen und erniedrigen sollten. All das war jetzt wie weggeblasen. Ich ignorierte sie einfach. Der Raum verschwamm in meinen Tränen, als ich mich auf Erics Bett setzte, vorsichtig, um die Schläuche und Drähte nicht zu verrücken, an die er angeschlossen war. Ich legte meinen Kopf auf seine Brust und weinte vor Erleichterung.

Als ich mich beruhigt hatte und wieder klar sehen konnte, war Maria verschwunden. Vielleicht war sie vor der Konfrontation mit mir geflohen. Dabei empfand ich überhaupt keinen Zorn mehr auf sie. Nur noch tiefe Sorge um meinen Sohn.

»Dr. Ignacius, wäre es möglich, dass Sie Mrs. Morrison und mich ein paar Stunden mit Eric allein lassen?«, bat ich. Zwar steckte tief in meinem Inneren immer noch großes Misstrauen gegen den Arzt, doch mein Verstand sagte mir, dass das albern war: Nichts an seinem bisherigen Verhalten deutete auf irgendwelche finsteren Machenschaften hin. Im Gegenteil hatte er sich absolut anständig, fürsorglich und korrekt verhalten. Es gab nicht den geringsten Grund, ihm nicht zu vertrauen.

»Ich mache Ihnen einen anderen Vorschlag«, sagte der Arzt. »Maria hat mir von Mrs. Morrisons … außergewöhnlichen Fähigkeiten und Ihren bemerkenswerten Abenteuern erzählt. Ich möchte gern, dass Sie Ihren Versuch, Eric zu retten, fortsetzen – aber im Rahmen eines wissenschaftlichen Experiments.«

Vielleicht war es das Wort »Experiment«, das mich allzu sehr an Ricarda Hellers Verschwörungstheorie erinnerte – auf jeden Fall war ich augenblicklich von neuem Misstrauen erfüllt. »Was für ein Experiment?«

Etwas geschah mit Ignacius' Gesicht: Es wurde ausdruckslos. Oder besser, er bemühte sich, es ausdruckslos zu halten und seine Emotionen zu verbergen wie ein untalentierter Pokerspieler, der einen Royal Flush in der Hand hält. Ein leichtes Zucken seiner Mund- und Augenwinkel verrieten die enorme Anspannung, mit der er sich zu beherrschen versuchte.

»Ich möchte lediglich … überwachen, was mit Eric und mit Ihnen während des Kontaktes geschieht«, sagte er. Seine Stimme war bemüht neutral, als sei das nichts Besonderes.

»Nein«, sagte ich.

# 34.

Einen Augenblick lang verlor der Arzt vollständig die Kontrolle über sein Gesicht. Überraschung, Enttäuschung und Zorn glitten im Sekundentakt darüber. Dann hatte er sich wieder im Griff.

»Mrs. Demmet, Sie müssen sich keine Sorgen machen«, beteuerte er. »Wir … ich werde nichts tun, was Sie in irgendeiner Weise behindert. Es geht nur um Ihre und Erics Sicherheit.«

»Wir brauchen Ihre Apparate nicht, Dr. Ignacius«, erwiderte ich. »Wir sind bisher prima ohne sie ausgekommen.«

»Ach ja? Da hat mir Maria aber etwas anderes erzählt!« Der Arzt schaffte es nicht, den Zorn aus seiner Stimme herauszuhalten. »Nach ihrer Darstellung wäre Eric beinahe an Entkräftung gestorben. Sie können ihr wirklich dankbar sein, dass sie ihn hergebracht hat.«

Ich traf eine Entscheidung. »Ja, vielleicht«, sagte ich. »Ich bin Ihnen dankbar dafür, dass Sie meinen Sohn gepflegt haben. Aber ich werde ihn jetzt mit nach Hause nehmen.«

»Das … das geht auf keinen Fall!« Dr. Ignacius hatte jetzt endgültig die Maske der Gleichgültigkeit abgelegt. »Das kann ich nicht zulassen! Eric … ist nicht transportfähig!«

»Er ist sehr wohl transportfähig, sonst wäre er ja nicht hier«, erwiderte ich. »Er ist mein Sohn. Sie wissen so gut wie ich, dass Sie ihn nicht gegen meinen Willen hier festhalten können.«

Ignacius' Stimme wurde ruhig und drohend, und plötzlich erinnerte sie mich wieder an die von Hades. »Sie täuschen sich, Mrs. Demmet. Ich habe es Ihnen schon gesagt: Ich kann ohne weiteres eine gerichtliche Verfügung bewirken, die Ihnen vorübergehend das Sorgerecht entzieht. Wollen Sie das?«

»Sie bluffen doch!«, rief ich. »Mit welcher Begründung wollen Sie mir denn das Sorgerecht entziehen?«

Er lächelte kalt. »Sie verhalten sich nicht rational. Sie haben Ihren Sohn aus dem Krankenhaus entführt und ihn damit in Lebensgefahr gebracht. Und Sie sind drogenabhängig!«

Einen Moment war ich sprachlos. Hatte Maria ihm wirklich alles erzählt? War sie tatsächlich so naiv gewesen? »Das ist Unsinn!«, rief ich, doch Ignacius' Lächeln machte klar: Wir beide wussten, dass er am längeren Hebel saß.

Sein Gesichtsausdruck wurde milde. »Mrs. Demmet, verstehen Sie doch: Ich will Ihnen und Eric nur helfen! Ich bin auf Ihrer Seite!«

Bevor ich protestierten konnte, schaltete sich Emily ein. »Was wollen Sie wirklich, Ignacius?«, fragte sie.

Er sah sie verblüfft an. »Was meinen Sie?«

»Sie haben von Anfang an ein ungewöhnlich großes Interesse für Eric gezeigt«, erwiderte Emily kühl. »Und jetzt laden Sie uns beide hierher ein, weigern sich aber gleichzeitig, uns mit Eric gehen zu lassen. Sie haben offensichtlich etwas vor. Etwas, wofür Sie unsere Kooperation brauchen. Ich habe nur noch nicht herausgefunden, was es ist.«

Der Arzt zögerte eine Sekunde, bevor er antwortete. »Sie täuschen sich, Mrs. Morrison. Alles, was ich will, ist, Eric …«

Emily funkelte ihn zornig an. In ihrer Stimme lag jene

natürliche Autorität, die mich von Anfang an beeindruckt hatte. »Hören Sie, Ignacius, wenn Sie etwas von uns wollen, dann müssen Sie mit offenen Karten spielen! Entweder Sie sagen uns, was wirklich hinter ihrem ›wissenschaftlichen Experiment‹ steckt, oder wir gehen auf der Stelle – und kommen das nächste Mal mit einem Anwalt wieder!«

Dr. Ignacius schwieg einen Moment. Sein Mund war zusammengepresst, seine Augen schmale Schlitze. Ich erwartete eine zornige Drohung, doch er behielt sich im Griff. Schließlich seufzte er. »Also schön. Kommen Sie mit. Ich zeige Ihnen die Klinik. Dann verstehen Sie vielleicht.«

Es widerstrebte mir zutiefst, Eric allein zu lassen, doch ich folgte dem Doktor gemeinsam mit Emily. Er führte uns in eine Art Gemeinschaftsraum im Erdgeschoss, in dem sich mehrere Patienten der Klinik aufhielten. Einige saßen mit ausdruckslosen Gesichtern in Rollstühlen vor einem Fernseher, in dem Zeichentrickfilme liefen. Eine Frau Mitte zwanzig kniete auf dem Boden und schien die Fasern des Teppichs zu zählen. Ein dicker Mann, der Anfang dreißig sein mochte, spielte mit Legosteinen, ein breites Grinsen auf dem Gesicht. An einem Holztisch saßen mehrere alte Menschen und malten mit Wasserfarben.

»All diese Menschen«, erklärte Dr. Ignacius mit Stolz in der Stimme, »waren einmal genauso apathisch wie Eric. Sie litten – und leiden immer noch – an unterschiedlichen Graden des sogenannten Apallischen Syndroms. Sie scheinen von der Außenwelt quasi abgeklemmt zu sein, nehmen ihre Umwelt kaum oder nur undeutlich wahr und können sich so gut wie nicht verständigen. Das Fresh Pond Institute ist eine der weltweit führenden

Institutionen bei der Erforschung des Apallischen Syndroms – und seiner Heilung. Wir haben hier eine Erweckungsquote von mehr als 60 Prozent, was weit über der normalen Erwartung liegt. Und dabei haben wir hier weiß Gott nicht die leichtesten Fälle!« Er sah mich direkt an. »Diese Erfolge haben wir nur erzielt, weil wir sehr systematisch erforschen, was im Inneren all dieser Menschen vor sich geht. Ihr Sohn, Mrs. Demmet, ist ein weiteres Puzzlesteinchen, das uns noch zu unserem Gesamtbild fehlt. Ein kleines, aber sehr wichtiges Steinchen!«

Was der Arzt sagte, klang sehr überzeugend. Doch ich spürte, dass es höchstens die halbe Wahrheit war.

»Was für eine Art von Untersuchung wollen Sie machen, während wir Kontakt zu Erics ... Tiefenbewusstsein haben?«, fragte Emily. Mir entging nicht, dass sie den Begriff »Seele« gegenüber dem Arzt vermied.

»Kommen Sie mit«, sagte Ignacius. Er führte uns in einen Trakt auf der anderen Seite des Gebäudes. Hier gab es mehrere Untersuchungs- und Behandlungsräume voller elektronischer Apparate. In einem davon waren drei Liegen nebeneinander aufgebaut. Drei identische Regale mit Apparaturen standen jeweils am Kopfende der Liegen. Der Raum war durch ein Glasfenster mit einer Art Kontrollraum verbunden, in dem mehrere Computermonitore standen. Ein junger Arzt, der gerade dabei war, etwas in eine Tastatur einzugeben, sah auf. Er schien überrascht, uns zu sehen. »Geht es schon los?«, fragte er.

»Einen Moment noch, Swenson«, sagte Dr. Ignacius. »Fahren Sie mit den Vorbereitungen fort!«

Er wandte sich wieder an mich. »Das hier ist der Untersuchungsraum, den wir für das Experiment vorbereitet haben. Wie Sie sehen, stehen drei Liegen bereit – eine für Ihren Sohn, eine für Mrs. Morrison und eine für Sie. Wir haben hier moderne Geräte, mit denen wir die Gehirnaktivitäten sehr genau messen können. Kommen Sie, ich zeige es Ihnen.«

Er führte uns zu dem jungen Mann am Computer. »Swenson, können Sie den Damen mal bitte die Aufzeichnungen von Mrs. Wright zeigen, die wir gestern gemacht haben?«

»Aber …«, begann Swenson, verstummte jedoch, als er Ignacius' Blick sah. Er tippte etwas auf der Tastatur, ein Fortschrittsbalken erschien auf dem Monitor, der sich langsam füllte, dann sah man unverkennbar zwei Gehirnhälften, in denen bunte Flächen hin und her waberten.

»Das hier ist das Gehirn einer anderen Patientin im Wachkoma«, erklärte Dr. Ignacius. »Die bunten Flächen zeigen ihre Gehirnaktivitäten. Wie Sie erkennen können, ist das Gehirn der alten Dame alles andere als ruhig, obwohl sie äußerlich in keiner Weise auf Reize zu reagieren schien. Sehen Sie diese orangerote Fläche, die auf einmal größer geworden ist? Das ist der Bereich, in dem akustische Signale verarbeitet werden. Wir haben ihr Mozart vorgespielt. Äußerlich keinerlei Reaktion, aber ihr Gehirn hat die Musik ganz offensichtlich wahrgenommen und verarbeitet!«

»Wenn Sie das alles schon hundert Mal aufgezeichnet haben, wozu brauchen Sie dann noch Eric?«, wollte ich wissen.

Ignacius' Augen leuchteten, als er mich ansah. »Bei Ihnen ist es etwas ganz anderes«, sagte er. »Durch die bemerkenswerte Begabung von Mrs. Morrison sind wir erstmals in der Lage zu verstehen, was wirklich in seinem Gehirn vorgeht. Bisher können wir nur grob die aktiven Regionen lokalisieren. Aber Sie können uns anschließend sagen, was Eric genau gedacht hat. Verstehen Sie nicht, welchen enormen Fortschritt das für uns bedeutet?«

Ich nickte. Doch ich hatte immer noch den Eindruck, dass der Arzt uns etwas verschwieg.

»Also, Mrs. Demmet, ich hoffe, Sie haben jetzt keine Einwände mehr. Wenn Sie bereit sind, können wir sofort mit der Prozedur beginnen.«

Ich warf einen Blick zu Emily. »Ich möchte mich gern kurz mit Mrs. Morrison beraten«, sagte ich.

Der Arzt zuckte mit den Schultern. »Okay. Swenson, kommen Sie. Wir lassen die Damen einen Moment allein.«

»Nicht nötig«, widersprach ich. »Wir gehen einen Moment in Ihrem Park spazieren, wenn Sie nichts dagegen haben.«

»Ganz wie Sie wollen. Kommen Sie!« Er führte uns zu einer Tür, die hinaus auf das sonnige Gelände führte. »Wenn Sie sich entschieden haben, geben Sie einfach vorn am Empfang Bescheid.« Damit drehte er sich um und verschwand im Gebäude.

Emily und ich gingen zum Ufer des kleinen Sees. Die Klinik lag wirklich sehr idyllisch. Das Grundstück hier mitten in Cambridge musste ein Vermögen gekostet haben. Ich hatte vorher noch nie etwas vom »Orden der Suchenden nach der Göttlichen Wahrheit« gehört – es schien sich um eine kleine, aber finanziell sehr gut ausgestattete Sekte zu halten.

»Was hältst du von der Sache?«, fragte ich.

Emily runzelte die Stirn. »Er hat uns noch nicht die ganze Wahrheit gesagt.«

»Den Eindruck habe ich auch. Meinst du, es hat Sinn, noch weiter zu bohren?«

Sie schüttelte den Kopf. »Er wird dir nur ein weiteres Märchen auftischen. Wenn tatsächlich ein militärisches

Experiment hinter der Sache steckt, werden wir das von ihm garantiert nicht erfahren. Aber irgendwie glaube ich das auch nicht.«

»Aber was ist es dann?«

»Ich habe nicht die geringste Ahnung.« Sie machte eine Armbewegung, die den Park und das Klinikgebäude umfasste. »Diese Klinik, all dieser Aufwand, um Menschen zu helfen, die von der normalen Medizin weitgehend ignoriert werden. Das muss irgendeinen Sinn haben.«

»Hast du das Wandbild im Eingangsbereich bemerkt? Vielleicht sollten wir Ignacius mal nach diesem Orden befragen, der die Klinik finanziert.«

»Daran habe ich auch schon gedacht. Aber wenn die irgendein verborgenes Motiv haben, wird er uns das genauso wenig offenbaren.«

»Was könnte eine religiöse Sekte an Wachkomapatienten interessieren?«

»Keine Ahnung. Aber Spekulieren bringt uns nicht weiter. Wir müssen eine Entscheidung treffen«, sagte Emily. »Besser gesagt, du musst sie treffen.«

Ich nickte. »Ich glaube, uns bleibt keine Wahl, als auf seinen Vorschlag einzugehen. Soll er doch bekommen, was immer er haben will, solange ich nur meinen Eric wieder zurückholen kann!«

»Okay. Hoffen wir, dass das der Deal ist, den er uns angeboten hat.«

Wir gingen zurück in die Klinik. Dr. Ignacius mussten wir nicht lange suchen – er hatte in der Nähe des Eingangsbereichs auf uns gewartet, uns wahrscheinlich beobachtet. »Haben Sie sich entschieden?«

»Ich habe vorher noch eine Frage«, sagte ich. »Wer genau finanziert diese Klinik? Und warum?«

Dr. Ignacius lächelte. »Diese Klinik ist eine von mehreren Institutionen, die vom Orden der Suchenden nach der Heiligen Wahrheit gegründet wurden. Den Orden gibt es bereits seit über 300 Jahren. Sie kennen vielleicht die Geschichte von Galileo Galilei, der die damals ketzerische Ansicht vertrat, die Erde sei nur ein Planet, der sich um die Sonne dreht. Er wurde von der katholischen Kirche gezwungen, diese Meinung öffentlich zu widerrufen.«

Ich nickte. Ich hatte gelesen, dass er erst Ende des 20. Jahrhunderts durch Papst Johannes Paul II. offiziell rehabilitiert worden war.

»Es gab bereits im 17. Jahrhundert innerhalb der Kirche heftige Auseinandersetzungen über die Frage, wie man mit dieser Theorie umgehen sollte«, fuhr Dr. Ignacius fort. »Einige ranghohe Würdenträger innerhalb des Vatikans waren der Meinung, dass wissenschaftliche Erkenntnisse niemals Ketzerei sein können, weil sie uns nur Gottes Wahrheit näher bringen, und dass es so etwas wie eine unumstößliche offizielle Kirchenmeinung zur Beschaffenheit des Universums nicht geben dürfe, weil wir Menschen Gottes Schöpfung niemals vollständig verstehen können. Diese Meinung wurde natürlich von der offiziellen Kirche nicht toleriert. Und so waren ihre Anhänger gezwungen, vor der Inquisition zu fliehen. Nach vielen Jahren der Verfolgung wanderten sie hierher nach Neuengland aus und gründeten den Orden der Suchenden nach der Heiligen Wahrheit. Seitdem kümmert sich der Orden um die Förderung der Wissenschaften im Namen Gottes.«

Er machte eine Geste, die die Klinik umfasste. »Hier im Fresh Pond Institute versuchen wir, eines der größten Mysterien der Schöpfung besser zu verstehen: die Quelle des menschlichen Geistes. Wachkomapatienten sind dafür in gewisser Hinsicht besonders interessante Studienobjekte, deshalb haben wir uns darauf spezialisiert. Aber wir sind in erster Linie Christen, und die Nächstenliebe und das Bedürfnis, Menschen zu heilen, stehen natürlich an erster Stelle. Andere vom Orden geförderte Institutionen beschäftigen sich zum Beispiel mit Elementarphysik und mit der Suche nach außerirdischem Leben.«

Sein Gesicht verzog sich vor Abscheu, als er fortfuhr: »Damit Sie mich nicht falsch verstehen: Wir betreiben keine Pseudowissenschaft wie diese verbohrten Eiferer, die Kreationisten. Denen geht es darum, längst gesicherte Erkenntnisse wie etwa Darwins Evolutionstheorie zu widerlegen, weil sie nicht in ihr Weltbild passen. Da gibt es Leute, die ernsthaft behaupten, Beweise dafür zu besitzen, dass die Erde erst dreißigtausend Jahre alt ist und Menschen und Dinosaurier gleichzeitig gelebt haben! Und das bloß, weil das angeblich so in der Bibel steht. Was für eine Anmaßung zu glauben, dass ein von Menschen geschriebener Text die absolute Wahrheit Gottes wiedergeben kann! Unser Orden dagegen betrachtet die Schöpfung als ein Rätsel, das uns der Schöpfer gestellt hat. Jede neue wissenschaftliche Erkenntnis offenbart uns neue Wunder, die uns Seiner Heiligen Wahrheit ein kleines Stück näher bringen. Wir glauben, dass es der Sinn des menschlichen Daseins ist, diese Wahrheit zu erforschen und dadurch Gottes Größe immer besser zu erkennen.«

Ich dachte über die Wunder nach, die ich selbst im Inneren von Erics Phantasiewelt erlebt hatte, und plötzlich begann ich zu ahnen, warum der Arzt ein so großes Interesse an Eric hatte.

»Wir sind einverstanden«, sagte ich.

Der Doktor erlaubte sich ein dünnes Lächeln. »Das ist gut! Sehr gut! Ich lasse dann Eric direkt in den Untersuchungsraum bringen.«

»Haben Sie vielleicht ein Glas Wasser für mich?«

Das Lächeln wurde breiter. »Selbstverständlich.«

Kurz darauf lagen Emily und ich neben Eric auf den Liegen. Ich hatte halb damit gerechnet, dass man mir für die Elektroden an meinem Kopf die Haare abrasieren würde, aber das erwies sich als unnötig. Man hatte mir nur eine Art engmaschiges Haarnetz umgelegt und ein paar zusätzliche Elektroden an den Schläfen, meinem Nacken und der Brust befestigt.

Dr. Ignacius, Swenson und eine Krankenschwester kontrollierten mit ernsten Mienen den richtigen Sitz der Messapparaturen und die Funktion der Apparate. Die Droge erfüllte mich mit einer gewissen lässigen Heiterkeit. Der Arzt und seine Helfer taten mir beinahe leid – sie gaben sich solche Mühe, exakt zu messen, was in unseren Gehirnen vorging, und würden doch nie begreifen können, was es bedeutete, wirklich *dort* zu sein.

»Wir sind bereit, wenn Sie es sind«, sagte Dr. Ignacius.

Ich sah Emily an. Sie nickte. Wir nahmen jede eine von Erics Händen und schlossen den Kreis.

## 35.

Ich stand auf der Ebene der Tore, nicht weit von dem großen weißen Marmorportal entfernt. Ich trug wieder das T-Shirt und die Jeans, die ich in der fiktiven Version meiner Wohnung angezogen hatte.

Eric war nicht da.

Ich kletterte auf den Sockel des großen Portals und sah mich um. In der Nähe entdeckte ich eine primitive Hütte, die aus Holz zusammengezimmert war. Sie machte einen windschiefen Eindruck. Neugierig ging ich darauf zu. Als ich näher kam, sah ich, dass das Holz verwittert war. Ein Gefühl der Beklemmung befiel mich, als mir klar wurde, dass seit unserer Trennung in Erics Welt eine lange Zeit vergangen sein musste. Mehrere Monate vermutlich, vielleicht sogar ein ganzes Jahr.

Neben der Hütte stand ein simples Holzgestell, auf dem ein einfaches Leinengewand zum Trocknen hing. Ein schwarzer Kreis mit verkohlten Holzresten markierte eine Feuerstelle. Die Asche fühlte sich kalt an. Die Hütte hatte keine Fenster und statt einer Tür nur einen Vorhang aus grobem Stoff. Ich schob ihn zur Seite und spähte ins Innere, doch der kleine Raum war leer. Ein Lager aus Stroh und ein kleiner Tisch mit einem Schemel waren die einzigen Einrichtungsgegenstände.

Auf dem Tisch stand eine Kerze, die offenbar aus Bienenwachs hergestellt war, wenngleich mir die Waben ungewöhnlich groß erschienen. Sie war ein Stück heruntergebrannt. Ich konnte es nicht sicher sagen, aber ich hatte das Gefühl, dass Eric noch nicht lange fort war.

Ich beschloss zu warten und setzte mich in den Schatten der Hütte.

Während ich dort saß und auf die Tore in der Nähe starrte, bemerkte ich, dass eines von ihnen einen Spaltbreit geöffnet war. Es bestand aus unbehandeltem Holz und war relativ klein, so dass ich mich bücken musste, um hindurchzugelangen. Ein Ast klemmte zwischen Türblatt und Rahmen, so dass die Tür nicht von selbst zufallen konnte.

Ich öffnete die Tür und sah hindurch. Vor mir erstreckte sich ein langer Sandstrand. Das Meer war türkisblau und idyllisch. Vor der Küste gab es einige Inseln. Jenseits des etwa fünfzehn Meter breiten Sandstreifens erhob sich dichter Dschungel. Fußspuren führten von der Tür den Strand entlang.

Ich trat durch das Tor. Als ich mich umwandte, sah ich nur noch einen schmalen, unwirklich hellen Streifen in der Luft, der von einem auf dem Boden liegenden Ast ausging. Dahinter setzte sich der Strand fort.

Am Himmel hing ein riesiger Viertelmond, so groß, dass die Enden seiner Sichel fast mein gesamtes Blickfeld ausfüllten. Seine Oberfläche war neblig gestreift wie die des Jupiter. Drei weitere, kleinere Monde schwebten links und oberhalb der großen Scheibe.

Ich folgte den Fußspuren und merkte, dass ich rasch außer Atem geriet. Die Luft schien hier dünner zu sein als auf der Ebene der Tore. Aus dem Dschungel erhoben sich Vögel und glitten aufs Meer hinaus. Nein, eigentlich waren es keine Vögel, eher längliche, schlangenartige Wesen mit großen Libellenflügeln. Sie bewegten ihre Körper in Wellen, während sie dahinglitten.

In der Ferne erhob sich ein Felsen. Die Fußspuren führten darauf zu. Als ich näher kam, erkannte ich, dass der

Stein mit Hunderten der Schlangenvögel bedeckt war. Manche flatterten auf und flogen hinaus aufs Meer, vermutlich auf Beutejagd, doch die meisten klammerten sich an die Felswand. Sie gaben merkwürdige klickende Laute von sich, so als hätten sie Beutel mit Murmeln in ihren Kehlen. Die Wesen machten keine Anstalten, mich anzugreifen, dennoch machte ich lieber einen weiten Bogen um den Felsen, so wie es auch die Fußspuren im Sand taten.

Als ich den Felsen umrundet hatte, blieb ich abrupt stehen. Auf der anderen Seite machte der Strand eine Biegung nach rechts, so dass er eine weite Bucht formte. Die Fußspuren setzten sich am Strand fort. In der Ferne glänzte etwas golden im Sonnenlicht. Ich schirmte das Licht mit der Hand ab. Nein, ich täuschte mich nicht: Das Funkeln rührte von einer Bronzerüstung her.

Die Gestalt in der Ferne war ebenfalls stehen geblieben. Jetzt erkannte ich, dass sie einen langen Speer trug und etwas in der linken Hand hielt, das von hier aus wie ein Beutel aussah. Die Gestalt ließ Speer und Beutel fallen und begann, den Strand entlang auf mich zuzugehen.

Ich winkte, dann rannte ich auf ihn zu.

Als wir noch etwa zweihundert Schritte voneinander entfernt waren, merkte ich, dass etwas nicht stimmte. Eric bewegte sich seltsam, langsam und auf merkwürdige Weise vornübergebeugt, so als sei er verletzt. Ich verlangsamte unwillkürlich mein Tempo.

Als nur noch ein paar Dutzend Schritte zwischen uns lagen, blieb ich stehen. Die Kehle schnürte sich mir zu. Der Mann vor mir war nicht Eric. Er konnte es nicht sein. Er trug die Bronzerüstung und das Schwert, und an seinen Füßen sah ich die zerfetzten Reste der Nike-Turnschuhe, die ich Eric mitgebracht hatte. Doch er hatte ansonsten kaum Ähnlichkeit mit dem jungen griechischen Krieger.

Sein Gesicht war zerfurcht und vom Wetter gegerbt. Er hatte einen bleichen Vollbart, und schneeweiße Haarsträhnen fielen ihm ins Gesicht.

Er blieb ebenfalls stehen und streckte eine Hand aus. »Göttliche Mutter«, krächzte der Greis mit einer Stimme, die er offenbar lange nicht benutzt hatte. »Du ... du bist zurückgekommen!«

Ich wollte auf ihn zulaufen, ihn in den Arm nehmen, ihn trösten, aber ich konnte es nicht. Ich war wie gelähmt. »Mein Gott!«, brachte ich hervor.

Langsam kam er näher. In seinen Augen glänzten Tränen. »Ich habe ... auf dich gewartet«, keuchte er. »Wie du es gesagt hast. Und ... du bist zurückgekommen!«

Ich streckte eine Hand aus und berührte sein runzliges Gesicht. »Mein Gott!«, sagte ich erneut. Während der kurzen Zeit, die wir getrennt gewesen waren, war in seiner Welt ein ganzes Leben vergangen.

»Suchen ... suchen wir jetzt das Tor des Lichts?«, fragte der Alte, den ich immer noch nicht als Eric ansehen konnte. »Ich ... habe nicht mehr gehofft, es noch finden zu können. Doch jetzt, mit deiner Hilfe ...« Er wandte sich um und ging den Strand entlang, zurück in die Richtung, aus der er gekommen war.

»Wohin gehst du?«, rief ich.

Er drehte sich kurz zu mir um. »Ich bin kein Gott«, sagte er. »Wenn ich am Leben bleiben will, muss ich etwas essen.«

Ich folgte ihm zu der Stelle, wo er seine Gegenstände hatte fallen lassen. Was aus der Ferne wie ein Speer ausgesehen hatte, schien tatsächlich eine Art Angel zu sein, eine an einem langen Stock befestigte Sehne mit mehreren Haken daran. Das Bündel entpuppte sich als mehrere tote Tiere, die wie eine Mischung aus Seestern und Krake aussahen, mit kurzen Armen und einem sackartigen, mit Warzen bedeckten Körper ohne Augen.

Der Alte hob sie auf. »Sie sehen nicht sehr hübsch aus und sind etwas zäh, aber die Arme sind wohlschmeckend, und aus ihrer Haut lässt sich allerhand Nützliches herstellen«, erklärte er.

Ich streckte unwillkürlich meine Hand nach dem Bündel aus, um ihm tragen zu helfen, doch sein stolzer Blick ließ mich innehalten.

»Es tut mir leid ... Eric ... dass du so lange warten musstest«, sagte ich. »In meiner Welt vergeht die Zeit sehr viel langsamer als in deiner. Für mich war es kaum mehr als ein Tag. Ich bin so schnell zurückgekehrt, wie ich konnte.«

»Ein Menschenleben ist nur ein unbedeutender Augenblick im Leben der Götter, das weiß ich wohl«, krächzte er. »Aber du bist zurück, und nun kann ich meine Aufgabe zu Ende bringen.«

»Hast du ... all die Jahre nur auf mich gewartet?«, fragte ich.

»O ja«, sagte er. »Aber ich war in der Zwischenzeit nicht untätig.« Er grinste. »Ich habe zahllose Türen geöffnet und Wunder gesehen, die noch nie ein Menschenauge erblickt hat. Es war kein schlechtes Leben, das ich geführt habe. Ein bisschen einsam vielleicht, obwohl ich hinter einigen Türen Lebewesen fand, mit denen ich sprechen konnte.« Sein Gesicht verdunkelte sich. »Einige Jahre habe ich in der Gefangenschaft von pelzigen Kobolden verbracht, die mich in einem unterirdischen Höhlenlabyrinth festhielten. Das Schlimme daran war nicht, dass sie ihren Schabernack mit mir trieben, mich quälten und mir kaum zu essen und zu trinken gaben. Das Schlimme war, dass ich ständig Angst hatte, dass du in dieser Zeit zurückkommen und glauben könntest, ich hätte dich im Stich gelassen. Als ich schließlich fliehen konnte, war ich sehr erleichtert, keine Zeichen deiner Anwesenheit zu finden.«

Ich ergriff seine Hand, und weil ich ihn nicht ansah, konnte ich mir beinahe vorstellen, dass es die Hand eines vierzehnjährigen Jungen war.

Wir wanderten den Strand zurück bis zum Tor. Als wir auf der Ebene standen, entfernte Eric den Stock und schloss die Tür. Dann machte er Feuer und goss Wasser aus einem blasenartigen Beutel, den er bei sich getragen hatte, in eine Art verkohlten Kochtopf, den er auf ein Holzgestell über das Feuer hängte. Erst beim zweiten Blick erkannte ich darin seinen Bronzehelm. Als er meinen Blick bemerkte, zuckte er nur mit den Schultern. Er breitete die Krakentiere auf dem Sand aus, schlitzte die Haut auf der Unterseite der Arme mit einem scharfen Messer auf, das er aus Knochen oder Stein hergestellt haben musste, und schnitt fingerlange Fleischstücke heraus, die er in den improvisierten Kochtopf warf. Er holte ein paar Kräuter und etwas, das wie getrocknete Pilze aussah, aus der Hütte und warf alles hinein. Mit einem großen, selbstgeschnitzten Löffel rührte er den Eintopf um, kostete, würzte nach. Der Duft, der von der Suppe ausging, war durchaus verlockend.

Schließlich war er zufrieden, nahm den Helm-Kochtopf vom Feuer, stellte ihn vor mich in den Sand und hielt mir den Löffel hin. »Möchtest du davon kosten, göttliche Mutter?«, fragte er. »Es ist nicht gerade Ambrosia, aber es schmeckt eigentlich nicht schlecht.«

Ich probierte einen Löffel. Tatsächlich war der Eintopf sehr schmackhaft. Das Fleisch der Krakentiere und die Gewürze gaben ihm ein exotisches Aroma, das mich an asiatische Fischsuppe erinnerte. Ich hatte fast den halben

Topf geleert, als mir einfiel, dass er ja erwähnt hatte, Hunger zu haben. Beschämt hielt ich ihm den Löffel hin.

Er grinste. »Ich freue mich, dass es dir schmeckt«, sagte er und aß mit großem Appetit.

Nachdem er den Helm geleert und gereinigt hatte, packten wir ein paar Vorräte zusammen und brachen auf, um uns auf die Suche zu machen. Ich wusste immer noch nicht, welches der Millionen Tore zum Licht führte. Aber ich hatte eine Idee. Wenn wir durch die Tür traten, die zum Broadway führte, dann konnten wir ein Flugzeug oder auch ein Taxi nach Cambridge nehmen. Vielleicht würde auch in der Traumwelt Eric im Untersuchungsraum in der Fresh-Pond-Klinik liegen. Wenn Eric sich selbst begegnete, so hoffte ich, löste das vielleicht eine Art Erkenntnisschock aus, der ihn wieder zu Bewusstsein bringen würde. Es war vielleicht ein bisschen um die Ecke gedacht, aber immer noch besser, als ziellos über die Ebene der Tore zu irren.

Ich orientierte mich an der Position des weißen Marmorportals, von dem aus ich die Tür zum Broadway das erste Mal entdeckt hatte. So fiel es mir nicht schwer, die Eisentür wiederzufinden.

Ich öffnete die Tür halb in der Erwartung, das erschrockene Gesicht der Putzfrau zu sehen, doch der kleine Innenhof war leer. Ich legte einen Ast zwischen Türblatt und Rahmen und trat hindurch.

Das Erste, was mir auffiel, war die Stille.

Das permanente Rauschen des Verkehrs, das Hupen hektischer Taxifahrer, die allgegenwärtigen Sirenen der Krankenwagen und Polizeistreifen bildeten normalerweise eine Geräuschkulisse, die typisch für New York war und in keiner anderen Stadt auf der Erde identisch klang. Das ewige Konzert der Großstadt. Doch seine Melodie schien verstummt zu sein.

Die Neonreklame gegenüber der Tür war ausgeschaltet.

Ich trat aus dem Innenhof auf die Straße. Der Broadway war voller Autos, wie üblich etwa die Hälfte davon in Taxigelb, doch keines bewegte sich. Im ersten Moment glaubte ich, dass Erics Phantasie irgendwie die Zeit angehalten hatte und ich mich durch ein dreidimensionales Standbild bewegte. Doch ein Blick durch die Windschutzscheibe eines Taxis direkt vor mir offenbarte mir die grausige Wahrheit.

Der Schädel des Fahrers war nur noch mit vertrockneten Fleisch- und Hautfetzen sowie ein paar dünnen Haarsträhnen bedeckt. Der Unterkiefer hing ihm herab, so als lache er herzhaft über einen makabren Scherz. Sein Fahrgast lag an das Fenster gelehnt. Seine leeren Augenhöhlen starrten auf meine Füße.

Eine Bewegung ließ mich herumfahren. Nicht weit von mir entfernt lag ein Mensch auf dem Gehweg. Für einen Moment hatte ich den Eindruck, er winke mir mit der Hand zu, doch dann erkannte ich, dass es eine Krähe war, die auf seiner Brust saß und mit ihrem Schnabel in der Bauchhöhle wühlte.

Die Krähen waren überall – auf den zahllosen Leichen, in den Rahmen halb geöffneter Fenster, sogar im Inneren der Autos, deren Fensterscheiben heruntergekurbelt waren.

Ein würgendes Geräusch entfuhr mir. Ich sackte auf die Knie und übergab mich.

Ich spürte Erics gealterte Hand auf meiner Schulter. »Göttliche Mutter!«, sagte er. »Was … was ist das für eine schreckliche Welt?«

Es ist die Welt, in der du geboren wurdest, wollte ich sagen. Aber das stimmte nicht. Dieses New York war nicht realer als die Welt, in der die Krakentiere lebten. Es war eine alberne Horrorvision, von der Art, wie sie Hollywood am laufenden Band produzierte – das billige Spiel mit der Urangst des Menschen vor dem Tod. Eric musste Dutzende solcher Filme gesehen haben. Kein Wunder, dass sie seine Phantasiewelt prägten.

Trotz dieser Gewissheit drückte mir die Angst den Magen zusammen. Immerhin war ich noch vor kurzem durch diese Straßen gelaufen. Damals waren sie voller quicklebendiger Menschen gewesen. Einen schrecklichen Moment lang fürchtete ich, dass Eric vielleicht irgendwie in die Zukunft sehen konnte – dass das, was ich sah, eines nicht mehr fernen Tages Realität werden würde. Ein mutierter Grippevirus vielleicht, der aus irgendeinem Gentechniklabor entwichen war ... Die Vorstellung durchzuckte mich, dass ich mich mit der Krankheit, die das hier angerichtet hatte, infizieren könnte – vielleicht schon infiziert hatte.

Ich wollte so schnell wie möglich hier weg. Eigentlich war es weniger die Angst vor einer imaginären Krankheit, die in mir einen fast übermächtigen Fluchtimpuls auslöste, und es waren auch nicht die zombiehaften Leichen. Es waren die kalten, unbarmherzigen Augen der Vögel, die sich an den leblosen Körpern weideten.

Ich rappelte mich auf. »Dies ist nicht die richtige Welt«, sagte ich.

Wir gingen zurück zu der Metalltür. Ich war erleichtert, als wir wieder auf der Ebene der Tore standen. Doch wohin sollten wir uns jetzt wenden? Ich hatte keine Ahnung.

Ich sah mich um. Auf der unübersehbaren Ebene kam es vor allem darauf an, sich zu orientieren. Also führte ich Eric zurück zu dem weißen Marmorportal. Er hatte Mühe, die hohen Treppenstufen hinaufzuklettern, und ächzte und schnaufte dabei. Mir wurde plötzlich klar, dass er nicht mehr sehr weit würde laufen können.

## 36.

Als wir die Plattform erklommen hatten, warteten wir auf den Einbruch der Nacht. Ich hatte die Hoffnung, erneut ein leuchtendes Tor zu sehen, doch nachdem die Neonröhren des Broadway für immer erloschen waren, gab es nichts mehr, was uns den Weg wies.

In dieser mondlosen Nacht war der Himmel übersät mit Millionen Sternen. Es war wunderschön. Ich hatte erst einmal in meinem Leben einen solchen Sternenhimmel gesehen. Ralph war mit uns während eines Urlaubs in Mexiko nachts hinaus in die Wüste gefahren. Fernab jeder menschlichen Behausung hatten wir angehalten und einfach nur mit offenen Mündern nach oben geblickt. Eric war noch klein gewesen, höchstens drei Jahre alt, und nach meiner Erinnerung hatte er auf dem Rücksitz unseres Mietwagens geschlafen. Doch vielleicht war er zwischendurch aufgewacht, und der Blick aus dem Seitenfenster hatte sich so tief in sein Unterbewusstsein eingegraben, dass er ihn sein Leben lang mit sich getragen hatte.

Ich versuchte, in der Ansammlung der Lichtpunkte vertraute Muster zu entdecken, doch die wenigen Sternbilder, die ich kannte, waren nicht vorhanden.

»Es muss herrlich sein dort oben«, sagte Eric mit seiner schrecklich alten, krächzenden Stimme.

Meine Kehle war zugeschnürt. Ich nickte nur.

»Wenn du dorthin zurückkehren willst, göttliche Mutter …«

Ich sah ihn verblüfft an. Im Sternenlicht wirkte sein

zerfurchtes Gesicht nicht mehr alt und schwach, sondern nur noch weise. »Zurückkehren? Wie meinst du das?«

»Dort oben ist doch das Reich der Götter, oder nicht?«

»Verdammt, Eric, ich bin keine …«, begann ich. Dann fiel mir der Kampf gegen den Zyklopen vor dem Tempel des Hades wieder ein. Ich hatte ihn getötet – mit nichts als meiner Wut.

Ich blickte nach oben. Die Sterne schienen zum Greifen nah. Ich streckte meine Arme nach ihnen aus und hatte das Gefühl, dass ich ihnen tatsächlich näher kam.

Ich sah an mir herab und erschrak zu Tode. Ich schwebte gut zehn Fuß über dem Podest in der Luft. Eric blickte zu mir auf. Sein alter, fast zahnloser Mund war zu einem Grinsen verzogen.

Im selben Moment, in dem mir klar wurde, dass das, was ich sah, nicht sein konnte, fühlte ich ein flaues Gefühl im Magen und landete hart auf der Steinfläche. Ich stand auf und stöhnte vor Schmerz. Ich hatte mir beim Aufprall den Knöchel verstaucht.

Verwirrt sah ich wieder in den Himmel. Irgendwie hatte ich es geschafft, mich in die Luft zu erheben. Ich hob die Arme und versuchte, noch einmal zu schweben, aber ich hatte keine Ahnung, wie das ging. Ein paar Mal flatterte ich hilflos mit den Armen, ohne jeden Effekt.

Ich fühlte mich an Szenen aus Zeichentrickfilmen erinnert, in denen die Figuren über einem Abgrund eine Weile in der Luft laufen, bis sie nach unten sehen und realisieren, dass nichts mehr da ist, das sie trägt, und erst in diesem Moment abstürzen.

Im Kampf mit dem Zyklopen war es ähnlich gewesen: Ich hatte nicht darüber nachgedacht, was ich tat. Da war nur diese ungeheure Wut gewesen, und die Angst um Eric. Ich hatte den Arm ausgestreckt, und es war einfach passiert. Offenbar funktionierten meine magischen oder göttlichen Fähigkeiten nur unbewusst.

Vielleicht war das der Schlüssel dazu, eine Göttin zu werden: Möglicherweise musste ich aufhören, zu denken, und anfangen, zu *wollen*.

Die Dinge sind nicht so, wie sie erscheinen. Mir wurde plötzlich klar, was das bedeutete: Diese Welt war nicht real. Die physikalischen Gesetze, die ich kannte, galten hier nur so lange, wie man sich an sie hielt.

Ich schloss die Augen, breitete die Arme aus und wünschte mir, über der Ebene zu schweben, leicht und frei wie ein Vogel.

Als ich die Lider öffnete, befand ich mich in großer Höhe. Das riesige Marmorportal lag tief unter mir. Eric war nur noch als winziger schwarzer Punkt auf der blaugrau leuchtenden Marmorfläche zu erkennen. Ich kämpfte die Urangst nieder, die mich bei diesem Anblick befiel, und bald durchströmte mich ein unbeschreibliches Glücksgefühl. Ich konnte fliegen! Welcher Mensch träumt nicht davon? Auch wenn ich wusste, dass dies nur eine Phantasiewelt war, fühlte es sich verdammt gut an.

Ich streckte die Arme nach vorn und schoss hinab wie Superman. Ich jauchzte vor Vergnügen und umrundete das große Portal in engen Kreisen, bis mir schwindlig wurde. Eric sah mir mit offenem Mund nach.

Ich gönnte mir diesen Moment der Ausgelassenheit. Dann besann ich mich auf meine Aufgabe. Ich flog in einer Höhe von gut hundert Metern über die Ebene. Ich stellte fest, dass ich meine Geschwindigkeit beliebig steigern konnte, bis ich so schnell war, dass die Ebene unter mir nur noch als verwaschener Streifen vorbeiraste. Ich musste die Schallmauer längst durchbrochen haben, doch von dem berühmten Überschallknall bemerkte ich nichts.

Ich stieg höher und höher, doch was ich sah, ließ mein Herz sinken. Die Ebene der Tore war nicht einfach nur groß. Sie war unendlich. Sie erstreckte sich unter mir in alle Richtungen. Ich war bereits so hoch, dass ich deutlich die Krümmung des Horizonts sehen konnte und ein goldener Streifen in der Ferne den heraufziehenden Tag ankündigte. Dennoch war kein Ende der Ebene zu erkennen. Vermutlich umhüllte sie die ganze Welt. Die Aufgabe, hier ein bestimmtes Tor zu finden, glich dem Versuch, an der Küste Floridas ein einzelnes Sandkorn zu identifizieren.

Ich merkte, dass ich mich bereits sehr weit von meinem Ausgangspunkt entfernt hatte – Hunderte Kilometer vermutlich. Und ich hatte nicht auf die Richtung geachtet, in die ich flog. Doch ich hatte keine Angst, meinen Sohn erneut zu verlieren. Ich musste ja nur zu Eric zurückkehren *wollen*.

Kurz darauf stand ich wieder auf dem weißen Marmorportal.

»Willst du immer noch behaupten, keine Göttin zu sein?«, fragte der alte Mann, der mein Sohn war.

Ich schüttelte den Kopf. »Danke, dass du mir die Augen geöffnet hast.«

»Und was wirst du jetzt tun?«

»Ich werde Hades einen Strich durch die Rechnung machen!«

Ich schloss die Augen und versuchte, Zorn heraufzubeschwören. Das war nicht besonders schwierig. Ich musste nur an den brennenden Mann denken, an sein heiseres Lachen, als er gesagt hatte: »Es ist ganz in der Nähe. Ihr müsst nur durch die Tür hinter mir gehen, dann habt ihr es fast erreicht.«

Zuerst hörte ich ein fernes Donnergrollen. Ein leichter, kühler Wind zerzauste mein Haar. Gut so! Ich schürte das

Feuer der Wut in meinem Bauch. Schluss mit dem Herumirren. Weg mit den falschen Toren! Ich hasste sie. Ich wollte sie mit göttlicher Macht von dieser Ebene fegen, bis nur noch das eine Tor übrigblieb – das wahre Tor des Lichts.

Der Wind wurde heftiger. »Göttliche Mutter, was tust du?«, fragte Eric. In seiner brüchigen Stimme hörte ich Angst.

Ich öffnete die Augen. Der Himmel war jetzt pechschwarz. Blitze zuckten um uns herum und tauchten die Ebene in gespenstisches blasses Licht. Gewaltige Wolken hatten sich um uns aufgetürmt. Der Sand der Ebene wirbelte durch die Luft und griff mit messerscharfen Krallen nach uns.

Es gab ein ohrenbetäubendes Krachen, als ein Blitz in das weiße Marmorportal einschlug. Ein Teil des Rahmens brach auseinander. Marmorblöcke von der Größe eines Kleinwagens krachten herab.

»Weg hier!«, brüllte ich. Meinen schmerzenden Knöchel ignorierend, kletterte ich mit Eric die Stufen des Portals hinab, während die Intensität des Sturms weiter zunahm. Aus dem gelegentlichen Donnern war jetzt ein einziges ohrenbetäubendes Stakkato geworden, und die Blitze kamen in solcher Frequenz, dass sie einem unregelmäßigen Stroboskoplicht glichen, das unsere Bewegungen abgehackt erscheinen ließ.

Wir sprangen von der untersten Stufe und kauerten uns auf den Boden. Steine prasselten um uns herum in den Sand, doch wir wurden nicht getroffen. Der Sturm war zu einem Brüllen geworden, das dem eines sterbenden Riesen glich. Einen Moment glaubte ich, in dem Tosen Erics Schmerzensschreie zu vernehmen. Ich bekam plötzlich Angst vor der enormen Gewalt, die ich entfesselt hatte.

Ich wollte, dass es aufhörte, doch der Sturm ließ sich nicht mehr stoppen. Die Welt war nur noch ein einziger grell leuchtender Wirbel.

Nach einer Zeit, die mir wie Stunden vorkam, ließ das Tosen allmählich nach, bis nur noch Stille herrschte. Ich hatte plötzlich das beklemmende Gefühl, in einen Abgrund zu fallen. Ich öffnete die Augen, die ich zum Schutz vor dem Sand fest geschlossen hatte.

Ich sah nichts.

Nein, das stimmte nicht. Ich konnte meine Hand sehen, die ich vors Gesicht hielt, und wenn ich den Kopf drehte, sah ich Eric, der mich angstvoll anstarrte. Er schwebte in der Schwärze, Arme und Beine ausgebreitet wie ein Fallschirmspringer, doch es war kein Luftzug da, der seine weißen Haare bewegt hätte.

»Was … was hast du getan, göttliche Mutter?«

Gute Frage. Von der Ebene der Tore war nichts mehr übrig. Mein entfesselter Zorn hatte sie buchstäblich weggefegt. Nicht ein einziges Sandkorn konnte ich mehr entdecken. Vorbei war es mit Erics fein gesponnener Phantasiewelt. Nur noch er selbst und ich waren übrig.

Von einem Tor des Lichts war keine Spur zu entdecken. Verzweiflung überkam mich, als ich begriff, dass ich einen Fehler gemacht hatte. Einen schrecklichen Fehler.

In meiner Arroganz, in meinem Größenwahn hatte ich geglaubt, das Problem mit Gewalt lösen zu können. Doch selbst als griechische Göttin war ich nicht allmächtig. Ich hatte buchstäblich alles zunichtegemacht.

Tränen schossen mir in die Augen, doch sie liefen nicht an meinen Wangen herab, sondern schwebten als winzige zitternde Kügelchen vor meinem Gesicht, glitzernd wie Silberperlen.

Wieso glitzerten die Tropfen, fragte ich mich. Wieso

konnte ich überhaupt etwas sehen, wo ich doch nur von Dunkelheit umgeben war? Ich wandte den Kopf, konnte jedoch nur aus dem Augenwinkel ein Leuchten sehen. Ich strampelte eine Weile mit den Armen, bis es mir gelang, meinen schwerelosen Körper in eine langsame Rotation zu versetzen.

Als ich mich halb um meine Achse gedreht hatte, sah ich die Lichtquelle. Es war ein Rechteck aus dünnen, gleißend hellen Linien. Es sah winzig aus, aber ich konnte in dieser unwirklichen Umgebung keine Distanz abschätzen – vielleicht war es Milliarden Kilometer entfernt und so groß wie die Sonne.

Das Tor des Lichts.

Diesmal musste ich mich nicht anstrengen, um Sehnsucht danach zu entwickeln. Die Aussicht, dieser schrecklichen dunklen Leere zu entkommen, war so verlockend, dass ich ganz von selbst darauf zuzuschweben begann.

Ich wandte den Kopf. Eric hatte sich ebenfalls umgedreht und sah mir nach. Im Unterschied zu mir blieb er auf der Stelle, so dass ich mich rasch von ihm entfernte.

Ich streckte die Hand aus und zog ihn zu mir, ohne ihn zu berühren. Als er mich erreichte, umfasste ich seine dünnen Schultern. Gemeinsam glitten wir schwerelos auf das helle Rechteck zu, das langsam größer wurde. Ich erkannte, dass es sich um eine ganz gewöhnliche, schmucklose Tür handelte – eine Tür am Ende eines langen dunklen Korridors. Jetzt konnte ich auch die metallenen Ziffern erkennen, die auf der Tür angebracht waren. Sie formten die Zimmernummer: 212. Die Tür öffnete sich, und blendendes Gleißen hüllte mich ein.

## 37.

Ich schlug die Augen auf. Über mir brannte grelles Licht – die Neonröhren an der Decke des Untersuchungsraums. Ich blinzelte. Undeutlich nahm ich wahr, dass der Raum voller Menschen war. Sie standen um mich herum und murmelten unverständliche Worte. Geblendet, wie ich war, konnte ich ihre Gesichter nicht deutlich erkennen, aber ich sah, dass sie allesamt schwarze Gewänder mit Kapuzen trugen.

Ich hatte keine Zeit, mich darüber zu wundern, denn neben mir bemerkte ich hektische Aktivität. Ein langgezogenes Piepen erklang. Ich drehte mich mühsam um und sah Dr. Ignacius und Swenson über Eric gebeugt. Seine Brust war freigelegt. Sein Gesicht wirkte bleich und eingefallen und schrecklich alt.

»Wir verlieren ihn!«, rief Dr. Ignacius. »Verdammt! Machen Sie den Defi klar, Swenson! Schnell!«

»Nein!«, schrie ich. Ich rüttelte Eric an der Schulter. »Wach auf, Eric! Verdammt, wach auf!«

»Defibrillator ist bereit«, sagte Swenson. Er hielt zwei flache Metallplatten in den Händen. »Auf drei!«

Dr. Ignacius zog mich zur Seite. »Sie dürfen ihn nicht berühren, sonst bekommen Sie einen Stromschlag«, sagte er.

»Eins … zwei … drei.« Swenson senkte die beiden Metallplatten auf Erics Brust. Ein Warngeräusch ertönte, und gleichzeitig bäumte sich Eric auf. Doch das warnende Piepen des Apparats, der seinen Puls überwachte, verschwand nicht.

»Aber … das kann nicht sein!«, rief ich. »Wir haben doch das Tor des Lichts gefunden! Er muss hier sein! Er muss …«

»Noch ein Versuch. Defibrillator ist bereit. Auf drei. Eins …«

»Nein!«, schrie ich. Mir war plötzlich klar, wo der Fehler lag. »Bringen Sie ihn in sein Zimmer! Raum Nummer 212. Schnell!«

Swenson sah mich verständnislos an. »Dafür haben wir jetzt keine Zeit. Wir müssen …«

»Tun Sie, was sie sagt!«, rief Dr. Ignacius. »Bringen Sie ihn sofort auf Zimmer 212. Lassen Sie die ganzen Apparate hier, das bringt sowieso nichts!«

Swenson sah seinen Chef an, als habe dieser den Verstand verloren.

»Los jetzt!«, brüllte der Neurologe.

Swenson zuckte mit den Schultern. Er schob Erics leblosen Körper aus dem Raum.

Immer noch benommen setzte ich mich auf. Die fremden Menschen standen immer noch da und murmelten Worte, die wie Latein klangen. Es waren mindestens ein Dutzend. Sie hatten die Kapuzen ihrer schwarzen Kutten über die Köpfe gezogen, so dass ihre Gesichter in tiefem Schatten lagen. Sie sahen aus wie Mönche aus dem Mittelalter, die in diesem Hightech-Untersuchungsraum völlig deplatziert wirkten. Wahrscheinlich waren es Mitglieder des Ordens der Suchenden nach der Heiligen Wahrheit. Was sie hier machten, war mir schleierhaft.

Ich hatte keine Zeit, mich weiter mit ihnen zu beschäftigen. Ich stolperte hinter Swenson und Ignacius her zum Aufzug. Emily folgte mir. »Ich … ich kann ihn nicht mehr spüren«, sagte sie.

»Er ist da«, erwiderte ich. »Er muss da sein. Er muss!«

Die Fahrt mit dem Fahrstuhl schien ewig zu dauern. Ich war mir sicher, dass Erics Herz bereits mindestens eine Minute stillstand. Wie lange konnte ein Mensch das überleben? Wann setzte der Zelltod aufgrund von Sauerstoffmangel ein?

»Schneller, verdammt«, brüllte Dr. Ignacius. Swenson rollte das Bett den Flur entlang und hätte beinahe eine alte Frau umgefahren, die gerade aus ihrem Zimmer kam. Er riss die Tür mit den metallenen Ziffern 212 auf und schob Eric hinein. Atemlos blieb er stehen. »Und jetzt?«, fragte er.

Ich ignorierte die Frage und trat neben die fahrbare Liege. Tränen verschleierten meinen Blick. Ich beugte mich über Eric und strich sanft mit der Hand über seine bleiche, kühle Stirn. »Bitte, wach auf«, flüsterte ich. »Ich weiß, dass du hier bist. Bitte, komm zurück!«

Emily fasste mich an der Schulter. »Es hat keinen Sinn, Anna. Er ist …«

In diesem Moment ging ein Ruck durch den jungen Körper. Er bäumte sich auf, als habe er erneut einen Elektroschock mit dem Defibrillator erhalten, dann sank er zurück auf die Liege.

»Was, bei Gott, war das denn?«, fragte Swenson.

Ich wusste es. Ich strich ihm erneut über die Stirn, die nicht mehr ganz so bleich und kühl zu sein schien.

Eric drehte die Augen. Nur ein paar Millimeter, aber es war ein enormer Unterschied. Sein Blick war nicht mehr leer. Er sah mich!

Ein unbeschreibliches Glücksgefühl durchströmte mich.

Eric öffnete den Mund, als wolle er etwas sagen, doch es kam nur ein leichter Seufzer heraus. Er hatte so lange nicht gesprochen. Er würde es vielleicht erst wieder lernen müssen. Doch was machte das schon?

Er war zurückgekehrt!

Mein Blick verschwamm. Ich strich sanft über seine Wange, küsste seine Stirn. »Willkommen zurück, mein Sohn!«, sagte ich. Dann ließ ich den Tränen der Erleichterung freien Lauf.

Nach einer Weile wurde mir bewusst, dass ich nicht allein war. Das kleine Krankenzimmer war voller schwarzgekleideter Menschen. Ihre Köpfe waren gesenkt, und sie murmelten wieder unverständliche Worte – offenbar eine Art Gebet.

Einer der Mönche trat vor und klappte seine Kapuze zurück. Darunter kam das feingeschnittene Gesicht eines weißhaarigen Mannes zum Vorschein. Er kam mir irgendwie bekannt vor.

»Mein Name ist Jerry Wilson«, sagte er mit volltönender Bassstimme. Mir fiel ein, dass ich den Mann in einer Fernsehdebatte gegen Abtreibung gesehen hatte. Er war ein führender Politiker der Republikaner, soweit ich mich erinnerte. »Ich bin Abtprior des Ordens der Suchenden nach der Heiligen Wahrheit«, fuhr er fort. »Im Namen der Bruderschaft möchte ich Ihnen danken, Mrs. Demmet. Heute ist ein großer Tag für unseren Orden, für die Christenheit, ja für die ganze Menschheit!«

Ich sah ihn verständnislos an. »Wie meinen Sie das?«

Er lächelte. »Uns ist heute ein neuer Blick auf Gottes Werk zuteilgeworden. In Seiner unendlichen Gnade hat Er uns etwas offenbart, das unsere Herzen mit Jubel erfüllt! Unserem Bruder Dr. Ignacius ist die wissenschaftliche Bestätigung einer der wichtigsten Grundlagen des christlichen Glaubens gelungen: Er hat heute die Existenz der menschlichen Seele bewiesen! Diese Entdeckung ist in ihrer Bedeutung vergleichbar mit Einsteins Relativitätstheorie oder Plancks Quantenphysik. Die Fundamente der Wissenschaft sind neu gelegt worden. Und Sie, Mrs. Demmet, sind gemeinsam mit Ihrem Sohn und Mrs. Morrison die Schlüsselfiguren dieser Offenbarung. Sie sind von Gott, unserem Herrn, gesegnet!«

»Sie ... Sie glauben, Sie haben die Existenz der Seele bewiesen, weil Eric aufgewacht ist?«

Der Abt schüttelte den Kopf. »Nein, natürlich nicht. Sehen Sie, diese Klinik verfügt über modernste Apparate, mit denen Gehirnaktivitäten sehr genau gemessen und aufgezeichnet werden können. Aus diesen Aufzeichnungen geht eindeutig hervor, dass Ihre Gehirnströme während Ihrer Trance mit denen Ihres Sohnes und denen von Mrs. Morrison synchronisiert waren. Wir konnten nicht sehen, was in Ihren Gehirnen vorging, aber wir konnten sehen, dass Sie, Mrs. Morrison und Eric dieselben Dinge gesehen, gefühlt und erlebt haben. Es gab eindeutig eine Verbindung zwischen Ihnen. Etwas Derartiges ist nie zuvor beobachtet worden. Es gibt dafür keine andere wissenschaftliche Erklärung als die, dass Ihre Seelen direkt miteinander kommuniziert haben!«

Langsam begann ich zu verstehen. Ich hatte mich offenbar in Dr. Ignacius getäuscht. Die altertümliche Kleidung der Ordensmitglieder kam mir ein bisschen albern vor, und die Idee, etwas unbedingt wissenschaftlich beweisen zu wollen, was doch jeder Mensch intuitiv erfahren konnte – dass die menschliche Existenz mehr ist als eine zufällige Aneinanderreihung chemischer Prozesse –, erschien mir irgendwie armselig. Aber es war jetzt klar, dass mein Misstrauen gegenüber dem Arzt unbegründet gewesen war. Er hatte offensichtlich im Auftrag des Ordens aus ehrenhaften Motiven gehandelt.

»Kann ich meinen Sohn jetzt nach Hause bringen?«, fragte ich.

»Wir würden uns sehr freuen, wenn Sie noch eine Weile unsere Gäste blieben«, sagte der Abt. »Dr. Ignacius ist der Ansicht, dass es besser für Eric wäre, wenn er noch eine Weile hier unter ärztlicher Aufsicht bliebe. Es wird noch etwas dauern, bis er wieder ganz hergestellt ist, und wir werden natürlich alles tun, um ihm dabei zu helfen. Die Kosten seiner Behandlung übernimmt selbstverständlich der Orden – das gilt auch für Ihren Aufenthalt hier. Ehrlich gesagt vermute ich, dass auch Sie etwas Erholung gebrauchen können. Aber es ist Ihre Entscheidung. Wir sind Ihnen zu tiefstem Dank verpflichtet, und der Orden wird Sie stets mit offenen Armen empfangen und Ihnen jede erdenkliche Hilfe zuteilwerden lassen!«

Ich nickte. »Sie haben recht. Wir brauchen etwas Ruhe. Ich wäre Ihnen dankbar, wenn Sie mich einen Augenblick mit meinem Sohn allein lassen würden.«

Der Abt nickte. »Selbstverständlich.« Er wandte sich an die übrigen Ordensmitglieder. »Brüder und Schwestern, lasst uns nun in der Kapelle einen Gottesdienst feiern und dem Herrn für das Wunder der Offenbarung danken, die wir heute erhalten haben!«

Zustimmendes Gemurmel erhob sich, und die schwarzgekleideten Gestalten verließen den Raum in einer kleinen Prozession. Dr. Ignacius und Swenson folgten ihnen.

Erleichtert schloss ich die Tür. Nur Emily war zurückgeblieben. Wir fielen uns in die Arme, und mir kamen erneut die Tränen. Es gab keine Worte, die meiner Dankbarkeit gegenüber meiner Freundin Ausdruck verleihen konnten. So hielten wir uns nur stumm umfasst.

Ein Geräusch ließ mich herumfahren. Es klang wie ein Stöhnen. Erschrocken beugte ich mich über Eric. Doch er wirkte entspannt. Seine Augen waren klar und wach, und sie folgten meinem Gesicht. Sein Mund zuckte leicht, so als versuche er zu lächeln, könne sich aber nicht mehr genau erinnern, wie das funktionierte. »Mmm …«, machte er. Und dann, deutlich hörbar: »Mmmom …«

Ich streichelte seine Wange und küsste seine Stirn. »Schon gut, mein Sohn«, sagte ich. »Lass dir Zeit. Bald wirst du wieder ganz gesund sein!«

Eine kleine, nagende Stimme in meinem Hinterkopf meldete sich mit der Frage, ob er wirklich jemals wieder ganz geheilt sein würde. Was, wenn er bleibende Schäden davongetragen hatte? Was, wenn Eric nie wieder richtig sprechen konnte?

Ich verdrängte den Gedanken. Mein Sohn war wieder zurück. Die lange Suche hatte ein Ende. Nur das zählte!

Die Tür öffnete sich, und zwei Pflegerinnen kamen herein. Sie hoben Eric von der fahrbaren Liege auf das Krankenbett, in dem er zuvor gelegen hatte. Dann entfernten sie die Liege und brachten stattdessen ein zweites Bett in das Zimmer. »Dr. Ignacius meinte, Sie wollen sich vielleicht eine Weile hier ausruhen«, sagte eine der Schwestern.

Ich bedankte mich. Ich fühlte mich in der Tat sehr erschöpft. »Was ist mit dir?«, fragte ich Emily. »Möchtest du auch ein bisschen schlafen? Wir könnten uns zu zweit hierherlegen.«

»Nein danke«, sagte sie. »Ich will erst mal nach Maria schauen.«

Maria. Ein Stich des Bedauerns und der Reue durchfuhr mich. »Bitte richte ihr aus, dass ich ihr dankbar bin für das, was sie für Eric getan hat«, sagte ich. »Ich würde es ihr gern selbst sagen, aber ich glaube, ich brauche jetzt tatsächlich ein bisschen Ruhe. Und ich möchte Eric nicht allein lassen.«

Emily nickte. »Ich bin bald zurück.« Damit verließ sie den Raum.

Ich schob das fahrbare zweite Bett neben das von Eric und legte mich darauf. Ich nahm seine Hand in meine und drückte sie. Ganz schwach glaubte ich ein Zucken seiner Finger wahrzunehmen, als erwidere er meinen Händedruck.

Mit einem glücklichen Lächeln auf den Lippen schlief ich ein.

# 38.

Als ich erwachte, war es dunkel. Die Leuchtziffern meines Digitalweckers zeigten 4.15 Uhr morgens an.

Ich fuhr hoch, als hätte jemand einen Eimer Eiswasser über mir ausgegossen. Ich drückte den Lichtschalter, der an der vertrauten Stelle neben dem Bett war.

Ein Geräusch entrang sich meiner Kehle, das nicht von mir zu stammen schien, sondern von einem kleinen, verängstigten Tier, das in meiner Brust eingesperrt war.

Ich befand mich in meinem Schlafzimmer in Manhattan. Statt der Jeans und des T-Shirts, die ich in der Klinik in Cambridge angehabt hatte, trug ich eines meiner seidenen Nachthemden.

»Nein!«, sagte ich laut. »Nein, das kann nicht sein!« Ich stand auf und riss die Vorhänge auf, getrieben von der unsinnigen Hoffnung, der kleine Park der Fresh-Pond-Klinik möge dahinter zum Vorschein kommen. Stattdessen sah ich das niemals ganz verlöschende Leuchten der Großstadt: unzählige Lichtpunkte, die langsam blinkten und flackerten wie die Glut eines heruntergebrannten Feuers.

Ich versuchte, die Panik zu verdrängen, die mich befiel. Es musste eine logische Erklärung dafür geben, dass ich jetzt in meinem Apartment war, obwohl ich doch gerade noch in der Klinik in Cambridge gelegen hatte.

Mit zitternden Knien wankte ich in Erics Zimmer. Sein Bett war leer, und der Raum roch schal, als sei er lange nicht benutzt worden.

Es gab zwei Möglichkeiten: Entweder war dies hier ein

Traum, oder ich hatte nur geträumt, dass Eric aufgewacht war.

Beides erschien mir unmöglich. Doch die Tatsachen ließen keine andere Erklärung zu.

Es sei denn, ich war dabei, den Verstand zu verlieren.

Was immer mit mir geschah, musste mit den Auswirkungen der Droge zu tun haben. Ich ging zurück ins Schlafzimmer und legte mich wieder ins Bett. Vielleicht konnte ich ja einfach einschlafen und dann wieder in der Klinik in Cambridge aufwachen.

Ich schloss die Augen, doch an Schlaf war nicht zu denken. Stattdessen sah ich Bilder vor mir – Fetzen eines Traums, den ich unmittelbar vor dem Aufwachen gehabt hatte.

Da war ein Unfall gewesen. Ein brennendes Autowrack, das auf dem Rücken an einer Böschung lag. Eric war in diesem Auto. Ich sah sein Gesicht, an die Scheibe gepresst, wie er mich anstarrte, wie er stumm um Hilfe rief. Ich wollte ihm zu Hilfe eilen, doch etwas hielt mich fest. Flammen leckten an Erics Gesicht empor, umhüllten es wie ein grelles Tuch, bis seine Augen und sein zum Schrei geöffneter Mund nur noch dunkle Flecken waren.

Irgendwie musste mein Unterbewusstsein die Erinnerung an den Unfall, den wir auf der Rückfahrt von Steephill nach New York gesehen hatten, mit den Erlebnissen in Erics Traumwelt vermischt haben. Ich versuchte, die schrecklichen Bilder zu verdrängen, mich zu beruhigen, doch mein Kopf dröhnte vom Hämmern meines Herzens. Nach ein paar Minuten stand ich auf und ging in die Küche, um mir einen Beruhigungstee zu machen.

Der Tee half nicht. In meinem Kopf tobten die Gedanken weiter wie ein Schwarm Hornissen, deren Nest jemand mit Benzin übergossen und angezündet hatte. Ich hätte am liebsten laut geschrien, doch ich hatte Angst vor meiner eigenen Stimme.

Was war hier los? War ich auf irgendeine geheimnisvolle Weise immer noch in Erics Phantasiewelt gefangen? Befand ich mich in jenem erdachten New York, in dem ich ihn bereits einmal gesucht hatte? Würde ich, wenn ich morgen zum Times Square fuhr und die Hintertür eines Schnellrestaurants öffnete, wieder auf der Ebene der Tore stehen?

Die Realität schien auf einmal zu etwas Weichem, Flexiblem geschmolzen zu sein. Es gab keinen absoluten Bezugspunkt mehr, nichts, worauf ich mich verlassen konnte.

Ich presste die Hände an den Kopf und flehte, dass irgendwas geschehen möge, damit die Welt wieder ihre gewohnte Ordnung annahm. Doch alles, was passierte, war, dass mein Tee langsam kalt wurde.

Je länger ich so dasaß, desto sicherer war ich, dass ich nicht träumte. Und gleichzeitig war ich überzeugt, dass auch meine Erlebnisse in der Fresh-Pond-Klinik keine Einbildung gewesen waren.

Ich versuchte, die Sache logisch anzugehen. Angenommen, beides war real – ich saß wirklich in meiner Küche und hatte tatsächlich noch vor ein paar Stunden in Cambridge gelegen, neben mir Eric, der gerade aus dem Koma erwacht war –, dann musste ich in bewusstlosem Zustand hierher nach New York gelangt sein. Das erschien absurd, aber es war immerhin möglich: Nachdem ich eingeschlafen war, hätte mich Dr. Ignacius ohne weiteres betäuben und in einem Krankenwagen hierherbringen können.

Aber wozu?

Es gab nur eine Erklärung: Der Arzt hatte mich die ganze Zeit belogen. Der Mummenschanz mit den Mönchen, das Gefasel vom wissenschaftlichen Beweis der Existenz der Seele waren nur Theater gewesen, ein Ablenkungsmanöver, um die wahren Absichten zu verschleiern. Ricarda Heller hatte recht gehabt: Eric war das Opfer einer gigantischen Verschwörung.

Ricarda Heller. Die Schriftstellerin erschien mir wie ein fester Bezugspunkt im Strudel des Chaos, das mich umgab. Sie hatte mir eine Visitenkarte mit ihrer Adresse und Telefonnummer gegeben. Ich erinnerte mich, dass ich sie in die Hosentasche meiner Jeans gesteckt hatte.

Ich ging ins Schlafzimmer. Meine Jeans hing ordentlich über einem Stuhl, als hätte ich sie vor dem Schlafengehen dorthin gelegt. Die Taschen waren leer.

Ich setzte mich an meinen Schreibtisch und startete meinen Laptop. Als Schriftstellerin hatte Ricarda Heller sicher eine eigene Website, und mit etwas Glück würde ich dort ihre Kontaktdaten finden.

Ich gab den Namen bei Google ein. Fassungslos starrte ich auf das oberste Suchergebnis, einen Verweis auf eine aktuelle Nachricht: »Bekannte Schriftstellerin begeht Selbstmord.«

Ich klickte den Link an und las die Meldung mit zugeschnürter Kehle. Ricarda Heller war vor zwei Tagen mit aufgeschlitzten Pulsadern in ihrer Badewanne gefunden worden, den Magen voller Schlafmittel. Ein Abschiedsbrief war nicht aufgetaucht, aber Zeugen berichteten von »merkwürdigem Verhalten« der Schriftstellerin, nachdem ihr Sohn gestorben war. Für die Polizei und die Medien war der Fall klar: Sie hatte den Tod ihres einzigen Kindes nicht verkraftet und ihrem Leben ein Ende gesetzt.

Es erschien mir möglich, wenn nicht sogar wahrscheinlich, dass auch ich mit aufgeschnittenen Pulsadern in meiner Badewanne gefunden werden würde – nur, dass mein

Tod kaum jemanden interessieren würde. Vermutlich konnte ich von Glück sagen, dass ich überhaupt noch lebte.

Ich wählte Emilys Nummer, doch nur der Anrufbeantworter meldete sich. »Paul, wenn du da bist, ruf mich bitte dringend zurück«, sprach ich aufs Band. »Emily ist in großer Gefahr.« Ich rief auch die Wohngemeinschaft an, in der Maria lebte, erfuhr jedoch von einer müden und gereizten Mitbewohnerin nur, dass sie seit Tagen nicht dort gewesen war.

Was sollte ich bloß machen? Ich hatte nicht den geringsten Beweis für eine Verschwörung. Ich wusste ja nicht mal, ob Eric noch lebte. Niemand würde mir meine Geschichte glauben. Wenn ich zur Polizei ging, würde man mich für verrückt halten. Mir blieb nur, so schnell wie möglich zurück nach Cambridge zu fahren und Eric zu suchen. Wahrscheinlich würde Dr. Ignacius bestreiten, meinen Sohn je in seiner Klinik gehabt zu haben. Gut möglich, dass er ihn längst fortgeschafft oder gar umgebracht und irgendwo verscharrt hatte.

Der Gedanke drehte mir den Magen um. Verzweiflung übermannte mich, und ich musste mich auf dem Schreibtisch abstützen. Ich holte ein paar Mal tief Luft und ermahnte mich, nicht überstürzt zu handeln. Vielleicht verhielten sich die Dinge doch ganz anders, als ich sie jetzt sah.

Nachdem ich wieder einigermaßen klar denken konnte, rief ich die Homepage der Fresh-Pond-Klinik auf. Es war eine typische Klinikwebsite, an der ich nichts Ungewöhnliches finden konnte. Wie Dr. Ignacius erläutert hatte, war die Klinik auf die Behandlung des Apallischen Syndroms spezialisiert, obwohl andere neurologische Befunde ebenfalls zu ihrem Aufgabengebiet gehörten. Auch ein Hinweis auf den Orden der Suchenden nach der Heiligen Wahrheit fand sich. Ein Link führte zu einer Website des Ordens. Die Geschichte der Bruderschaft, die dort veröffentlicht war, entsprach genau dem, was Dr. Ignacius mir erzählt hatte. Auch auf Wikipedia fand ich einen Eintrag über den Orden mit ähnlichem Inhalt.

Hatte ich mich getäuscht? Gab es eine ganz andere Erklärung dafür, dass ich hier in meiner Wohnung war? Andererseits war es sehr leicht, die Website einer fiktiven Organisation zu erstellen. Wenn tatsächlich eine weitreichende Verschwörung hinter allem steckte, würden diese Leute ihre Tarngeschichte zweifelsohne durch solche öffentlich zugänglichen Dokumente untermauern.

Ich googelte den Namen des Priors, Jerry Wilson. Er war tatsächlich Abgeordneter im Repräsentantenhaus und Mitglied der Republikanischen Partei, deren rechtem Flügel er zugeordnet wurde. Er galt als konservativer Christ, aber auch als pragmatischer Politiker. Eine Verbindung zum Orden der Suchenden nach der Heiligen Wahrheit fand ich nicht. Dafür war er Mitglied in mehreren Kongressausschüssen, darunter dem Gremium, das die Geheimdienste kontrollierte.

Ich schauderte. War das die Verbindung, nach der ich suchte? Aber war sie nicht viel zu offensichtlich? Würde jemand, der eine Verschwörung des Geheimdienstes kontrollierte, mir gegenüber so offen in Erscheinung treten?

Andererseits war vielleicht gerade das ihre Methode: ein paar Tatsachen mit einer großen Portion Lügen zu einem unentwirrbaren Knoten zu verstricken, in dem sich jeder verhedderte, der versuchte, der Wahrheit auf den Grund zu gehen. Ja, wenn ich es recht bedachte, konnte ich ein Muster hinter den bisherigen Geschehnissen erkennen: Gerade weil Dr. Ignacius und dieser Jerry Wilson offen agierten, waren sie umso weniger verdächtig. Wenn ich in der Öffentlichkeit behauptete, dass ein Abgeordneter der Republikaner in eine Verschwörung verwickelt war, die den Tod von Ricarda Heller verursacht hatte, würde ich mich gründlich lächerlich machen. Meine Glaubwürdigkeit wäre für immer zerstört. Wenn man dahinterkam, dass ich zu allem Überfluss auch noch eine Psychodroge genommen hatte und behauptete, in einer Phantasiewelt im Geist meines Sohnes herumgelaufen zu sein, würde man mich in die geschlossene Psychiatrie einweisen.

Genau das war es wahrscheinlich, was diese Leute wollten: mich mundtot machen, indem sie mich für verrückt erklären ließen. Irgendwann konnten sie mich dann gefahrlos endgültig zum Schweigen bringen, mich umbringen und meinen Tod wie einen Selbstmord aussehen lassen.

Ich war in einer so gut wie aussichtslosen Position im Kampf gegen eine übermächtige Geheimorganisation. Eine Organisation, von deren Macht und Verbindungen ich nicht mal eine Vorstellung hatte. Meine einzigen Verbündeten, Emily, Paul und George, konnte ich nicht erreichen.

Vielleicht war ihnen etwas zugestoßen, schoss es mir durch den Kopf.

Ich stand auf und ging nervös in meinem kombinierten Wohn- und Arbeitszimmer auf und ab. Die Lage mochte hoffnungslos erscheinen, aber ich würde nicht aufhören zu kämpfen, solange ich dazu noch in der Lage war.

Mein Blick fiel auf ein Sideboard, auf dem Fotos von Eric in Silberrahmen standen. Eric als Säugling, Eric als Dreijähriger in Disneyworld an der Hand seines Vaters – ein Bild aus glücklichen Zeiten. Eric bei seinem neunten Geburtstag, Eric auf der Schaukel im Garten meiner Eltern, die beide vor Jahren kurz nacheinander an Krebs gestorben waren.

Ich stutzte. Zwischen all den vertrauten Bildern eines glücklichen Einzelkindes stand ein Foto, das dort nicht hingehörte: das Porträt eines Mädchens. Die Aufnahme war von einem Profi gemacht worden – ich erkannte sofort das auf den ersten Blick natürlich wirkende Spiel von Licht und Schatten auf ihrem Gesicht, das doch das Ergebnis sorgfältiger künstlicher Beleuchtung war. Ihr glattes Haar fiel locker über ihre Schultern. Die Mundwinkel waren leicht nach oben gezogen, doch das Lächeln erreichte ihre Augen nicht. Erst jetzt, beim Betrachten dieser Fotografie, fiel mir auf, wie hübsch sie war – wenn sie nicht ein wenig zu jung gewesen wäre, hätte sie ohne weiteres eines der Fotomodelle sein können, die ich für Modemagazine abgelichtet hatte.

Maria.

Ich starrte das Bild an. Wie kam es hierher? Und warum stand es dort zwischen den Fotos meines Sohnes, als ob es schon immer hier gewesen wäre?

Die einzige Erklärung war, dass die Verschwörer es dort platziert haben mussten. Aber ich konnte mir nicht vorstellen, warum. War dies Teil einer subtilen Methode, mich an meinem Verstand zweifeln zu lassen und mich nach und nach in den Wahnsinn zu treiben? Steckte sie gar mit diesen Leuten unter einer Decke? Das würde jedenfalls einiges erklären.

Kurzerhand nahm ich das Bild und legte es in eine Schublade des Sideboards. Dann arrangierte ich die übrigen Fotos so, dass die Lücke, die Marias Porträt hinterlassen hatte, geschlossen wurde.

Noch einmal rief ich bei Emily an. Wieder nur der Anrufbeantworter. Ich überlegte, was Dr. Ignacius wohl mit ihr angestellt hatte. Würde er versuchen, auch ihre Glaubwürdigkeit zu ruinieren? Oder sie einfach verschwinden lassen? Sie war vielleicht in Gefahr! Wenn ich ihr helfen wollte, musste ich Eric finden und in Sicherheit bringen. Ich musste so schnell wie möglich nach Cambridge. Notfalls eben allein.

Die schnellste Möglichkeit, dorthin zu kommen, war ein früher Flieger. Wenn ich mich beeilte, konnte ich die Maschine um halb sieben erreichen. Doch dann war ich vor Ort auf Taxis und andere öffentliche Verkehrsmittel angewiesen. Falls ich Eric fand und mit ihm fliehen musste, war das nicht gerade ideal. Also entschied ich mich, mit dem Auto zu fahren.

Ich besaß keinen eigenen Wagen. Den Buick hatte ich bei unserer Trennung Ralph überlassen. Wenn ich ein Auto benötigte, mietete ich mir eins – das war letztlich billiger.

Die Mietwagenstation lag ein paar Blocks nördlich von meinem Apartment. Da die Station erst um 7.00 Uhr öffnete, musste ich noch etwas warten. Ich machte mir ein Frühstück aus Rührei und Toast und zwang mich, trotz meines flauen Magens etwas zu essen. Ich würde meine Kräfte noch brauchen. Bevor ich aufbrach, rief ich noch mal bei Emily an, doch wieder erreichte ich nur ihren Anrufbeantworter.

Ich ging die Strecke zur Mietwagenstation zu Fuß. Der Himmel über New York versprach einen herrlichen, wolkenlosen Tag. Trotz meiner verzweifelten Lage erfasste mich vorsichtiger Optimismus. Es tat gut, unterwegs zu sein, zu handeln, statt nur nervös in der Wohnung herumzulaufen.

Ein vielstimmiges Krächzen ließ mich aufblicken. Ein großer Krähenschwarm zog über mich hinweg. Der Anblick verursachte mir eine Gänsehaut.

Ich schüttelte den Kopf. Eric war aufgewacht. Die

Odyssee in seinem Kopf war vorbei. Ich musste ihn nur noch nach Hause zurückbringen, dann war dieser Alptraum endlich vorbei.

Die Frau an der Mietwagenstation kannte mich bereits. Da ich eine regelmäßige Kundin war, gab sie mir einen schicken BMW zu einem Preis, der eigentlich nur für einen kleinen Toyota gegolten hätte. Ich gab an, den Wagen für eine dreitägige Fototour durch Neuengland zu brauchen. Ohne weitere Verzögerung machte ich mich auf den Weg.

# 39.

Ich erreichte die Fresh-Pond-Klinik gegen Mittag. Während der Fahrt hatte ich immer wieder Emilys Nummer angerufen und auch versucht, Paul und George zu erreichen – vergeblich. Ich hatte sogar Tante Jos Nummer bei der Auskunft erfragt, doch auch dort war niemand ans Telefon gegangen. Ich begann mich zu fragen, ob die Verschwörer das Handynetz manipulieren konnten und auf diese Weise meine Anrufversuche abblockten.

Ich erschrak über mich selbst, als mir klar wurde, dass solche Gedanken klare Anzeichen von Paranoia waren. Aber hatte ich nicht allen Grund, mich verfolgt zu fühlen?

So oder so war ich auf mich allein gestellt.

Ich parkte den Wagen in einer Seitenstraße und näherte mich dem Klinikgelände zu Fuß. Während der Fahrt hatte ich mir das Hirn darüber zermartert, wie ich vorgehen sollte, um zu Eric zu gelangen. Schließlich war mir nichts Besseres eingefallen, als es mit direkter Konfrontation zu versuchen. Es bestand ja immerhin die vage Hoffnung, dass es eine ganz andere, vielleicht sogar harmlose Erklärung dafür gab, dass ich in New York aufgewacht war. Vielleicht hatte ich mit Dr. Ignacius vereinbart, dass Eric noch ein paar Tage in der Klinik bleiben sollte, war aus irgendeinem Grund zurück nach New York geflogen und hatte dann – möglicherweise infolge einer Nachwirkung der Droge – einen Gedächtnisverlust erlitten. Vielleicht erwartete mich der Doktor längst zurück in der Klinik.

Doch diese Hoffnung erfüllte sich nicht. Als ich an der

Rezeption nach meinem Sohn fragte, teilte mir eine freundliche junge Dame mit, ein Patient namens Eric Demmet sei nicht bekannt. Dr. Ignacius sei zu einer mehrtägigen Reise an die Westküste aufgebrochen und halte am Abend eine Rede auf einem Medizinkongress in San Francisco. Ich bat, mir die Klinik einmal von innen ansehen zu dürfen, doch wie erwartet wurde diese Bitte freundlich, aber bestimmt abgelehnt.

Ich wusste, dass es keinen Sinn hatte, nach diesem zweiten Arzt, Swenson, oder dem stellvertretenden Klinikleiter zu fragen. Sie waren sicher von Dr. Ignacius instruiert, mich abzuweisen. Auch mit einem Anwalt oder der Polizei zu drohen, würde wenig fruchten. Letztlich war es ja genau das, was diese Leute wollten: mich zu unüberlegten Handlungen provozieren, damit ich mich selbst diskreditierte.

Andererseits war ich auch nicht bereit, einfach so unverrichteter Dinge wieder nach New York zurückzukehren. Wenn man mich nicht in die Klinik ließ, würde ich mir eben irgendwie Zutritt verschaffen müssen. Ich überlegte kurz, ob ich mich verkleiden und unter einem Vorwand versuchen sollte, in die Klinik zu gelangen, aber ich hatte mich nie für eine gute Schauspielerin gehalten. Es musste einen anderen Weg geben.

Ich verließ das Gebäude und betrachtete den hohen Gitterzaun, der es umgab. Die Stäbe liefen in pfeilförmigen Spitzen aus. Ohne Hilfsmittel würde ich da nicht drüberklettern können. Zudem gab es in regelmäßigen Abständen Kameras auf Masten, die das ganze Gelände überwachten. Nur die Seite zum See hin schien nicht besonders gesichert zu sein.

Links und rechts der Klinik befanden sich Villengrundstücke, die ebenfalls mit hohen Zäunen gesichert waren. Etwa fünfhundert Meter entfernt erstreckte sich auf einer

Halbinsel ein kleiner Park. Ich setzte mich auf eine Bank am Seeufer, von der aus ich das Gelände der Klinik beobachten konnte. Sie wirkte verführerisch nah. Patienten spazierten umher oder wurden in Rollstühlen geschoben. Jeder in Begleitung einer weißgekleideten Person – offenbar war es Patienten nicht gestattet, das Gebäude allein zu verlassen. Eric war nicht unter ihnen, aber das hatte ich auch nicht erwartet.

Nach einer Weile fasste ich einen Entschluss. Ich fuhr durch die Straßen von Cambridge, bis ich ein Geschäft für Campingausrüstung fand. Dort kaufte ich ein Schlauchboot mit Rudern, das groß genug für zwei Personen war. Den Rest des Tages verbrachte ich mit erfolglosen Versuchen, Emily, Paul und George zu erreichen.

Erst am späten Abend näherte ich mich wieder der Klinik. Die Sonne war bereits untergegangen, und am klaren Himmel prangten Sterne. Ein Dreiviertelmond beschien den kleinen Park, der um diese Zeit zum Glück leer war.

Ich schleppte das Schlauchboot ans Seeufer und breitete es im Schutz eines Gebüschs aus. Als ich es im Halbdunkel dort liegen sah, wurde mir klar, dass es vielleicht klüger gewesen wäre, eines zu kaufen, das nicht ausgerechnet kanarienvogelgelb war. Im Mondlicht würde ich von jedem Punkt des Seeufers aus gut zu sehen sein. Aber das war nun nicht mehr zu ändern.

Ich hatte die teuerste Luftpumpe gekauft, die das Geschäft im Angebot gehabt hatte. Trotzdem dauerte es ziemlich lange, das Boot startklar zu machen.

Als ich fast fertig war, hörte ich lautes Kläffen. Ein großer Hund stand auf dem Spazierweg, ein paar Meter entfernt. Zum Glück war er an der Leine.

»Aus!«, rief der Besitzer, ein stämmiger Mann mit schütterem Haar. »Was hast du denn?«

Ich versuchte, mich in das Gebüsch zu ducken, aber es war zu spät. Der Mann hatte mich bemerkt. »He, Sie, was machen Sie denn da?«

Ich trat vor. Obwohl meine Knie zitterten, versuchte ich meine Stimme sorglos und gut gelaunt klingen zu lassen. »Ein Schlauchboot aufpumpen.«

Im Mondlicht war deutlich zu erkennen, wie der Mann seine hohe Stirn runzelte. »Um diese Zeit?«

»Warum nicht? Sie gehen doch auch jetzt spazieren, oder?«

»Sie wollen aber doch wohl nicht angeln? Angeln ist hier ohne Sondergenehmigung verboten!«

Ich improvisierte. »Angeln? Nein. Das würden mir die Wasserelfen ganz schön übelnehmen. Der Mond steht heute genau in Opposition zur Venus. Da hat sein Licht eine ganz besondere magische Kraft! Haben Sie schon mal Wasserelfen beim Tanzen zugeschaut?«

Der Mann sah mich einen Moment an, schüttelte dann den Kopf und ging weiter. Ein weiterer Zeuge, der im Zweifel bestätigen würde, dass ich nicht ganz richtig im Kopf war.

Ich setzte das Aufpumpen fort, schob endlich das Boot ins Wasser und stieg hinein.

Ich fühlte mich von tausend Augen beobachtet, als ich im hellen Mondlicht auf den See hinausruderte. Zum Glück war es nicht weit bis zum Gelände der Klinik.

Der größte Teil des Gartens bestand aus Rasenflächen, und direkt am Seeufer gab es nur wenige Büsche. Einen davon nutzte ich als Sichtschutz, verknotete das Boot an einem seiner Äste und kroch an Land. Mehrere Kameras an den Grundstücksgrenzen schienen mich in ihrem Blickfeld zu haben. Ich konnte nur hoffen, dass derjenige, der sie überwachte, nicht besonders aufmerksam war.

Ich huschte über den Rasen, wobei ich versuchte, den Sichtschutz von Büschen und Bäumen auszunutzen. Nach einem kurzen Sprint erreichte ich die Seite des Klinikgebäudes. Ich spürte meinen Herzschlag im Mund, aber es gab keine Anzeichen, dass mich jemand gesehen hatte.

Ich schlich zu der Tür, durch die Emily und ich vor kurzem noch den Park betreten hatten.

Sie war verschlossen.

Verdammt! War ich so weit gekommen, um mich durch eine blöde Seitentür aufhalten zu lassen? Aber ich hatte keine Möglichkeit, sie geräuschlos zu öffnen.

Ich blickte an der Gebäudefront entlang. Eines der Fenster im Erdgeschoss schien angelehnt zu sein. Ich sah mich im Park um. Dabei fiel mein Blick auf einen großen Baum, in dessen Sichtschutz ich mich eben noch verborgen hatte. Auf einem der Äste glaubte ich einen schwarzen Schatten zu sehen – einen Vogel, der mich mit kalten, im Mondlicht glitzernden Augen ansah.

Ich zuckte zusammen. Mein Blick glitt über die Baumkrone, und mir war, als säßen in den tiefen Schatten der Blätter Dutzende, nein Hunderte Vögel und musterten mich aufmerksam wie das Publikum einer Theaterpremiere.

Ich schloss die Augen und schüttelte den Kopf. Ich durfte mich von solchen Trugbildern nicht aus der Fassung bringen lassen. In dem Baum war gar nichts!

Ich vermied es, noch einmal dorthin zu sehen, und konzentrierte mich wieder auf meine Aufgabe. Ich schlich zu dem Zimmer mit dem angelehnten Fenster und spähte hinein. Eine ältere Frau lag im Bett und starrte mit offenen Augen an die Decke. Ich hatte Glück – das Fenster ließ sich lautlos aufdrücken.

Ich kletterte hinein, ließ mich vom Sims herab und zog

das Fenster wieder zu. Der Geruch von Sterilisationsmittel mischte sich mit dem Körpergeruch einer alten, bettlägerigen Frau zu jenem typischen muffigen Krankenhausaroma.

Die Frau im Bett hatte die Augen geöffnet. Sie drehte sich zu mir um. Im fahlen Licht wirkte ihr Gesicht bleich wie eine Totenmaske, doch ein feines Lächeln umspielte ihren faltigen Mund. »Bist du der Engel?«, fragte sie.

Ich legte einen Finger auf meine Lippen und schüttelte den Kopf.

Tränen traten in die Augen der Alten. »Nimm mich mit!«, bat sie. »Bitte, nimm mich mit in den Himmel!«

»Später«, flüsterte ich. »Ich komme bald zurück, doch erst muss ich noch einen Auftrag erledigen.«

Die Frau lächelte voller Sehnsucht. Ich fühlte mich schuldig, als ich die Zimmertür öffnete und auf den Korridor hinausspähte. Er war dunkel und leer. Aus einer halb geöffneten Tür fiel grelles Licht. Wahrscheinlich ein Aufenthaltsraum für die Nachtschwester.

Ich trat hinaus auf den Gang, schloss leise die Tür hinter mir und versuchte, lautlos in Richtung des Treppenhauses zu gehen. In diesem Moment hörte ich ein Summen, das aus dem erleuchteten Zimmer kam. Wahrscheinlich hatte jemand auf den Rufknopf an seinem Bett gedrückt.

Rasch stellte ich mich in einen Türrahmen auf der gegenüberliegenden Seite des Gangs und betete, dass die Nachtschwester nicht an mir vorbeimusste.

Sie näherte sich mit schnellen Schritten dem Zimmer, das ich gerade eben verlassen hatte, trat ein und knipste das Licht an. »Was ist denn nun schon wieder, Mrs. Kelley?«

»Er ist hier«, hörte ich die alte Dame sagen. »Der Engel ist hier! Heute Nacht nimmt er mich mit, das hat er versprochen!«

Ich wartete den weiteren Dialog nicht ab, sondern eilte so leise wie möglich zur Treppe.

Ich erreichte das Obergeschoss ohne weiteren Zwischenfall. Hier schien es keine eigene Nachtschwester zu geben, jedenfalls war der Korridor dunkel. Nur ein grünes Notausgangsschild warf ein fahles Licht.

Am Ende des Flurs lag Zimmer 212. Ich sah die metallenen Ziffern im grünen Licht schimmern. Sie schienen mich zu locken, doch gleichzeitig bekam ich Angst. War mein Eindringen in diese Klinik nicht viel zu einfach gewesen?

Das ist eine Falle!, schrie ein Teil meines Bewusstseins. Verschwinde von hier, solange du noch kannst!

Nein. Erst musste ich Gewissheit haben.

Kalter Schweiß brach aus meinen Poren. Mir wurde schwindlig. Wie in einem dieser seltsamen Träume hatte ich plötzlich das Gefühl, dass der Korridor immer länger wurde und ich mich mit jedem Schritt, den ich auf die Tür zuging, weiter davon entfernte.

Nach einem Moment merkte ich, dass ich an der Wand lehnte und noch keinen einzigen Schritt getan hatte.

Reiß dich zusammen, ermahnte ich mich selbst. Du bist nicht so weit gekommen, um ausgerechnet jetzt schlappzumachen!

Ich atmete ein paar Mal tief ein und aus, dann ging ich mit zögernden, unsicheren Schritten den Korridor entlang. Als meine Hand die kalte Klinke berührte, durchzuckte mich noch einmal ein Anfall von Paranoia. Ich schloss die Augen und drückte den Türgriff so sanft wie möglich herab. Ein knirschendes Geräusch ertönte. Ich sah mich erschrocken um, doch niemand schien es gehört zu haben.

Ich schob die Tür auf und trat ein.

Fahles Mondlicht fiel durch die dünnen Vorhänge. Die

Apparate neben dem Bett waren verschwunden. Eric lag mit entspanntem Gesicht und geschlossenen Augen da.

Ein Seufzer der Erleichterung entfuhr mir. Ich ging zu ihm und berührte seine Wange. »Eric!«, flüsterte ich. »Wach auf, mein Sohn!«

Keine Reaktion.

Ich schluckte die Angst und Beklemmung herunter, die mich plötzlich befielen. Ich rüttelte ihn heftig, gab ihm einen Klaps auf die Wange. Doch was ich auch tat, ich konnte ihn nicht aufwecken.

War er etwa wieder ins Wachkoma gefallen? Was für eine entsetzliche Vorstellung! Aber vielleicht hatte ihm Dr. Ignacius auch nur ein starkes Schlafmittel gegeben. Dafür sprach jedenfalls, dass die Überwachungsapparate und der Schlauch aus seiner Nase verschwunden waren.

Ich klammerte mich an diesen Gedanken wie eine Ertrinkende an ein Stück Treibholz. Doch selbst wenn Eric bald von selbst wieder aufwachen würde, hatte ich ein Problem: Ich musste ihn irgendwie aus der Klinik schaffen. Ich hatte gehofft, dass er selbst würde gehen können, wenn ich ihn stützte. Ich war kaum in der Lage, ihn bis zum Seeufer zu tragen, schon gar nicht so, dass ich dabei nicht gesehen wurde. Sein Bett hatte Rollen, doch es war ungeeignet, über den unebenen Weg im kleinen Park geschoben zu werden.

Mir fiel ein, dass ich neulich im Park Patienten in Rollstühlen gesehen hatte. Ich ging auf den Flur und öffnete leise die Türen der angrenzenden Zimmer. Beim vierten Versuch hatte ich Glück: Im Zimmer eines älteren Mannes stand ein Rollstuhl. Ich schob ihn zu Erics Bett und hievte meinen Sohn hinein.

In diesem Moment öffnete sich die Tür, und blendendes Licht erfüllte den Raum.

# 40.

»Mrs. Demmet! Was machen Sie denn hier?« Einen Moment erschien es mir, als zeige das Gesicht von Dr. Ignacius echte Überraschung. Doch dann durchschaute ich seine Maske.

»Ich hole meinen Sohn nach Hause!«, sagte ich so ruhig wie möglich.

»Aber warum kommen Sie nicht am Tag?«, fragte der Arzt.

»Warum sind Sie nicht auf dem Medizinkongress in San Francisco, wo Sie doch eigentlich gestern Abend eine Rede halten sollten?«

»Da liegt wohl ein Missverständnis vor. Vielleicht hat man Sie falsch informiert. Der Kongress ist erst nächste Woche.«

»Hören Sie auf mit den Spielchen, Ignacius! Ich weiß genau, was Sie vorhaben. Aber damit kommen Sie nicht durch. Ich habe einen befreundeten Anwalt gebeten, die Polizei zu informieren, sollte ich nicht zusammen mit meinem Sohn bis morgen Abend wieder in New York sein. Der wird Ihnen die Hölle heißmachen, wenn Sie versuchen, mich aufzuhalten!«

Es war nicht zu erkennen, ob mir Dr. Ignacius den Bluff abkaufte. Er hob abwehrend die rechte Hand. »Mrs. Demmet, ich will Ihnen doch bloß helfen!«

»Auf Ihre Hilfe kann ich verzichten! Was haben Sie mit meiner Freundin Emily gemacht? Wo ist sie?«

»Ich habe keine Ahnung. Sie ist vorgestern gemeinsam mit Ihnen abgereist. Wissen Sie das denn nicht mehr?«

Die Verwirrung in seiner Stimme klang so echt, dass mich für einen Moment Zweifel befielen.

»Mrs. Demmet, vielleicht sollten Sie sich einer Untersuchung unterziehen«, fuhr der Arzt fort. »Mir scheint, als hätte das Glanotrizyklin bei Ihnen ungewöhnlich starke Nachwirkungen ausgelöst. Das Medikament kann in seltenen Fällen Halluzinationen und paranoide Wahnvorstellungen verursachen. Bei der hohen Dosis und den … intensiven Erlebnissen, die Sie hatten, wäre das nicht überraschend. Vielleicht wäre es am besten, wenn Sie ein paar Tage hier in der Klinik …«

»Das könnte Ihnen so passen!«, rief ich. »Gehen Sie aus dem Weg!«

»Bitte beruhigen Sie sich doch, Mrs. Demmet! Glauben Sie mir, wir kümmern uns hier sehr gut um Ihren Sohn. Wir haben ihm lediglich ein Schlafmittel gegeben, damit er …«

»Gehen Sie aus dem Weg, habe ich gesagt!« Ich versuchte, meiner Stimme einen drohenden Unterton zu verleihen, doch sie klang in meinen Ohren schwach und weinerlich. Ich hatte nichts, womit ich diesem Mann drohen konnte, außer meinem erfundenen Anwalt.

»In meiner Verantwortung als behandelnder Arzt kann ich nicht zulassen, dass sie ihn in Ihrem … Zustand mitnehmen, noch dazu mitten in der Nacht!«, sagte er jetzt etwas barscher. »Wie sind Sie überhaupt in die Klinik gekommen?«

Erst in diesem Moment fiel mir auf, dass die linke Hand des Arztes die ganze Zeit in der Tasche seines Kittels steckte. Was verbarg er dort?

»Nehmen Sie die Hand aus dem Kittel!«

Er hob beide Hände und lächelte dünn. »Wovor haben Sie Angst, Mrs. Demmet? Ich will Ihnen nichts tun. Ich will Ihnen nur helfen!«

Mir wurde klar, dass Reden mich nicht weiterbringen würde. Der Doktor spielte mit mir wie eine Katze mit der Maus. Er wartete vermutlich nur auf eine Gelegenheit, mir die Beruhigungsspritze zu verpassen, die er in der Kitteltasche verbarg.

Zorn überkam mich so plötzlich und so heftig wie ein rotes Blitzlicht. Ich hatte Sumpfmonster und einäugige Riesen überwunden, da würde ich mich doch nicht von einem Weißkittel aufhalten lassen! Ein metallischer Geschmack erfüllte meinen Mund, und ich fühlte jede Faser meines Körpers. Ich barg mein Gesicht in den Händen, als müsse ich weinen, und machte einen Schritt auf den Arzt zu. Ich spürte mehr, als dass ich sah, wie seine Linke in die Kitteltasche glitt.

Ich senkte den Kopf, machte einen Satz nach vorn und rammte ihm meinen Schädel gegen die Brust. Dr. Ignacius stieß ein überraschtes »Umpf« aus und taumelte rückwärts gegen die Tür.

Ich schlug ihm mit aller Kraft ins Gesicht. Der Arzt stöhnte auf. Etwas klackerte auf den Boden. Die Spritze!

Ich schloss meine Hände um seinen dürren Hals und drückte zu. Die Augen des Arztes traten hervor. Er öffnete den Mund, wie um zu schreien, doch es kam nur ein Röcheln daraus hervor. Seine Hände schlossen sich um meine Handgelenke, als er versuchte, sich aus meiner Umklammerung zu befreien, doch entweder war er ziemlich schwach, oder Verzweiflung und Zorn verliehen mir außergewöhnliche Kraft. Auf jeden Fall gelang es ihm nicht, meinen eisernen Griff zu lösen.

Nach einem Moment lief er rot an. Er zuckte und strampelte, dann wurde sein Körper schlaff.

Erschrocken ließ ich ihn los. Ich wollte ihn doch nicht umbringen!

Der Körper des Arztes sackte leblos zu Boden. Mein Blick fiel auf den Gegenstand, der herabgefallen war. Ich hatte mich getäuscht: Es war keine Spritze, sondern einer dieser Piepser, mit denen Ärzte in Notfällen herbeigerufen wurden. Möglicherweise hatte er versucht, Hilfe zu holen.

Ich hielt mich nicht damit auf zu überpüfen, ob er noch lebte. Da er den Ausgang versperrte, zerrte ich ihn zur Seite. Dann öffnete ich die Tür, schob Eric auf den Flur und schloss sie wieder.

Wenn jemand den Lärm unserer Auseinandersetzung gehört hatte, war davon nichts zu erkennen. Rasch schob ich den Rollstuhl durch den Flur. Mir blieb nichts anderes übrig, als den Fahrstuhl zu nehmen.

Es dauerte ewig, bis sich endlich mit einem fürchterlich lauten elektronischen Glockenton die Tür öffnete. Ich schob Eric hinein, drückte den Knopf für das Erdgeschoss und schickte Stoßgebete zum Himmel, während sich der Fahrstuhl langsam senkte. Mein Körper versteifte sich, als sich die Tür öffnete. Ich war darauf gefasst, eine ganze Gruppe von kräftigen Männern in weißen Kitteln zu sehen, die draußen auf mich lauerten. Doch der Flur war dunkel und leer.

Ich schob Eric zu der Tür, die in den Garten führte. Der Schlüssel steckte von innen. Ohne aufgehalten zu werden, gelangte ich hinaus.

Ich konnte mein Glück kaum fassen. So rasch es ging, schob ich den Rollstuhl über den Kiesweg bis zum Seeufer. Mein Schlauchboot lag noch dort, wo ich es vertäut hatte. Ich hievte den tief schlafenden Eric hinein, die ganze Zeit damit rechnend, dass hinter mir Scheinwerfer aufflammen und laute Rufe erklingen würden. Doch es ging nicht einmal das Licht in einem der Klinikfenster an.

Endlich gelang es mir, das Boot mit meinem Sohn loszumachen. In diesem Moment senkte sich ein Schatten über mich. Ich blickte nach oben und sah einen großen Vogelschwarm, der über dem Klinikgelände kreiste und für einen Moment den Mond verdunkelte. Unfähig, mich zu rühren, starrte ich den Tieren nach, die über den See hinausflogen und endlich am dunklen Horizont verschwanden.

Ich ruderte los, so schnell ich konnte. Meine Arme zitterten vor Anstrengung.

Als ich am Ufer des kleinen Parks anlegte, war aus der Klinik immer noch kein Alarmzeichen zu hören. Ich begann, mir Sorgen um Dr. Ignacius zu machen. Hoffentlich hatte ich ihn nicht getötet! Aber für Reue war es zu spät.

Der schwierigste Teil war es, Eric zu meinem Auto zu befördern. Da ich den Rollstuhl nicht hatte mitnehmen können, musste ich ihn unter die Achseln fassen und wie eine Leiche durch den Park zerren. Wenn mich jetzt jemand sah … Doch ich begegnete niemandem.

Als ich meinen Sohn endlich auf den Rücksitz meines Autos gewuchtet hatte und immer noch niemand unsere Flucht behinderte, weinte ich vor Erleichterung.

Das Navigationssystem des Mietwagens führte mich durch die um diese Zeit fast leeren Straßen hinaus aus der Stadt. Als ich auf der Interstate 90 Richtung Südwesten fuhr, kamen die Zweifel wieder. Tat ich das Richtige? Oder hatte Ignacius recht, und ich litt an paranoiden Wahnvorstellungen?

Andererseits: War es nicht viel zu einfach gewesen, Eric aus der Klinik zu entführen? Wenn Ricarda Hellers Theorie stimmte und Dr. Ignacius für das Militär arbeitete, wenn es sein Ziel gewesen war, Eric aus dem Weg zu räumen, wieso war es mir dann ohne große Probleme gelungen, auf das Gelände zu dringen? Wieso hatte ich ihn einfach so überwältigen können?

Schweiß brach mir aus allen Poren. Ich hielt am Straßenrand und versuchte erneut, Emily anzurufen. Sie erschien mir mit ihrer ruhigen, besonnenen Art die Einzige, die mich von meinen Zweifeln befreien und mir helfen konnte, einen klaren Kopf zu bekommen. Doch wieder erreichte ich nur den Anrufbeantworter.

Wenn ich an Verfolgungswahn litt und Dr. Ignacius ein harmloser, rechtschaffener Arzt war, wieso war dann Emily wie vom Erdboden verschluckt?

Ein ungeheurer Verdacht keimte in mir auf. Was, wenn ich genau das getan hatte, was diese Leute von mir wollten? Wenn sie von Anfang an geplant hatten, dass ich in die Klinik eindringen und Eric entführen würde? Im Nachhinein betrachtet waren meine Aktionen doch so vorhersehbar wie der Wetterbericht für das Death Valley: Es war klar gewesen, dass ich so schnell wie möglich nach Cambridge fahren würde. Auch der Versuch, Eric heimlich aus der Klinik zu holen, war abzusehen gewesen, nachdem ich das schon einmal durchgezogen hatte.

Mir erschien es plötzlich offensichtlich, dass das Fenster im Erdgeschoss nicht zufällig angelehnt gewesen war. Und war es nicht geradezu absurd anzunehmen, ich könnte mit einem Rollstuhl aus einer rund um die Uhr überwachten, mit etlichen Kameras gesicherten Klinik entkommen, ohne dass es irgendjemand merkte?

Aber wieso wollten sie, dass ich mit Eric entkam?

Der Alptraum fiel mir ein: das brennende Auto, Erics flammenverzerrtes Gesicht hinter der Scheibe. Und ich begriff: Sie wollten uns beide umbringen, auf eine denkbar unverdächtige Art – durch einen fingierten Verkehrsunfall.

Die Kehle schnürte sich mir zu, als mir klar wurde, wie leicht es für eine Geheimorganisation sein musste, mich auf Schritt und Tritt zu beobachten. Sie hatten mich bewusstlos in meine Wohnung verfrachtet. Sicher hatten sie in der Zwischenzeit jede Menge versteckte Kameras angebracht und Leute in der Nähe meiner Wohnung postiert, die mich rund um die Uhr beobachteten. Es war ein Kinderspiel gewesen, mir zur Mietwagenfirma zu folgen und mich bis Cambridge zu beschatten.

Hatten sie womöglich das Fahrzeug manipuliert, während ich in die Klinik eingedrungen war? Die Bremsschläuche oder die Lenkung so verändert, dass sie nach gewisser Zeit ausfielen?

Nein, es war zu unsicher, dass wir bei so einem Unfall tatsächlich sterben würden, und falls nicht, konnte man solche Manipulationen nachweisen. Sie würden geschickter vorgehen. Sie würden mich in eine Situation treiben, die sie kontrollierten. Ein Fahrzeug würde mich von der Straße abdrängen, an einer Stelle, an der ich keine Chance hatte zu entkommen. Unfall mit Fahrerflucht würde in der Zeitung stehen – eine kleine Meldung irgendwo im Lokalteil. Vielleicht würde der Reporter erwähnen, dass mein Geisteszustand zum Unfallzeitpunkt fraglich war. Eine Verkettung unglücklicher Umstände, die zum tragischen Tod einer alleinstehenden, verzweifelten Mutter und ihres einzigen Kindes geführt hatte.

Mit zitternden Fingern ließ ich den Wagen an und steuerte zurück auf den Highway. Was sollte ich tun? Wenn ich von der normalen Route nach New York abwich, würden sie es sofort wissen. Sie würden ihre Pläne ändern und mich auf andere, vielleicht weniger subtile Art umbringen. Ein unvorhergesehener Zwischenfall, aber kein ernstes Problem für Menschen, die den Tod von unschuldigen Kindern für ihre perversen Experimente in Kauf nahmen.

Am besten blieb ich hier auf dem Highway zwischen den vielen unbeteiligten Menschen, die zusammen mit mir nach Südwesten fuhren. Mein einziger Vorteil war, dass ich nun wusste, was sie vorhatten – ein Umstand, den sie nicht kannten, solange ich mich weiterhin so verhielt, wie sie es erwarteten. Vielleicht konnte ich die Falle, die sie mir gestellt hatten, rechtzeitig erkennen, ihr ausweichen und den Überraschungseffekt nutzen, um ihnen zu entkommen.

Der Morgen graute. Nervös beobachtete ich die Scheinwerfer der Wagen im Rückspiegel. Wann immer ich absichtlich langsam fuhr, überholten mich die Autos hinter mir. Dennoch war ich sicher, dass sie mir folgten.

Plötzlich klingelte mein Handy, das ich auf den Beifahrersitz gelegt hatte. Ich tastete danach, doch ich war so nervös, dass es mir aus der Hand glitt und unter den Sitz rutschte.

Ich bremste scharf, was den Fahrer hinter mir zu einem empörten Hupen veranlasste, und fuhr an den Straßenrand.

Immer noch klingelte es. Ich betete, dass Emily nicht auflegen würde, bis ich das Handy fand.

Endlich hielt ich es in der Hand und nahm das Gespräch an. »Demmet?«

Es schien niemand am Apparat zu sein. Ein leises Rauschen, ein regelmäßiges Piepen im Hintergrund.

»Hallo? Emily, bist du das?«

Keine Antwort.

Was sollte das? War sie irgendwie zufällig auf die Anruftaste ihres Handys geraten? Oder hatte sie meine Nummer heimlich gewählt und konnte nicht sprechen?

Ich lauschte konzentriert. Aber da waren nur dieses gleichmäßige Rauschen und Piepen. Es klang wie die Überwachungsgeräte, die neben Erics Bett gestanden hatten. War Emily im Krankenhaus?

»Emily!«, rief ich. »Kannst du mich hören?«

Ein Geräusch erklang, ein heiseres Krächzen.

»Hallo? Ich kann dich nicht verstehen!«

Das Geräusch wurde lauter, und jetzt erkannte ich, dass es kein menschlicher Laut war. Es war eindeutig die kalte Stimme einer Krähe. Sie krächzte ein paar Mal unmittelbar neben dem Telefon, als wolle sie mir etwas mitteilen. Dann hörte ich das Flattern von Flügeln und danach wieder nur Rauschen und Piepen.

Ich beendete die Verbindung und rief die Liste der eingegangenen Anrufe auf. Als das Handy geklingelt hatte, war ich sicher gewesen, dass nur Emily mich um diese Zeit anrufen konnte, aber offensichtlich hatte ich mich getäuscht.

Ich sah die Nummer des Anrufers, von dem das letzte Gespräch kam. Es war nicht Emilys Nummer. Es war meine eigene.

Wie ich befürchtet hatte, waren meine Verfolger offensichtlich in der Lage, das Handynetz zu manipulieren. Tränen der Wut traten in meine Augen. Diese Schweine! Mit ihren Psychotricks versuchten sie, mich mürbe zu machen, meine Selbstzweifel zu schüren, damit ich im entscheidenden Moment nicht Herr meiner Sinne war und so reagierte, wie sie es beabsichtigten. Aber so leicht würden sie mich nicht kleinkriegen!

Erfüllt von umso größerer Entschlossenheit fuhr ich weiter.

Ein paar Kilometer hinter Worcester dirigierte mich das Navigationssystem auf die Interstate 84 Richtung Süden.

Kurz darauf geriet ich in einen Stau, was zu dieser frühen Stunde ungewöhnlich war. Meine Nackenhaare stellten sich auf. Ich schaltete das Radio ein und erfuhr, dass die Interstate aufgrund eines LKW-Unfalls in Richtung Süden voll gesperrt war. Der Verkehr werde über eine Umleitungsstrecke abgeleitet. Ich folgte der langen Kolonne im Schritttempo von der Autobahn fahrender Autos.

Hinter der Ausfahrt hielt ein Polizist auf dem Motorrad das Fahrzeug unmittelbar vor mir an. Er bedeutete ihm, nicht den anderen Fahrzeugen weiter geradeaus zu folgen, sondern rechts Richtung Norden abzubiegen. Der Fahrer gehorchte.

Der Polizist machte mir ein Zeichen, dem Wagen vor mir zu folgen, doch ich hielt an. »Was ist denn los, Officer?«

»Die Umleitungsstrecke über den Highway 171 ist überlastet. Bitte folgen Sie der Straße Richtung Norden, bis Sie Hinweisschilder zum Highway 19 sehen. Dem folgen Sie dann nach Süden bis Stafford Springs, dann geht's über den 32er wieder auf die Interstate.«

Es blieb mir nichts anderes übrig, als der Aufforderung Folge zu leisten. Mit einem mulmigen Gefühl folgte ich der kleinen Landstraße nach Norden. Der Wagen vor mir war bereits außer Sicht.

Die Straße führte durch bewaldete Hügel entlang eines idyllischen Sees, der im Licht der aufgehenden Sonne glitzerte. Der Rückspiegel zeigte nicht etwa eine lange Autokolonne, die mir folgte. Stattdessen glomm nur ein einzelnes Scheinwerferpaar hinter mir. Es war offensichtlich, dass meine Verfolger mich auf dieser Nebenstrecke isolieren wollten. Die Falle würde sehr bald zuschnappen.

In höchster Anspannung fuhr ich weiter. Die Straße überquerte den See auf einer niedrigen Brücke Richtung Westen und bog dann wieder nach Norden. Vor mir sah ich hinter den Bäumen eine schwarze Rauchsäule aufsteigen.

Ich umrundete eine Biegung. Rechts von der Straße fiel eine Böschung steil zum Seeufer ab. Ein Auto war den Abhang hinuntergestürzt und frontal gegen einen einzelnen Baum geknallt, der direkt am Seeufer stand. Es lag auf dem Dach. Flammen leckten aus der Front.

Meine Furcht drängte mich, einfach weiterzufahren. Doch getrieben von einer Mischung aus Pflichtbewusstsein und einer seltsamen Faszination, hielt ich an. Mit zitternden Knien stieg ich aus und kletterte den Abhang hinab.

Eine Stimme in meinem Hinterkopf flüsterte unablässig, dass ich von hier verschwinden musste, solange ich es noch konnte. Dass dies die Falle war, mit der ich die ganze Zeit rechnete. Doch ich konnte nicht anders – ich musste mich dem Wagen nähern, als würde ich von unsichtbaren Schnüren dorthin gezogen.

Ich konnte plötzlich nicht mehr atmen. Es fühlte sich an, als sei mein Brustkorb in einen Schraubstock eingezwängt, den jemand unbarmherzig immer enger drehte.

Ich kniete mich auf den Boden und starrte durch die zerborstenen Scheiben.

Keine verkohlten Fratzen blickten mir entgegen. Der Wagen war leer.

Im ersten Moment war ich unsagbar erleichtert. Doch dann fragte ich mich, wo der Fahrer sein mochte. Alle Türen waren geschlossen. Ich blickte mich um, doch ich konnte niemanden sehen.

Ich zog mein Sweatshirt aus, umwickelte damit meine Hand und öffnete die Beifahrertür. Qualm schlug mir entgegen, doch ich konnte sehen, dass tatsächlich niemand im Inneren war.

Verwirrt kletterte ich die Böschung wieder hinauf. In diesem Moment ertönte die Sirene eines Krankenwagens, und ein paar Sekunden später hielt das Fahrzeug am Straßenrand. Ein junger Mann in der Kleidung eines Notarztes sprang heraus. »Madam?«, rief er. »Geht es Ihnen gut, Madam? Sind Sie die Fahrerin des verunglückten Wagens?«

Immer noch presste etwas meine Brust zusammen, so dass ich nicht sprechen konnte.

»Madam? Können Sie mich verstehen?«

Aus der Beifahrertür des Rettungswagens kletterte jetzt ein zweiter Mann. Er trug einen weißen Kittel und hielt einen schwarzen Arztkoffer in der Hand. Der dünne Mund in dem schmalen, eingefallen wirkenden Gesicht war zu einem Lächeln verzogen. »Lassen Sie, ich kümmere mich um sie«, sagte er zu dem Fahrer des Krankenwagens.

»Dr. Ignacius«, brachte ich hervor. Es klang wie eine fremde Stimme, die aus meinem Mund kam – als sei ich nur die Puppe eines Bauchredners.

Der Neurologe schien durch meine Würgeattacke keinen größeren Schaden genommen zu haben, was mich einerseits erleichterte, andererseits aber auch tief erschreckte. Hatte er seine Bewusstlosigkeit nur vorgetäuscht?

Er kam langsam auf mich zu.

»Lassen … lassen Sie mich in Ruhe!«, rief ich.

»Ich will Ihnen doch nur helfen, Anna«, erwiderte Dr. Ignacius in beschwichtigendem Tonfall. Er öffnete seinen Arztkoffer und holte eine große Spritze hervor.

Endlich überwand ich meine Schockstarre. Ich hob eine Hand. »Kommen Sie mir nicht zu nahe!«, rief ich.

Der Mann ignorierte meine Worte. Er näherte sich mir behutsam, wie ein Tierarzt, der ein gefährliches Raubtier betäuben muss.

Ich machte einen Schritt zurück. Plötzlich umklammerten mich starke Arme von hinten. Ich hatte den zweiten angeblichen Notarzt nicht im Auge behalten.

»Beruhigen Sie sich, Anna!«, sagte Dr. Ignacius und hob die Spritze. »Es wird Ihnen nichts geschehen!«

Ich spürte Zorn in mir, wie ich ihn noch nie empfunden hatte. Lodernde Wut, zu einem Punkt verdichtet, der wie ein winziges atomares Feuer in meinem Bauch glühte, heiß und verzehrend wie die Oberfläche der Sonne. »Sie mieses Schwein!«, stieß ich hervor. Die Wut stieg in mir empor, die Speiseröhre hinauf, glühte in meiner Kehle, brannte in meinem Mund. Ich schrie den Zorn heraus.

Für eine Sekunde wurde ich durch ein grellrotes Licht geblendet.

Als ich wieder sehen konnte, traute ich meinen Augen nicht. Dr. Ignacius stand in Flammen. Sein Gesicht und seine Hände brannten lichterloh, doch er blieb reglos stehen und sah mich an. Obwohl seine Augen nur dunkle Flecken hinter den Flammen waren, spürte ich seinen tadelnden Blick.

»Ich will Ihnen doch nur helfen, Anna«, wisperte der brennende Mann.

# 41.

Mein ganzer Körper begann zu kribbeln wie kalte Hände, die man an einem Kaminfeuer aufwärmt. Die ungeheuerliche Erkenntnis sank nur allmählich in mich ein: Was ich erlebte, war nicht real. Ich war immer noch in Erics Traumwelt.

Ein Schwindelgefühl befiel mich, und einen Moment lang glaubte ich, die Welt beginne zu verblassen und ich würde endlich aufwachen. Aber wo würde ich dann sein? An welcher Stelle war meine Wahrnehmung von Traum und Realität durcheinandergeraten? Lag ich immer noch in Dr. Ignacius' Klinik in Cambridge? In der Blockhütte am Raystown Lake? Oder in Erics Bett im Faith Jordan Medical Center?

Ich drehte mich um, als könne ich in der Phantasielandschaft um mich herum einen Hinweis auf die Realität finden. Und dann sah ich es.

Das Tor erhob sich mitten im See aus dem Wasser. Es sah aus wie eine normale, schmucklose weiße Tür, doch durch die Ritzen fiel ein gleißendes, kaltes Licht. Metallene Ziffern auf dem Türblatt bildeten die Nummer 212.

War dies das Ziel meiner Suche, das wahre Tor des Lichts? Oder würde mich die Tür nur wieder zurück auf die Ebene der Tore führen? Es gab nur einen Weg, es herauszufinden.

Ich machte Anstalten, zum Wagen zu gehen, um Eric zu holen, doch Dr. Ignacius packte mich mit seiner Flammenhand am Arm. Ich spürte die Hitze des Feuers, aber keinen Schmerz.

»Lassen Sie mich los!«, sagte ich drohend.

»Was Sie vorhaben, ist unmöglich, Anna!«, erwiderte er mit einer Stimme wie ein kalter Windhauch.

Ich lachte. »Glauben Sie, Sie können mich aufhalten? Sie sind nicht real! Sie sind nur eine Phantasiefigur, ein Dämon in einem Alptraum!«

Der brennende Mann nickte. »Vielleicht bin ich das. Aber das ändert nichts an den Tatsachen. Sie können Ihren Sohn nicht mitnehmen!«

Erneut stieg Wut in mir auf. »Das werden wir ja sehen!« Ich schüttelte seine Hand ab, öffnete die Tür zum Fond des BMW und rüttelte meinen Sohn an der Schulter. »Eric, wach auf! Wir haben das Tor gefunden! Es ist Zeit, dieses Spiel zu beenden!«

Er zeigte keine Reaktion. Seine Augen waren geschlossen, sein Gesicht entspannt wie in tiefem, friedlichem Schlaf. Was ich auch tat, ich konnte ihn nicht wecken.

Dann eben nicht. Ich griff unter seine Schultern und zerrte ihn die Böschung hinab, auf das Ufer zu. Die Tatsache, dass sich das Tor mitten im Wasser erhob, erschreckte mich nicht. In dieser Welt war ich eine Göttin, das hatte ich mir selbst gerade wieder bewiesen.

Der brennende Mann schüttelte seinen Flammenkopf. »So geht das nicht, Anna!«

Ich ignorierte ihn und trat hinaus auf das Wasser. Ich sank nicht ein, sondern schwebte dicht über den flachen Wellen, die die Seeoberfläche kräuselten. Ich machte ein paar Schritte und zerrte Eric mit mir, doch seine Füße blieben nicht auf der Wasseroberfläche, sondern schleiften über den schlammigen Grund.

Ich umklammerte seine Brust und zog ihn weiter auf den See hinaus. Sein Körper schien immer schwerer zu werden, so als sauge er sich allmählich mit Wasser voll.

Bald konnte ich ihn kaum noch halten. Ich warf einen Blick über meine Schulter. Das Tor war nur hundert Schritte entfernt. Doch ich spürte, dass ich nicht die Kraft haben würde, Eric bis dorthin zu zerren.

Hätte ich doch noch das Schlauchboot dabei! Hilfesuchend sah ich mich um. Etwas Schwimmfähiges war auf den ersten Blick nicht zu erkennen. Der Fahrer des Rettungswagens stand die ganze Zeit mit offenem Mund und weit geöffneten Augen reglos da, so als sei er ins Wachkoma gefallen.

Dr. Ignacius hielt die brennenden Arme verschränkt. »Lassen Sie ihn los, Anna!«, rief er mit seiner heiseren Stimme. »Sie müssen ihn loslassen!«

Ich blickte nach unten. Das Wasser unter mir war bereits so tief, dass Eric untergehen würde, wenn ich der Aufforderung folgte. Frustriert zerrte ich ihn wieder zurück zum Ufer und legte ihn ins Gras.

»Wie lange wollen Sie noch vor der Wahrheit davonlaufen, Anna?«, fragte der brennende Mann. In seiner Stimme schien Hohn zu liegen.

»Halten Sie Ihr dreckiges Maul!«, fuhr ich ihn an. Verzweiflung drängte sich in meine Stimme. Ich war dem Ziel so nah! Mir fehlte nur ein Mittel, um Eric hinaus auf den See zu befördern, ohne dass er unterging.

Ich warf einen Blick zum Tor. Täuschte ich mich, oder begann der Glanz, der durch den Türspalt schien, bereits zu verblassen?

»Sie können ihn nicht mitnehmen«, wiederholte Dr. Ignacius.

»Ich habe gesagt, Sie sollen Ihr Maul halten!«

»Aber ich will Ihnen doch nur helfen, Anna!«

Drohend hob ich meine Hand. »Wenn Sie nicht aufhören, werde ich Sie vernichten!«

Obwohl sein Mund nur eine dunkle Öffnung hinter den Flammen war, spürte ich sein Lächeln. »Glauben Sie, davor habe ich Angst? Ich bin nur eine Phantasiefigur, schon vergessen?«

Ich inspizierte den Krankenwagen, fand aber nichts, was ich für einen Transport über den See benutzen konnte. Vielleicht, überlegte ich, war es einfacher, wenn ich nicht versuchte, ihn über das Wasser zu tragen, sondern mit ihm bis zum Tor schwamm. Im Wasser war sein Körper wesentlich leichter. Ich konnte auf dem Rücken schwimmen, einen Arm um seine Brust geschlungen wie ein Rettungsschwimmer.

»Es wird nicht funktionieren, Anna«, sagte der brennende Mann, als habe er mir beim Denken zugehört.

Ich ließ ihn unbeachtet stehen und zerrte meinen Sohn erneut ins Wasser. Doch ich merkte bald, dass der Arzt recht hatte: Erics Körper schien schwer wie Blei. Es gelang mir kaum, ihn über Wasser zu halten, selbst wenn ich auf dem Grund stand. Es kam mir vor, als würde er im Wasser noch schwerer als an Land. Es war beinahe, als ob sein regloser Körper im See versinken *wollte*.

»Lassen Sie ihn los, Anna! Es hat keinen Sinn, sich dagegen zu wehren!«

Frustriert schlug ich mit einer Faust ins Wasser. »Nein!«, schrie ich. »Ich werde ihn niemals im Stich lassen!«

Dr. Ignacius erwiderte nichts, musterte mich nur schweigend.

Ich warf einen Blick zu dem Tor. Der Glanz verblasste jetzt deutlich. Schon meinte ich, durch die weiße Tür das ferne Seeufer hindurchschimmern zu sehen.

In meiner Verzweiflung wandte ich mich an den brennenden Mann. »Helfen Sie mir, verdammt noch mal!«

»Das versuche ich ja, Anna. Glauben Sie mir, das versuche ich. Aber Sie müssen zuerst die Wahrheit akzeptieren!«

»Die Wahrheit? Nichts hier ist wahr!« Während ich mit dem einen Arm Eric umklammert hielt, machte ich mit dem anderen eine umfassende Bewegung. »Alles ist nur ein Traum!«

Der Flammenkopf nickte. »Ja, Anna. Aber es ist nicht sein Traum. Es ist Ihrer!«

Seine Worte trafen mich wie Geschosse. Ich spürte, wie ich unwillkürlich zurücktaumelte. Beinahe wäre ich gestolpert und rückwärts hingeschlagen. »Sie lügen!«, brüllte ich. »Sie sind Hades! Satan, der Prinz der Lügen!«

Der brennende Mann schüttelte langsam den Kopf, und seine Stimme klang plötzlich nicht mehr heiser und unangenehm, sondern traurig und auf seltsame Weise vertraut. »Ich bin nur eine Phantasiefigur, Anna. Ein Spuk in Ihrem Kopf. Ich kann Sie nicht belügen. Das können nur Sie selbst.«

Ich drehte mich zu dem Tor um. Das Licht schien jetzt wieder kräftiger durch die Ritzen. Es brannte kalt in meinen Augen. Und tief in meinem Herzen begann ich zu verstehen. Irgendwie hatte ich es vielleicht von Anfang an gewusst.

Doch immer noch wehrte sich mein verzweifelter Verstand gegen dic Erkenntnis. »Ich werde nicht ohne meinen Sohn gehen!«, schrie ich.

»Ihr Sohn ist tot, Anna«, sagte der brennende Mann leise. »Lassen Sie ihn endlich los!«

»Nein!« Tränen rannen mir über die Wangen, bittere, schwere Tränen. Als sie auf das Wasser des Sees trafen, bildeten sie tiefschwarze Schlieren.

Ich betrachtete den leblosen Körper in meinen Armen, der sich plötzlich so schrecklich kalt anfühlte. Ein letztes

Mal rüttelte ich ihn. »Wach auf, Eric! Bitte! Das alles ist nur ein Traum, das musst du endlich verstehen! Mach die Augen auf!«

»Sie sind es, die aufwachen muss, Anna«, sagte Dr. Ignacius. Seine Worte brannten in meinen Ohren, wie nur die Wahrheit brennen kann.

In diesem Moment wurde mir klar, dass ich eine Entscheidung treffen musste. Ich konnte mich dem kalten, harten Licht der Realität stellen oder in dieser erdachten Welt bleiben, bei meinem Sohn. Ich wusste, ich würde ihn aufwecken können, sobald sich das Tor des Lichts für immer schloss. Schließlich war ich in dieser Welt eine Göttin. Zusammen mit Eric würde ich über die Ebene der Tore schreiten und Hunderte phantastischer Welten erforschen. Was konnte besser sein als das?

Und doch wusste ich, dass es nur eine Illusion war. Und wie bei jeder Illusion würde ich am Ende einen hohen Preis zahlen, wenn ich mich ihr hingab.

Mein Blick glitt hinauf zum Straßenrand. Neben dem Krankenwagen stand eine junge Frau mit langen, dunklen Haaren. Sie sah mich stumm an.

Maria.

In ihren Augen lag wieder jene tiefe Traurigkeit, die ich dort von Anfang an gesehen und doch nicht erkannt hatte. Jetzt endlich wusste ich, was sie bedeutete.

Ich beugte mich zu Erics schlaff herunterhängendem Kopf. »Ich muss gehen«, flüsterte ich. »Wir sehen uns wieder, mein Sohn. Irgendwann.« Dann ließ ich ihn los.

Er versank lautlos im Wasser. Einen Moment konnte ich seinen bleichen Körper noch unter der Oberfläche sehen, dann verschwand er im Dunkel der Tiefe. Von plötzlicher Reue erfüllt griff ich nach ihm, doch da war nichts mehr, so als habe er sich im Wasser des Sees aufgelöst.

Ich starrte eine Weile in die kalte Tiefe. Meine Tränen bildeten schwarze Tintentropfen. Schließlich hob ich die Arme und glitt mit einer einzigen Bewegung aus dem Wasser, bis ich wieder ein paar Zentimeter über der Oberfläche schwebte.

Ich warf noch einmal einen Blick zu dem brennenden Mann, der am Ufer stand und wie zum Abschied eine Hand hob. Auf Marias Gesicht leuchtete ein Lächeln.

Wie ein Geist schwebte ich langsam zu der Tür mitten im See. Ihr Licht schmerzte in meinen Augen, auf meiner Haut, erfüllte meinen Mund mit dem bitteren Geschmack der Wahrheit. Ich streckte meine Hand aus und öffnete sie.

# 42.

Gleißende Helligkeit empfängt mich, doch sie schmerzt nicht. Es ist, als ob ich die Augen schon seit langem geöffnet und doch nichts gesehen habe.

Mein Blick ist verschwommen. Vor mir – über mir – erkenne ich nur eine neblig weiße Fläche. Die Zimmerdecke? Ich muss auf dem Rücken liegen. Meinen Körper spüre ich nicht. Da ist nur etwas Fremdes, Unangenehmes in meiner Nase.

»Mom?« Eine Stimme in meinem linken Ohr. Sie tut weh, weil sie so laut ist. Weil sie voller Liebe ist. Und weil es nicht Erics Stimme ist.

Ich will den Kopf drehen, doch ich weiß nicht mehr, wie das geht.

Erinnerungen stürzen auf mich ein wie faustgroße Hagelkörner.

Wir sind zu viert im Auto. Ein alter Country-Song dröhnt aus dem Radio. Wir singen aus voller Kehle mit, schief und schön. Das verlängerte Wochenende an der felsigen Küste von Maine war wunderschön, und wir haben gute Laune, auch wenn die Interstate 84 gesperrt ist und wir einen Umweg machen müssen. Wir haben keine Eile.

Wir fahren am Ufer eines kleinen Sees entlang. Ein leichter Wind kräuselt das ruhige Wasser. Ich war noch nie in dieser Gegend. Es ist hübsch hier.

Ein Laster kommt uns entgegen. Hinter ihm schert plötzlich ein Wagen zum Überholen aus: ein alter, klappriger Ford. Ich sehe die aufgerissenen Augen des Fahrers. Sie sind rot. Der Mann ist sturzbetrunken.

Ralph hat nicht einmal mehr die Zeit zu fluchen. Er reißt den Wagen nach rechts von der Straße. Etwas Weißes explodiert in mein Gesicht: der Airbag.

Mein erster Gedanke, als der Wagen sich nicht mehr überschlägt, ist: Stell die Musik aus. Doch ich komme nicht an den Schalter. Irgendwie ist alles verkehrt. Dann wird mir klar: Ich hänge mit dem Kopf nach unten im Sitz. Ich löse den Sicherheitsgurt, öffne die Tür, klettere aus dem Auto. Ich rapple mich auf, spüre keinen Schmerz, nur die Sonne in meinem Gesicht, den Wind, der viel wärmer ist als die Luft aus dem Gebläse der Klimaanlage.

Der Wagen liegt am Fuß der Böschung auf dem Dach. Mit dem linken Kotflügel, der jetzt rechts aufragt, hat er eine Buche gerammt, die direkt am Ufer des Sees steht.

Ich höre ein leises »Wusch«, wie wenn man einen Gasherd anzündet. Flammen lecken aus dem Vorderteil des Wagens. Es beginnt zu qualmen. Einen Moment starre ich verständnislos auf das Wrack. Dann erst beginne ich zu begreifen, was passiert ist.

Ich drehe mich um. Das Fenster der linken Rückbank ist heil geblieben. Dahinter ist es nebelgrau vom Rauch. Ich sehe ein Gesicht, das sich gegen die Scheibe drückt. Die Augen sind weit aufgerissen.

Eric!

Ein Schrei erklingt. Ist es meiner? Ich weiß nur, dass ich ihn aus dem Wrack befreien muss. Meine Beine sind für einen Moment gelähmt wie in einem Alptraum. Als ich sie wieder spüre, hält mich jemand am Arm fest. »Nicht! Du kannst ihm nicht helfen!«

Ich drehe mich um.

»Mom? Kannst du mich hören?«

Ich starre weiter an die weiße Decke, versuche, die Augen zu bewegen. Sie leisten Widerstand, als seien sie festgerostet. Aber ganz langsam kann ich sie nach links drehen. Verschwommen erkenne ich ein Gesicht, wie einen rosa Ballon, dem jemand eine schwarze Perücke aufgesetzt hat.

Maria.

Sie hat mich festgehalten. Sie hat verhindert, dass ich Eric aus dem brennenden Autowrack befreie. Sie ist schuld an seinem Tod.

Ich weiß, dass das nicht stimmt.

Kurz nachdem ich mich zu ihr umgedreht hatte, gab es eine Explosion, und der Wagen war in Flammen gehüllt. In schrecklicher Klarheit sehe ich Erics Gesicht vor mir, Augen und Mund nur noch dunkle Flecken hinter den Flammen, die an der Scheibe emporlecken.

Ralph und Eric hatten keine Chance. Die Feuerwehr brauchte zwanzig Minuten, um ihre Leichen aus dem Auto zu schneiden, so verkeilt waren sie. Ich wäre vermutlich schwer verletzt worden, vielleicht gestorben, wenn Maria mich nicht zurückgehalten hätte. Ich weiß das; ich wusste es schon, als der Notarzt eintraf. Aber mein Herz hat es einfach nicht verstanden.

»Dr. Ignacius! Dr. Ignacius, kommen Sie bitte!« Marias Stimme klingt aufgeregt. »Ich … ich glaube, sie hat ihre Augen bewegt!«

Kann man vergessen, dass man eine Tochter hat?

Ich konnte es offenbar. Ich habe sie verdrängt, so wie ich jeden Gedanken an Erics und Ralphs Tod verdrängt habe.

Die Wochen nach dem Unfall müssen für Maria die Hölle gewesen sein. Ich selbst habe diese Zeit kaum bewusst wahrgenommen. Ich war leer, ausgehöhlt, ein Zombie.

Ein Priester hat versucht, mir zu helfen, aber ich habe aufgehört, an Gott zu glauben, als ich fünfzehn war. Ich vermute, es wäre nicht in Seinem Interesse gewesen, wenn ich wieder damit angefangen hätte, nachdem Er mir meinen Sohn genommen hatte.

Ein Psychiater hat versucht, mir zu helfen. Er hat mir ein Medikament gegen die Depression verschrieben: Glanotrizyklin.

Es hat gewirkt.

Dabei empfand ich gar keine Trauer. Ich empfand gar nichts. Ich hatte keine Gefühle mehr – nicht einmal Zorn. Ich bewegte mich mechanisch durch den Tag wie einer dieser Aufziehaffen, die aufgeregt herumhüpfen, dabei wie verrückt zwei kleine Becken aneinanderschlagen und die ganze Zeit blöde grinsen.

Ich weiß nicht mehr, warum ich damit angefangen habe, Erics Computerspiel zu spielen. Vielleicht wollte ich ihm nur ein bisschen nah sein, wollte sehen, was er gesehen hatte in den unzähligen Stunden, die er damit verbrachte, bevor es geschah. Ich weiß noch, wie er gemault hatte, dass er seinen Laptop nicht mitnehmen durfte, als wir in das verlängerte Wochenende fuhren. Und wie fröhlich er war, als er nach ein paar Stunden nicht mehr an seine virtuelle Welt dachte.

Das Spiel füllte die Leere in mir irgendwie aus, so wie heißes Wachs eine Kerzenform füllt. Es war, als steuerte nicht ich den griechischen Helden in dieser grausig-schönen Welt voller Monster, sondern als sei er es, der mich führte.

Wahrscheinlich hat Maria gedacht, dass das Spiel mir helfe, über Erics Tod hinwegzukommen. Aber das stimmte nicht: Das Spiel half mir, zu verdrängen, mich vor der Wahrheit zu verstecken. Nur wenn ich etwas essen musste oder duschen oder schlafen, stürzte die Realität auf mich ein, der Verlust, die schreckliche Stille. Deshalb versuchte ich, Essen, Schlafen und Duschen zu vermeiden.

Vor allem mied ich Maria. Ich sah sie niemals an, reagierte nicht auf ihre Worte oder Berührungen. Es tut weh, diesen Gedanken zu denken, aber ich weiß, dass ich mir damals wünschte, nicht Eric, sondern sie wäre gestorben. So sehr habe ich ihr gegen alle Fakten die Schuld an seinem Tod gegeben, und vielleicht auch daran, dass ich noch lebte.

Erst jetzt wird mir klar, dass ich die ganze Zeit nicht ein einziges Mal darüber nachgedacht habe, wie sie sich fühlen musste. Sie hatte ihren Vater und ihren Bruder verloren, und ihre Mutter hatte sie ebenfalls verlassen. Meine Schwester Emily kam manchmal vorbei, um ihr zu helfen und mit mir zu sprechen, doch ich habe ihr nicht zugehört. Die meiste Zeit war Maria allein mit mir, dem Zombie, in dem viel zu großen Apartment am Tompkins Square Park. Aber sie hat nicht aufgegeben, nicht aufgehört, um mich zu kämpfen.

Auch jetzt nicht.

Meine Augen füllen sich mit Tränen. Das ist schlecht, denn ich kann den Kopf immer noch nicht bewegen, und so fließen sie nicht richtig ab und füllen meine Augenhöhlen wie kleine Teiche, bis ich noch weniger erkennen kann.

»Doktor, sehen Sie mal! Sie weint!« Marias Stimme klingt so wie damals, als wir durch die verschneite Fifth Avenue gingen und sie zum ersten Mal einen verkleideten Weihnachtsmann sah. Sie beugt sich über mich, drückt mich, und ihre Tränen benetzen meine Wange. »Mom! O Mom, du kommst zurück!«

Ein zweites Gesicht erscheint hinter ihr. Obwohl ich es nur unscharf sehe, kann ich die schmalen, eingefallen wirkenden Konturen und die blassen Augen erkennen. Für einen Moment frage ich mich, wer das ist: Dr. Ignacius? Der brennende Mann? Hades?

Ich will Ihnen doch nur helfen, Anna. Hat er diese Worte wirklich gesagt? Hat er sie so gemeint?

Der Doktor schiebt Maria sanft zur Seite. Er leuchtet mit einer kleinen Stablampe in meine Augen. »Mrs. Demmet! Können Sie mich hören?«

Ja, das kann ich, laut und deutlich. Nur habe ich keine Möglichkeit, ihm das mitzuteilen.

»Wenn Sie mich hören können, dann blinzeln Sie jetzt bitte zwei Mal hintereinander!«

Ich versuche es. Offensichtlich gelingt es mir, denn ich kann sehen, wie sich der schmale, verschwommene Strich, der sein Mund ist, zu einer dünnen, gebogenen Linie verzieht.

Marias Gesicht erscheint wieder in meinem Blickfeld, und ich glaube, ich kann erkennen, wie ihre Augen strahlen. »Oh, Mom!«, ruft sie, umarmt mich wieder und weint heftig an meiner Brust.

Wie gern würde ich sie jetzt umarmen, ihr sagen, wie sehr ich sie liebe. Und wie schlimm mein Verhalten ihr gegenüber auf meiner Seele brennt. Ob sie mir jemals verzeihen wird? Aber es scheint, als hätte sie es schon getan.

Wie lange liege ich hier schon? Ich weiß es nicht. Wachkoma, Apallisches Syndrom … die Worte ziehen durch meinen Kopf wie Gedankenblasen fremder Menschen. Ich muss sie irgendwie aufgeschnappt haben, während ich träumte.

Ein Gedanke durchzuckt mich: Was ist, wenn es noch nicht vorbei ist? Was, wenn auch das hier nur eine Trugwelt ist, ein Gedankengebäude, eine Seifenblase der Phantasie, die jeden Moment zerplatzen kann?

Ich möchte Dr. Ignacius fragen, ob er wirklich da ist. Ob ich endlich aufgewacht bin. Aber was würde mir seine Antwort nützen? Und wenn es nicht so wäre – wenn wir beide am Ende nur Hirngespinste waren, Ausgeburten einer kranken Phantasie –, wie könnten wir das jemals erkennen?

»Wird sie ... wird sie wieder ganz wach werden?«, fragt Maria. Ihre Stimme klingt auf einmal furchtsam.

»Ja«, sagt der Doktor mit erstaunlich fester Stimme. »Es wird noch eine Weile dauern. Ihr Körper muss sich erst wieder daran gewöhnen, dem Geist Ihrer Mutter zu gehorchen. Immerhin hat sie acht Monate in diesem Zustand gelegen. Aber ...«

Der Rest seiner Worte entgeht mir. Acht Monate!

Ich erinnere mich, wie ich den Cocktail gemischt habe. Man nehme: 20 Schlaftabletten, den Inhalt von 15 aufgeschnittenen Kapseln Glanotrizyklin. Das Ganze mit der Nagelschere zerstoßen, gut mischen und in etwas Wasser auflösen. Umrühren und ungekühlt in einem Zug trinken. Tipp: Wenn Sie den Cocktail einnehmen, während Sie am Computer spielen, haben Sie eine gute Chance, mitten in der Spielwelt wieder aufzuwachen.

Es muss Maria gewesen sein, die mich fand. Die den Krankenwagen rief, die voller Sorge mit mir fuhr, meine Hand hielt, so wie ich in meinem Traum Erics Hand hielt.

Eric. Ich sehe seine hübschen blonden Locken vor mir, spüre noch einmal das Gefühl seiner weichen Haare, wenn ich mit den Fingern hindurchstrich. Die Erinnerung fühlt sich an, wie wenn man eine heiße Herdplatte berührt. Aber es ist gut, dass ich wieder Schmerzen spüren kann.

Es wird Zeit, dass ich den Weg durch das Feuer des

Tartaros gehe. Dass ich mich meinem Schmerz stelle, anstatt davor wegzulaufen. Dass ich meinen Sohn loslasse, damit ich endlich meine Tochter wieder umarmen kann.

»Oh, Mom, ich bin so froh, dass du wieder da bist!«

Ich wünschte, ich könnte nicken oder wenigstens lächeln. So aber blinzle ich nur zwei Mal. Es genügt.

Mein Blick geht an ihr vorbei, hinaus in den kleinen Park der Klinik. Direkt draußen vor dem Fenster steht ein Baum. Ich sehe nur ein Gewirr von tiefgrünen und schwarzen Flecken, und doch meine ich etwas zu erkennen: einen großen schwarzen Vogel, der auf einem Ast sitzt und mich mit seinen kalt glänzenden Augen reglos anstarrt.

Aber vielleicht ist es auch nur ein Schatten.

**Gratis für alle TB-Käufer: Laden Sie sich ihr interaktives E-Book herunter!**

Bestimmen Sie selbst mit, wie sich Annas abenteuerliche Reise durch die Traumwelt entwickelt und entdecken Sie ganz neue Wendungen der Geschichte!

Das interaktive E-Book bietet unter anderem

- über 200 Seiten zusätzlichen Text
- viele neue Schauplätze und Begegnungen
- zwei alternative Enden

| | 1 | 2 | 3 | 4 | 5 | 6 | 7 | 8 |
|---|---|---|---|---|---|---|---|---|
| A | 6449 | 8443 | 6231 | 3358 | 5183 | 1132 | 2055 | 9358 |
| B | 2686 | 1650 | 6290 | 5588 | 9839 | 1705 | 9558 | 3700 |
| C | 9210 | 2047 | 9806 | 9836 | 2657 | 9015 | 4978 | 2633 |
| D | 5492 | 5409 | 8717 | 8308 | 1266 | 3416 | 6826 | 3871 |
| E | 8902 | 1059 | 4290 | 7121 | 1908 | 5908 | 7986 | 7163 |
| F | 5709 | 8917 | 3805 | 8613 | 5495 | 6606 | 9117 | 7711 |
| G | 3976 | 7430 | 1706 | 7193 | 9556 | 1609 | 5374 | 8532 |
| H | 8492 | 3595 | 1903 | 6509 | 1525 | 4443 | 5620 | 8038 |
| I | 2671 | 3168 | 6928 | 1972 | 5041 | 5809 | 9593 | 9371 |
| J | 1214 | 1160 | 7278 | 1863 | 6305 | 2850 | 4529 | 1415 |
| K | 6466 | 5824 | 4028 | 5650 | 4409 | 3824 | 3044 | 5261 |
| L | 6800 | 8139 | 2206 | 4810 | 8152 | 1302 | 9659 | 2813 |
| M | 2959 | 6924 | 5651 | 5941 | 9350 | 7236 | 6591 | 5014 |
| N | 1452 | 4163 | 7740 | 9955 | 1489 | 8727 | 1459 | 2384 |
| O | 8352 | 2819 | 9219 | 3200 | 2763 | 2478 | 3571 | 9522 |
| P | 9081 | 6983 | 5758 | 8708 | 8185 | 7322 | 8733 | 5610 |
| Q | 8678 | 9366 | 5371 | 7292 | 2334 | 1725 | 9082 | 6896 |
| R | 7546 | 7544 | 5572 | 3298 | 5063 | 6683 | 9587 | 7055 |
| S | 7205 | 1418 | 6574 | 1729 | 3683 | 1636 | 1236 | 6559 |
| T | 6298 | 3810 | 4459 | 7916 | 9730 | 9239 | 6658 | 2220 |
| U | 6051 | 4526 | 2632 | 1378 | 2747 | 1734 | 6101 | 8213 |
| V | 8124 | 6296 | 6550 | 7192 | 5247 | 2609 | 1244 | 2966 |
| W | 8476 | 8569 | 1162 | 3046 | 2153 | 1143 | 3947 | 1099 |
| X | 9948 | 6026 | 7142 | 5117 | 2572 | 2556 | 8950 | 6288 |
| Y | 9857 | 1798 | 4014 | 4361 | 7488 | 9606 | 2207 | 2119 |
| Z | 5501 | 8688 | 1583 | 6034 | 3323 | 9975 | 6071 | 5220 |

Laden Sie es unter www.aufbau-verlag.de/glanz herunter. Geben Sie dort einfach den richtigen Code aus der Tabelle ein, und Sie erhalten kostenlos Ihr interaktives E-Book, das Sie auf vielen gängigen Lesegeräten oder auf Ihrem Computer lesen können.